EEN GESCHIKTE SPION

D1424429

CHRIS MORGAN JONES

Een geschikte spion

Vertaald door Rob van Moppes

MOURIA

Uitgeverij Mouria en drukkerij Bariet vinden het belangrijk om
op milieuvriendelijke en verantwoorde wijze met natuurlijke
bronnen om te gaan.

© 2011 Chris Morgan Jones
All rights reserved
© 2012 Nederlandse vertaling uitgeverij Mouria, Amsterdam
Alle rechten voorbehouden
Oorspronkelijke titel: *An Agent of Deceit*
Vertaling: Rob van Moppes
Omslagontwerp: Studio Jan de Boer
Omslagfotografie: Adri Berger/Getty Images
Foto auteur: Alexander James

ISBN 978 90 458 4268 4
NUR 305

Dit boek is ook als e-book verkrijgbaar

www.mouria.nl
www.watleesjij.nu

Voor Suzy

1999

Van hoog in de lucht ziet Webster de eindeloze woestijn onder zich voorbij schuiven, een donker koperrood in het vroege ochtendlicht, met zandheuvels die als golven zuidwaarts rollen. Naast hem ligt Inessa ineengedoken te slapen, ondanks de turbulentie en het dronken gelal van de Russische technici aan de andere kant van het gangpad.

Onder hen, op de uitgestrekte Kazakse vlakte, maakt het zand in de verte plaats voor gras en als hij zijn gezicht tegen het raampje drukt, ziet hij het Altaigebergte oprijzen en zich naar China in het oosten uitstrekken. Hij werpt een blik op Inessa; ze is klein genoeg om zich behaaglijk te voelen in haar stugge stoel, met haar knieën opgetrokken tegen haar borst als een kind. Het is iets zeldzaams om haar bewegingloos en zwijgend mee te maken.

Ze opent heel even haar ogen, strijkt een lok zwart haar weg van haar voorhoofd en slaapt weer verder. Webster probeert zijn pijnlijke benen die klem zitten tegen de stoel voor hem te verplaatsen. Een vijf uur durende nachtvlucht vanuit Moskou. Dit zou hij voor niemand anders over hebben gehad.

Öskemen maakt nu deel uit van Kazachstan, maar haar Russische verleden is nog merkbaar: brede snelwegen geflankeerd door dicht opeen geplante populieren, grote sovjethuizenblokken op schrale grond, grootse, indrukwekkende gebouwen en kerken met gouden koepels. Het is warm in de stad onder de wazige zon en de wind blaast met kracht over de vlakte en doet de bomen langs de weg doorbuigen.

De fabriek bevindt zich op negentig kilometer afstand, voorbij de lage bergketen. Terwijl Webster de auto bestuurt, fulmineert Inessa tegen de eigenaren van de fabriek, een groep Russen die hun personeel uitbuiten, de overheid bestelen en het best lijken te vinden dat alles wat zij bezitten een langzame dood sterft. Hij heeft het allemaal vaker gehoord en haar artikelen gelezen, maar hij hoort haar welwillend opnieuw aan.

Als ze over een kronkelweg rijden en het gebergte achter zich laten, zien ze dikke grijze wolken hangen boven de weidse vallei waarin de fabriek staat. Het beetje gras langs de weg is geel; jonge bomen die daar onlangs geplant zijn, leunen lusteloos tegen hun steunpalen; de velden in de omgeving liggen braak. De lucht, die frisser was in de bergen, is warm en zwaar. Een kilometer of drie verderop, boven de povere, lage stad, kringelen zwarte rookwolken omhoog uit tientallen schoorstenen.

De stad is een soort kazerne voor de fabriek. In de monotone flatgebouwen wonen twintigduizend mensen, die hun levensmiddelen kopen in twee supermarkten en les krijgen in drie scholen. Er is een winkelstraat, een politiebureau en een saai park.

In het ziekenhuis spreken ze met artsen die broze botten en longontstekingen behandelen bij kinderen die nooit glimlachen en die, als zij spreken, hun hand voor hun mond houden, en bij arbeiders van in de dertig die de lichamen van oude mannen hebben. In het dal worden geen gewassen verbouwd. Tientallen jaren lang is afval gestort in een open put en zijn chemicaliën ongehinderd in het grondwater gesijpeld. De nieuwe eigenaren zijn vijf jaar geleden gearriveerd en hebben niets ondernomen.

Niemand van het bedrijf wil met hen praten en ze staan een poosje in de hitte vruchteloos te redetwisten met een bewaker in zijn hokje bij de poort. Achter hem lijkt de fabriek de stad te intimideren. In twaalf enorme blokachtige hallen staan de ovens en uit elk daarvan rijzen roodwit gestreepte schoorstenen dertig meter omhoog. Webster maakt foto's en probeert de massaliteit ervan vast te leggen; om aan de andere kant van het terrein te komen moet je een kwartier lopen. Er komen twee politieagenten, zwetend in hun militaire uniformen en onder hun hoge petten, die hen sommeren door te lopen. Inessa verzet zich, maar het is duidelijk dat ze beter kunnen vertrekken. Ze hebben voldoende.

De zon staat laag aan de hemel en gaat vroeg onder achter de zwarte bergrug. Het is donker tegen de tijd dat ze in Öskemen aankomen. Tijdens het avondeten is Inessa kwader dan hij haar ooit heeft gezien. Ze laat hem beloven dat ze dit onrecht, de mishandeling van deze mensen, zullen bestrijden.

Webster slaapt onrustig in het schone, harde bed van het hotel. Een uur voordat de zon opkomt, hoort hij, half bij bewustzijn, hoe er een sleutel in het slot wordt gestoken en terwijl hij de dekens terugslaat gaat de neonverlichting aan. Twee politiemannen in uniform duwen iemand van het hotelpersoneel opzij en komen de kamer binnen. De een buigt zich over Webster heen waardoor zijn pet het licht tegenhoudt en zegt hem op bedaarde toon in het Russisch dat hij in zijn bed moet blijven; de ander doorzoekt de kamer, trekt laden open en gooit een tas leeg op de grond. Webster probeert, met knipperende ogen, op te staan, maar de eerste politieman belet hem dat. Zijn collega trekt in drie lange halen de film uit Websters fototoestel en begint zijn aantekeningen door te nemen.

Webster probeert zijn notitieboek te pakken te krijgen maar wordt achterwaarts terug op het bed geduwd. Voordat de politieagenten de deur achter zich sluiten, bevelen ze hem met de eerstvolgende vlucht het land te verlaten.

Zijn fototoestel ligt opengeklapt op de ladekast en verspreid over de grond liggen zijn kleren van de avond tevoren.

Hij rent naar de etage boven de zijne en snelt op blote voeten met drie treden tegelijk de betegelde trap op. Hij wil zijn woede met iemand delen. De deur van Inessa's kamer staat open en met een steek van angst in zijn hart kijkt hij naar binnen. Ze is verdwenen.

De nachtportier zit in zijn kantoor in een leunstoel en kijkt televisie met het geluid heel zacht. Zijn voorhoofd is gefronst en wanneer Webster hem vraagt waar het politiebureau is weigert hij hem aan te kijken.

Hij rent de hele weg, waarbij de twee tassen op zijn rug wild heen en weer slingeren. Hij hijgt. Het is inmiddels zes uur en een effen grijsblauwe lucht wekt de stad. Auto's rijden voorbij, maar hij ziet niemand. Bij de balie vertelt hij, buiten adem en woedend, dat hij een journalist is en als ze zijn vriendin niet onmiddellijk vrijlaten zal hij de Britse ambassade en elke krant die hij kent bellen. De politieman kijkt hem een ogenblik onverschillig aan, haalt er een collega bij en samen arresteren ze hem.

Zijn cel heeft grijs geschilderde muren, geen ramen en twee kale houten planken die als bedden fungeren; hij mag van geluk spreken dat hij alleen is. Met zijn hoofd in zijn handen zit hij onder het enkele, kale lichtpeertje, waarvan het licht elke vlek en barst in de vochtige betonnen vloer beschijnt. Het is voor hem niet de eerste keer dat hij zich op zo'n plek bevindt en voor Inessa is het schering en inslag; maar een vreemde beklemmende angst maakt zich van hem meester en hij wil haar zien, haar geruststellen en zeggen dat ze spoedig wel zullen worden vrijgelaten. De stilte wordt af en toe doorbroken door een geluid: een schreeuw, wild gezang, een metalen deur die dichtslaat. Om de tijd te doden rookt hij en begint hij in gedachten zijn verhaal op te schrijven.

Niemand komt om hem te ondervragen en hij vraagt zich af hoe lang dit gaat duren. Tegen het midden van de dag hoort hij celdeuren die worden geopend en weer gesloten en hij verwacht dat er iets gaat gebeuren, maar het is alleen maar een bewaker die eten rondbrengt. Terwijl hij een beetje met zijn eten speelt, hoort hij stemmen die elkaar overschreeuwen in het Kazaks, bevelen die worden geroepen en zware laarzen die voorbijrennen. Er komt geen einde aan de verwarring. Zijn deur gaat opnieuw open en twee agenten leiden hem weg, aan weerskanten van hem een, en ze weigeren antwoord te geven op zijn vragen. Als ze de gang in lopen, kijkt hij achterom en ziet drie agenten in de deuropening van een cel staan. Een van hen, zijn brede borst behangen met rissen medailles, staat met zijn armen over elkaar enigszins terzijde. Voor hem op de grond ligt een brancard.

Webster wringt zijn arm los uit de greep van de politieman en roept Inessa's naam, terwijl de angst hem naar de keel grijpt. Als ze hem opnieuw hebben vastgegrepen en hem wegvoeren, gaat hij als een razende tekeer, maar ze sleuren hem, zijn benen over de grond slepend, met zich mee. Dan schalt er een luide kreet die door de muren wordt weerkaatst en de mannen die hem vasthouden staan stil en keren zich om. De officier met de medailles wenkt hen één keer. Langzaam brengen ze Webster terug door de gang tot hij bij de cel is aangekomen.

Binnen drukken twee agenten een gevangene met zijn gezicht tegen de muur, terwijl ze zijn arm op zijn rug hebben gedraaid. Hij draagt een smerig en met bloed besmeurd wit overhemd. Op de grond ligt Inessa op haar rug, één knie gebogen, starend naar de muur. Haar spijkerbroek is doorweekt en donkergekleurd, haar T-shirt is karmozijnrood. Haar nek is gespannen en dwars eroverheen, alsof hij met een dikke penseel is geschilderd, loopt één enkele grillige lijn bloed.

Webster schreeuwt het uit en probeert zich los te rukken. Sterke handen beletten hem dat.

Hij zit, met zijn handen geboeid, zich nog steeds verzettend, zijn hoofd vol kabaal, achter in een politiebusje. Als ze over de omhooglopende weg de stad verlaten, kan hij door de getraliede ramen niets anders meer zien dan een strakke hemel.

Na twee uur stopt de politiebus. De motor draait nog en hij hoort geroep in het Russisch. De achterportieren gaan open, de kooi wordt ontgrendeld en gehurkt schuifelt hij naar buiten, zijn ogen tot spleetjes geknepen in het plotselinge, schelle licht. Een van de politiemannen maakt, met afgewende blik, de handboeien los en geeft hem zijn twee tassen. Het busje keert in het stof en rijdt weg.

Soldaten met machinegeweren kijken hem aan. Dit is de grens. Hij is terug in Rusland.

2009

1
—

Lock lag op zijn rug en liet de hitte zijn lichaam afspeuren naar plekken om op in te branden. Er stond geen zuchtje wind en tegen zijn gesloten oogleden gloeide de zon rood. Nu en dan probeerde een sluimerende ongerustheid zich van hem meester te maken, maar die sloeg hij van zich af: hij was niet in Moskou en dat was voldoende. Een poosje voelde hij zijn hele lichaam geelbruin gloeien en was er een lichtheid in zijn borst. Hier voelde hij zich wel een heel stuk beter.

Om hem heen lagen mensen uitgestrekt op strandstoelen. Een serveerster liep met zachte, kordate pasjes in het zand voorbij. Flarden van gesprekken bereikten zijn oor en fluisterden hem in slaap; dan luid en doordringend één kant van een telefoongesprek – in het Russisch uiteraard, dat was te verwachten. Hij ving maar een enkel woord op, maar herkende de toon: gezaghebbend, verwachtingsvol. Hij opende zijn ogen en vroeg zich af of hij nog een drankje zou nemen. Heel even staarde hij, zich koesterend in de warmte, omhoog naar de strakblauwe hemel, toen richtte hij zich op een elleboog op en kromp ineen van de pijn in zijn rug. Die vervloekte rug van hem.

Oksana lag naast hem, op nauwelijks een meter afstand, op haar buik, met een pas gebruinde huid. Haar gezicht lag naar hem toe, maar haar ogen waren gesloten en hij kon niet bepalen of ze sliep. Hij keek omlaag naar zijn eigen lijf. Zijn huid was bleek. Hij had al drie dagen in de zon gelegen maar hij zag nog steeds grauw.

Die ochtend had de pijn in zijn rug hem in alle vroegte wakker gemaakt en hij had Oksana laten slapen, terwijl hij een stuk ging hardlopen. Hij kleedde zich in de badkamer aan om haar niet wakker te maken. Zijn shirt zat strak om zijn lijf en de hardloopschoenen voelden vreemd aan. Vlak voor zonsopgang was Monte Carlo koel en vredig, omgeven door een diepblauwe hemel die oplichtte aan de randen, en Lock was, aanvankelijk moeizaam en daarna met toenemende souplesse langs de jachthaven over een kustpad in oostelijke richting gejogd. Zijn rug deed geen pijn meer en hij rende, gelijkmatiger ademend, terwijl hij de olie-achtige lucht van Moskou vervloekte en genoot van de wereld die uit het schemerlicht opdoemde. En toen hield het pad plotseling op, omdat Monaco daar eenvoudigweg ophield. Buiten adem bleef Lock stilstaan, boog zich voorover met zijn handen op zijn knieën en voelde zijn lichaam langzaam pulseren, terwijl zijn hart bonsde in zijn keel.

Morgen zou hij weer gaan, zijn tempo beter in de gaten houden en misschien een langere route kiezen. Maar nu wilde hij iets drinken. Hij gebaarde naar de serveerster dat hij nog eens hetzelfde wilde en na een minuut keerde ze terug met een whisky-soda. Hij ging rechtop zitten en dronk. Zijn vaders lijfdrankje. Wat zou hij hebben gemopperd op het geschaafde ijs en het smalle, breekbare glas, trouwens ook op Monaco zelf. Vakantie had voor hem wandelen door het Harzgebergte of zeilen op het IJsselmeer betekend. Waarbij Lock en zijn zus dienstdeden als onvrijwillige bemanning. Activiteit was de ene constante, de andere was een primusbrander in een aluminium behuizing, waarin hij paarse brandspiritus brandde die hij bewaarde in oude waterflessen. Daarop bakte Everhart Lock met onvermoeibare geestdrift bonen met eieren en spek, omdat hij niet wilde dat Locks moeder op haar vakantie ook maar enig werk verzette. Hij was een grote, ernstige man die voortdurend in de weer was en die een voorkeur had voor de wildernis, waar weinig mensen woonden en waar volop frisse lucht was. Steden waren om in te werken. Godallemachtig, wat zou hij de pest in hebben gehad als hij geld had moeten uitgeven om met de rijken in een strandtent te zitten (waar hij, dacht Lock verbolgen, de ober ook nog eens twee briefjes van vijftig euro moest toestoppen om een fatsoenlijk plekje aan zee te krijgen) en de hele dag in de zon te liggen, omringd door jachten en auto-showrooms en betonnen flatgebouwen, om uitsluitend in restaurants te eten – om als een gevangene in die kleine, vermogende enclave klem te zitten tussen de bergen en de zee. Maar Lock had het hier uitstekend naar zijn zin. Dit was zijn plek, een deel van zijn leven. Het leven was comfortabel, beheersbaar, evenwichtig.

Hij was er bijna vijftien jaar geleden voor het eerst gekomen om *Maître* Cricenti te ontmoeten en een bedrijf op te richten voor Malin, het eerste van wat er inmiddels honderden moesten zijn. Cricenti was een klein mannetje van nauwelijks een meter vijftig, maar als een ware Monegask bezat hij een waardigheid die hem iets klassieks en onaantastbaars gaf. In zijn kantoor hingen negentiende-eeuwse prenten van het paleis en portretten van prins Rainier en prins Albert; in elke hoek stond een vlag aan een stok. Hij had Lock, zonder het met zoveel woorden te zeggen, op het hart gedrukt dat hij, door voor Monaco te kiezen, zijn bedrijf in oprichting de glorie van een zevenhonderdjarige traditie van verheven en onbarmhartige onafhankelijkheid verleende, die het zou onderscheiden van het gedoe van belastingen en overheidsbemoeienis. Dit was geen ordinair Caribisch eiland, waar de gewetenlozen hun rijkdom verstopten; nee, dit was een glorieuze relikwie uit een nog niet eens zo lang voorbije tijd toen piepkleine, kleurrijke koninkrijken grote naties in aantal overtroffen en koningen konden beslissen hoe de dingen gedaan behoorden te worden. Hier zou je bezit veilig en je geweten zuiver zijn.

Lock had genoten van het verkooppraatje, maakte zichzelf wijs dat hij nergens was ingetrapt en ging akkoord. Dat was de geboorte van Spirecrest Holdings SA, een stereotiepe firma met een nietszeggende naam die Cricenti gewoon uit zijn goed gevulde voorraadkast had geplukt en aan Lock had gepresenteerd ter tekening en betaling. Lock kwam er al snel achter dat de Monegaskische *societé anonyme* een administratie met zich meebracht die de povere belastingvoordelen min of meer opslokte, en het duurde niet lang voor hij naar elders ging om zijn bedrijven te vestigen. Van de langdurige, hechte relatie met *Maître* Cricenti, waarop hij had gehoopt, was nooit iets terechtgekomen. Maar hij had altijd een voorliefde behouden voor deze plaats en haar ordelijke, bedwelmende fictie.

'Richard?'

Hij keek naar Oksana. Haar stem klonk laag en slaperig.

'Ach, daar ben je,' zei hij. 'Ik dacht dat ik je kwijt was. Wil je iets drinken?'

'Hoe laat is het?'

'Vijf uur.'

Ze ademde diep, een halve geeuw. 'Ik wilde niet slapen.' Hier spraken ze Engels, in Moskou voornamelijk Russisch.

Lock keek opnieuw naar haar. Dat deed hij de laatste tijd vaak, naar Oksana kijken. Ze deed hem versteld staan – niet omdat ze met hem samen was, dat begreep hij wel, maar vanwege haar smetteloze schoonheid. Soms putte hij er zelfvertrouwen uit; vaker leek haar schoonheid de spot te drijven met zijn ouder wordende lichaam en de altijd aanwezige compromissen van zijn leven. Ze was geboren in Almaty, in de kom van het Tien Shangebergte, aan de rand van een immense rode woestijn, en Lock vroeg zich af of dat de reden was dat haar schoonheid hem altijd weer verraste. Normaliter zou ze voor hem veel te hoog gegrepen zijn.

'Wat gaan we vanavond doen, Richard?' vroeg ze, hem nu aankijkend.

'Wat je maar wilt. Waar heb je zin in?'

'Het Sass-restaurant vind ik wel leuk. Kunnen we daar gaan eten? En dan naar het Casino. Jimmy'z vind ik niks.'

Gelijk had ze. Waar Lock zo van hield bij Oksana – als hij zichzelf zou hebben toegestaan van haar te houden – was dat ze precies wist wat ze van hem en zijn geld verlangde, en daartoe hoorde niet dansen met honderden rimpelige mannen en hun mooie vriendinnetjes in een nachtclub die belachelijk genoeg – om niet te zeggen beschamend genoeg – zijn naam spelde met een Z. Jimmy'z. Een paar jaar tevoren zou Lock zich er misschien nog op hebben verheugd om een avondje te kijken en bekeken te worden, maar nu niet meer. De tent zat vol met mannen van in de zestig, in de zeventig zelfs, die duidelijk nooit twijfelden aan hun voorkomen of hun charmes – maar zij, mijmerde Lock, waren de echte rijken, en een ander soort mensen.

'Ik vraag het hotel wel even of ze willen reserveren. Wil je nu nog iets? Een borrel?'

'Ik ga mijn voorkant doen.' Oksana draaide zich met zo min mogelijk bewegingen om en sloot haar ogen. Lock pakte zijn telefoon, een van de drie mobieltjes die naast hem lagen, belde het hotel en sprak met de receptionist. Toen ging hij achteroverzitten, nam een slokje en keek naar een jetski die door de baai slalomde.

Plotseling begon een van zijn andere telefoons zachtjes te trillen. Hij keek ernaar en herkende het nummer, een Frans mobieltje. Hij liet het ding nog even hulpeloos gonzen, sloot toen even berustend zijn ogen en nam op.

'Hallo,' zei hij in het Russisch. *Allo.* Het klonk vreemd op het strand, in de zon.

'Hallo, Richard.' Die lage, hese stem. 'Ik heb je hier nodig vanavond. Kom alsjeblieft meteen hiernaartoe.'

'Natuurlijk.' Hij verbrak de verbinding en zuchtte. Hij was nog niet klaar om terug te keren naar die wereld.

'Lieverd?' Lock wist nooit of hij haar 'lieverd' of 'schat' moest noemen. Zijn vrouw had hij in de loop der tijd met allebei aangesproken, maar geen van beide woorden leek te passen bij Oksana die, hoewel ze wist wat hij ging zeggen, niet reageerde. 'Ik moet weg voor een paar uurtjes. Sorry.'

'Voor hoe lang?'

'Dat weet ik nooit van tevoren. Ik bel je wel als ik het weet.'

Hij graaide zijn telefoons en zijn portefeuille bij elkaar, stond op en boog zich naar haar toe. Ze wendde haar hoofd een klein beetje af en hij kuste haar op de zijkant van haar mond. 'Neem maar wat je wilt. Op mijn kosten.' Hij richtte zich stijfjes op, pakte zijn witte linnen overhemd van de rugleuning van zijn strandstoel en liep weg.

Hij had de helikopter naar Nice kunnen nemen en vandaar met een taxi kunnen reizen – inwoners van Monaco deden dat graag – maar hij had niet veel op met helikopters. Nooit gehad ook. Tegen vliegtuigen had hij niets: vliegtuigen hadden vleugels en leken een beetje op vogels en vogels konden vliegen en landen. Vliegtuigen hadden een precedent. Maar niets in de natuur leek op een helikopter, hoogstens de zaadjes van de esdoorn, als ze langzaam maar onvermijdelijk op de grond dwarrelen. Er was nog een reden dat hij ze meed, of die meer door bijgeloof of meer door de praktijk werd ingegeven kon hij niet zeggen, maar het was net alsof zijn soort mensen veel vaker omkwam bij helikopterongelukken dan gemiddeld.

Daarom zat hij nu achter in een Mercedes, gedoucht en in een bruin linnen pak, op de kronkelige weg tussen Monaco en Nice, en reed hij met grote snelheid door tunnels en tussen bergen door. Hij merkte dat hij zich weer zorgen begon te maken. Malin zou hem niet voor iets onbenulligs laten opdraven. Lock had zo lang als hij werkzaam was rekening gehouden met een inval van de politie, maar de gedachte daaraan had hem toch altijd angst aangejaagd en deed dat nog steeds. Liegen maakte onlosmakelijk deel uit van zijn werk, maar hij loog in afzondering, zoals een schrijver, niet van aangezicht tot aangezicht, zoals een handelsreiziger. De afgelopen vijftien jaar had hij een ingewikkeld web geweven van gesloten bv's en open bv's met *Limited Liability Companies* en *Limited Liability Partnerships*, met *Sociétés Anonymes* en *Sociétés Anonymes à Responsabilité Limitée*, met *Liechtenstein Anstalts* en Zwitserse *Stiftungs* en Oostenrijkse *Privatstiftungs* met alle mogelijke acroniemen in alle mogelijke buitenlandse schuiloorden. Hij was trots op zijn werk, ook al had hij zo zijn reserves. Aan de muur van zijn kantoor in Moskou hing een groot wit bord waarop de steeds veranderende structuur van zijn netwerk, zoals hij het noemde, in kaart was gebracht. Het was net een technische tekening, onbevattelijk mysterieus: het bord was bezaaid met centra en verbindingslijnen en clusters, die veranderden en toenamen naarmate Malins organisatie groeide. Lock kende het helemaal uit zijn hoofd. Hij kende elke maatschappij, elke bankrekening, elke bedrijfsdirecteur; hij kende de registratievereisten van gebied tot gebied; hij wist wanneer geld ergens moest worden weggesluisd en ergens anders moest worden ingepompt. Hij wist ook dat het goed in elkaar zat; het was zo solide als het maar zijn kon. Maar om het tegenover iemand anders te rechtvaardigen, om het als vaststaand feit te verdedigen – of hij dát zou kunnen wist hij niet zeker.

Hij vermande zich. Misschien had dit niets met een onderzoek te maken. Misschien had het iets met de politiek in Moskou te maken: een heimelijk edict van het Kremlin, een concurrent die zijn oog had laten vallen op een van Malins bezittingen. Maar in Moskou gebeurde er nooit iets in augustus. Misschien was het wel zoiets onschuldigs als een nieuwe aankoop. Misschien voelde Malin zich gewoon eenzaam. Lock glimlachte en keek uit het raam naar het weidse landschap van de Côte d'Azur, majestueus, warm, overbevolkt. Wat het nieuws ook mocht zijn, hij moest doen alsof het hem niet raakte.

Voorbij Nice kwam het verkeer vast te staan. Zoveel Nederlandse nummerborden. Namen Hollanders nooit een vliegtuig?

Bij Antibes werd het wat rustiger op de weg en spoedig waren ze in Cannes, waar de auto naar het zuiden afsloeg in de richting van Théoule-sur-Mer. Roodbruine toppen rezen grillig en primitief op boven de kustweg. Malin, die altijd leek te weten op wat voor grond hij zich bevond, had hem ooit eens verteld dat het Esterel-gebergte zijn kleur dankte aan purpersteen, een steensoort waar de Romeinen en de Grieken dol op waren. Wat zagen die bergen er oud, weerbarstig en onvermurwbaar, alle beschaving weerstrevend uit, en wat vormden ze een schril contrast met de keurige villa's die langs de weg stonden.

Tegen de tijd dat ze Malins landgoed bereikten, hadden ze Théoule en de meeste villa's achter zich gelaten. Malin had zijn eigen *Cap*, een kleine landtong die aan de noordkant werd begrensd door een tweeënhalve meter hoge muur die haar volledig scheidde van het vasteland. Hij had dit huis gekozen omdat het gemakkelijk te beveiligen was: aan de overige drie kanten bevonden zich terrastuinen die eindigden bij rode klippen die zich loodrecht omlaag tot in de zee uitstrekten. Aan die natuurlijke verdedigingswerken had hij bewakers (gewapende Russen, niemand van de plaatselijke bevolking) toegevoegd die dag en nacht langs de grenzen van het terrein patrouilleerden. Aan de westkant van de kaap leidde een steil pad naar een klein zandstrand. Toen het huis in de jaren twintig was gebouwd, hadden er ongetwijfeld jachten voor anker gelegen in de kleine baai en waren gasten vanuit Cannes en La Napoule hierheen komen zeilen voor een dinertje. Nu stonden daar permanent twee bewakers gestationeerd en waren gasten, van welke soort dan ook, zeldzaam.

De auto hield stil bij het poorthuis. Lock deed zijn raampje omlaag en liet zijn gezicht zien; de poort ging open.

Op de oprit stond nog een Mercedes geparkeerd, met de chauffeur slapend achter het stuur. Lock herkende de auto niet. Hij bedankte zijn eigen chauffeur, zei hem in gebrekkig Frans dat hij wel een uur of meer weg zou blijven en liep tussen de twee bewakers bij de deur door het huis binnen.

Iedere keer raakte hij weer onder de indruk van de overbodige élégance van het huis. Naar maatstaven van de Rivièra was het betrekkelijk klein, laag en wit, hier en daar met een sprankje art deco, en wekte het de algemene indruk klaar te staan om elk moment weg te zeilen over de zee waar het bovenuit torende. De achterzijde van het huis werd overschaduwd door grote eiken en dennen; de voorzijde keek uit op een in eenvoudige terrassen opgedeeld gazon dat doorliep tot aan de rand van de klippen en dat door bomen werd omzoomd; op de begane grond kwamen alle kamers via enorme openslaande deuren uit op de tuin, waar een fontein zacht klaterde. Licht stroomde overal naar binnen, maar zelfs in hartje zomer was het koel in huis. Op vijftig meter afstand bevond zich een kleine kapel die nu buiten gebruik was. Lock had altijd het gevoel gehad dat hij daar nog eens een bezoek aan moest brengen, maar het was er nooit van gekomen.

De eetkamer werd gebruikt om te vergaderen. Malin zat aan de eettafel, achterovergeleund op zijn stoel, zijn dikke armen gevouwen voor zijn borst. Hij droeg een wit overhemd met korte mouwen en een open kraag en tegen het wit tekende zijn huid zich vaalgeel af. Hij was groot en massief, als een Russische worstelaar met pensioen. Ondoorgrondelijk, dacht Lock: daar komt niets doorheen, in geen enkele richting. Zijn brede gezicht was vlezig en zou bij een andere man, met zijn kaken en zijn kaalheid en zijn onderkin, iets joviaals hebben gehad, maar zijn ogen overstemden alles. Ze waren donkerbruin en somber, nieuwsgierig noch passief. Malin leek nooit met zijn ogen te knipperen maar staren deed hij evenmin. Lock voelde zich nog steeds slecht op zijn gemak als hij hem recht aankeek. Zoals nu.

'Goedenavond, Richard. Het spijt me dat ik je vakantie moet onderbreken.' Malin sprak Engels met een zwaar accent, zijn stem laag en welluidend. Lock knikte alleen maar, uit ervaring wetende dat het bij deze ene beleefdheidsfrase zou blijven. 'Telefoons, alsjeblieft.' Lock pakte zijn drie mobieltjes uit verschillende zakken, verwijderde van alle drie de achterkant en legde de onderdelen op een dressoir dat tegen de muur stond en waarop al twee telefoons lagen, eveneens in losse onderdelen.

'Je kent meneer Kesler.' Malin maakte een gebaar naar de oudste van de twee mannen die aan de andere kant van de tafel zaten.

'Natuurlijk. Hoe gaat het, Skip?'

'Prima, dank je, Richard. Je ziet er goed uit. Dit is Lawrence Griffin, een van onze zakenrelaties.'

Lock schudde beide mannen de hand. 'Skip' was eigenlijk Donald, maar hij werd liever Skip genoemd; dat suggereerde een speelsheid die niet strookte met de rest van zijn persoonlijkheid. Hij was een jurist, gespecialiseerd in procesrecht, en Lock schrok toen hij hem daar zag: dat betekende dat het een ernstige kwestie was die ze wilden bespreken, wat hij al had gevreesd, want Kesler was er niet de man naar om, zonder dringende reden, de Atlantische Oceaan over te vliegen en het geld van zijn cliënt te verspillen. Alles aan hem duidde op discipline. De jongste van de twee mannen, Griffin, had een notitieboekje tevoorschijn gehaald en zat al te schrijven. Ze droegen allebei een pak; ze maakten allebei een verhitte en enigszins groezelige indruk, alsof ze dezelfde dag waren komen overvliegen en nog geen tijd hadden gehad om zich om te kleden.

Lock ging in zijn eentje aan het hoofd van de tafel zitten. Malin keerde zich naar hem toe om hem aan te kijken.

'Tourna maakt weer stampij. Hij is nog steeds verontwaardigd.'

'Gaat dit om Tourna? Jezus, die man maakt altijd vreselijke stampij. Kunnen we niet gewoon blijven doen alsof hij lucht is?' Tourna was beslist geen bijeenkomst in augustus waard.

'Meneer Kesler vindt van niet. Meneer Kesler.'

'Dank je, Konstantin. Richard, meneer Tourna dient morgen, maandag dus, in New York een aanklacht in en beroept zich op de relevante clausules in zijn contract om in Parijs de voorbereidingen voor arbitrage te beginnen. In de aanklacht in New York wordt aangevoerd dat we onze verplichtingen tegenover Orion Trading aangaande de verkoop van Marchmont niet zijn nagekomen. Om precies te zijn houdt het in dat Orion een lege bv heeft verkocht en Faringdon de bezittingen heeft ingepikt. De data voor de hoorzittingen in New York zijn nog niet vastgesteld, maar we worden in november in Parijs verwacht.' Kesler formuleerde altijd strak en precies, op staccato toon met een licht zuidelijk accent, om alle punten te benadrukken. Lock vroeg zich af of hij zijn tekst had gerepeteerd.

'God, wat een idioot is het toch,' zei Lock. 'Wat wil hij daarmee bereiken?' Niemand zei iets. Lock zag dat Keslers horloge nog de tijd in Washington aanwees. 'Gaan we de uitdaging aan of schikken we?'

'Als de vraag of we wel of niet onze contractuele verplichtingen zijn nagekomen onze enige zorg zou zijn, ja, dan konden we procederen of schikken – we zouden een boete kunnen betalen en dan zou het probleem daarmee wellicht uit de wereld zijn.' Keslers pak was donkerblauw, van dunne wol met een krijtstreep, met een Europese snit. 'Maar deze keer heeft meneer Tourna besloten er iets pikants aan toe te voegen. Hij beweert dat Faringdon – en jij – deel uitmaken van een criminele organisatie. Om precies te zijn, hij beweert dat Faringdon geen eigendom is van haar aandeelhouders, maar van meneer Malin, en dat het, zoals hij het formuleert, de spil is in een mondiale witwasoperatie. Hij zegt dat de schade die dat hem heeft berokkend een miljard dollar bedraagt.'

'Een miljard? Waar haalt hij dat vandaan?' Nu begreep Lock waarom hij en Kesler hier waren. 'Wie heeft hij in de arm genomen?'

'Hansons. Lionel Greene. Ik heb gehoord dat hij heel goed is.' Kesler keek Lock over de rand van zijn bril aan, wachtte nog even, maar er volgde niets meer. 'Dat schept allerlei problemen. We kunnen niet schikken, want de aanklacht is openbaar en door te schikken zouden we schuld bekennen. En we kunnen erop vertrouwen dat iedereen hier binnenkort van op de hoogte zal zijn, want Tourna is nooit discreet, zelfs als het in zijn belang is om dat wel te zijn. En dat is hier niet het geval.'

Lock voelde een last op zijn borst drukken, een lang gekoesterde vrees. 'Weten we wat hij weet?'

'Nee. De aanklacht is niet gedetailleerd.'

'Hij zit te vissen.'

'Dat geloof ik niet.' Kesler keek van Lock naar Malin.

'Waar is hij dan mee bezig?' vroeg Lock. 'Het lijkt gekkenwerk. Waarom zou hij iets beweren wat hij niet kan bewijzen? En er vervolgens voor zorgen dat we niet kunnen schikken?'

Opnieuw keek Kesler hen beurtelings aan. Malin maakte een lichte beweging met zijn hoofd en Kesler vervolgde zijn verhaal.

'Waarom hij er niets voor voelt om te schikken? Ik vermoed omdat meneer Tourna de pest in heeft, en als meneer Tourna de pest in heeft, dan kropt hij dat niet op. Voor die Griek is wraak een gerecht dat het beste betrekkelijk warm kan worden geserveerd.' Kesler wachtte even, duidelijk tevreden over zijn eigen formulering. 'Ik denk dat hij dit doet – en we moeten *aannemen* dat hij het doet – omdat hij meneer Malin schade toe wil brengen. Inmiddels kunnen we ervan uitgaan dat hij onderzoekers en pr en god mag weten wie nog meer heeft ingehuurd om er een geweldige show van te maken. Als hij vindt dat de tijd daarvoor rijp is.'

Keslers ondergeschikte zat voortdurend aantekeningen te maken. Lock keek even naar hem en vroeg zich af wat hij in hemelsnaam nu al allemaal te schrijven had. De zon stond laag en achter Malin, waardoor diens gezicht in schaduwen was gehuld.

'Luister,' zei Lock, 'als hij iets kon bewijzen zou hij ons daar op eigen houtje mee chanteren. Dat is zijn stiel. Wat betekent dat er geen bewijzen zijn.'

'Misschien niet,' zei Kesler, 'maar het wordt heel lastig om dat aan te tonen. Ik ben hier nu omdat we onmiddellijk aan het werk moeten. Parijs heeft de hoogste prioriteit. Ik zal opereren vanuit Brysons kantoor in Londen om jou de reis naar Washington en mij de reis naar Moskou te besparen.'

'Wacht eens even.' Lock leek enigszins in verwarring gebracht. 'Waarom zou er überhaupt van arbitrage sprake zijn? Als hij stennis wil maken, waarom klaagt hij ons dan niet gewoon in New York aan?'

'Dat is de interessantste vraag,' zei Kesler. 'Ik weet het niet. Daar heb ik gewoon geen idee van. Maar ik denk dat New York wel eens van ondergeschikt belang zou kunnen zijn. Een rechtszaak daar zou een hoop heisa genereren, maar ik vermoed dat hij jou een hoop ellende wil bezorgen en je toch nog een mogelijkheid wil laten behouden om te schikken – misschien ben je bereid te schikken als hij de klacht volledig laat vallen. Of misschien wil hij jou in het getuigenbankje zien. In New York kunnen we dat vermoedelijk wel vermijden, maar in Parijs niet. Je zult je eigen arbitrage moeten bijwonen.'

Lock voelde de pijn onder aan zijn rug. Dit was het moment waarop hij Malin zou moeten tonen dat hij er alle vertrouwen in had en vol vechtlust was, maar zijn lichaam verried angst.

'Kunnen wij hem eerst nog een hak zetten?'

'Vuur met vuur bestrijden, bedoel je? Wellicht. Ik heb volgende week in Londen een vergadering met de investeerders. Misschien is er iets wat meneer Tourna liever geheimhoudt. Maar aan zijn reputatie valt weinig te verpesten. Die stelt al niets voor.' Kesler grinnikte ergerlijk.

Malin stond op, bedankte Kesler en vroeg Lock hem naar buiten te vergezellen. Terwijl ze over het gazon voor het huis wandelden, voelde Lock het gras onder zijn voeten veren. Tussen de cipressen door zag hij de baaien en landtongen die in de verte bij elkaar kwamen en het donkerrood van de klippen in de schaduw. Zijn schone overhemd plakte alweer vochtig en koel tegen zijn rug. Hij en Malin deden een paar stappen omlaag naar een zwembad, waarvan het hemelsblauwe water voortdurend over de verste rand spoelde, met daarachter de kalme, kobaltblauwe zee. Ze gingen, beschut tegen de ondergaande zon, naast elkaar aan een tafel zitten waar Lock, met zijn ellebogen op zijn knieën naar het zwembad bleef staren en zich afvroeg of er iets bestond dat de locatie nog rustieker zou kunnen maken. Hij was benieuwd of Malin er plezier aan beleefde.

Malin trok een pakje sigaretten uit het borstzakje van zijn overhemd, haalde er een uit en stak die op. Nu sprak hij Russisch. 'Richard, ik maak me hier zorgen over. Tourna is een beetje gek. Ik denk dat Kesler gelijk heeft – hij doet dit niet om ons wat geld af te troggelen.'

'Tourna is geschift. We hadden nooit...'

'Laat me uitspreken.' Malin wachtte even. Lock wendde zijn blik af van het water en keek hem aan om aan te geven dat hij bereid was te luisteren. 'Kesler heeft me een dag of twee geleden opgebeld. Dat heeft me wat tijd gegeven om na te denken. Ik heb hem gevraagd persoonlijk hierheen te komen om met ons te overleggen. Ik heb hem gevraagd, zoals ik nu ook aan jou vraag, om hier bijzondere aandacht aan te besteden, zodat het niet escaleert. Ik wil dat wij erachter komen wat Tourna weet. En ik wil alles over Tourna weten. Dat is jouw verantwoordelijkheid. Ik wil dit niet schikken, omdat ik er niet op vertrouw dat Tourna zich daaraan zal houden.' Opnieuw zweeg hij even en hij nam een flinke trek van zijn sigaret. 'Hoe zeker weet jij dat we ons van alle kanten hebben ingedekt?'

'Heel zeker.' Locks adem stokte. 'Er is geen enkele aantoonbare connectie met jou.'

'Controleer het netwerk op zwakke plekken. Binnenkort zitten ze erbovenop. Als er zwakke plekken zijn, laat me dat dan weten.'

'Ik zou niet weten waar die zouden moeten zitten.'

'Kijk toch maar. Wie denk je dat bewust of onbewust zijn mond voorbij zou kunnen praten? Daar zullen ze naar op zoek gaan.'

'Begrepen.'

'De kans bestaat nog steeds dat het overwaait. Maar werk intussen samen met Kesler. En zet je beste beentje voor.'

Lock keek Malin zo lang mogelijk recht in zijn ogen, knikte toen en wendde zijn hoofd af.

'Richard, ik heb je altijd goed betaald om je op dit moment voor te bereiden. Stel me niet teleur.'

Toen ze in de schemering terugliepen naar het huis, floepte de veiligheidsverlichting aan, werden het huis en de bomen verlicht en hulde daarbuiten alles zich in duisternis.

Lock was even na tienen die avond terug in Monaco. Oksana was niet in haar kamer in het Metropole Hotel. Toen hij haar opbelde werd er niet opgenomen.

Hij nam een douche, draaide de warmwaterkraan helemaal open en vervolgens de koude en dacht na. Hij vroeg zich af waarom Kesler niet eerst naar hem toe was gekomen, maar zich rechtstreeks tot Malin had gewend. Hij dacht aan wat Malin tegen hem had gezegd, hetgeen zowel een oppepper als een dreigement inhield. En vervolgens dacht hij over wat hem nu te doen stond en hoezeer hij daar tegen opzag. Hij wist dat het probleem niet zat in de aard van de leugen, maar in het eenvoudige feit dat het een leugen was. Als iemand er goed genoeg naar keek (al zouden ze er dan wel heel grondig naar moeten zoeken) dan zouden ze ontdekken dat hij, Richard Lock, de rijkste buitenlandse investeerder in Rusland en de eigenaar van een gigantisch particulier energieconcern was. En hij had geen enkel plausibel antwoord op de vraag hoe hij het zo ver had weten te schoppen.

2

—

Webster was de eerste in huis die wakker werd. De nacht was benauwd geweest, maar nu blies er een koel briesje door het open raam naar binnen en hij trok het dunne laken over zich heen. Aan het licht, dat langs de randen van de jaloezieën naar binnen viel, zag hij dat het opnieuw een warme dag beloofde te worden. Elsa lag nog te slapen, met haar rug naar hem toe. Er waren vliegtuigen in de lucht; het moest na zessen zijn.

Als hij nu opstond kon hij misschien nog snel een stukje gaan zwemmen voordat de anderen op waren. Maar zodra hij dat had bedacht wist hij dat hij niet zou gaan; hij was nog niet bereid om zich te onderwerpen aan de dagelijkse werksleur. Wat stond er vandaag op het programma? Een warboel aan dingen waaraan hij sinds het begin van zijn vakantie niet meer had gedacht: zaken, cliënten, facturering. Hammer instrueren over Tourna en beslissen of hij zijn geld zou aannemen. Alleen dat zou wel eens de hele dag in beslag kunnen nemen.

Hij hoorde de vloer kraken in de kamer boven zich. Nancy was op. Elke ochtend kwam ze beneden en bleef dan doodstil bij zijn bed staan, totdat iets in zijn onderbewustzijn hem zei dat ze er was. Het was een enigszins verontrustende manier om de wereld te begroeten.

Hij lag op zijn zij, met zijn gezicht naar de deur en deed zijn ogen dicht. Ze bewoog zo stilletjes dat hij haar nauwelijks hoorde binnenkomen. Hij liet haar een ogenblik naast hem staan en schoot toen met zijn hand onder het laken uit en trok haar op het bed, keerde zich op zijn rug en trok haar boven op zijn borst. Haar voetjes waren koud tegen zijn benen.

'Pappie!'

'Heb je me gemist?'

Ze zei niets, maar ging rechtop zitten en trommelde met haar handjes een ritme op zijn buik. Hij pakte haar onder haar oksels en hield haar op armlengte horizontaal omhoog, haar gezicht glimlachend boven het zijne, haar wangetjes bol, haar donkere haar omlaag hangend. Ze begon zwaar te worden, maar zijn duimen raakten elkaar nog steeds op haar borstbeen.

'Heb je me gemist?'

'Niet kietelen.'

'Oké. Heb je me gemist?'

Nancy giechelde. Hij kneep haar even heel voorzichtig.

'Niet kietelen! Ja! Ja!'

Hij liet haar zakken.

Ze hief haar hoofd op. 'Heb je een cadeautje voor me meegenomen?'

'Ik ben maar één nachtje weg geweest.'

'Twee nachtjes.'

'Ik weet het. Sorry. Ik had een vreselijke reis terug.'

'Zelfs niet een kleintje?'

'Zelfs niet een kleintje. Niets. Een ontbijtje, als je wilt.' Hij richtte zich op in de kussens en keek naar haar. 'Is Daniel al wakker?' Ze schudde haar hoofd.

'Wat doet hij?'

'Voor mij ook niets?' Elsa was wakker geworden. Ze lag nog steeds met haar rug naar hem toe.

'Goedemorgen, schat. Nee. Er is weinig te koop in Datça.'

Ze keerde zich op haar andere zij. Ze had nog echte slaapogen. 'Thee, graag.'

'Komt eraan.'

Nancy streek met haar vinger langs zijn kaak en voelde de stoppeltjes.

'Hoe was het?' vroeg Elsa.

'Prachtig. Heet.'

'Niet zeuren. Hoe was het met je miljardair?'

'Gebruind en rijk. Hoewel ik niet zeker weet of die miljarden wel helemaal van hem zijn.'

'Vond je hem aardig?'

'Niet erg.'

'Hmm. Was het de moeite waard?'

'Het is de beste zaak die ik ooit heb gehad.'

'Groot?'

'In alle opzichten. Maar we kunnen er beter van afzien.'

'Waarom?'

'Het betreft een hele staatsgreep. Dat wordt hommeles.'

'Thee.' Elsa schoof dichter naar hem toe en streek met haar hand over Nancy's rug.

'Vijf minuten. Zodra Daniel beneden komt maak ik een ontbijtje voor ze klaar.' Hij keek haar aan. Haar ogen waren gesloten. Iemand had ooit gezegd dat Nancy zijn uiterlijk en Elsa's schoonheid had. Het klonk leuk en was nog waar ook. 'Hoe was het gisteren? Sorry, dat ik zo laat was.'

'Met Thomas? Verschrikkelijk. Zijn moeder wil niet meer dat hij komt. Ze denkt dat het slecht voor hem is om erover te praten.'

'Dat is jammer.'

'Zeker.' Ze keek naar Nancy. 'Ik vertel je er later wel over.'

Even bleven ze daar liggen. Nancy plukte aan de haartjes in Websters nek en Elsa keek naar haar.

'Welk regime?' vroeg ze ten slotte.

Webster draaide zich naar haar toe.

'Het is niet echt een regime. Het is een man. De meest corrupte van Rusland, heb ik zo de indruk.'

'En wat zou jij moeten doen?'

'Hem aan de kaak stellen.'

'Dat vind jij enig.'

'Ja, daar heb je gelijk in. Hij verdient het.'

Twee dagen tevoren was Webster voor zonsopgang wakker geworden in de logeerkamer. Hij had zijn wekker zo zacht mogelijk gezet, zijn tas al ingepakt en zijn kleren voor die dag hingen aan een haakje aan de deur. Elsa en de kinderen waren nog diep in slaap in het stille huis. Hij had tussen de vakantiegangers op Gatwick gestaan en op Dalaman Airport een halfuur op een taxi moeten wachten. De piloot had gezegd dat het drieëndertig graden in de schaduw was. Daar buiten, waar de hitte werd weerkaatst door het beton en het asfalt, leek het warmer. Het enige pak dat hij die dag zag was zijn eigen pak. Het was van wol, grijs, het lichtste pak dat hij bezat – een keurig Engels pak, en totaal ongeschikt om te dragen aan de Turkse kust in augustus.

De reis naar Datça nam drie uur in beslag. Terwijl hij rechtop op de harde achterbank zat, keek hij naar de bergen in de verte, dicht begroeid met naaldbomen, terwijl de weg afboog in de richting van de zee. Uit de radio klonk Russische dansmuziek. De zon brandde meedogenloos in op de zijkant van de auto en hij voelde de hitte van het metaal en het glas.

Hij was niet aanwezig geweest toen het telefoontje kwam, maar Webster dacht dat hij wel wist wat Tourna wilde. Zijn reputatie moest worden opgevijzeld. Zijn handel was olie, gas, koper, ijzer, goud, bauxiet, steenkool: alles wat waarde had en in verafgelegen oorden uit de grond kon worden gehaald. Hij kocht de exploitatierechten van de mijn, overtuigde zijn investeerders dat hem iets geweldigs in de schoot was geworpen en dan verkocht hij de hele handel, voordat goed en wel duidelijk was dat het eigenlijk allemaal niet zoveel voorstelde. Bovendien was hij een onvermoeibare querulant die iedereen aanklaagde die hem uitdaagde, doorgaans benadeelde compagnons en gedreven journalisten. Webster was er zeker van dat Tourna hem zou vragen zijn naam te zuiveren; hem de maat te nemen en te constateren dat er niets op hem aan te merken was. Het enige in de vergadering waar hij zich op verheugde was het moment dat hij kon uitleggen dat het niet zo in zijn werk ging.

Na twee uur rijden kwam de weg uit op een brede, glooiende vlakte die in de verte weer omhoogklom naar een olijfgroene bergketen, aan beide zijden omsloten door de strak blauwe zee. Dit was het schiereiland Datça. Ze reden tussen kluitjes vierkante, witgepleisterde huisjes en langs warme amandelgaarden, waar de bladeren aan de bomen stoffig en broos waren. De chauffeur beschermde zijn ogen tegen het zonlicht, en de weg daalde nog verder en toen bereikten ze eindelijk Datça zelf.

Ze stopten aan de kade. Webster betaalde en gaf de chauffeur een fooi. Het was hier wat minder warm, misschien omdat het later op de dag was en vanuit de zee in het noorden een briesje kwam aanwaaien. Flatgebouwen en korte, dikke palmbomen stonden in rijen naast elkaar en aan de overkant van het water lagen de bergen van het vasteland, waar ze zojuist vandaan waren gekomen, in nevelen gehuld. Tourna was op zijn boot, die een kilometer of drie uit de kust voor anker lag. Webster toetste het telefoonnummer in dat hij had opgekregen en ging op de rand van de kade zitten wachten, zijn zware bruine schoenen bungelend boven het water.

De *Belisarius* was lang en rank, een witte streep laag in het water. Hij werd verwelkomd door Leon, de hofmeester, die hem tot zijn diepste leedwezen moest mededelen dat meneer Tourna onverwacht voor zaken naar Athene had moeten afreizen, maar dat hij vanavond voor donker terug zou zijn.

Voordat hij een speurder werd, of een spion of wat hij ook mocht wezen, was Webster journalist geweest. Vijftien jaar tevoren, toen Jeltsin net aan de macht was en Rusland pijnlijke veranderingen onderging, was hij naar Moskou getogen, met weinig meer dan een graad in de Russische taal en letterkunde om hem te helpen zijn hoofd boven water te houden. Verhalen in overvloed. Hij schreef over spaargeld dat verloren ging toen de inflatie een hoge vlucht nam en over mijnwerkers in Siberië die al maanden geen loon hadden ontvangen; over corrupte ambtenaren die waren overgehaald om uitstekende gebouwen te laten slopen, over stammen in het Verre Oosten die in hun bestaan werden bedreigd door ontbossing, over families in Amerika die wezen adopteerden uit Rostov, Samara en Tomsk. Aanvankelijk schreef hij artikelen en verkocht die waar hij maar kon, maar na zes maanden werkte hij als correspondent voor *The Times*. Hij reisde kriskras door het land, van de wouden van Sakhalin tot de scheepswerven van Moermansk, van de goelagfabrieken in het Noordpoolgebied tot aan de kuuroorden aan de Zwarte Zee, waar de bonzen van het politbureau hun zomers doorbrachten. Soms reisde hij nog verder, naar Kiev en Tblisi, Oelan Bator en Tasjkent. In acht jaar zag hij meer lelijkheid en hoop, meer bedrog, waardigheid en onverwacht geluk dan hij ooit nog zou zien. Het leven in Rusland was rijk, ook al was het goedkoop.

Maar langzamerhand, bijna zonder het zelf te merken, begon hij genoeg te krijgen van die eindeloze opeenvolging van hoop en teleurstelling. In 1992 had hij geloofd dat Rusland weer groots uit haar as zou herrijzen; zeven jaar later vreesde hij dat het land gedoemd was eeuwig achter het net te vissen. Zijn redacteuren begonnen het ook beu te worden. En toen, drie maanden voordat de nieuwe eeuw aanbrak, was Inessa gestorven.

Een zekere Serik Almaz werd beschuldigd van de moord en vier weken na haar dood werd hij schuldig bevonden. Hij had zijn halve leven in de gevangenis doorgebracht wegens diefstal en aanranding, maar tijdens zijn proces, dat slechts één ochtend in beslag nam, hield hij vol onschuldig te zijn. Webster kon het proces niet bijwonen omdat zijn visum was ingetrokken.

Op de voorpagina van de *Novoya Gazeta* stond een artikel dat vermeldde dat zij was gestorven tijdens de uitoefening van haar beroep; *The Times* vermeldde simpelweg dat ze was overleden. Ze was de vierde Russische journaliste die dat jaar was vermoord. Tijdens haar begrafenis in Samara verontschuldigde Webster zich tegenover haar echtgenoot, al wist hij niet goed waarom, en een maand later verliet hij Rusland voorgoed. Hij had alle geloof in het land verloren.

En nu bevond hij zich op een jacht en moest hij wachten op het soort man waar Inessa over schreef. De avond was al gevallen en Tourna was nog steeds niet teruggekeerd. Hij trok een sigaret uit het nieuwe pakje en stak die aan met de goedkope aansteker die hij op het vliegveld had gekocht. Eentje kon geen kwaad; het was per slot van rekening warm en hij was in het buitenland. Een flintertje tabak bleef aan zijn lip kleven en hij veegde het weg met zijn duim. Er was nu geen zuchtje wind meer en de rook dreef in alle rust weg van de boot.

Webster las zijn boek en keek hoe de sterren aan de hemel verschenen. Toen hij zijn glas pakte zag hij zichzelf weerspiegeld in de zwarte ruit van de stuurhut. Voor het avondeten had hij gezwommen en zijn grijze haar was stug en warrig van het zout. Hij had zijn groezelige witte overhemd verwisseld voor zijn enige schone hemd en zag er netjes, zelfs geloofwaardig uit – iedereen die hem zo zag zou denken dat hij hier thuishoorde. Maar hij voelde zich belachelijk, alsof hij gevangenzat op deze onbeschoft mooie boot. Dat was niet het geval. Het moment dat hij hoorde dat Tourna niet aanwezig was had hij weg moeten gaan. Waarschijnlijk had hij niet eens moeten komen.

De volgende ochtend vóór het ontbijt, met de zon net boven het schiereiland, ging hij opnieuw zwemmen en dook van de boot in de blauwgroene zee. Het was bijna te warm naar zijn smaak; dit was niet bepaald Cornwall, waar hij een week tevoren nog met de kinderen in water had gezwommen dat hem zelfs in augustus nog bijna een hartstilstand bezorgde. En hoewel het heerlijk was, maakte dit zijn reis nog niet de moeite waard. Hij had besloten dat het deze aanhoudende aanslag op zijn waardigheid niet waard was, ongeacht wat Tourna van hem wilde. Hij zou zich aankleden, iets eten en naar Dalaman vertrekken voordat de hitte toesloeg.

Net toen hij via de ladder weer aan boord klauterde, hoorde hij het geronk van een motor en toen hij achteromkeek zag hij de sloep naderbij komen. Tourna zat aan het roer, voorovergebogen om de buitenboordmotor te bedienen. Er was geen twijfel aan dat hij het was. Hij was klein en stevig en zijn dikke kuiten stonden ferm uit elkaar als die van een rugbyspeler. Hij droeg een wijde blauwe korte broek en een zwart sporthemd en had een trui om zijn nek gebonden. Zijn huid was donkerbruin gebrand, bijna als kersenhout, en zijn zilvergrijze haar stak daar fel tegen af.

Webster bleef staan waar hij stond, druipnat en met de handdoek dicht tegen zijn borst. Tourna sprong met twee treden tegelijk tegen de ladder op en kwam met uitgestoken hand op hem af. Hij droeg een donkere zonnebril.

'Ben. Aristoteles Tourna. Fijn dat je bent gekomen.' Zijn glimlach onthulde twee rijen stralend witte, gelijkmatige en keurig op elkaar aansluitende tanden. Hij schudde hem onnodig hard de hand.

'Het is mij ook een genoegen.' Webster, minstens een kop groter, glimlachte aarzelend. 'Ik stond net op het punt om het op te geven.'

'Neem me niet kwalijk. Het was onvermijdelijk. Heb je al ontbeten?'

'Nee.'

'Ik ook niet. Kleed je aan en dan eten we wat.'

Toen Webster twintig minuten later terugkwam, was Tourna aan het telefoneren. Hij sprak luid in het Grieks en ijsbeerde over de lengte van de boot. Uiteindelijk ging hij zitten en begon een croissantje met boter te besmeren. Zijn huid glansde van gezondheid. Hij had het uiterlijk van iemand die verstandig at: zijn kaken solide en zijn jukbeenderen vlezig. Je kon je moeilijk voorstellen dat hij zichzelf ook maar iets ontzegde.

'Beter dan een ontbijtje in een hotel op het vasteland, toch?' zei hij, en hij keek Webster stralend aan.

'Het is prachtig.'

'Ik vind het heerlijk hier. Zie je dat eiland daar?' Webster draaide zich om. 'Dat is Symi. Griekenland. En dat, het schiereiland, dat is Turkije. Maar eigenlijk is het allemaal Griekenland. Altijd geweest. Ooit pakken we het nog wel eens terug. Iedere keer als ik hier kom, heb ik het gevoel dat ik op strooptocht ben.' Hij lachte. Webster kon niet zien of hij een grapje maakte.

Tourna begon lepels vol fruitsalade in een kommetje te scheppen. Onder het eten wipte hij met zijn been op en neer.

'Zo, Ben. Wat is je achtergrond?'

Webster vertelde hem van zijn tijd in Rusland en dat hij in Londen de journalistiek kleurloos vond na Moskou en dat hij bij toeval in deze branche verzeild was geraakt.

'Waarom ben je weggegaan bij GIC?'

'Te groot. Te massaal. Elke dag een nieuw voorschrift. Het werd lastig om iets voor elkaar te krijgen.'

'En bij Ikertu is dat anders?'

'Ik denk dat ze daar een goed evenwicht hebben bereikt.'

Tourna knikte, als tegen zichzelf.

'Oké. Oké. Dat is mooi.' Hij legde zijn lepel neer. 'Zeg eens. Wat gebeurt er met de informatie die ik je hier geef?'

'Die houd ik voor me. Als u ons in de arm wilt nemen en wij zijn tevreden met uw aanbod dan deel ik die informatie met mijn collega's.'

'Als jullie tevreden zijn?'

'Ja.'

'Waarom zouden jullie niet tevreden zijn?'

'Misschien staat de opdracht ons niet aan. Misschien staat de cliënt ons niet aan.'

Tourna knikte opnieuw en schoot toen in de lach. 'Dit is dus ook een soort ballotagegesprek?' Hij nam een flinke slok jus d'orange. 'Dat moet dan maar.' Webster had het gevoel dat hij werd aangestaard. 'Oké. Laten we beginnen. Jij kent Rusland. Ken je ook een man die Konstantin Malin heet?'

'Ja, die ken ik.' Plotseling zat hij op het puntje van zijn stoel. Malin. Dat had hij niet verwacht. Malin en zijn stille faam.

Tourna knikte en kauwde. 'Ik heb een bedrijf van hem overgenomen.'

Webster onderbrak hem. 'Meneer Tourna, zou u het erg vinden om uw zonnebril af te zetten? Ik vind het prettiger als ik uw ogen kan zien.'

Tourna keek op van zijn kom en hield op met eten. 'Je wilt naar binnen kunnen kijken, hè?' Hij fronste zijn voorhoofd en trok zijn wenkbrauwen op. 'Wil je deze opdracht nu wel of niet?'

Webster glimlachte. 'We hebben het druk. Persoonlijk maakt het mij niet uit.'

'Oké,' zei Tourna met een ironisch lachje, en hij zette zijn zonnebril af. Zijn ogen waren dof bruin, de huid eromheen iets lichter dan de rest van zijn gezicht. 'Dit is leuker dan ik had verwacht.'

Webster zag iets driftigs, iets kinderlijks in Tourna's blik: hij maakte de indruk slecht met tegenslagen overweg te kunnen. Hij bleef glimlachen maar zei niets. Even keken de beide mannen elkaar aan.

'Vertelt u me eens wat meer over Malin,' zei Webster.

Tourna knikte opnieuw en slaakte een diepe zucht.

'Hij heeft mij een bedrijf verkocht. Nou ja, een van zijn stromannen heeft dat gedaan. Het zou een pakket exploratievergunningen in bezit hebben. Wat olie, wat gas, allemaal in Jamal-Nenets. Wij hielden ons keurig aan de afspraken en alles was piekfijn in orde. Toen de deal was gesloten, bleken de vergunningen onvindbaar. Die zijn overgedragen aan een ander bedrijf. Twee maanden tevoren gevestigd op de Kaaiman-eilanden. Dat had er een of andere uit de duim gezogen optie op.'

'Hoeveel hebt u betaald?'

'Vijftig miljoen. Dollar. Daar was ook eigen vermogen bij.'

Webster knikte. 'En u wilt uw vergunningen terug.'

'Nee. Ik heb het gehad met Rusland. Ik had beter moeten weten. Ik wil mijn geld terug. Maar daarvoor heb ik jou niet laten komen. Daar heb ik advocaten voor.'

Webster wachtte af. Tourna keek hem recht in de ogen.

'Wat ik van jou wil,' vervolgde hij, 'is de ondergang van Konstantin Malin. Die man is een schurk. Hij is zogenaamd de grote strateeg. De grootvizier, de man die Rusland weer machtig heeft gemaakt. Maar het enige waar hij zich druk om maakt is zijn imperium en zijn geld. Hij is een vuile boef en hij heeft nergens recht op. Ik wil hem weg hebben.'

Webster zei even niets. Hij voelde de opwinding in zich opwellen, in zijn schouders en in zijn borst. Een kans om Malin een hak te zetten. Dit bezoek was toch de moeite waard. Zelfs het wachten was de moeite waard geweest.

'Wat bedoelt u met weg hebben?'

'Het ministerie uit. Vernederd. Ik wil dat er in twaalf landen een on-derzoek naar hem wordt ingesteld. Ik wil hem aan de schandpaal nage-len.'

'Aha. En hoe zouden we dat moeten bewerkstelligen? Hij is een mach-tig man.'

'Ik had gehoopt dat jij wel wat ideeën zou hebben.'

'U moet er een voorstelling van hebben.'

'Luister, niets wat hij onderneemt deugt. Maar hij lijkt zo onschuldig als een pasgeboren lammetje. Ergens moet toch een geweldige zooi vun-zigheid over die vent verborgen liggen. Die moeten we opsporen en ge-bruiken.' Als Tourna sprak, stak hij zijn tegen de gebruinde huid onver-wacht roze lippen iets naar voren. Die, dacht Webster, zeggen je, meer nog dan de ogen, dat hij niet te vertrouwen is.

Hij knikte nogmaals. Hij pakte een notitieboekje en een pen uit de zak van zijn jasje.

'Mag ik?'

'Ja, hoor, ga je gang. Zorg alleen dat je het niet kwijtraakt.'

Een uur lang ondervroeg Webster Tourna over het verhaal en alle personen die er een rol in speelden. Wanneer was dit allemaal gebeurd? Hoe was de overeenkomst tot stand gekomen? Had hij Malin ontmoet? Met wie had hij verder zaken gedaan?

Tegen de tijd dat hij klaar was, was het tien uur en voelde hij de zon heet op zijn schouders. Om drie uur ging er een vlucht terug. Hij wilde hier weg en nadenken over wat hij zojuist had gehoord.

'Ik denk dat dit alles is. Dank u.' Hij keek op zijn horloge. 'Ik moet er nodig eens vandoor.'

'Blijf je niet? Je kunt zolang blijven als je wilt. Ik kan je morgen in Bodrum afzetten.'

'Nee, dank u.'

Tourna rekte zich uit en vouwde zijn handen achter zijn hoofd.

'En, ben ik goedgekeurd?'

Webster glimlachte. 'Ik weet het niet. Ik zal het er met mijn baas over hebben.'

'Denk je dat je me kunt helpen?' vroeg Tourna, terwijl hij opkeek naar Webster en zijn ogen afschermde met zijn hand.

Webster dacht een ogenblik na.

'U verlangt nogal wat. Als we de opdracht aanvaarden dan zullen wij ook aardig wat terugverlangen.' Toen hij dat zei, realiseerde hij zich dat hij desnoods ook bereid zou zijn dit voor niets te doen. Dit was een kolfje naar zijn hand. Het soort zaak dat er echt toe deed.

Tourna lachte. Webster zocht zijn spullen bij elkaar en begon aan de lange reis terug naar Londen. Onderweg dacht hij diep na en vormde zich een beeld van hoe dit zou kunnen werken.

Malin. Dat was nog eens een bonus.

Voor hij vertrok had Tourna Webster een dik dossier gegeven. Hij las het in het vliegtuig – dat was eigenlijk tegen de veiligheidsvoorschriften, maar het kind dat naast hem lag te slapen zou zich er vast niet voor interesseren.

Er zaten allerlei documenten in, zorgvuldig gerangschikt: krantenartikelen, jaarverslagen, transcripties van radioprogramma's en gefotokopieerde fragmenten uit boeken. Overal waren passages met fluorescerende inkt gemarkeerd, voorzien van uitroeptekens en dik onderstreept. Tourna had uitgelegd dat dit zijn privédossier was: hij had het grotendeels zelf samengesteld. Het omvangrijkste stuk was een rapport van een bank die overwoog geld te lenen aan een Weens bedrijf dat Langland Resources heette. Het was drie jaar tevoren opgesteld door een concurrent van Ikertu, maar hoe Tourna het in handen had gekregen was niet duidelijk.

Webster begon met de bijlagen; die waren altijd het interessantst. Tot zijn verbazing vond hij twee *spravki*, een over Malin en een over een jurist die Richard Lock heette en die Tourna het bedrijf had verkocht. Hij vroeg zich af of hij op dit moment wel om een *spravka* over Malin zou hebben gevraagd, en zelfs drie jaar geleden zou dat de nodige gevaren met zich hebben meegebracht – misschien had niemand goed ingeschat hoe groot die waren. Alles was ongetwijfeld officieel goedgekeurd.

Spravka betekende eenvoudigweg 'certificaat'. Elk aspect van het Russische leven had zijn eigen spravki: je had er een nodig om je huis te verkopen, om je in te schrijven bij een arts, om een telefoonaansluiting te krijgen, om goederen te importeren, om een paspoort te verkrijgen, om een plaatsje op de universiteit te veroveren. In Websters leven betekende het een resumé van iemands privéleven, ontleend aan Russische inlichtingendiensten en kwam het zo vaak voor dat de informatie, hoewel volgens de letter van de wet verboden, op zichzelf gewoon gemeengoed was. Het was zelden boeiend leesvoer. Geboortedatum, baan, directe familie, woning, auto, opleiding, loopbaan. Zakenbelangen in Rusland, zakenbelangen buiten Rusland. Opmerkingen aangaande carrière en karakter. Bewijzen van of vermoedens over vergrijpen. Bespiegelingen over seksuele geaardheid (in de helft van de rapporten die hij had gelezen stond, in een bij de Russische bureaucratie favoriete dubbelzinnige formulering dat het 'niet geheel uitgesloten was' dat de betrokkene homoseksueel was). Een leven gecomprimeerd tot zijn basale coördinaten en zijn gevoeligheid voor chantage en corruptie. Hij was altijd weer onder de indruk van de discipline die nodig was om zo summier te blijven.

In de regel gold dat naarmate je belangrijker was – rijker, politiek invloedrijker, lastiger – je spravka ook omvangrijker en uitgebreider was. Van iedereen die in Rusland woonde bestond uiteraard een dossier, maar de meeste bevatten weinig meer dan alledaagse details die bij andere overheidsinstanties bij elkaar waren gesprokkeld. Alles wat meer behelsde of kleurrijker was suggereerde dat je ooit in de belangstelling had gestaan van de inlichtingendiensten zelf en ondanks de nietszeggendheid van het taalgebruik werd soms duidelijk dat de telefoon was afgeluisterd, dat de buren discreet waren ondervraagd, dat de bankafschriften waren gecontroleerd en tevens op de een of andere manier tegen het licht waren gehouden. Rusland mocht zich dan minder machtig voelen, in deze eenvoudige macht over haar bevolking leek er nauwelijks iets veranderd.

Maar op het hoogste niveau werd de regel ongedaan gemaakt: er was geen oligarch of minister die zo onvoorzichtig was om zijn dossier intact te laten. Met behulp van geld of invloed zou hij zijn dossier laten redigeren en opschonen totdat het weinig of niets meer onthulde, en zou de informatie die het ooit had bevat zo ver in de diepe, duistere kerker van de Russische staat worden weggestopt dat alleen zij die minstens even machtig waren die er ooit nog uit zouden kunnen opdiepen.

De eerste spravka die hij, al die jaren geleden, had gezien was van Inessa; ze had hem zelf laten zien. Het begon met een aantal neutrale alinea's over opvoeding, haar familie en haar opleiding, maar waar ze trots op was dat waren de vier of vijf pagina's over de artikelen die ze had geschreven en over het gevaar dat ze vormde voor de Russische staat. Ze had uitgelegd dat er speciaal iemand was aangesteld om haar in de gaten te houden; ze werd serieus genomen. Al haar artikelen waren erbij gevoegd. Corruptie in Togliatti, milieuvervuiling in Norilsk, smokkelpraktijken in Vladivostok, de aluminiummoorden in Krasnojarsk, arbeidersstakingen in Rostov, Tjoemen, Jekaterinaburg en Tomsk: een staalkaart van Ruslands eerste decennium in vrijheid. Naast haar had Webster zich een amateur gevoeld.

Inessa Kirova, stond in het dossier, was een 'politiek geëngageerde journaliste met de neiging gevoelige onderwerpen aan te snijden', een freelancer die schreef over misdaad en corruptie en de meeste van haar artikelen verkocht aan het opruiende dagblad de *Novoya Gazeta*. Ze had connecties met 'tegendraadse... onafhankelijke' buitenlandse journalisten – 'daar bedoelen ze jou mee!' had ze opgewekt tegen Webster gezegd – en ze legde een bijzondere belangstelling aan de dag voor de relatie tussen 'het grote bedrijfsleven' en de politiek: met andere woorden: wie kocht wie om? Hij vroeg zich af of het dossier er nog steeds zou zijn, op een genummerde plank in de een of andere vochtige kelder en of nog steeds iemand reden zou hebben om het te raadplegen.

De twee spravki die Webster voor zich had leken te gaan over minder interessante, minder productieve levens. Ze waren in een slechte vertaling gefaxt, niets wees erop waar ze vandaan kwamen en ze pasten qua uiterlijk precies bij degenen op wie ze betrekking hadden. Locks dossier duidde op een onopvallende emigrant, dat van Malin op een beroepsbureaucraat. Zijn vader was boekhouder geweest bij een fabriek voor mijnbouwapparatuur in Novosibirsk en had twee kinderen gekregen: Konstantin in 1948 en Natalja in 1952. Malin was in 1971 getrouwd met Katerina Karelova en ook zij hadden twee kinderen gekregen. Officieel woonden ze in een flat van dertig vierkante meter nabij het Leningradski Station in Moskou, maar het was niet erg waarschijnlijk dat ze daar ooit verbleven; de echte woning van Malin zou vast en zeker een veel luxueuzer appartement zijn.

Hij was opgeleid aan het Tjoemen Industrieel Instituut en later aan de Goebkin Russische Staatsuniversiteit voor Olie en Gas in Moskou. Sinds 1971 had hij gewerkt bij wat nu het ministerie voor Grondstoffen heette. In welke hoedanigheid werd er niet bij vermeld. Hij was een echte oude rot.

Maar er was meer. Malin was een man van 'hoge innerlijke discipline' die dankzij 'trouw en doelgerichtheid' binnen het ministerie was opgeklommen tot een positie van 'volledig vertrouwen en positieve invloed'. Zijn bijdrage werd 'op de hoogste niveaus' gewaardeerd en had gezorgd dat hij in 2003 werd beloond met de Orde van Verdienste voor het Vaderland. Hij was een man van 'ware principes' en dat had een carrière 'vrij van het gekrakeel van politieke pressiegroepen' mogelijk gemaakt.

Dit was leerzaam – zo'n onbezoedeld dossier maakte hem duidelijk dat Malin goed beschermd was – maar verder schoot hij er niets mee op; het was zelfs een beetje ontmoedigend. De opdracht die Webster van Tourna had gekregen had iets belachelijk simplistisch en was hoogstwaarschijnlijk nagenoeg onuitvoerbaar, om niet te zeggen gevaarlijk. Hij had iets veel krachtigers nodig dan een persoonsdossier dat Malin waarschijnlijk zelf had goedgekeurd.

Hij liet het bronnenmateriaal voor wat het was en las de samenvatting van het gehele verslag. Het had er alle schijn van dat Langland Resources, Malins oliehandelsmaatschappij was en dat die was gevestigd in Wenen. Het bedrijf werd eerst geleid door een zekere Dimitri Gerstmann, maar hij was drie jaar tevoren vertrokken en opgevolgd door een Nikolai Gratsjev, een andere Rus. Van beiden waren profielen aanwezig, plus een beschrijving van Langland, waarbij ongeveer twintig mensen in dienst waren en dat Russische olie in alle delen van de wereld op de markt bracht.

Webster sloeg een lange alinea over Malins achtergrond over en slikte niet alles in de spravka voor zoete koek. Het volgende stuk was interessanter.

Langlands winstmarge wordt waarschijnlijk kunstmatig hoog gehouden omdat het bedrijf het prijsniveau afstemt met zijn leveranciers in Rusland. Producenten verkopen olie aan Langland voor gereduceerde prijzen en Langland verkoopt die olie tegen normale prijzen aan zijn klanten en stopt het verschil in eigen zak. Eventuele verliezen worden gedragen door de leveranciers die voor de staat werken en uiteindelijk door de staat zelf.

Bronnen in de onmiddellijke omgeving van de Russische inlichtingendienst hebben erop gezinspeeld dat de winsten van Langland terug naar Rusland worden gesluisd via een serie buitenlandse maatschappijen en fondsen en uiteindelijk via Faringdon Holdings Ltd, een rechtspersoon die ook door Malin wordt beheerst. Faringdon is een Ierse offshore maatschappij... die een meerderheidsbelang heeft in een aantal olie- en gasexploratie- en productiemaatschappijen in Rusland en Kazachstan. Volgens de media werd Faringdon opgezet en wordt het bedrijf geleid door Richard Lock, een jurist van Nederlandse afkomst die in Engeland is afgestudeerd. Lock heeft sinds 1993 in Moskou gewoond en schijnt volledig in dienst te zijn van Malin.

Niet slecht, dacht Webster, op de keper beschouwd. Een bruikbaar begin.

Helemaal achter in de dossiermap zat een knipsel uit een tijdschrift, keurig opgevouwen en beschermd door een plastic mapje. Daarop zag je een afbeelding van een groep Russische hoogwaardigheidsbekleders, misschien twaalf, die poseerden voor een groepsfoto. Malin stond op de voorste rij, derde van links. Webster bestudeerde de man; hij had nooit eerder een foto van hem gezien. Met zijn ogen halfgesloten, in zwartwit, en zijn kaak streng vooruitgestoken, zou hij een Sovjetfunctionaris kunnen zijn uit het communistische tijdperk. Maar er was een verschil. Malin was rijk – was rijk geworden door het bestelen van de staat; zijn geld was Russisch geld. Webster stelde zich een ogenblik in gedachten voor hoe Malin door de straten van Moskou werd geleid als verrader van het volk, zijn foto op de voorpagina van elke krant onder vette letters die kond deden van zijn ondergang.

Tot twee maanden tevoren had Ikertu Consulting Limited drie verdiepingen in gebruik in een statig gebouw aan Marylebone Lane. Webster had het daar heerlijk gevonden en dat hadden alle anderen ook. Aan de ene kant ernaast was een piepklein Japans restaurant; aan de andere kant een fournituurenzaak; en aan de overkant op een rijtje een delicatessenwinkel, een kroeg en een wasserette. Marylebone Lane, een straat die zich tussen een wirwar van rustiger straatjes door kronkelde, was bij uitstek Londens: afwisselend hoogbouw en laagbouw, ogenschijnlijk ontstaan zonder enige planning.

Het bedrijf was echter te groot geworden voor zoveel frivoliteit en was drie kilometer oostwaarts verhuisd naar een modern gebouw aan Cursitor Street, vlak achter Chancery Lane. Hammer voelde zich thuis tussen de juristen; Webster niet. Hij zat liever in de onmiddellijke nabijheid van Mayfair, met zijn mantelorganisaties en koperen naamborden en de doordringende geur van onverklaarde welstand, want dat was, in een stad die daarom vroeg, de plek waar samenzweringen plegen te beginnen en te eindigen. Hier in Holborn verdienden de juristen hun geld in eenvoudige zesminuteneenheden en werkten zij hard om samenzweringen, zodra die zich voordeden, te ontrafelen.

Webster was terug in zijn kantoor. Hij staarde naar zijn e-mail en dacht ongeconcentreerd aan de zaken die waren blijven liggen toen hij op vakantie was en wachtte op Hammer, die laat op zijn werk kwam en laat naar huis ging en ongetwijfeld nog onderweg was. Hammer woonde in Hampstead zodat hij op de Heath kon joggen. Hij rende naar zijn werk en hij rende ook vaak van zijn werk naar huis. Hij was zevenenvijftig, moest wel zo'n vijfenzeventig kilometer per week hardlopen en was onmiskenbaar een New Yorker in zijn korte broek en met zijn honkbalpet op. Hij was klein en licht gebouwd en had de afgemeten gang, met de gestrekte benen, de nek vooruit, bijna als een snelwandelaar, van een man die zijn hele leven al heeft hardgelopen. Als hij op kantoor aankwam, nam hij onmiddellijk een douche en trok hij kleren aan die te groot voor hem waren en zonder dat hij zich er zelf van bewust was erg Amerikaans aandeden (bandplooibroek, instappers met kwastjes, strakke jasjes met brede revers) voordat hij zijn ronde deed om, nog steeds buiten adem, in zijn gele overhemd met verse zweetplekken, het personeel te begroeten.

Ikertu betekende alles voor Hammer. Hij woonde alleen, had een huishoudster, at slecht, las boeken over militaire veldtochten en speltheorie en spande zich in voor zijn cliënten, die hem op handen droegen. Wat Hammer en Ikertu het beste deden, en als het meezat ook verreweg het liefste deden, was betwisting, in het jargon van hun juridische buren. Ze vochten voor hun cliënten. Ze vochten om geld terug te vorderen, om reputaties te herstellen of onderuit te halen, om corruptie aan het licht te brengen, om rivalen over te nemen, om wat krom is recht te buigen en soms onder het tapijt te vegen. In de meeste gevallen stonden ze aan de goede kant.

Aan de wand van Websters kantoor hing een politieke landkaart van Europa en Azië en daarin had hij gekleurde spelden gestoken om het centrum van elk project te markeren. Hij keek er nu naar en vroeg zich af waar deze zaak hem heen zou voeren. Er waren hechte clusters rond Kiev en Almaty, Warschau en Wenen; meer verspreide groepjes in de Oeral, de Kaukasus en Zuid-Siberië; een stuk of vier, vijf in Praag, Boedapest en Sofia; en een enkele speld in Tallin, Asjgabat, Jerevan en Minsk. Het ging om een geweldige hoeveelheden geld en sores. In Moskou was hij opgehouden nog spelden te prikken. Dat was al één donkere opeenhoping in het midden.

Zijn telefoon ging.

'Hallo,' zei hij. 'Waar ben je?'

'Beneden. Kom even een bak koffie halen.'

'Je kunt nergens koffiedrinken.'

Hammer lachte. 'Ik wacht op je in Starbucks.'

Webster wilde antwoorden dat Starbucks volgens hem geen geschikte plek was om iets te bespreken, laat staan wat zij te bespreken hadden, maar de verbinding was al verbroken.

Hammer had een kop koffie voor hem gehaald, die Webster eigenlijk niet wilde, maar een beetje afwezig dronk hij die toch maar op. Hij zag dat Hammer er achter zijn vogelachtige gretigheid en zijn zware donkere brilmontuur oud begon uit te zien. Maar hij had nog altijd iets intimiderends over zich en Webster voelde zich nog steeds genoopt tegenover hem zijn beste beentje voor te zetten.

'Jezus, voordat je op vakantie ging was je nog minder chagrijnig,' zei Hammer, terwijl hij een zakje suiker in zijn koffie leegde. 'Hoe was het?'

'Nat en kort. Maar heerlijk, dank je. Ik heb het grootste deel van de tijd in de motregen in een vissersbootje rondgedobberd in de hoop een makreel te verschalken.'

'En lukte dat?'

'Elsa heeft er op ons eerste uitje zes gevangen. Daarna niets meer. Nancy at ze rauw van mijn zakmes. Ik wist niet wat ik zag.'

'En hoe was Turkije?'

'Heet. Die Tourna is me er eentje.'

'Wat wil hij?'

Ze zaten in een hoekje bij het raam. Voordat hij van wal stak, keek Webster om zich heen en achter zich om zich ervan te vergewissen dat verder niemand hen kon afluisteren. Hij boog zich een beetje naar Hammer toe en sprak op gedempte toon.

'Weet jij wie Konstantin Malin is?'

'Ik heb die naam vaker gehoord. Olie?'

'Olie. Hij is de macht achter de troon op het ministerie van Grondstoffen. Hij adviseert het Kremlin op het gebied van energiepolitiek – sommigen beweren dat hij die zo ongeveer bepaalt. En afdwingt. Hij is bovendien uitzonderlijk rijk – eentje van het nieuwe soort. Een stille oligarch.'

'Hoe denkt de minister daarover?' Hammer was een scharrelaar, een sjacheraar, een pennenlikker. Het kostte hem moeite om stil te zitten. Hij blies in zijn koffie om die af te koelen, waardoor zijn brillenglazen besloegen en vervolgens weer helder werden en keek Webster niet aan.

'Ik neem aan dat hij zijn aandeel krijgt, maar lang niet zoveel als Malin opstrijkt. Hij is er al een paar decennia. Hij moet onder tientallen ministers hebben gediend.'

Hammer nam een slokje van zijn koffie en keek naar de mensen die op straat voorbijliepen, toen keek hij Webster met een uitdrukking van hernieuwde concentratie aan.

'Hoe machtig is hij?'

'Een kind aan huis in regeringskringen. Al meer dan tien jaar, voor zover ik weet, en dat is iets zeldzaams. Hij is misschien wel de enige in zijn soort. Bij alle zaken waar het om energie gaat duikt zijn naam op de een of andere manier op. Hij is de grijze kardinaal van het Kremlin.'

'Wie behartigt zijn zaken?'

'In Rusland weet ik het niet. Een zekere Lock is al een jaar of vijftien zijn vaste jurist. Hij beheert een Ierse maatschappij die de meeste van zijn activa schijnt te bezitten. En er is een Rus die Gratsjev heet en een handelsonderneming in Wenen heeft.'

Hammer dacht een ogenblik na en tikte in een straf ritme met zijn duim en wijsvinger op het tafelblad. Het boordje van zijn overhemd, dat veel te wijd was, hing als een strop om zijn nek.

Webster vervolgde: 'Ik ken Lock. Nou ja, ik heb over hem gehoord. Er doet een grapje de ronde in Moskou: waarom heeft Malin al zijn geld verloren? Omdat het allemaal is weggeLockt.'

'Om je dood te lachen.'

'Het is een woordspeling. Lock betekent sukkel.'

Na een pauze vroeg Hammer: 'Met wie heeft hij mot?'

'Malin? Behalve met Tourna? Er is een voormalige werknemer die er veelbelovend uitziet. Geen openlijke animositeit. Er moeten toch een paar Russen in en buiten het Kremlin zijn die de pest aan hem hebben. Anders weet ik het niet meer. Voor zover ik kan overzien is er geen proces dat we zouden kunnen aanspannen.'

'Dat is interessant.'

'Vind je?'

'En wat wil Tourna?'

Webster vertelde het hem. De ondergang van Malin.

'Is dat alles?' Hammer leunde achterover en dacht na, terwijl hij met zijn duimen op de rand van zijn kopje tikte. 'Heb je het over honoraria gehad?'

'Nee. Ik heb hem gezegd dat ik eerst met jou wilde bespreken of we de opdracht wel zouden aannemen.'

Hammer fronste zijn voorhoofd. 'Waarom zouden we dat niet doen?'

'Omdat het niet erg chic staat om voor Tourna te werken. Persoonlijk vind ik dat niet erg, maar jij misschien wel. Het belangrijkste is dat Malin een buitengewoon machtige figuur is. Hij heeft zijn eigen beveiligingsmensen, goede, en hij heeft heel wat te verliezen.'

'Wat is het ergste dat hij kan doen?'

'Hij kan zijn mensen op ons afsturen, ons door het slijk halen, het ons lastig maken, vooral in Rusland. Mijn visum intrekken, wat een hoop ellende zou veroorzaken.'

'Zal hij je laten omleggen?'

Webster lachte. 'Nee, dat lijkt me niet. Over het algemeen doden ze geen westerlingen. Maar evengoed bedankt voor de suggestie.'

'Hoe zit het met onze bronnen in Rusland?'

'Daarvoor geldt volgens mij hetzelfde. Als Malin lucht van ons krijgt, en dat zal hij, dan zal hij hun leven ontwrichten, hen ruïneren. Maar misschien hoeven we niet veel in Rusland te ondernemen. Als Malin kwetsbaar is, dan is dat ergens in het buitenland. Misschien iets in zijn verleden, hoewel ik dat betwijfel.'

Hammer sloeg zijn armen over elkaar en keek Webster stralend aan. 'Het klinkt wel sappig, vind je niet? Heb jij je gedachten er al over laten gaan?'

'God ja. Het duizelt in mijn hoofd van de gedachten. Bij uitzondering heb ik jou nodig om me in bedwang te houden.'

'Dat is weer eens iets anders.'

Webster zweeg even. Buiten stapten twee mannen uit een taxi en worstelden met grote dozen vol juridische paperassen. Hij wendde zich tot Hammer. 'Luister. Ik zal er geen doekjes om winden. Ik heb gewacht op een gelegenheid als deze. Of iets soortgelijks. Ik ben misschien niet geheel onbevooroordeeld.'

'Wil je de corruptie aanpakken?'

'Iets dergelijks.'

Ze deden er allebei even het zwijgen toe.

'Misschien kunnen we er maar beter van afzien,' zei Webster ten slotte.

'Zijn we in staat te doen wat hij vraagt?'

'We zouden veel geluk moeten hebben en bijzonder ingenieus te werk moeten gaan.'

Hammer boog zich vertrouwelijk naar hem toe en dempte zijn stem. 'Ik denk dat dit het in zich heeft om een grensverleggend project te worden.'

'Ik dacht al dat je dat zou zeggen.' Webster voelde iets van opwinding in zich ontwaken.

'Zeg tegen Tourna dat we twee miljoen dollar voorschot willen. Dat zetten we op een rekening en we factureren hem een miljoen per maand voor zo lang als het project duurt. Als we erin slagen hem zijn vijftig miljoen terug te bezorgen, dan willen we vijf procent. Als we Malin ten gronde richten, willen we nog eens tien miljoen.'

'Meen je dat serieus?'

'Nou en of. Je zei het zelf al. Als we dit klaarspelen, zonder veel in Rusland te hoeven doen, dan is dat geweldig. Zo niet, dan is er niets verloren en kunnen we waarschijnlijk op zijn minst Tourna helpen zijn geld terug te krijgen. Als Malin stennis maakt dan laten we het gewoon doodbloeden en kun jij ondertussen een paar Kazakse zaken behandelen. We hebben immers geen kantoor in Moskou dat kan worden overvallen of personeel dat gevangen kan worden genomen.' Hij wachtte even. 'Waar woont Lock?'

'In Moskou.'

'Dat is jammer.'

'Hoezo?'

'Omdat hij voor Malin begon te werken toen ze allebei nog niet goed wisten waar ze mee bezig waren. Dat betekent dat hij weet waar fouten zijn gemaakt. En als jij het bij het rechte eind hebt, dan is hij niet bepaald een ijzervreter. Probeer hem weg te krijgen uit Moskou. Daar is hij te goed beschermd.'

'Met genoegen.'

'Hij is een heleboel waard voor ons. Ga achter hem aan.'

3

—

Londen was een doorgangsstad voor Lock; hij kwam er vaak als hij op
weg was naar zijn eilandenwereld, waar de zon scheen en hij de baas
was. Maar in ruimere zin leidde Londen naar een leven dat in Moskou
voor hem taboe was. Hij kocht er zijn pakken, bij Henry Poole – een
van de oudste kleermakers aan Savile Row, had hij ooit tot zijn tevre-
denheid ontdekt – en de overhemden en dassen, de schoenen en de sokken die hem, naar hij stilletjes hoopte, onderscheidden van zijn Russische collega's. In Londen hield hij zijn advocaten onder de duim, liet
hij zijn haar knippen, dineerde hij verrukkelijk met de paar vrienden
die hij nog over had en voelde hij zich korte tijd weer helemaal zichzelf,
onderdeel van een zelfverzekerde, eminente broederschap. In Londen
bracht hij ook zo nu en dan een bezoek aan zijn gezin.

Maar de laatste paar keren dat hij in Londen was had hij Marina en
Vika niet gezien. Hij hield zichzelf voor dat daar gegronde redenen voor
waren: meestal was hij op doorreis en maar zeer korte tijd in de stad;
hoe groter de omvang van Malins geheime imperium, hoe meer vergaderingen hij genoodzaakt was bij te wonen; Vika lag om acht uur al in
bed, juist als zijn werkdag zijn einde naderde. Maar vandaag, nu hij op
weg was om hen in Holland Park te bezoeken, speelden er scènes van
de Rivièra door zijn hoofd en ging zijn gebruikelijke bezorgdheid ge-
paard met gevoelens van schuld.

Hij had zijn chauffeur vrijaf gegeven en was, om zijn benen een beetje
te strekken na de ochtendvlucht, door Hyde Park gewandeld, blij dat
augustus en Monaco tot het verleden behoorden. Zijn laatste vier dagen
daar waren geen pretje geweest: hij was prikkelbaar geweest en Oksana
gemelijk. Hij had haar willen vertellen wat hem dwarszat, maar hij wist
dat dat onmogelijk was; zij had zijn nervositeit opgevat als teken dat hij
haar niet vertrouwde. Monaco, heet en met onweer in het vooruitzicht,
had hem benauwd en reisjes naar Cannes en naar de bergen rond Grasse
hadden hem geen soelaas geboden. De storm was nooit losgebarsten.

Hij was opgelucht toen Oksana eindelijk in haar vliegtuig stapte en zij was dat ongetwijfeld ook geweest. Tien dagen was gewoon te lang om in Monaco door te brengen – misschien te lang, dacht hij, om in mijn gezelschap te verkeren.

Het park was groen, levendig, oud en vol met toeristen. Het was vijf uur, maar de zon stond nog hoog aan de hemel en Lock liep, in zijn hemdsmouwen, met zijn jasje over zijn schouder, op zijn dooie akkertje langs de Reformers Tree en het oude politiebureau, over de Serpentine Bridge en dan richting Kensington Palace. Hij was zich ervan bewust dat hij van Londen hield om redenen die hem niet geheel duidelijk waren, het had iets met vertrouwdheid te maken: Londen pretendeerde nooit iets te zijn wat het niet was.

Hij was nooit eerder te voet naar haar flat gekomen. Hij vervolgde langzaam zijn weg, tegelijkertijd gretig en aarzelend. Hij vroeg zich af welke Marina hem zou begroeten: de romantische, die nog steeds probeerde haar geknakte dromen te verbergen, of de gereserveerde rationalist die al lang vóór hem had begrepen dat die dromen wel geknakt moesten worden. Het was die dubbelheid in haar waarvan hij hield en het was tevens wat maakte dat hij ertegen opzag haar weer te zien: in haar gezelschap voelde hij zich altijd of een ploert óf een verrader.

Ze hadden elkaar in Moskou ontmoet, toen Lock daar nog maar net was aangekomen. Zij was juriste – ze werkte in het gemeentehuis van Moskou en verkocht staatseigendommen aan particuliere projectontwikkelaars – en ze was Malins peetdochter. Malin had hen aan elkaar voorgesteld en had Lock uitgenodigd voor een dinertje in zijn datsja, waar hij zich vreselijk uitsloofde als koppelaar en hen allebei in verlegenheid bracht. Later waren er wel eens momenten waarop Lock zich afvroeg of dat allemaal deel had uitgemaakt van zijn grootse plannen.

Meer dan zes maanden lang had Lock als expat geleefd in een stad die hem volledig opslokte, en toen bevond hij zich ineens voor het eerst op het Russische platteland. Het was lente en de lage zon accentueerde de lichte, jonge blaadjes van de elzen en de zilverberken. De allereerste keer dat hij Marina zag, wandelde ze met Jekaterina Malin door een appelboomgaard en hij vond al meteen dat ze zelfs daar meer leek te stralen dan de wereld die haar omringde. Ze was tenger en blond, met een heldere blanke huid en een wipneusje. Haar ogen waren groen, kalm en licht, als smaragden.

Die avond spraken ze over Rusland. Lock was nooit eerder bij Russen thuis uitgenodigd en het was hem duidelijk dat deze eer maar weinigen te beurt viel. Hij had gehoord dat Russen van nature een openhartig en vriendelijk volk waren, maar dat hun recente geschiedenis – misschien wel hun hele geschiedenis – ervoor had gezorgd dat ze vriendschap langer afhielden dan ze zelf misschien wilden. Lock had geopperd dat Rusland zich, nu het eindelijk voor de eerste maal waarlijk democratisch was, wellicht kon verheugen op een ontspanning van de relaties, zowel op het diplomatieke als op het persoonlijke vlak. Een van de andere gasten, een arts en een oude vriend van Jekaterina, dankte Lock voor zijn bemoedigende woorden, maar sprak de vrees uit dat er meer nodig was om deze gebroken natie te repareren, die eeuwenlang was geteisterd door de wreedheid van haar leiders die ze zelf had omhelsd en waarschijnlijk ook had verdiend. Marina was het niet met hem eens: ze verzette zich tegen de opvatting dat Russen het heerlijk vinden om te lijden, en ze zag nu mogelijkheden voor een waarachtige volksrevolutie die Rusland zou toestaan de grootsheid te bereiken die altijd al haar lotsbestemming was geweest. Terwijl ze sprak kreeg ze blosjes op haar wangen. De discussiërende Marina bekoorde Lock, en hij keek in vervoering toe hoe ze vol hartstocht haar standpunt uiteenzette, ogenschijnlijk zonder zich er iets van aan te trekken dat ze in gezelschap van ouderen was. Malin, die toen nog minder ongenaakbaar was, leek van elk moment te genieten en moedigde beide partijen geestdriftig aan.

Nog steeds mijmerend over het verleden kwam hij bij haar flat aan. Die lag aan Holland Park, de straat, en had uitzicht op het park zelf. Lock herinnerde zich hoe Vika hem opgetogen vertelde dat ze woonde aan Holland Park, in Holland Park en naast Holland Park. Ook dat was Londen, een stad die zich onttrok aan alle logica. Even bleef hij stilstaan voor het hek en keek naar het gebouw: wit pleisterwerk, met dubbele gevel, imposant maar niet opdringerig. Hij slaakte een diepe zucht, liep over het pad en belde aan.

Hij las het naambordje naast de bel en zag dat ze nog altijd Marina Lock heette. Toen ze hem verliet had ze zijn naam gehouden en ondanks al zijn pogingen om realistisch te blijven, putte hij hieruit toch een sprankje hoop op hereniging. Op die zeldzame ogenblikken dat hij in alle eerlijkheid terugkeek op zijn leven, wist hij, met een zekerheid die hem doorgaans niet gegeven was, dat Marina te goed voor hem was – misschien niet voor de man die hij ooit was geweest, maar beslist wel voor de man die hij was geworden. Dat besef deed hem pijn, deels om harentwille, maar voornamelijk omdat het de broze fictie waarop zijn resterende eigendunk stoelde deed wankelen. Misschien slaagde hij er soms in te vergeten wie hij ooit was geweest, maar Marina was er altijd om hem daaraan te helpen herinneren.

Haar stem klonk door de intercom. 'Wie is daar?' Iedere keer dat hij haar hoorde klonk ze minder Russisch.

'Ik ben het. Richard.'

'Kom boven.'

Na de twee lange trappen was hij buiten adem. Vika stond hem op de overloop op te wachten en toen hij de laatste treden beklom rende ze op hem af.

'Papa!'

Hij bukte zich om haar te omhelzen, maar voelde een pijnsteek in zijn rug en ging in plaats daarvan op zijn knieën zitten. Zijn hoofd rustte op haar schouder. Het was lang geleden dat hij iemand had omhelsd, realiseerde hij zich.

Marina stond in de deuropening en glimlachte, minder gereserveerd dan ze eerder was geweest. Hij richtte zich op en gaf haar op beide wangen een kus.

'Kom binnen,' zei ze. 'Je ziet er goed uit. Waar ben je geweest?'

'In Monaco, voor een week of wat. Het was bloedheet.' Even een stilte. Hij zou geen woord zeggen over Oksana en zij zou er niet naar vragen. En hij was er helemaal niet zo zeker van dat hij er goed uitzag.

'Kom in de keuken. Ik ben Vika's avondeten aan het klaarmaken.'

Lock woelde met zijn hand door het haar van het meisje. Ze was blond, net als haar moeder, maar ze had zijn rechte neus en zijn blauwe ogen. 'En wat eet jij vanavond, konijntje?'

'Pappie, ik ben geen konijntje. Ik ben acht jaar oud. En ik krijg vis-sticks.'

'Wat een echt Engels meisje tegenwoordig.'

Vika liep de flat binnen en hij liep achter haar aan.

Een uur lang zat Lock aan de keukentafel te praten met zijn vrouw en dochter. Vika was een beetje verlegen tegenover hem, maar ontspande toen hij haar van alles vroeg over school en Engeland en haar vakantie. Zij en Marina zagen er blakend gezond uit. Ze waren drie weken naar Kaap Kolka in Letland geweest, met Marina's ouders. Ze hadden ge-wandeld en gezwommen en bessen geplukt. Vika had een buizerd gezien. Marina had beweerd dat ze een arend gezien had, maar Vika geloofde haar niet. Lock herinnerde zich dat hij met zijn schoonvader in schuilhutten had gezeten om vogels te observeren; hij had er nooit veel aan gevonden.

'Pappie, wanneer ga jij met ons op vakantie?'

'Tja,' zei Lock, 'misschien kunnen jij en ik een keer naar Nederland gaan om opa op te zoeken. We zouden in de herfstvakantie kunnen gaan.'

'Ga jij dan ook mee, mammie?'

'We zullen zien.'

Ze praatten over Vika's vriendinnetjes en over Marina's ouders en over de regeling voor de kerstdagen. Lock zou met Kerstmis in Londen zijn, hoopte hij. Marina kookte en ruimte op; Lock en Vika zaten aan de tafel. Toen ze haar avondeten op had, maakte Vika aanstalten om naar bed te gaan.

'Kom je nog een keer langs?' vroeg Marina.

'Dat kan wel. Ik heb een eindeloze stroom vergaderingen met de juristen. Ik ben hier het weekend waarschijnlijk ook. Misschien een avondje verderop in de week?'

'Stel haar niet teleur, Richard. Het wordt steeds moeilijker om uit te leggen waarom je ons nooit komt opzoeken.'

'Dat zal ik niet doen.'

'Laten we een dag afspreken.'

'Dat kan ik pas als ik de advocaat heb gesproken. Morgen weet ik meer.'

'Goed. Bel jij dan op?'

'Ik bel je op.'

Marina keek hem strak aan en vroeg: 'Hoe gaat het met je?'

'Prima. Met mij gaat het best.'

'Er is dus niets veranderd?'

'Marina, doe me een lol.'

'Waarom verhuis je niet naar Londen? Ik mis Moskou niet. Ik schaam me het te moeten zeggen, maar zo is het. Totaal niet. Je zou je hier veel vrijer kunnen bewegen.'

'Dat werkt niet. Dat weet je. Hij wil me hebben waar hij me kan zien.'

'Weet je, vroeger dacht ik dat Konstantin de geweldigste man ter wereld was. Net als mijn vader, maar serieuzer. Toegewijd. Ik begrijp niet wat er van hem geworden is.'

Lock gaf geen antwoord.

'En als je nu een plaatsvervanger vindt?' zei Marina. 'Voor jezelf?'

'Wat, een advertentie zetten in *Kommersant*? Aapje gezocht voor oligarch? Moet gedwee en zindelijk zijn?'

'Alsjeblieft, Richard, laat dat.'

Lock zuchtte, ondersteunde zijn hoofd met zijn handen en masseerde zijn slapen. 'Sorry. Sorry. Ik heb er zelf ook wel eens aan gedacht. Het gaat gewoon niet.'

'Maar Dimitri is het wel gelukt. Nina heeft me in het voorjaar een e-mail gestuurd. Ze zijn in Berlijn en hebben het reuze naar hun zin. Het is net een nieuw leven.'

'Voor Dimitri lag het anders.' Lock schudde zijn hoofd. 'Hij is daar maar geweest voor wat was het – vier jaar? Vijf? En Konstantin gaf sowieso altijd de voorkeur aan Gratsjev. Het probleem is deels dat hij me nog steeds graag mag. We werken gewoon al te lang samen. Er staat te veel op het spel.'

Marina keek hem doordringend aan. Haar stilzwijgen betekende niet dat ze het met hem eens was, maar dat ze er verder niet op in wilde gaan. Daar was hij haar dankbaar voor.

Voordat hij vertrok las Lock Vika, naast haar op het roze bed liggend een verhaaltje voor. Hij vroeg zich af of hij het wel goed deed: hij wist niet of hij wel expressief genoeg was. Hij was geen acteur. Het boek ging over een Palestijns meisje dat dolgraag voor haar land wilde voetballen; het leek allemaal heel volwassen. Het was koel in Vika's kamer en veilig, en hij zou best naast haar in slaap willen vallen en nooit meer weggaan.

Tegen de tijd dat hij afscheid nam van Marina was het buiten al bijna donker; vanaf de overloop zag hij hoe de eiken in het park zich vol en zwart aftekenden tegen het donkerblauw van de hemel.

'Luister,' zei hij. 'Je hebt gelijk. De advocaten kunnen de boom in. Laten we er dit weekend tussenuit gaan. We zouden naar dat hotelletje in Bath kunnen gaan. Met z'n drietjes.'

Marina sloeg haar armen over elkaar. 'Nee, Richard. Nu overdrijf je.'

'Vika zou het heerlijk vinden.'

'Totdat ze weer thuiskomt.' Ze schudde haar hoofd. 'Dat zou niet goed zijn. Trouwens ze heeft zaterdag een dansuitvoering.'

Lock glimlachte teleurgesteld. Hij stak zijn handen in zijn zakken, sloeg zijn ogen neer en wendde zich enigszins af alsof hij aanstalten maakte om weg te gaan.

'Waarom kom je ook niet,' zei Marina. 'Dan kun je haar zien dansen. Dat vindt ze fantastisch.'

'Wanneer is het?'

'Om tien uur. Vlak bij de school.'

'Zaterdag?'

'Zaterdag. Het zou zoveel voor haar betekenen. Echt.'

Lock knikte. Hij gaf Marina een kus op haar wang. Eentje maar, en vertrok.

De volgende dag zat Kesler, in een grijs krijtstreeppak, met een sombere uitdrukking op zijn gezicht aan tafel. Lock at een Bryson Joyce-koekje, leunde achterover op zijn stoel, met zijn rechterenkel op zijn linkerknie en ongeduldig met zijn voet op de grond tikkend.

Hij had die ochtend een onderzoeksbureau geïnstrueerd om Tourna's zaken door te lichten. Kesler had besloten dat hij enige afstand zou bewaren en Lock was in zijn eentje gegaan. Hij had het bedrijf eerder in de arm genomen en werd gerustgesteld door de sfeer van geheimhouding en dreiging die ervan uitging; nogal Moskovisch, vond hij. Het had zelfs een porte-manteaunaam die enigszins Russisch klonk: InvestSol Ltd – Investigative Solutions. Er waren drie compagnons; een van hen had bij MI5 gewerkt, een bij de politieke veiligheidspolitie en van de derde was de herkomst niet geheel duidelijk. Hun kantoor, in een groot gebouw uit de jaren zeventig ergens in Victoria, ademde de sfeer van een door bezuinigingen getroffen overheidsafdeling. Alle drie de partners waren die ochtend aanwezig, ongetwijfeld omdat ze een grote opdracht verwachtten. Lock had hen uitsluitend verteld wat hij wilde en zij hadden hem helemaal weinig verteld, maar hij wist dat korte tijd later Tourna's bankrekeningen, telefoonregisters, creditcardafschrijvingen, vuilnisvaten en medische dossiers zouden worden uitgeplozen op zoek naar sporen van alles wat als munitie kon worden gebruikt. Als hij terug was in Moskou zou hij de Russen vragen Tourna's Russische profiel te onderzoeken en misschien te kijken wat ze van de Griekse inlichtingendienst los konden peuteren. Hij wist niet zeker of de Londenaren daar wel toe in staat waren.

En nu bevond hij zich in een kantoor op de eenentwintigste verdieping van een gebouw in de buurt van Moorgate om de vele vragen te beantwoorden die Kesler oplas van een van tevoren opgestelde lijst. Die leek verscheidene bladzijden te tellen en ze waren nog maar op pagina een.

'Wie is uiteindelijk de eigenaar van Faringdon? Uiteindelijk?' Kesler bestudeerde zijn aantekeningen alsof hij naar een antwoord zocht waarvan hij wist dat het er niet stond. Griffin, de compagnon, zat links van Kesler en een andere, jongere jurist zat achter hem; Lock had zijn naam niet opgevangen. Ze maakten allemaal aantekeningen.

'Hier hebben we het al over gehad,' zei Lock.

'Dat klopt, mijn verontschuldigingen, maar als ik het niet begrijp, kan ik je niet verdedigen en op dit moment begrijp ik het nog niet.'

Lock ademde diep in en weer uit, bijna een zucht. Omdat hijzelf jurist was had hij andere juristen altijd graag verteld wat ze moesten doen en in de loop der jaren was hij daar gewend aan geraakt. Deze omkering beviel hem maar matig, en aan de redenen die erachter schuilgingen wilde hij al helemaal niet denken. Hij vroeg zich af waar Emily was. Heette ze Emily? Of Emma? Bij vorige bezoeken werd Kesler altijd vergezeld door een aantrekkelijke jonge juriste. Haar afwezigheid duidde ongetwijfeld op een verandering van zijn status.

'Ik voel me hier niet echt als een cliënt, Skip.'

'Met alle respect, Richard, maar jij bent mijn cliënt niet.'

'Faringdon is jouw cliënt. Wiens handtekening staat er onder de overeenkomst?'

'Ja. En het is mijn plicht tegenover Faringdon, niet noodzakelijkerwijs tegenover jou – tegenover de raad van bestuur en niet tegenover de aandeelhouder, om precies te zijn.' Kesler keek Lock een ogenblik strak aan. Hij keek in de richting van zijn collega's. 'Lawrence, David, willen jullie ons even alleen laten?' Griffin aarzelde. 'Laat jullie spullen maar hier. Bedankt.'

Griffin en de jongere advocaat verlieten de kamer als schooljongens die niet goed weten wat ze verkeerd hebben gedaan.

'Luister,' zei Kesler, terwijl hij Lock doordringend aankeek, met zijn handen met de palmen omhoog op tafel, 'kunnen we het er, alle juridische haarkloverij terzijde latend, over eens zijn dat onze belangen dezelfde zijn? Wat goed is voor jou is goed voor Faringdon en dat is dan weer goed voor Konstantin. Voorlopig. Wij weten allebei dat jij niet de eigenaar bent van Faringdon en we weten allebei wie dat wel is. Dat weet de hele wereld. Tourna weet dat vast en zeker. Maar ik moet weten wat ertussenin ligt, want ik moet weten hoe waarschijnlijk het is dat Tourna dat kan bewijzen.'

'Tot op zekere hoogte heb ik je alles verteld. Mocht het nodig blijken dan vertel ik je meer.'

Kesler keek op zijn horloge. Nu sprak hij met nadruk. 'Richard, we zitten nauwelijks een uur te praten. In Parijs zit je mogelijkerwijs een dag of twee in het getuigenbankje. Denk je dat hun openbare aanklager daar genoegen mee neemt en het er verder bij laat zitten? Dank u zeer, meneer Lock, dat lijkt me wel voldoende? Hij zal een stuk minder aardig zijn dan ik. Veel minder. We zullen je daar grondig op voorbereiden, maar dan,' nu langzaam elk woord afzonderlijk beklemtonend, 'moet je wel open kaart spelen.'

'Konstantin heeft niets te vrezen,' zei Lock luchthartig, met een wuivend gebaar van zijn hand. Hij wist niet goed of dit wel de juiste manier was om uitdrukking te geven aan zijn zorgeloosheid. Hij vertrouwde Kesler niet; of liever, hij vertrouwde niet wat Kesler gevraagd was te doen.

'Ik weet het, Richard. Oké, ik begrijp het. Jezus.' Kesler liet zijn blik over zijn aantekeningen glijden, ondersteunde zijn hoofd met een hand en richtte het toen weer langzaam op om Lock aan te kijken. 'Een ding kan ik je verzekeren. Ik ben hier niet om een accountantsonderzoek te doen. Ik ben hier niet om de kwaliteit van je werk te beoordelen en hem te zeggen dat hij een nieuw mannetje in de arm moet nemen om de gaten te dichten. Jij hebt een belangrijke taak te verrichten voor Malin, maar jij bent niet de baas en jij bepaalt niet wat je mij wel en niet kunt vertellen. Daar is al over beslist.'

Hij was dus niet langer de cliënt. Malin en Kesler spraken rechtstreeks met elkaar. Dat was niet verbazingwekkend – zoveel was hem tijdens de bijeenkomst in Théoule wel duidelijk geworden – maar hij had verwacht nog wel een rol te zullen spelen.

Er is een tijd geweest, dacht Lock, dat ik niet aan banden werd gelegd, toen mijn eerste reactie niet gekleurd werd door angst. Hij vroeg zich af wat zijn oude zelf nu zou hebben gedaan. Vertrekken met een krenkende sneer aan het adres van Kesler? Nieuwe advocaten in dienst nemen? Zijn oude zelf zou keuzes hebben gehad. Maar nu was hij, zoals Kesler terecht had opgemerkt, even bang voor Malin als voor de wet en als hij niet meewerkte met Kesler zou hij de toorn van beiden over zich afroepen.

Hij boog zich naar voren, pakte nog een koekje en probeerde nog steeds zelfvertrouwen uit te stralen.

'Goed dan. Maar je weet hoe gevoelig dit ligt.'

'Dat weet ik.'

'Vertrouw je hem?' vroeg Lock om tijd te winnen, terwijl hij knikte in de richting van de lege plek waar Griffin had gezeten.

'Volkomen. Hij werkt al vijf jaar voor me.'

'Waarom heb ik hem niet eerder gezien?'

'Omdat het niet eerder een strafrechtskwestie is geweest. En dat is het nu wel.'

'Het is een arbitrage, verdomme. Een arbitrage. We hebben er tientallen doorstaan en geschikt.' Lock sprak op iets luidere en sarcastische toon en begon met zijn handen te gebaren.

'Dit is iets anders, Richard. Vanwege de mogelijke gevolgen. Omdat ze jou beschuldigen van criminele activiteiten. Zelfs als Tourna niet in de stront gaat zitten roeren, en dat gaat hij, en dat tribunaal denkt dat jij geld witwast – of er zelfs maar een toespeling op maakt – dan kun je er vergif op innemen dat de Zwitsers erbovenop duiken, de Amerikanen – God mag weten wie nog meer.'

De Zwitsers. De Amerikanen. De niet met name genoemde anderen. Met onaantastbare autoriteit, onvermoeibaar, rechtschapen de boosdoeners aan de kaak stellen en naar de gevangenis sturen. Maar als Lock voor schut ging, dan ging Malin ook en daarom zou Malin dat nooit laten gebeuren. Daarom was hij veilig. Dat was logisch. Heel even leek het hem best een aantrekkelijk idee om de verantwoordelijkheid voor deze puinhoop over te dragen aan Kesler.

In de daaropvolgende zes dagen probeerde Lock Kesler alles te vertellen. Zes dagen en vijf avonden met Kesler, Griffin en de jonge advocaat, om een leven te beschrijven van routineuze procedures en oneerlijke transacties. Bijna een hele week in Brysons burelen. Verveeld maar zenuwachtig stond hij erop tegenover het grote raam te zitten, dat in oostelijk richting uitkeek op Liverpool Street, zodat hij tijdens het praten Londen in de verte lager en opener kon zien worden, tot waar de stad vervaagde en uiteindelijk iets van het platteland zichtbaar werd. Het was buiten duidelijk warm, maar in hun vergaderkamer was de temperatuur constant net iets aan de kille kant. Wél was het een kamer van flinke afmetingen, merkte Lock op, al was hij dan misschien geen cliënt meer, misschien was hij zelfs een crimineel, maar zijn baas was tenminste belangrijk genoeg om indrukwekkende honoraria op te hoesten.

Lock had geen inzage in zijn dossiers, maar dat deed er nauwelijks toe, want hij kende bijna alles uit zijn hoofd. Hij legde Kesler uit dat hij voor het eerst voor Malin had gewerkt in 1993, toen Malin hoofd van het departement Vervoer van het ministerie voor Industrie en Energie was. Hij had Lock gezegd dat hij gebruik wilde maken van een aantal mogelijkheden in de private sector en dat hij daartoe behoefte had aan een buitenlandse maatschappij die in staat was te investeren in Rusland. Hij had ook een buitenlandse bankrekening nodig, waarop bedragen konden worden gestort. Die eerste maatschappij was Spirecrest Holdings, inmiddels ter ziele, en dat was een kleine vergissing geweest. Spirecrest werd spoedig vervangen door een Cypriotische maatschappij die Arctec Holdings heette, en die voor een poosje precies deed wat Malin had verlangd. Geld uit Rusland stroomde naar binnen en werd vervolgens teruggesluisd naar Rusland om te worden geïnvesteerd in kleine onafhankelijke aardgasproducenten en fabrikanten van olie-installaties.

Kesler wilde weten waar het geld vandaan kwam. Lock legde uit dat hij dat aanvankelijk ook niet had geweten. Hij zag alleen maar bedragen binnenstromen. Het was niet zijn taak om zich zorgen te maken over de vraag waar het geld werd verdiend. Hij hoefde het alleen maar te verwerken en ervoor te zorgen dat het niet werd opgemerkt door de fiscus – of door wie dan ook. Hij wist dat er soms in contanten werd betaald (in de tijd dat contant geld geen probleem vormde), dat het soms afkomstig was van andere buitenlandse bedrijven en soms van meer gerenommeerde westerse bedrijven, maar waar het nu precies vandaan kwam, daar kon hij slechts naar gissen.

Arctec was buitengewoon simpel van opzet. Het bedrijf had weinig activa – voornamelijk contanten, veilig opgeborgen op een Zwitserse bankrekening – en was het eigendom van een Liechtensteinse *Anstalt*, een uitzonderlijk ondoorzichtige bedrijfsvorm, die op zijn beurt eigendom was van een Liechtensteins kartel: Longway Trust, waarvan de vruchtgebruiker niet met name werd genoemd. Elke belastingman of inspecteur die erachter probeerde te komen wie de eigenaar van Arctec was, mocht blij zijn als hij zover kwam als Liechtenstein, maar stuitte vervolgens op een dikke muur van ondoordringbare Midden-Europese discretie.

Arctec zou op zijn hoogst voor een ochtend gespreksstof hebben opgeleverd. Maar nu lag de zaak veel ingewikkelder. Het was zijn eigen wereld. Faringdon Holdings, precies in het midden, met activa in meer dan veertig verschillende maatschappijen in Rusland en haar buurlanden. Daarenboven was het een consortium van negen aandeelhouders, van wie elk grofweg een gelijk aandeel had. Die aandeelhouders waren ondernemingen die allemaal ingeschreven stonden op de Britse Maagdeneilanden, op de Kaaimaneilanden, op Malta en in Gibraltar. Lock had al die bedrijven opgezet en ze hadden allemaal hun eigen aandeelhouders in een heleboel verschillende plaatsen. En daarboven bevond zich nog een laag waar alle bedrijven liefdevol door Lock werden samengebracht. Als je een tekening van het geheel zou maken, zou die eruitzien als een zandloper, als je er ver genoeg van af stond. Eindelijk, als het leek alsof er nooit een einde aan zou komen, werd alles samengevoegd in de ijle hoogten van het diagram in de enige constante, Longway, hetzelfde onbreekbare kartel dat Lock bijna vijftien jaar eerder in het leven had geroepen. Als een soort sluitsteen.

Kesler en Lock namen elke onderneming in het schema door. Griffin had ze uiteindelijk opgeteld en verkondigd dat het er drieëntachtig waren. (Dat waren dan de maatschappijen die werkzaam waren – de tientallen die hun taak hadden volbracht en waren afgedankt lieten ze buiten beschouwing.) Ze hadden allemaal een eigen bankrekening, die met Locks hulp was verkregen. Ze hadden allemaal eigen directeuren, die Lock had moeten optrommelen. Ze betaalden allemaal een jaarlijkse bijdrage aan de nationale kamer van koophandel; Lock schatte dat de jaarlijkse kosten gemakkelijk de miljoen dollar overschreden. De meesten hadden een verhaal dat Kesler beslist wilde horen.

Er leek geen einde aan te komen. Toen ze zich van het midden van de zandloper systematisch een weg hadden gebaand naar de top en vervolgens helemaal terug tot aan de bodem, stuurde Kesler nogmaals zijn collega's de deur uit en concentreerde zich op drie vragen die hem het meest leken bezig te houden.

'Maar, Richard, waar haalt Malin zijn geld vandaan?' vroeg hij, toen Griffin en de jonge advocaat het vertrek hadden verlaten.

'Hoe bedoel je?'

'Nou ja, op het ministerie verdient hij wat, zo'n duizend dollar per maand? Maar dat is niet de voet waarop hij leeft. Hoe komt hij aan zijn pegels?'

Lock bestudeerde zijn handen en keek toen weer naar Kesler. 'Er zijn twee Russische adviesbureaus die ondernemingen binnen de groep ten dienste staan. Die lenen hem soms geld.'

'Is dat alles?'

'De bedrijven waarover ik me ontferm betalen nergens voor. Daar is hij heel precies in. Als er geld in Rusland wordt verdiend en in Rusland in zijn zak verdwijnt dan weet ik daar niets van. Dat gaat buiten mij om. Ik ben alleen op de hoogte van wat er in het buitenland gebeurt. Dat is mijn werkterrein.'

Toen wilde Kesler weten wie de eigenaar was van Longway. Lock vertelde hem dat hij, Lock, dat zelf was.

'Bedoel je dat jij Faringdon bezit?'

'Voor de volle honderd procent,' zei Lock.

'Dan ben jij een rijk man.'

'Dat ben ik. Ik vraag me wel eens af waarom dat me niet meer verblijdt.'

'Waarom?'

'Ach, het is niet altijd de meest comfortabele positie om je in te bevinden.'

'Nee. Nee. Waarom op die manier?'

'Waarom we het zo doen? We hebben het drie jaar geleden veranderd. Stel je eens voor. Als iemand ooit de aktes van die trust ziet en Malins naam staat eronder, dan heeft hij niets om op terug te vallen. Alles is dan overduidelijk van hem. Dan valt er niets te ontkennen. Mijn naam eronder creëert een extra laag. En dan moet je een ontkenning aantonen – dan moet je bewijzen dat ik niet de eigenaar ben. Dat is niet eenvoudig.'

'Hij moet wel heel veel vertrouwen in je stellen.'

Lock lachte bitter. 'Denk nou maar niet dat ik ermee aan de haal zou kunnen gaan.' Accurater gezegd, Malin weet dat ik een lafaard ben, dacht hij. Daar stoelt het hele plan op.

Maar de rest van die ochtend, die middag en het begin van de avond voelde Kesler Lock aan de tand over wat hij 'de ware kern van de zaak' noemde: hoe werd het geld verdiend? Waar kwam het vandaan? Wat werd ervoor in ruil gegeven? Kon worden aangetoond dat het op legale wijze werd verdiend? Of liever nog, kon worden aangetoond dat het dat niet werd? Steeds opnieuw zei Lock dat hij het niet wist.

'Ik houd niets voor je achter, Skip. Echt. Ik breng het geld naar het buitenland, ik breng het weer terug en zorg er dan voor dat het geïnvesteerd wordt waar Konstantin dat wil. Dat is alles. Ik ben dan wel vijftien jaar in Moskou geweest, maar ik ben zelf geen gelouterde Rus. Er is een hoop wat ze me niet vertellen.'

'Oké.' Kesler dacht een ogenblik na. 'Vertel me dan dit eens. Als jij zou willen bewijzen dat Malin de Russische staat bedroog, waar zou je dan gaan zoeken?'

'Daar zou ik niet eens aan beginnen.'

'Natuurlijk niet.' Kesler gaf enig blijk van ongeduld, maar wist zich te beheersen. 'Ik zal je uitleggen waarom dit belangrijk is. Tourna beweert dat Faringdon uitsluitend bestaat om geld te verwerken. Dat jij een witwasser bent. Om dat aan te tonen moet hij – met harde bewijzen – laten zien dat het geld dat van Faringdon komt oneerlijk verkregen is. En dus allereerst dat er een misdrijf moet zijn gepleegd waar dit geld uit voortvloeit – in het jargon, een predicatief delict. Als dat ontbreekt, heb je alleen maar iets wat *lijkt* op een witwasserij, en dat is niet voldoende. Als dus iemand Malin kapot wil maken – of jou, wat dat betreft – dan moet er een strafbaar feit worden aangetoond. Daar kan niemand omheen. Mijn vraag is dus: Waar is het? Waar is het misdrijf?'

Lock voelde dat zijn schouders zich ontspanden en had er behoefte aan zich uit te rekken. Dit was bemoedigend. De misdaden lagen diep in Rusland begraven onder lagen permafrost. Als hij daar niet van op de hoogte was – en dat was hij echt niet, niet tot in de details – dan zouden zelfs de Amerikanen daar hun vinger niet achter kunnen krijgen. Hoe vaak was Moskou ten prooi gevallen aan binnenvallende grootmachten? Sinds de Mongolen in ieder geval niet meer. Rusland was onneembaar. Het ministerie van Binnenlandse Zaken zou nooit samenwerken met de FBI, en particuliere onderzoeken zouden er nooit vat op kunnen krijgen. Er was nog nooit een misdrijf in Rusland boven water gekomen tenzij iemand die machtiger was dan jijzelf je schade wilde berokkenen, en Malin zou wel heel erg uit de gratie moeten raken om zelfs maar iets van kwetsbaarheid te ondervinden.

'Ik weet het niet,' zei hij, Kesler voor de eerste maal die week met een glimlach aankijkend. 'Ik denk dat Tourna er nog een hele klus aan zal hebben. Zowaar als ik hier zit.'

Op zaterdagochtend kreeg Lock twee uur vrijaf om de dansuitvoering van zijn dochter bij te wonen. Hij was er al vroeg en wachtte buiten in het koele ochtendlicht. Hij voelde zich weinig op zijn gemak in de enige vrijetijdskleding die hij op deze reis had meegenomen: een bruine corduroy broek, een lichtblauw shirt en zware bruine schoenen. De kerk- /kaula bevond zich iets ten noorden van Marina's flat in een minder nette, minder ongerepte buurt: het was een blok van vuilgele baksteen, omgeven door oudere huizen, de eentonige muren in segmenten verdeeld door lange, smalle ramen van matglas. Lock zag de moeders en vaders met hun kinderen arriveren en vroeg zich af hoeveel van hen alleen woonden.

'Pappie!' Vika's stem sneed door het lawaai van het voorbijrijdende verkeer en toen hij zich omdraaide zag hij dat ze vanaf de hoek op hem af kwam rennen. Toen ze hem had bereikt, bukte hij zich een beetje om haar omhelzing in ontvangst te nemen en haar, ondanks zijn stijve en zwakke rug, in één beweging op te tillen. Ze was een stuk zwaarder dan hij had verwacht en de molligheid had plaatsgemaakt voor botten en spieren. Ze was sterk.

'Hallo, konijntje.' Hij zette haar neer en glimlachte naar Marina die op hem kwam toelopen. 'Goedemorgen.'

'Goedemorgen. Hoe gaat het?'

'Pappie, blijf je om naar me te kijken?'

'Natuurlijk. Als het mag.'

Vika gaf hem een speelse por, alsof hij haar in de maling stond te nemen.

'Mammie, hij mag toch blijven, hè?'

'Ik bedoelde niet dat...' zei Lock.

'Het geeft niet,' zei Marina met een glimlach. 'Ik weet het. We zullen kijken vanaf het balkon.'

Vika pakte Locks hand en trok hem mee naar de aula. 'Kom mee, pap.' Binnen zeiden ouders hun kinderen gedag of liepen de trap op naar het balkon dat zich over de lengte van het gebouw uitstrekte. De muren waren van onbewerkte baksteen, de vloer was versleten parket.

'Moet jij je niet omkleden?' vroeg Lock.

'Waarin?' vroeg Vika.

'Dat weet ik niet. Danskleren.'

'Dit zijn mijn danskleren.' Ze droeg gympies, een grijze maillot en een grasgroen T-shirt met een gestileerde eik aan de voorkant, waarvan de wortels uitliepen in het woord 'groei' dat er in grote witte letters op stond.

'Kom,' zei Marina en met haar hand op zijn arm liep ze samen met hem naar de trap. 'Veel plezier, lieverd.'

Vika rende de aula in en keerde zich na een paar passen om om te zwaaien. Ze had haar haar in een paardenstaart en Lock bedacht hoe veel ouder ze eruitzag, hoezeer ze op haar moeder leek – haar neusje, haar slanke maar sterke hals. Nu leek ze minder op hem.

Hij en Marina namen plaats op een bank op het balkon. Hij legde zijn onderarmen op de balustrade voor hem en keek omlaag naar Vika, die op een kluitje stond met een aantal kinderen, die druk praatten over hun vakantie en hun passen repeteerden: ze gingen op hun hurken zitten of oefenden posities. Zij stond een beetje aan de buitenkant van de groep en luisterde hoe de anderen elkaar in de rede vielen en wachtte haar beurt af.

Marina legde haar hand op zijn onderarm. 'Bedankt dat je bent gekomen. Het is fijn je weer te zien.'

'Ik had het veel eerder moeten doen.'

Marina gaf geen antwoord. Ze keek naar Vika. Na een paar seconden zei ze: 'Ze is zo blij dat jij er bent.'

'Ik weet het. Het is een pak van mijn hart.'

'Ik heb jou tegenover haar nooit iets verweten.'

Lock wilde haar bedanken maar het leek hem niet gepast. Ze deden er een tijdje het zwijgen toe.

'Wat is er geworden van haar balletlessen?' vroeg hij.

'Die heeft ze op woensdag. Maar de laatste tijd is ze hier dol op. Ze oefent de hele dag.'

'Ze is er vast heel goed in.'

Marina glimlachte en keek naar de dansers beneden. Ze stonden opgesteld in twee rijen van tien en luisterden naar hun lerares, een vrouw van rond de twintig die een wijd grijs T-shirt droeg en zich gedroeg op een manier die zowel resoluut als losjes was. Er was een einde gekomen aan het gebabbel en de kinderen keken aandachtig naar haar terwijl ze heen en weer drentelde. Vika's gezichtje stond ernstig van concentratie.

'Goedemorgen, allemaal.' Ze had een docentenstem, welluidend en duidelijk. 'Wat fijn dat jullie er allemaal zo goed uitzien. Ik hoop maar dat iedereen zich fit voelt.' Een of twee kinderen grinnikten, maar de uitdrukking op Vika's gezicht veranderde niet. 'Ik zie een paar nieuwe gezichten en dat is geweldig. Welkom bij St. Luke's Dance. Ik ben Jennifer. Ik vind dat we de nieuwe dansertjes eerst maar eens moeten laten zien wat ze allemaal gaan leren. Daarom vraag ik iedereen die hier vorig jaar ook was, nog een stukje uit onze show te doen. Laten we eens kijken wat jullie je er nog van herinneren. Er ontbreken een paar dansers, maar doen jullie maar gewoon wat jullie geleerd hebben en maak je daar maar niet druk om.'

Lock keek hoe Vika zich aan de linkerkant van de groep opstelde, zich vloeiend op één knie liet zakken en zich tot een balletje opvouwde, met haar handen samengevouwen boven haar hoofd. Naast haar namen de andere kinderen zorgvuldig hun aanvangspositie in, sommigen ineengedoken als Vika, anderen in een spreidstand, sommigen achteroverbogen, met de armen uitgespreid naar de hoeken van de zaal. Op een knikje van de lerares vulde de aula zich met het gedreun van door bassen overheerste muziek. Vier maten bleven de dansers stilstaan, bijna griezelig bewegingloos, en toen barstten ze met uiterste precisie los in een geconcentreerde explosie van beweging, draaiend, springend, schoppend, met armen en benen ingewikkelde patronen in de lucht beschrijvend, sommigen beter op de maat van de muziek dan anderen. Elke danser had een eigen stijl. Die van Vika was ernstig maar lichtvoetig, de spanning in haar ogen in contrast met de soepele gratie van haar passen, waarbij ze zelfs hierin op haar moeder leek. Ze was een paar centimeter langer dan de anderen en ondanks haar souplesse statiger, alsof haar altijd iets van al die balletlessen, of wellicht van Rusland, zou bijblijven.

Lock voelde de tranen vanuit zijn borst opwellen; hij wist niet waarom. Hij was geen sentimenteel mens. Als hij in zijn eentje in Moskou was, dan miste hij Vika, maar wat hij het meest miste was duidelijk iets praktisch: met haar samen zijn, met haar praten, haar dingen leren, haar lach horen. Nu besefte hij dat het beeld dat hij van haar had achterhaald was. Ze was een ander persoontje geworden, anders omdat ze in Londen was, anders omdat ze acht jaar oud was, anders omdat ze zo heel anders danste en toch volkomen zichzelf was. Toen hij haar op de muziek zag bewegen, tegelijkertijd vrij en gedisciplineerd, voelde hij een zweem van angst bij de gedachte dat hij haar misschien nooit meer echt zou leren kennen. Maar de tranen die hij bedwong waren niet voor hemzelf en hadden niets te maken met verdriet of angst.

Hij slikte schuldbewust, glimlachte naar Marina en wendde zijn blik af. Beneden hen kwam er een einde aan de dans en kwam Vika glijdend, haar armen en hoofd achterwaarts geworpen tot stilstand. Hij applaudisseerde en het handjevol ouders op het balkon volgde zijn voorbeeld. Vika ging staan en keek glimlachend naar hem op.

'Alles in orde?' vroeg Marina.

Hij wendde zich naar haar toe en glimlachte opnieuw, maar niet met volle overtuiging. 'Het is gewoon een genot om haar te zien.'

'Ja, we zijn geluksvogels.'

'Dat zijn we zeker.'

Lock wachtte even. Hij was zich vaaglijk bewust van de behoefte een vraag te stellen die hij niet goed onder woorden kon brengen. 'Is ze gelukkig? Hier in Londen?'

'Ik geloof van wel. Ze is dol op Londen.' Marina keek hem doordringend aan, met een lichte frons op haar voorhoofd. 'Is dat wat je bedoelt?'

'Ik weet het niet.' Hij sloeg zijn ogen neer. De lerares zei tegen de kinderen dat ze in een kring moesten gaan staan. 'Ik maak me zorgen om wat ik haar heb aangedaan.'

'Dat ziet ze niet als een tekortkoming van jou.'

'Dat betekent niet dat het dat niet is. Ooit komt ze erachter.'

Marina sloeg haar armen over elkaar en keek naar de dansers. 'Leidt dit ergens toe?'

'Ik... ik geloof dat ik haar wil duidelijk maken dat het me spijt.'

'Dat zou ze niet begrijpen.'

'Ik bedoel niet dat ik het met zoveel woorden wil zeggen.'

'Wat dan?' Marina keek hem heel even aan en toen weer naar de les.

Lock dacht na. Hij kon de juiste woorden niet vinden, want hij wist nog niet wat hij wilde zeggen. Marina wist altijd precies wat er in haar omging en hoe ingewikkelder de situatie was – waar hij altijd rondtastte tussen verlangens en angsten die steeds ontoegankelijk en schuchter in nevelen gehuld bleven – hoe beter zij het wist. Dat herinnerde hij zich van hun ruzies. Wat sindsdien tot hem was doorgedrongen was dat er geen bevrediging voor Marina kon uitgaan van die gemakkelijke overwinningen, dat die op zijn hoogst een bijkomende teleurstelling vormden, en nu was hij zich er tenminste van bewust dat hij haar wilde laten blijken dat hij veranderd was.

Dus: wat wilde hij nu eigenlijk? Er moest toch iets aan begrip zijn gewonnen tijdens het trage, doorsijpelende proces van de afgelopen vier jaar. In zijn geest doken twee beelden naast elkaar op: zijn flat in Moskou, hard en licht, de marmeren vloeren tot hoogglans gewreven, het leren meubilair onversleten, de keuken overbodig, de hele woning nu leeg en altijd leeg; en zijn dochter in haar T-shirt, dansend en rondwervelend.

Hij wilde weg van het geld. Zoveel wist hij zeker. In zijn wereld was elke daad een transactie, elke relatie een behoedzaam contract. Hij had zichzelf altijd gezien als een schrandere zij het bescheiden speler van het spel, maar sinds Monaco was hij zich voor het eerst bewust geworden van de tol van de concurrentie, van de hoge en wellicht onvermijdelijke kosten.

Hij keek naar Marina. Hoe vaak had hij niet zo gezeten, kijkend naar haar profiel en niet bij machte de woorden te vinden die zouden maken dat zij zich tot hem zou wenden? Hij voelde een opwelling van schaamte en vervolgens van mislukking bij die gedachte.

'Ik... ik zou je vaker willen zien,' zei hij. 'Jullie allebei.'

'Dat heb je wel vaker beweerd.'

'Niet waar. Ik heb gezegd dat ik vaker op bezoek zou komen. Dit is iets anders.' Marina sloot haar ogen en kneep in de brug van haar neus. Hij vervolgde: 'Ik wil jullie vaker zien. Niet alleen maar op bezoek komen maar tijd samen doorbrengen. Dingen doen.' Marina gaf geen antwoord. 'Gewone dingen.'

Ze keek hem recht aan en hij voelde de kilheid die soms uit haar ogen sprak.

'Jij hebt je werk, Richard. Dat weet je.' Ze was even stil. 'Ga weg uit Moskou. Vind een oplossing. Ik wil dat niet meer in ons gezin.'

Lock knikte voorzichtig, met neergeslagen ogen. 'En als ik dat doe?'

Haar blik werd zachter. Op momenten als deze leken haar ogen soms te suggereren dat er grotere zorgen waren dan de hare. 'Het ergste van alles was te zien hoe verdwaald jij was. Ik haat het nog altijd.'

Hij knikte nogmaals. Beneden hem telde de danslerares een vierkwartsmaat en Vika, die haar nauwkeurig gadesloeg, probeerde een nieuwe danspas na te doen. Verdwaald. Het was een woord dat goed bij hem paste. Hij was de weg kwijtgeraakt; misschien zelfs voorgoed.

4

—

Als je aan een nieuwe opdracht begon, verkende je doorgaans eerst het terrein. Was het terrein onbewerkt, dan moest je gewoon maar beginnen te graven om te zien wat zich daaronder bevond; soms moest je constateren dat anderen je voor waren geweest en kon je enthousiast de grond onderzoeken die zij al hadden omgewoeld. Maar dit was helemaal nieuw voor Webster. Hij kon raden wat er verborgen lag en waar, hij kon het bijna zien, maar hij kon er niet dicht genoeg bij komen om te kunnen graven.

Nu zat hij met zijn handen achter zijn hoofd gevouwen en gleed zowat van zijn stoel af, terwijl hij naar de muur keek en zich afvroeg wat hij moest doen als er geen ruimte meer over was op de muur. Hij had zijn eigen kaart. Die was gemaakt van acht flip-overvellen en nam een hele muur van zijn kantoor in beslag. Daarop schreef hij met zacht potlood alles wat de moeite waard was over Project Sneeuwklokje (altijd op zoek naar projectnamen was Ikertu nu de bloemennamen aan het afwerken). Hij had een vak voor Malin bovenin links; en een voor Faringdon onderin links; rechtsboven eentje voor Lock en rechtsonder voor Gratsjev. In elk daarvan stonden in schuine hoofdletters steeds langer wordende rijtjes met ideeën, eigenschappen en feiten. In het midden van de kaart en naar buiten uitdijend stond iets wat leek op een ingewikkeld molecuul, cirkels van verschillende omvang met elkaar verbonden door lijnen met pijlen, en in die cirkels namen van mensen, bedrijven, organisaties en plaatsen: Lock, Malin, Faringdon, Langland, Oeralsknefteprom, Rosenergo, het ministerie voor Industrie en Energie, het Kremlin, Berlijn, Kaaimaneilanden, Ierland. Minstens twaalf cirkels waren in het rood getrokken: Dominic Swift, Ken McGee, Savas Onder, Mikkel Friis, Marina Lock, Dimitri Gerstmann en anderen.

Zijn onderzoekers vonden zijn werkwijze met potlood en papier primitief en zelfs lachwekkend; zij beschikten over databaseprogramma's die deze gegevens in enkele ogenblikken in kaart konden brengen zonder ook maar iets te missen. Webster legde hun dan geduldig uit dat die muur vol aantekeningen geen berekening was maar een langzame benadering van de waarheid, iets wat ervaring en intuïtie, geduld en een gevoelig oog vereiste. Dit was tegelijkertijd grootser en smeriger dan een onderzoek naar iets zo alledaags als een misdrijf: het was een veldslag die in stilte werd uitgevochten, waar de man zou overwinnen die de zwakheden van zijn vijand het beste kon inschatten. Hier uitgestald stond Malins universum, en zolang je het niet duidelijk voor je zag – wist hoe je het moest benaderen – was het onmogelijk te ontrafelen.

Maar na vier weken had hij er nog maar een vaag en onvolledig beeld van. Hij had vier onderzoekers alle krantenartikelen laten lezen die ze in het Engels en in het Russisch konden vinden. Twee hadden zich over Malin en het ministerie gebogen; een deed Faringdon, Langland en alle ondernemingen die daarmee verbonden waren; en een hield zich uitsluitend bezig met Lock en Gratsjev. Nog twee anderen hadden zich op de handelsregisters gestort, om het netwerk te reconstrueren dat Lock had ontworpen en uit de karige informatie af te leiden wat de bedrijven daarbinnen nu precies uitspookten.

Ze waren begonnen met Faringdon. De kamer van koophandel in Dublin verschafte hun de namen van haar directeuren (Lock en een Zwitserse staatsburger die Ulrich Rast heette), een adres, en haar aandeelhouders: negen andere buitenlandse bedrijven, allemaal diverse graden onduidelijker dan hun Ierse spruit. Dat was zo ongeveer alles. Het adres behoorde toe aan een onderneming die uitsluitend bestond om andere ondernemingen op te richten en te beheren en was daarom niet van belang; de bedrijfssecretaris werkte voor dezelfde firma; Herr Rast was ook alleen maar een professionele bestuurder, zij het van het nogal deftige Zwitserse soort. De enige factor van belang waren de negen aandeelhouders; zo'n groot aantal was ongebruikelijk en het doel van die structuur was onduidelijk. Het wees op het werk van iemand die heel geslepen was, of heel behoedzaam. Faringdon zelf was tenminste wel in bedrijf; daar werd in ieder geval iets ondernomen. Het bedrijf kocht ondernemingen of belangen erin. Bij het afschuimen van de kranten – in Rusland, Azerbeidzjan, Bulgarije, Kazachstan en Oekraïne – vonden Websters onderzoekers achttien transacties die Faringdon had afgesloten, en ze legden zorgvuldig de data en de omstandigheden vast. Vervolgens onderzochten ze alle tegenhangers en alle medeaandeelhouders en legden al hun bevindingen vast in een steeds verder uitdijend schema, in de hoop er patronen, toevalligheden of enige betekenis aan te ontlenen.

De les die eruit te leren viel was niet onmiddellijk duidelijk. Als je van Faringdon omlaag keek, zag je achttien investeringen. Zonder een duidelijke onderling commerciële thematiek of logica, eerder op een hoop gegooid dan gerangschikt. Als je omhoogkeek zag je nagenoeg niets. De negen aandeelhouders waren verdeeld over vijf piepkleine eilanden die hun eigen onafhankelijkheid hadden en de daarbij behorende halsstarrige ideeën over de toegankelijkheid van informatie. Het enige wat Websters mensen bij elkaar hadden weten te sprokkelen waren een adres en een paar directeuren (Lock onder anderen, de rest louter stromannen). Er was geen rechtstreekse mogelijkheid om erachter te komen wie de eigenaar was van die bedrijven, hoeveel geld erin omging, waar het vandaan kwam en waar het naartoe ging. Elk project stuitte op die muur en Webster was er inmiddels aan gewend geraakt. Er waren manieren om dat te omzeilen, maar die waren illegaal en gecompliceerd en de informatie die ze opleverden was zelden zo bruikbaar als je zou willen. Wat dacht hij hier per slot van rekening te vinden, behalve nog een laag van hetzelfde?

In Rusland zelf was hij aanvankelijk geneigd omzichtig te werk te gaan. Hij en Hammer hadden het er uitvoerig over gehad. Hammer wilde met name Lock laten merken dat er informatie over hem werd ingewonnen, maar Webster wilde wachten totdat hij zijn studieobject beter kende. Voorlopig had hij niets anders gedaan dan aan Alan Knight, de vreemdste Engelsman in de Oeral, gevraagd wat klusjes voor hem op te knappen.

Dat hing er dus aan zijn muur. Allereerst was hem duidelijk geworden dat maar heel weinig mensen iets van Malin afwisten. In Rusland moest je goed zoeken om hem te vinden en in het Westen was helemaal niets bekend. Zijn naam stond op een lijst met aanwezigen op een bijeenkomst in het Kremlin in 2000, waar managers van energiebedrijven, academici en beleidsmakers bij elkaar kwamen. In 2002 had hij toespraken bijgewoond in Boedapest, als onderdeel van een officiële Russische delegatie, waarvan ook de minister voor Industrie en Energie deel uitmaakte; het jaar daarop was hij als lid van een soortgelijke afvaardiging in Almaty geweest. In een Oekraïense blog was hij genoemd als een van de vertrouwelingen van het Kremlin die het Russische besluit hadden beïnvloed om de gaskraan naar Oekraïne in 2006 dicht te draaien, en later dat jaar had hij de Eremedaille van de Staat ontvangen, wegens 'buitengewone verdiensten bij de economische productie, en wegens het nastreven van de werkelijke waarde van de Russische economische rijkdommen'. Echte Vijfjarenplanmethodieken, had Webster gedacht, maar de Russische pers had nauwelijks belangstelling getoond.

Webster had verwacht wel wat roddels over Malin op te duikelen, want over iedereen van betekenis deden roddels de ronde. Als je macht had, dan had je vijanden en je vijanden schreven slechte dingen over je – of die zogen ze uit hun duim als dat gemakkelijker was. In het Russisch heette dat *kompromat*, of compromitterend materiaal. Over Malin was er geen kompromat – het was moeilijk te geloven dat iemand die zo corrupt was zo'n onberispelijke reputatie kon hebben – en zonder dat was het moeilijk te bepalen waar je moest beginnen.

En over Lock was ook al weinig opzienbarends te vinden. Zijn naam kwam voor in duizenden zakelijke documenten en talloze krantenartikelen, maar nergens werd je veel wijzer van. Steeds wanneer Faringdon iets kocht, of iets verkocht of een fusie aanging, dan was hij als woordvoerder namens het bedrijf aanwezig en zorgde voor een quote – altijd nietszeggend, altijd overgenomen uit een goedgekeurd perscommuniqué. Websters onderzoeker had twee foto's gevonden in *Profil*, het roddelblad van Moskou, waarop Lock te zien was op protserige feestjes met onwaarschijnlijk opgedofte jonge vrouwen. Maar Webster was in ieder geval blij dat hij tenminste wist hoe hij eruitzag: asblond haar, breed gezicht, dunne, nagenoeg onzichtbare lippen, waren kenmerkend voor iemand die te vaak 'nee' had gezegd tegen de wereld. Zijn huid was enigszins pokdalig rond de wangen maar zijn ogen waren blauw en helder. Als zijn gezicht er wat minder afgetobd had uitgezien zou hij een aantrekkelijke man zijn geweest. Op beide foto's glimlachte hij en maakte een geforceerd zorgeloze indruk en op beide foto's droeg hij een goed passend maatpak dat op de een of andere manier niet strookte met zijn nonchalante uitdrukking en niet op zijn plaats leek tussen de Moskouse glitter.

Dit was tot dan toe alles wat Webster wist over Locks leven. Hij wist ook een klein beetje over zijn leven voordat hij naar Rusland verhuisde, maar die twee eindjes waren moeilijk aan elkaar te knopen. Hij was in 1960 in Den Haag geboren. Zijn ouders waren Nederlands, maar tegen het einde van de jaren zestig waren zij naar Londen verhuisd, toen zijn vader, die werkte bij de Koninklijke Nederlandse Shell, daar naartoe werd overgeplaatst. In Engeland had Lock een deugdelijke, burgerlijke opleiding genoten – kostschool, geschiedenisstudie aan de universiteit van Nottingham, overgestapt naar de rechtenstudie aan Keele – en na te zijn afgestudeerd had hij een baan gevonden bij een fatsoenlijk tweede divisie advocatenkantoor in Londen dat Witney & Parks heette en dat zich specialiseerde in verscheping en exportvergunningen. Hij had een zuster, maar die had Webster nog niet weten op te sporen. Tijdens zijn laatste jaar op de universiteit waren zijn ouders teruggekeerd naar Nederland, maar hij was in Engeland gebleven. In 2002 was zijn moeder overleden in hetzelfde ziekenhuis als waar Lock was geboren; zijn vader woonde tegenwoordig in Noordwijk aan Zee.

Verder was er niets: geen biografische artikelen in de kranten, geen aanvaringen met concurrenten in het openbaar, geen schandalen van welke aard dan ook. Niemand had zich ooit bijzonder voor deze man geïnteresseerd – of niemand had daar brood in gezien. In het geval van Gratsjev was het nog treuriger gesteld, een volledige anonymus; en hoewel de bedrijven wat actiever waren, was er niets waar Webster zijn tanden in kon zetten. Zijn onderzoekers hadden hem gegevens verschaft over Faringdon en Langland maar in beide gevallen was dat niet meer dan een lijst met transacties, die aan de oppervlakte hopeloos droog en daaronder ondoordringbaar was. Hij realiseerde zich dat hij weinig aan Tourna zou kunnen melden en besefte hoe zwaar de taak was die ze op zich hadden genomen.

Er was nergens een verhaal en hij wist dat het verhaal essentieel was. Wat hij hoopte te vinden was een route, de eerste paar meter van een pad: het zou een karaktertrekje kunnen zijn of een verborgen incident. Maar voorlopig had hij dat nog niet. Hammer placht te zeggen dat als wat je nodig had niet op een stuk papier te vinden was het in iemands hoofd moest zitten. Dus misschien zou hij toch eerder met mensen moeten praten dan hij wenselijk had geacht. De namen op het bord die waren omcirkeld waren van mensen die Lock of Malin kenden en zaken met hen hadden gedaan. Sommigen zouden trouw zijn en sommigen niet, en hij zou ze veel liever met rust hebben gelaten totdat hij precies wist wat hem te doen stond en waar hun loyaliteiten lagen. Het zij zo. In de tussentijd was er altijd nog Alan Knight.

De enige dingen waaruit viel af te leiden dat Alan Knight Engels was, waren zijn naam, zijn koffertje en zijn accent, een zacht aan Derbyshire ontleend gebral dat, als hij zenuwachtig was afzwakte tot gemompel. Voor het overige was hij een Rus; dat was hij de afgelopen twintig jaar geleidelijk aan geworden. Zelfs nu, in een nog maar net herfstig Londen, droeg hij zwarte schoenen met dikke rubberzolen en een dikke gewatteerde jas die tot ver onder zijn knieën reikte. Daaronder, wist Webster, droeg hij een blazer en een overhemd met korte mouwen. Zijn broek was anderhalve centimeter te kort, leigrijs en met militaire precisie geperst. Hij droeg een bril met een metalen montuur en lichtbruine glazen en de enige kleuren in zijn gezicht kwamen van zijn rode neus en, nog net zichtbaar, zijn grijsblauwe ogen. Hij was vijftig of daaromtrent en hij liep met een kromme rug, gebogen onder het gewicht van zijn kennis.

Knight woonde in Tjoemen, in het oosten van de Oeral, de hoofdstad van de Russische olie-industrie, op zo'n vijftienhonderd kilometer van Moskou, aan de rand van de vruchtbare, deprimerende vlakten van West-Siberië. Er waren veel westerlingen in Tjoemen, maar die woonden allemaal in omheinde wijken, speciaal voor buitenlanders, zonden hun kinderen naar de Amerikaanse school en vertrokken weer zodra ze de kans kregen. Knight was een inboorling. Hij had zijn latere vrouw daar, in de nadagen van de Sovjet-Unie, ontmoet. Hij was zodra de mogelijkheid zich voordeed met haar getrouwd en er gebleven. Hij had drie kinderen, die allemaal op de plaatselijke Russische school zaten. Hij bracht brood op de plank door te schrijven over olie voor de westerse pers en door hand- en spandiensten te verrichten voor bedrijven als Ikertu.

Webster had geen idee of hij daar arm of rijk mee was geworden, maar hij was ongetwijfeld waardevol. Knight wist meer van olie en gas dan wie dan ook, de Russen zelf uitgezonderd. Hoe hij zoveel te weten was gekomen was een vraag die Webster altijd had geïntrigeerd: of hij stond bij iemand op de loonlijst, of hij was eenvoudigweg te onbeduidend om te worden opgemerkt. Maar Webster kende hem al vijftien jaar, sinds zijn eigen tijd in Rusland, en had nooit enig vooroordeel in zijn informatie kunnen ontdekken. In dit geval deed het er in ieder geval weinig toe: als Knight hem niets wist te vertellen dat de moeite waard was, dan was er nog geen man overboord, en als hij wist dat Ikertu een onderzoek instelde naar Malin en dat doorvertelde, dan zou dat de zaak alleen maar bespoedigen.

Knight leek in nog een ander opzicht op zijn door hem geadopteerde landgenoten: hij was oprecht bang voor macht. Hem instrueren was lastig en kostbaar. E-mailcorrespondentie naar zijn Russische contactadres over kwesties van enig belang was strikt verboden. Hij bezocht Londen regelmatig; Webster kende zijn reisschema, maar als hij een dringende opdracht had, dan moest hij hem een e-mail sturen en hem daarin vragen wanneer hij van plan was Londen weer aan te doen. Knight verliet dan Tjoemen en vloog naar Istanboel, waar hij van een Turkse e-mailaccount de werkelijke instructies zou plukken die Webster hem ook had toegezonden. Zolang Knight niet uit Rusland was weggevlogen om rapport uit te brengen was alle verdere correspondentie omtrent de zaak onmogelijk, tenzij Webster bereid was hem speciaal voor dat doel naar Londen te halen. Klanten die zich niet aan die regel hielden werden onmiddellijk geschrapt. Webster en anderen hielden zich aan deze mate van omzichtigheid omdat Knight goed was en omdat hij geen rivalen had. De Russische zakenwereld was al vermaard om zijn ondoorgrondelijkheid, en energie was het inktzwarte middelpunt daarvan en Knight was een van de weinigen die daar enig inzicht in had.

Ditmaal spraken ze af in het Chancery Court Hotel in Holborn. Webster had het uitgekozen omdat het anoniem en rustig was en omdat er nooit Russen logeerden. Knight weigerde naar het kantoor van Ikertu te komen. Het was halverwege de ochtend en de lobby was min of meer verlaten. Webster was vroeg; hij ging op een stoel zitten en speelde wat met zijn BlackBerry. Dit was een belangrijk moment. Nu maar hopen dat Knight met iets bruikbaars op de proppen kwam.

Na vijf minuten kwam hij enigszins geagiteerd en oververhit in zijn overjas binnen. Toen Webster hem begroette en de hand schudde, herinnerde hij zich de licht zurige en muffe geur van tabak.

'Fijn je weer te zien, Alan,' zei Webster. 'Je ziet er goed uit.'

'Hi, hi,' zei Knight, terwijl hij om zich heen keek naar de drie of vier hotelgasten die uitcheckten of ook op iemand zaten te wachten. 'Kunnen we niet ergens anders heen gaan? Laten we ergens anders naartoe gaan.'

'Waarom? We zitten hier best. Er is hier niemand.'

'Daar gaat het niet om. Wie weten dat we een afspraak hebben?'

'Een of twee mensen bij Ikertu. Alan, wat is er aan de hand?'

'Niets, niets. Nee, niets. Ik moet er alleen zeker van zijn.'

'Echt?' zei Webster, met een flinterdunne ondertoon van ergernis in zijn stem. 'Oké, dan gaan we.'

Ze liepen het hotel uit en Webster wenkte een taxi. 'Ludgate Circus, alstublieft.' Hij wendde zich tot Knight. 'Ik weet een café op een minuut of tien rijden van hier,' zei hij. 'Daar is nooit iemand tussen het ontbijt en de lunch en mocht dat toch zo zijn, dan is het groot genoeg om niet te kunnen worden afgeluisterd. Als je denkt dat we worden gevolgd dan moet je het zeggen.' Hij leunde achterover en keek uit het raampje hoe de wereld aan hem voorbijtrok, terwijl hij zich afvroeg wat Alan in hemelsnaam bezielde. Knight verschoof van tijd tot tijd op zijn plaats om te kijken naar de auto's die achter hen reden.

In het café, waar zij inderdaad de enige twee gasten bleken te zijn, bestelden ze thee en kozen een tafeltje in de verste hoek, ver weg van het raam. Knight trok zijn jas uit en ging met zijn rug naar de muur zitten, zodat hij de deur in de gaten kon houden.

'Is dit beter?' vroeg Webster.

'Neem me niet kwalijk. Ja. Ja, dit is beter.'

'Heb je mijn e-mail ontvangen?'

'Dat heb ik. Eigenlijk had ik die moeten wissen. Wat ik eigenlijk had moeten doen was ronduit nee tegen je zeggen.'

Webster keek hem niet-begrijpend aan.

'Heb jij je mobieltje bij je?' vroeg Knight.

'Ja.'

'We kunnen maar beter de batterijen eruit halen.' Knight haalde een mobieltje uit zijn binnenzak en nam, na enig gefriemel met het dekseltje, de batterij eruit. Webster deed hetzelfde en wachtte op wat Knight zou gaan zeggen.

'Die Russische vriend van jou – die grote. Jezus, Ben. Dat is me er eentje. Zonder dollen.'

'Bedoel je Malin?'

'Werk jij voor Tourna?' Knight sprak nu zo zacht in de richting van het tafelblad dat Webster hem nauwelijks kon verstaan.

'Wil je dat weten?'

'Jezus. Nee. Dat wil ik niet weten, nee.' Knight speelde met zijn lepeltje in beide handen, staarde ernaar en keek af en toe even op.

'Alan, ik weet dat jij denkt dat ik een groentje ben dat speelt met dingen die hij niet begrijpt, maar je kunt het ook overdrijven. Er is hier niemand. Niemand kan ons afluisteren. Als iemand weet dat wij samen zijn dan weet hij nog niet waar we het over hebben. Het is duidelijk dat jij hier meer van weet. Jou kennende waarschijnlijk een heleboel. En tot dusverre heb ik nog geen flintertje boven water weten te krijgen. Wat kun jij me vertellen?'

Knight hief zijn hoofd op en keek Webster aan, alsof hij probeerde zijn oprechtheid te peilen. Na een ogenblik zei hij: 'Ik wil geen honorarium, geen contract, helemaal niks. Wat ik je hier vertel is alleen wat ik nu weet. Ik doe hier geen werk voor. En er wordt niets op papier gezet.'

'Goed dan. Dat is een teleurstelling, maar ik begrijp het. Vertel me dan maar wat je aan me kwijt kunt.'

'Oké. Oké.' Knight zat nog steeds met het lepeltje te spelen. 'Oké.' Hij boog zich opnieuw naar voren, alsof er mensen aan het tafeltje naast hen zaten die geen woord wilden missen. Het café was nog steeds verlaten. 'Allereerst is hij machtig. Van zichzelf. Hij zit al langer op het ministerie dan wie ook. Hij deelt daar de lakens uit. Dat doet hij al zo'n zeven, acht jaar.'

'Hoe heeft hij dat voor elkaar gekregen?'

'Nieuwe minister, nieuwe regering. Hij zag zijn kans schoon en pakte die. Hij wist meer dan enig ander. Had eigenlijk alle touwtjes in handen. En hij heeft het Kremlin een beeld geschetst van wat Rusland zou kunnen worden.' Knight keek naar de deur en toen weer naar Webster, die zijn thee dronk en wachtte tot Knight zijn verhaal zou vervolgen.

'Opnieuw meer macht. Geen inwoner van de tweedeklas wereld. Weet je hoeveel gas Rusland heeft? Een vijfde van de hele wereldvoorraad. Ooit zal het meer olie produceren dan Saoedi-Arabië. Moet je zien hoe de opbrengsten zijn gestegen sinds Jeltsin weg is. Dat is niet de dynamiek van de private sector, dat is de druk van het Kremlin. En jouw vriend is de spin in het web. Hij geeft richting aan de politiek in het Kremlin en zorgt voor de uitvoering daarvan op het ministerie.'

Knight legde zijn lepeltje neer en keek Webster voor het eerst recht in zijn ogen.

'Waarom is hij dan zo angstaanjagend?' vroeg Webster, zijn blik beantwoordend.

'Om wat hij wil doen.'

'En dat is?'

'Iedere winter draait Rusland de pijpleidingen naar Oekraïne dicht, toch? De media slaan op hol, de Oekraïners maken een hoop kabaal, tijdens de onderhandelingen gebeurt er weinig en vervolgens wordt de kraan weer opengezet. Het gaat er dan niet om hoeveel Oekraïne voor zijn brandstof betaalt, maar Rusland doet dat om de wereld er even aan te herinneren dat het bestaat en dat het niet kan worden vertrouwd. Er kan van alles gebeuren. Misschien leggen ze de toevoer naar Europa wel helemaal plat. Afgelopen winter zaten de Roemenen in de kou, de volgende keer kunnen dat wel eens de Duitsers zijn.'

'Oké. Wat staat Malin dan voor ogen?'

'Weet je zeker dat je het wilt weten?'

'Nou en of.'

'Het zal je weinig helpen bij je onderzoek.'

'Alan, vertel het me nou maar. Ik heb iets nodig. Als ik het toch niet kan gebruiken hoef jij je ook nergens zorgen om te maken.'

'Oké,' zei Knight en hij leek klaar om te beginnen toen hij de serveerster riep en meer thee bestelde. 'Wil jij nog wat?'

'Nee, dank je.'

Toen de serveerster weer aan de andere kant van de ruimte was, stak hij van wal. 'Oké. Hier gaat het om. Hij wil Rusland nog machtiger maken. Daar heeft hij Faringdon voor. Je vriendin had gelijk.'

'Welke vriendin?'

'Het meisje. Die journaliste. In haar artikel.'

'Inessa?'

'Ja.'

'Welk artikel? Daar heeft ze nooit iets over geschreven.' Hij was van zijn stuk gebracht en gebelgd dat Knight iets over Inessa wist dat hij niet wist. Zelfs nu nog werd hij elke keer als haar naam ter sprake kwam getroffen door een venijnige schok van met elkaar verband houdende emoties: de aandrang om haar nagedachtenis te beschermen; een nog steeds knagende behoefte om erachter te komen wie haar had gedood; een verschrikkelijke voortdurende angst, bijna een veronderstelling nu, dat hij dat nooit te weten zou komen; en onder dat alles een zweem van schaamte dat hij niet genoeg had gedaan om daar achter te komen. Hij had dat gevoel lang niet gehad, maar hier was het weer, vertrouwd en met hernieuwde hevigheid.

'Zij is de enige die dat heeft gedaan. Jaren geleden.' Hij keek Webster een ogenblik oprecht verbaasd aan. 'Heb je dat dan niet gelezen?'

Webster schudde zijn hoofd. Hij kende al Inessa's werk. In de maanden na haar dood had hij elk artikel gelezen, ze nageplozen, ze naar onderwerp gerangschikt en achter elk woord naar een soort zekerheid gezocht. Had hij iets over het hoofd gezien? Of vergiste Alan zich en was hij eindelijk in de war geraakt na zich twintig jaar te hebben verdiept in olie en complottheorieën?

'In *Energy East Europe*. Dat moet in de zomer van 1999 zijn geweest,' zei Knight.

'Nee.' Hoe was dat mogelijk? Zouden zijn onderzoekers het ook hebben gemist?

'Nou, lees dat dan. Het was maar een klein stuk, maar het veroorzaakte heel wat beroering in mijn wereld.'

Webster knikte. Hij vond het vervelend om voor paal te staan; en hij had er gloeiend de pest aan om onvoorbereid te zijn. 'Dat zal ik doen.'

'Ik wil geen oude wonden openrijten.'

'Dat geeft niet.' Hij maakte de sluiting van zijn horloge los, deed het van zijn pols en begon het op te winden. 'Ik zal het lezen.' Hij keek Knight aan. 'Vertel me over Faringdon.'

De uitdrukking van ongeloof was nog niet geheel van Knights gezicht verdwenen, maar hij sloeg doelbewust een andere toon aan en begon. 'Het is een middel. Het bedrijf koopt dingen. Moet je zien wat het allemaal bezit. Voor zover wij weten. Raffinaderijen in Bulgarije en Polen, nieuwe velden in Oezbekistan, productievelden in de Kaspische Zee en de Zwarte Zee – Jezus. Pvc-fabrieken in Turkije, allemachtig.' Knight was nu opgewonden en sprak sneller en ook luider dan voorheen. Boven tafel, onder tafel, rechtsom, linksom. Het is gigantisch. Het moet het grootste particuliere energieconsortium op aarde zijn, en dan weet ik waarschijnlijk nog niet eens de helft. En jij al helemaal niet. Jouw vriendin had het al zo'n beetje in de smiezen toen het idee nog maar net was geboren. Sindsdien is het alsmaar groter geworden. En wat denk je dat ze daarmee willen?'

'Een appeltje voor de dorst voor Malin? Een plek om al dat geld te beheren dat hij heeft opgestreken.'

'Dat zou ook kunnen, maar nee. Dat is om terug te winnen wat Rusland in 1989 heeft verloren. Het maakt deel uit van het nieuwe economische imperium. Voeg Faringdon bij alles wat de oliebaronnen bezitten, met Gazprom en al het andere, en Rusland beheerst de helft van de energie-industrie van haar buurlanden – meer zelfs.'

'Een beangstigende gedachte.'

'Nietwaar? Het betekent dat ze alles weten wat er gebeurt. En als de pleuris uitbreekt, bezitten ze de helft van alle bedrijven die iets in de melk te brokken hebben.'

Webster ging zitten en dacht erover na. Hij wist niet zeker of hij het wel helemaal kon bevatten.

'Ik zie er wel enige logica in, maar wat ik niet begrijp,' zei hij, 'is waar ze al die moeite voor doen. Als er een echte crisis uitbreekt dan zullen ze wat ze bezitten niet kunnen beheersen. En als ze het feit dat ze het bezitten verborgen houden, dan zal niemand banger voor hen worden.'

'Het gaat om overwicht, Ben. En over het hebben van keuzemogelijkheden. Ze weten dat ze het bezitten, en dat maakt dat ze zich heel gewiekst voelen. Wat ze natuurlijk ook zijn.'

'En over geld verdienen.'

'En over geld verdienen.'

'Hoe zit het met Lock? Waarom is hij erbij betrokken?'

'De nepoligarch? Omdat er toch iemand moet zijn die alles bezit. Of doet alsof.'

'Maar waarom juist hij?'

'Waarom wie van die lui dan ook? Er is er altijd wel eentje. Ik geloof niet dat het ertoe doet wie dat is.'

Knight had gelijk, dacht Webster; hier heb ik niet zoveel aan, hoeveel er ook van waar is. Ik moet Malin aan de kaak stellen als fraudeur, niet als megalomaan. Knights thee werd geserveerd. De eerste twee vingers van zijn linkerhand waren oranje van de nicotine. Gewoonlijk zou hij nu al minstens één sigaret op hebben, dacht Webster. Hij herinnerde nog hoe vreselijk hij tekeerging toen Aeroflot uiteindelijk het roken op al zijn vluchten verbood.

'Ken jij Gratsjev?' vroeg Webster.

'Nikolai? Ja. Hij is een manusje-van-alles. En een spion. Hij is een voormalig FSB-man. Helemaal geen zakenman. In tegenstelling tot zijn voorganger.'

'Ja, hoe zat dat eigenlijk? Als wat jij zegt waar is, waarom hebben ze Gerstmann dan laten gaan?'

'Dat,' zei Knight, 'is een uitstekende vraag. Ik heb een keer geprobeerd hem te interviewen, ongeveer een jaar voordat hij vertrok. Hij werkte niet bepaald mee. Het was nogal een pennenlikker, hoor. Hij was anders, meer een technocraat. Een ander slag – geen olieman. Hij zou niet misstaan hebben als bankemployé. Een westerse bovendien.'

'Heb je sindsdien nog wel eens met hem gesproken?'

'Sinds zijn vertrek? Nee, daar was geen reden voor. Het lag te gevoelig. Ik heb trouwens gehoord dat hij werkelijk weg is, niet alleen maar deed alsof. Hij is tegenwoordig in Berlijn, geloof ik. God mag weten wat hij heeft uitgespookt, maar het gerucht gaat dat hij en Malin ruzie hebben gehad.'

'Waarover?'

'Ik heb geen flauw idee, Ben. Echt, geen flauw idee. Kan van alles zijn geweest.'

Daar kon hij wat meer mee.

Webster liet in gedachten alle vragen de revue passeren die hij Knight zou kunnen stellen en liet de meeste ongesteld, deels omdat hij zich niet te veel in de kaart wilde laten kijken en deels omdat hij de antwoorden wel kon raden. Maar er was nog één vraag die hij wel wilde stellen.

'Hoe veilig is Malin? Politiek gesproken?'

'Dat is ook een goeie.' Knight nam een slok thee. 'Voor zover ik weet zit hij gebeiteld. Nou ja, zo gebeiteld als iemand in Rusland maar kan zitten. Trotski heeft ooit ook eens gedacht dat hij op rozen zat. Laat ik het zo zeggen, ik zou niet weten wat hem de das om zou kunnen doen.'

'Waarom ben je dan zo nerveus?' Zo'n intieme vraag had Webster hem nog niet eerder gesteld en hij bestudeerde Knights reactie nauwkeurig.

'Dat is iets waar ik liever niet over praat, als je het niet erg vindt.'

'Daar kun je het niet bij laten.'

'Dat kan ik wel, Ben, dat kan ik wel. Jezus. Je hebt geen flauw idee, hè? Totaal geen benul.' Hij nam een laatste slok thee. 'Dat is alles. Meer heb ik niet voor je.'

'Alan. Vertel me tenminste dit. Is het iets wat hem kan schaden?'

Knight zuchtte gefrustreerd. 'Jezus, Ben.' Even zweeg hij. 'Nee, dat is het niet. Precies het tegenovergestelde, verdomme. En nu is het welletjes.'

Webster keek hem een ogenblik aan en zag dat hij het meende. 'Oké, Alan. Neem me niet kwalijk. Bedankt voor alles wat je me wel hebt willen vertellen. Ik ben je erkentelijk.'

'Beloof me alleen maar dat je me geen e-mails meer stuurt.'

'Dat beloof ik. Weet je zeker dat je helemaal geen geld wilt?'

'Heel zeker, beste jongen. Heel zeker. Je mag mijn thee betalen.'

Dat deed Webster en voor de deur van het café namen ze afscheid van elkaar. Webster om terug te keren naar Ikertu en Knight, gekromd in zijn overjas de zonneschijn tegemoet op weg naar zijn volgende klant.

Bij zijn terugkeer onderdrukte Webster de aandrang om zijn team de huid vol te schelden, sloot zich op in zijn kamer en ging op zoek naar het artikel. Hij raadpleegde elke database die hij kende, reusachtige vergaarbakken van artikelen uit kranten, tijdschriften en onvoorstelbaar obscure vakbladen over elk land in de wereld. De meeste artikelen van Inessa waren daarin te vinden – het rechttoe-rechtaanwerk, dat na verloop van tijd steeds meer blijk gaf van engagement; de uitgebreidere artikelen voor de *Novaya Gazeta*; het handjevol stukken in het Engels – maar hij vond geen spoor van dat ene stuk dat, naar hij begon te vermoeden, helemaal niet bestond, behalve in de steeds excentriekere verbeelding van Alan Knight. Hij zocht naar Inessa's naam, naar Faringdon, naar Lock, naar Malin. Hij probeerde elke mogelijke transcriptie van haar naam en diverse duidelijke verschrijvingen. Hij zocht in Romeinse en in cyrillische teksten. Het was er gewoon niet.

Uiteindelijk ging hij, in een wanhopige poging het wel en tegelijkertijd niet te vinden op zoek bij *Energy East Europe* zelf, een tijdschrift dat hij maar vaaglijk kende. De artikelen daarin verschenen voor het eerst in maart 2001 maar stopten in april drie jaar later, wat de suggestie wekte dat het toen was opgeheven. Sommige van de stukken hadden hun weg naar het internet weten te vinden, met verwijzingen naar of gestolen door andere sites en daar vond Webster genoeg om te begrijpen waarom hij niet in staat was geweest te vinden waar hij naar op zoek was. De eerste artikelen die hij wist op te sporen waren in 1998 gepubliceerd, wat betekende dat de eerste drie jaren dat het blad bestond het niet digitaal was verwerkt; de databases hadden simpelweg enige tijd nodig gehad om het op te pikken.

EEE leek grotendeels het werk van één man te zijn. De helft van alle artikelen waren geschreven door Steve Elder, een Amerikaan die nu werkte voor een lobbybedrijf in Washington. Webster meende zich hem te herinneren als een van de vele journalisten die voor een of twee jaar naar Moskou waren gekomen en weer waren vertrokken voordat de stad hen in haar ban had. Of het nu van hem was of niet, het tijdschrift werd uitgegeven in Londen en dat was tenminste een meevaller.

Hij vond het na twintig minuten achter het microficheleesapparaat in de naslagbibliotheek van Westminster. Hij ging er zelf achteraan omdat hij de eerste wilde zijn die het zou lezen.

'Iers bedrijf koopt activa ten behoeve van Russische staat' luidde de kop van het artikel midden in het augustusnummer. Het telde vier pagina's, bij benadering tweeduizend woorden, en de auteur werd vermeld: 'Inessa Kirova, Russisch correspondente.' Webster las het drie keer door en dwong zichzelf zich te concentreren op de tekst en de stem te negeren die maar bleef vragen waarom hij niet eerder van het bestaan hiervan had afgeweten.

Het Ierse bedrijf was Faringdon, dat in voorgaande maanden druk bezig was geweest met de aankoop van activa in wat in het artikel genoemd werd 'Ruslands naburige buitenland': een Roemeense raffinaderij aan de Zwarte Zee, een petrochemische fabriek in Wit-Rusland en een gasopslagfaciliteit in Azerbeidzjan. Inessa had geconstateerd dat Faringdon toen al even anoniem was als hij het nu vond – nog meer, misschien, want in die tijd was het bedrijf nog minder actief. Ze noemde het adres, de oprichtingsdatum en de namen van de directeuren (Lock werd in één zinnetje afgedaan als een 'onopvallende jurist') maar liet het daarbij, wellicht om het mysterieus te houden.

De tweede helft van het artikel was fascinerend, niet vanwege wat erin stond (Knight had dat al gesuggereerd, en meer) maar om wat er juist niet in stond. Faringdon, schreef ze, was een instrument dat werd gestuurd door facties binnen het ministerie voor Industrie en Energie om Russische invloed op de energie-industrieën van haar buurlanden te kanaliseren. Waar ooit bedrijven waren gebruikt voor spionage, om voor een dekmantel of voor logistiek te zorgen, maakten de recentelijk open gespreide armen van het kapitalisme het de Russen nu mogelijk te bezitten wat ze vroeger alleen maar konden observeren. Het plan was opeens urgenter geworden toen door de financiële crisis van 1998 activa goedkoop waren en Rusland in de ogen van de wereld een zwakke en dwaze indruk achterliet. Het artikel besloot met een goed onderbouwde theorie over Faringdons strategie in de toekomst.

Malin werd niet genoemd. Het leek vreemd dat Inessa van zo'n gedegen bron zoveel had opgestoken en de naam niet zou kennen van de persoon die binnen het ministerie de touwtjes in handen had. Maar eigenlijk was er met het hele artikel iets niet in de haak. Het was heel ongebruikelijk voor Inessa om geen melding te maken van haar bronnen en zelfs niet te vermelden dat die niet konden worden onthuld, en het verhaal liet zich lezen alsof het half voltooid was aangeboden door iemand die er belang bij had het gepubliceerd te zien. Maar als dat het geval was, waarom werd het dan afgedrukt in een obscuur vakblaadje in Londen, dat maar een heel beperkt en gespecialiseerd lezerspubliek had? Waarom werd Malin nergens met name genoemd? Waarom was geen enkele verantwoording bijgevoegd? En waarom hadden ze dat in hemelsnaam nu juist aan Inessa gegeven?

Dat was het vreemdste van alles. Het liet zich niet lezen alsof het door Inessa was geschreven. Het was onevenwichtig; het was niet overtuigend; het was niet goed genoeg. Het was geen wonder dat niemand er zelfs maar over had gepeinsd om het artikel over te nemen.

Webster bleef nog een halfuur bezig met het checken van vroegere en latere nummers om te zien of hij Inessa's naam nog ergens kon ontdekken, vond niets en tastte toen hij wegging nog meer in het duister dan vlak na zijn gesprek met Alan Knight.

Bijna tien jaar eerder, in de dagen die volgden op Inessa's begrafenis, had hij een lijst gemaakt van artikelen die haar noodlottig konden zijn geworden. Uiteindelijk had hij die, afgaande op middelen en motief, ingekort van twaalf tot drie: een verhaal over een corrupt lid van de Doema en het hoofd van een misdaadsyndicaat in Sverdlovsk, de moord op een hoge piet uit de chemische sector in Moskou, en een serie over de eigenaren van de Kazakse aluminiumfabriek. Maar die werden door hetzelfde probleem weersproken. Het was belachelijk dat een Rus een journalist op buitenlandse bodem zou vermoorden, zelfs al was het maar net over de grens met Kazachstan, want daarmee zou hij iets ingewikkeld maken wat zo goed als aan de orde van de dag was. In Rusland leken journalisten op twee plaatsen om het leven te komen – in Tsjetsjenië, waar wetten niet bestonden en iedereen met geweld in aanraking kwam; en in hun huizen, aangevallen op de overloop van hun flats, beroofd, of door zelfmoord – en veroordelingen volgden te snel of helemaal niet. Gedurende die tijd stierven er in Rusland drie of vier journalisten per jaar op zo'n manier en tegenover elke moord die keurig werd gearchiveerd als een opportunistisch misdrijf door daklozen of dronken neonazi's, stonden er zes die eenvoudigweg nooit werden opgelost. Wie zich ook bedreigd mocht hebben gevoeld door Inessa zou wel zo verstandig zijn geweest om haar thuis om te brengen, want daar was zij het minst veilig en de dader het best beschermd.

Maar dit was een ander verhaal. Er stond genoeg op het spel hier en er was al zoveel vreemd aan haar dat het haast wel op iets uitzonderlijks moest uitdraaien. Webster stelde zich Malin voor aan het begin van zijn grote project, de geduldige loyalist, nationale vermaardheid en ongekende rijkdom in het verschiet, bedreigd door een jonge vrouw die veel meer wist dan ze hoorde te weten. In zijn geval zou het wellicht begrijpelijk zijn. Webster voelde hoe onzichtbare stukjes van de legpuzzel zich in zijn onderbewuste verplaatsten en hun plekje vonden en hem in verleiding brachten te geloven dat dit eindelijk de kennis was die hij tien jaar lang had ontbeerd.

Het was overigens niet ongebruikelijk om een theorie te hebben. Die had hij al vaker gehad en daar was nooit iets van terechtgekomen. Bij een theorie was het van belang dat je die liet bezinken, haar charmes weerstreefde, haar in alle rust toetste om te zien of ze standhield.

Maar voordat hij daarvoor op de vingers werd getikt, belde hij Steve Elder in zijn nieuwe baan en vond hem ten volle bereid om te praten. Elder was inderdaad in Moskou geweest: als correspondent voor de *New York Times* van 1993 tot 1994; ze hadden elkaar één keer ontmoet, op een receptie op de Britse ambassade. Hij herinnerde zich het artikel, en Inessa, ook al hadden zij elkaar nooit ontmoet. Ze had hem een half voltooid artikel gestuurd, als eerste van een serie over de nieuwe politiek van Ruslands opbloeiende energie-industrie. Ze was geen energiespecialist maar hij kende haar werk en vond het een goed verhaal; de olieprijzen begonnen na de crisis van het jaar tevoren te stijgen en iedereen wilde zien wat Rusland met haar energiepolitiek wilde aanvangen – en daarbij was het 'sappig'. Hij had uitsluitend voor het eerste artikel het gebruikelijke tarief betaald, maar haar beloofd de andere te bekijken zodra ze precies wist waarover die zouden gaan; toentertijd was ze daar nog niet geheel duidelijk over.

Het was in de nazomer toen hij het publiceerde. Toen hij las dat ze dood was, misschien twee dagen later, had hij een briefje geschreven naar de *Novaya Gazeta*. Zijn vrouw had opgemerkt dat het bijna vreemd was dat zij pas de eerste hem bekende Russische journalist was die het leven liet, er waren er zoveel.

Nee, hij had het niet vreemd gevonden dat ze het artikel juist hem had toegestuurd. Zelfs toen, in de eerste dagen van het tijdschrift, stuurden allerlei soorten mensen hem ideeën en verhalen. Had iemand een verband gesuggereerd tussen het artikel en haar dood? Nee, dat had niemand. Elder was er altijd van uitgegaan dat het een van de vele kleinere oligarchen was geweest die zij zo vaak dwars had gezeten. En nee, het was niet bij hem opgekomen dat de bronvermelding onder de maat was. Eerlijk gezegd herinnerde hij het zich juist heel anders.

Daarmee was er min of meer een einde gekomen aan het gesprek, met Elder een beetje kregel en Webster tevreden dat dit alles was wat hij te weten kon komen.

De theorie zou gewoon moeten bezinken. In de tussentijd had hij zijn onderzoek, en wat dat betreft hadden Alan Knight en Inessa hem het gevoel gegeven dat hij tegelijkertijd veel meer en niets meer wist dan voorheen; alsof hij iemand de weg had gevraagd en alleen een volledige uiteenzetting over zijn eindbestemming had gekregen. Het enige waar hij wat mee kon was wat Knight had losgelaten over Dimitri Gerstmann. Elke onderzoeker was dol op een ontevreden ex-werknemer, en daarbij kwam dat Gerstmann een mysterie was. Mensen verlieten een organisatie als die van Malin niet zomaar. Ze bleven, of ze werden eruit gegooid, of er was een conflict.

Het enige wat Webster tegenhield was dat hij niets van die man afwist. Er stond een klein beetje in het dossier dat Tourna hem had gegeven maar hij kwam erachter dat dat allemaal was overgenomen van de website van Gerstmanns nieuwe bedrijf. Er was in ieder geval ook een foto van hem, een goede, en zoals vaker in dit soort gevallen, in zwart-wit. Daarop leek hij een nette, beheerste, beetje strenge man; maar niet opgejaagd, vond Webster. Waarschijnlijk een jaar of vijfendertig. Een van de jonge Russische technocraten, eerder opgeleid in winstmarges en bedrijfsstructuren dan in zorgvuldige langetermijnplanning. Zijn nieuwe bedrijf, Finist Advisory Services PartG, bood strategische adviezen aan energie- en petrochemische maatschappijen. Het was niet helemaal duidelijk wat dat inhield, maar wat het ook mocht zijn, het leek gericht op Midden-Europa. Gerstmann had een compagnon die Prock heette, en een smaakvol ingericht kantoor vlak bij de Kurfürstendamm in het voormalige West-Berlijn.

Webster zou het liefst een vriendelijke journalist op hem hebben afgestuurd om hem iets te ontlokken dat op magische wijze zijn motivatie zou openbaren. Gerstmann was zo waardevol – hun enige directe bron – dat ze misschien maar één kans zouden hebben om hem over te halen. Hammer had dat tijdverspilling en beledigend tegenover Gerstmann gevonden. 'Hij verdient jou, niet de een of andere correspondent. Wat zullen we er wijzer van worden? We weten dat hij een hekel heeft aan Malin. We weten dat hij je niets rechtstreeks zal toegeven. Maar na een tijdje zou hij misschien wel met Lock praten. En dan heb je iets om aan Tourna te vertellen. Je moet een verstandhouding met hem opbouwen. Daar kun je beter nu mee beginnen.'

In Berlijn was het warm voor oktober, maar Webster, die zich door het weerbericht een rad voor ogen had laten draaien, had een overjas meegenomen, die hem nu hinderde. Hoe meer je bij je droeg, hoe ergerlijker het reizen werd. Voor één nachtje weg nam hij zijn koffertje mee en daarin een schoon overhemd en schoon ondergoed, scheerspullen en een tandenborstel, een opschrijfboekje, een pen en iets lichts om te lezen; en als het niet strikt noodzakelijk was nooit een laptop. Door de hal van het vliegveld lopen zonder zo'n tas op wieltjes als een hulpeloze volgeling gaf hem een licht en vastberaden gevoel, alsof hij beweeglijker was. Vandaag zat die jas hem in de weg.

Afijn. Hij zou rechtstreeks naar het hotel gaan. Het was ongebruikelijk voor hem dat hij maar één ontmoeting in Berlijn had en zelfs die had hij nog niet geregeld. Met een smoesje had hij Gerstmanns secretaresse weten te ontfutselen dat de man tot vrijdag in Berlijn zou zijn, waarna hij voor een aantal weken op reis zou gaan. Vandaag was het dinsdag. Hij had enige tijd geprobeerd een introductie te regelen of te fabriceren via een gemeenschappelijke kennis, maar zonder succes. Dus kwam hij zonder vooropgezet plan, met als enige overweging dat het moeilijker voor Gerstmann zou zijn om een gesprek te weigeren nu hij toch eenmaal al in Berlijn was.

Webster kende de stad niet – hij was hier maar één keer eerder geweest, en dat was voor een gesprek op het vliegveld met een cliënt uit Ecuador – en nu had hij er ook weinig oog voor. Hij werd te zeer in beslag genomen door wat hij verlangde van Gerstmann. Hij was hier om Malins zwakke plek te ontdekken, om Lock te begrijpen en om te kijken of Knights theorie klopte. In het beste geval, om een aanwijzing te vinden die Tourna's beschuldigingen van grootschalige corruptie zou ondersteunen. Terwijl hij dat dacht, realiseerde hij zich ook dat het belachelijk was om zoveel te verwachten. Misschien was de enige betekenis van zijn gesprek met Knight dat het aantoonde dat dit een hopeloze missie was. Hij kon zich wel voor zijn kop slaan dat hij het enige bezwaar tegen deze zaak niet vroeg genoeg had onderkend: dat het een onmogelijke opgave was. Het was lachwekkend om te denken dat Hammer, hij en een allegaartje van mislukte spionnen en in opspraak geraakte journalisten voor een man als Malin ook maar enige bedreiging zouden kunnen vormen. Zij waren een werktuig van Tourna's ijdelheid, en zelf ook ijdel genoeg.

Maar toch zou hij het proberen. Je wist maar nooit. Als Gerstmann een wrok koesterde die nog steeds sluimerde, als hij een gelegenheid zag om wraak te nemen, nou ja, je wist maar nooit. Het zou kunnen. De kennis van één man kon een organisatie de kop kosten. Heel af en toe.

Het was twaalf uur 's middags toen zij het westelijke centrum van de stad naderden. Hij besloot zijn doelwit eerst eens te gaan bekijken en pas daarna in zijn hotel in te checken, dus vroeg hij de chauffeur hem naar de westkant van de Kurfürstendamm te brengen, waar Gerstmann zijn kantoor had, in een zijstraat pal om de hoek van het theater. Webster betaalde de taxi en ging op een bankje tegenover het negentiende-eeuwse gebouw zitten. Met een beetje mazzel zou Gerstmann naar buiten komen om te gaan lunchen; Europeanen waren doorgaans zo verstandig om dat te doen.

Met één oog op de ingang nam hij zijn berichten door. Tourna had hem opgebeld toen hij in het vliegtuig zat. Hij zou over veertien dagen naar Londen komen en wilde de voortgang van het onderzoek bespreken. Als er dan nog geen enkele vordering was gemaakt, dacht Webster, dan was dat een mooie gelegenheid om de handdoek in de ring te gooien. Alleen de gedachte al maakte hem moedeloos.

Om kwart over twaalf begonnen mensen in hun eentje of in groepjes van twee het pand te verlaten. Webster hoopte dat hij Gerstmann van zijn foto zou herkennen; hij had geen idee hoe groot hij was of wat voor teint hij had. Even na halfeen kwam een lange, tamelijk slanke man naar buiten, gekleed in een zwart pak, een wit overhemd en een donkerblauwe das; dat was Gerstmann. Naast hem liep iemand die kleiner en forser gebouwd was en in wie Webster Gerstmanns compagnon Prock herkende. Webster volgde hen op een afstandje van ongeveer twintig meter. De twee mannen stapten nogal stevig door en waren voortdurend druk in gesprek. Na vijf minuten gingen ze een Italiaans restaurant binnen dat er nogal gewoontjes uitzag en daar liet Webster hen alleen en keerde terug naar zijn bankje.

Precies een uur later keerden Gerstmann en Prock terug. Webster wachtte vijf minuten en belde toen het centrale nummer van het kantoor van Finist. Hij sprak met de receptioniste en vervolgens met Gerstmanns secretaresse; hij legde uit dat hij Benedict Webster was, dat hij belde namens een bedrijf dat Ikertu Consulting heette en dat hij graag met meneer Gerstmann wilde spreken over een onderwerp dat voor hen beiden van belang was. Zo, dacht hij, het hoge woord is eruit. Ze zei hem dat het haar ontzettend speet, maar dat meneer Gerstmann op dat moment niet bereikbaar was. Was hij de deur uit? Ja, hij was afwezig. Wanneer zou hij terugkeren? Dat kon ze niet zeggen. Webster bedankte haar en verbrak de verbinding.

Het nummer van Finist was Berlijn 6974 5600. Webster belde 6974

5601 en kreeg een faxapparaat. 5602 ging een aantal keer over en werd·
toen opgenomen door Procks secretaresse. Hij verbrak de verbinding en
belde 5603.

'Met Gerstmann.'

'Herr Gerstmann, u spreekt met Benedict Webster. Ik werk voor een
bedrijf dat Ikertu Consulting heet. Ik vroeg me af of u...'

'Hoe komt u aan mijn doorkiesnummer?'

'Ik vroeg me af of ik u een halfuurtje zou kunnen spreken.'

'Ik spreek niet met mensen die ik niet ken,' zei Gerstmann en hij verbrak de verbinding.

Webster toetste opnieuw het nummer in. Gerstmann nam meteen
toen hij de telefoon hoorde op en verbrak de verbinding onmiddellijk
weer.

Webster keek naar zijn telefoon, trok een wenkbrauw op en stond op.
Het was een korte wandeling naar zijn hotel. Hij liet zijn koffertje en
zijn jas op de hotelkamer achter en liep de deur uit om te gaan lunchen.

Om vier uur nam hij zijn post op het bankje weer in, nu in het zonnetje, en keek naar de bedrijvige, passerende Berlijners. Hij kon maar
moeilijk hoogte van ze krijgen: in Londen en in Moskou kon hij vrij
precies bepalen wat iemands beroep zou kunnen zijn, waar hij zou kunnen wonen, wat hij belangrijk zou kunnen vinden – de snit van een pak,
de kwaliteit van schoeisel, de krant die ze bij zich droegen, het accent
dat ze spraken, de onbewuste tred – maar hier was de taal anders en de
mensen waren minder gemakkelijk te rubriceren, kreeg hij de indruk.
Met die observaties doodde hij een poosje de tijd, maar tegen vijf uur
begonnen de kantoren leeg te lopen en dwaalden zijn gedachten af naar
Inessa.

Hij had haar voor het eerst in Rostov ontmoet, in het zuiden van Rusland, waar zij allebei verslag deden van stakingen die in de zomer uit
het Verre Oosten waren komen overgewaaid. Ze hadden in het vliegtuig
uit Moskou met elkaar gepraat en waren samen naar de mijnstad Sjachty
gereden, waarbij Inessa met verontwaardiging tekeerging over de behan-
deling van de mijnwerkers van wie sommigen al een halfjaar geen loon
hadden ontvangen. Haar ronde gezicht werd bekroond met dik, kortgeknipt haar dat even zwart was als haar ogen, en ze liep altijd snel, bijna
in marstempo.

Na Rostov zagen ze elkaar vaak in Moskou, liepen elkaar zo nu en
dan op dezelfde verre brandhaard tegen het lijf en hielpen elkaar met

bronnen en ideeën. Inessa overlaadde hem met verhalen in de hoop dat die hun weg zouden vinden naar *The Times* en soms gebeurde dat ook. Ze had het erover haar eigen tijdschrift te beginnen en zei hem dat hij een paar rijke buitenlandse geldschieters voor haar moest opsnorren zodat ze samen de Russische journalistiek konden transformeren. Hij maakte kennis met haar vrienden en had, drie maanden voor haar dood haar bruiloft bijgewoond in Samara, waar ze was opgegroeid.

Hij realiseerde zich dat Inessa was wat hij in Rusland was komen zoeken: te midden van al die razende en chaotische veranderingen was zij een constante van woede, moed en hoop. Zolang er mensen waren zoals zij, had hij gedacht, kon het nog wel eens goed komen met Rusland.

Zij was het tegengestelde van Malin, alsof ze waren geschapen als tegenpolen, en het was bijzonder verleidelijk om hem in haar verhaal te betrekken. Zijn intuïtie zei hem dat hij daar een plaats in had en er zat ook iets logisch in. Van alle kandidaten die verantwoordelijk konden zijn voor haar moord was hij de enige die geen reputatie had. Hij was toen al machtiger dan de anderen, voorbestemd om een grote rol te spelen, maar zijn naam was niet bekend en zijn project was nog steeds een van de best bewaarde geheimen. Geen van Inessa's vijanden was bang om te worden gepakt; Malin was de enige die bang zou zijn te worden verdacht. En dus brak hij met een traditie. Als je een journalist in Rusland vermoordt, zal iedereen begrijpen dat ze is gestorven vanwege haar werkzaamheden; als je haar in Kazachstan vermoordt, dan wordt dat afgedaan als een bizar incident. Het was een vooropgezet plan en Webster had altijd al vermoed dat hij het instrument was waarmee de truc was uitgevoerd: waarom anders zouden ze hebben gezorgd dat hij bij haar dood aanwezig was, dan om er naderhand over te schrijven en te praten?

Toen was het zijn taak om de juistheid van dat vermoeden aan te tonen totdat alle argumenten waren weggevallen en een tijdje probeerde hij te bedenken hoe hij die stelling kon bewijzen. Als er werkelijk een vooropgezet plan was geweest, hoe moest hij dat dan aantonen? Door de Kazak te interviewen die voor de moord was veroordeeld; door de rechtbankverslagen na te lezen; door Malins beschermers te ontmaskeren; door immigratie- en vluchtgegevens naar Kazachstan in de dagen voorafgaande aan de moord na te trekken; door tevergeefs te hopen een gewetensvolle informant te vinden. Terwijl hij op zijn bankje in Berlijn zat snoof Webster cynisch en schudde langzaam zijn hoofd van frustratie. Dit zou niets uithalen. Dit mocht niets uithalen. Sommige dingen in Rusland waren gewoonweg niet bedoeld om ooit bekend te worden.

Om zes uur belde hij naar huis en sprak met zijn kinderen. Elsa was nog op haar werk en de oppas maakte hun avondeten klaar. Hij wilde dat hij eraan had gedacht om een flesje water te kopen. Het liep tegen achten toen Prock nummer 20 verliet en het was iets over achten toen Gerstmann naar buiten kwam. Hij sloeg rechtsaf en liep vastberaden in de richting van de Kurfürstendamm. Webster volgde hem, ditmaal in looppas, en haalde hem in toen hij de hoofdstraat bereikte.

'Herr Gerstmann?'

'Ja?'

'Ik ben Benedict Webster. Ik heb u eerder opgebeld.'

'Ik heb niets met u te bepraten,' zei Gerstmann en hij liep door en stak tussen het langzaam rijdende verkeer de straat over. Webster was onder de indruk van zijn onverstoorbaarheid. Hij besloot het erop te wagen.

'Het gaat om Richard Lock. Ik denk dat hij in gevaar verkeert.'

Gerstmann bleef stilstaan en keek Webster voor het eerst echt aan.

'Wat voor gevaar?'

'Het soort waarbij je achter de tralies terechtkomt. Of waarbij je zelfs daar de kans niet toe krijgt.'

Gerstmann bleef Webster aanstaren en observeerde uitdrukkingsloos zijn gezicht.

'Goed dan. Ik heb nu geen tijd om met u te praten. Laten we om elf uur afspreken in de bar van het Adlon. De bar in de lobby.'

Webster keerde terug naar zijn hotel, nam een douche en trok zijn schone overhemd aan. Hij gebruikte de avondmaaltijd in het restaurant waar Gerstmann en Prock hadden geluncht en kwam om tien uur in het Adlon aan. Wat een chic hotel was dit en hoeveel chiquer moest het oorspronkelijke hotel zijn geweest voordat het werd neergehaald. De lobbybar, een en al diepe fauteuils en omfloerst licht en zachte pianomuziek die neuzelend uit het plafond neerdaalde, was niet druk bezocht. Hij nam plaats aan de bar, bestelde een whisky met ijs en wat water en belde Elsa op. Ze hadden iets raars, die gesprekken: hoe verder hij weg was van Londen hoe prettiger ze leken te verlopen. Ook ditmaal vlotte het weer, hoewel Webster, die regelmatig achteromkeek om te zien of Gerstmann al binnenkwam, er niet helemaal met zijn gedachten bij was. Ze spraken hooguit tien minuten met elkaar.

Gerstmann was op tijd. Webster zag hem door de lobby aan komen en merkte op dat hij liep met lange, elegante passen. Zijn gezicht was gebruind en smal, bijna vel over been, en op zijn linkerslaap had hij een adertje. Hammer had ook zo'n adertje, en Webster vroeg zich af wat dat betekende.

Webster stapte van zijn kruk – die natuurlijk met leer was bekleed en een lage rugleuning had – en stak zijn hand uit naar Gerstmann, die hem negeerde, op de kruk naast hem plaatsnam en zo ging zitten dat hij Webster nagenoeg recht aankeek.

'Wat hebt u mij te zeggen?' vroeg Gerstmann, met een ongeduldige, koude blik in zijn ogen. Zijn accent was staccato en zwaar Russisch.

'Nou ja – allereerst bedankt dat u bent gekomen. Wilt u iets drinken?'

'Nee, ik hoef niets. Vertelt u me alleen maar waarom u me lastigvalt.'

Webster nam een slokje van zijn whisky en probeerde te ontdekken wat er schuilging achter die vijandigheid, die sterker was dan hij had verwacht. Die moest te omzeilen zijn. Gerstmann had Malin gekend: dag in dag uit voor hem gewerkt; vergaderingen met hem bijgewoond, zijn vertrouwelijkheden aangehoord. Hij wist hoe die zaak in elkaar stak, wie zich waar bevond, waar het geld vandaan kwam. Een betere bron kon je je haast niet wensen en Webster voelde dat hij bezig was hem door de vingers te glippen.

'Ik werk voor een bedrijf dat Ikertu Consulting heet,' zei Webster, terwijl hij Gerstmann recht in de ogen keek en hoopte een eerlijke en oprechte indruk te maken.

'Dat ken ik.'

'Mooi. Dat komt goed uit. Wij zijn in de arm genomen om onderzoek te verrichten dat verband houdt met Konstantin Malin. Al doende zijn we ons er bewust van geworden dat de positie van Richard Lock in ernstig gevaar verkeert.'

'Ik weet niet wat dat betekent.'

Webster nam weer een slok. 'Nou, om kort te gaan, dat inlichtingendiensten over de hele wereld maar wat graag een onderzoek naar hem zouden instellen. En als ze dat doen, dan is dat omdat ze denken dat hij een geldwitwasser is. Wat hij waarschijnlijk ook is.'

'U bedoelt te zeggen dat jullie graag een onderzoek naar hem zouden instellen.'

'Nee, dat zouden we niet. Dat is niets voor ons. Ik zou hem graag de kans bieden daaraan te ontkomen.' Gerstmann reageerde niet. 'Mag ik u een paar vragen stellen over Malin?'

'Nee, dat mag u niet. U vertelt mij niet voor wie u werkt en ik weet niet hoe u Richard denkt te kunnen helpen. Maar over mijn vroegere loopbaan praat ik met niemand, dus dat doet er niet toe. Daar praat ik in geen geval over. Ik ben bereid geweest om met u af te spreken om u dat duidelijk te maken. Daar valt niet aan te tornen.'

Webster deed zijn best om een zorgeloze indruk te wekken. 'Ik begrijp het. Zelfs niet om Lock te helpen?'

'Alstublieft, stel u niet aan.' Gerstmann stond op. 'U geeft niets om Lock. U doet maar alsof om redenen die mij niet duidelijk zijn. En valt u me voortaan niet meer lastig. Zeg tegen uw cliënt dat ik weiger te praten. Is dat duidelijk? Ik praat niet.'

Webster keek hem na toen hij wegliep door de lobby, met zijn hakken tikkend tegen de marmeren vloer. Met grote passen en gebogen hoofd leek hij te zijn gelanceerd, voorwaarts gedreven door iets wat trots zou kunnen zijn maar er in Websters ogen uitzag als angst.

5

Lock stond in de nagenoeg lege balzaal en vroeg zich af wat Maria Sergeevna Galinin voor haar verjaardag zou krijgen. De kinderen van de Moskouse rijken mochten rekenen op fraaie cadeaus: hij had een zes jaar oud jongetje gezien dat een Ferrari cadeau kreeg en een negenjarig meisje dat werd verblijd met een datsja buiten de stad, een gigantisch speelhuis speciaal ingericht voor kinderen, met zijn eigen bedienden en een doolhof van taxushagen.

Voor zijn eigen verjaardag had Locks vader hem ooit een houten bootje gegeven. Het was een model van een Hollandse klipper, met drie masten en met zeilen van ongeverfd linnen. Afgezien van de metalen onderdelen was het gemaakt van cederhout en daarom, zo had zijn vader gezegd, sterk genoeg om mee te zeilen. Op winderige dagen namen ze het scheepje mee naar de vijver in het Haagse Bos en Locks vader gaf zijn zoon dan onderricht in optuigen en loeven en hoe je met een echte boot tegen de wind in kon varen. 'Ooit doen we dit eens in het echt en dan mag jij aan het roer staan,' zei hij dan. Lock was dol geweest op dat bootje. Als het niet in het water lag, dan stond het op een plank in zijn kamer en prikkelde zijn verbeelding met grootse maritieme wapenfeiten. Maar toen de tijd gekomen was, had de zee hem nooit erg aangestaan. Waar hij avonturen had verwacht, waren er lange middagen waarin hij stuntelig de bevelen van zijn vader opvolgde; waar hij eenzaamheid en rust had verwacht, waren er het bonkende geraas van de wind en het woeste geklapper van de zeilen. De zee beangstigde hem, had hij gemerkt, en onder zijn vaders ongeduldige instructies werd hij er steeds nerveuzer van. Na verloop van tijd trokken ze er nog maar zelden op uit en wat Everhart Lock nooit had begrepen was dat de teleurstelling van zijn zoon minstens even groot was als de zijne.

Sinds de dood van zijn moeder zag Lock zijn vader nog maar zelden – misschien eens per jaar. Dan bezocht hij hem in de zomer met Vika, en dan gingen ze met z'n drieën naar het strand, waar Vika in de duinen speelde en de twee mannen over haar praatten en over weinig anders. Vaak zaten zij naast elkaar zonder iets te zeggen, nadat ze lang geleden stilzwijgend waren overeengekomen dat Locks werk, Rusland en de familie beter onbesproken konden blijven. Iedere verwijzing naar Locks leven zou onmiddellijk Everharts afkeuring, tegelijkertijd vlammend en streng, doen ontbranden, als een rots die gloeide van de hitte. Dan zaten ze daar naast elkaar op het strand en keken zwijgend naar de zee die al zo lang een wig tussen hen had gedreven.

Op de uitnodiging stond dat hij vrijdag om zes uur naar het Hyatt Ararat Hotel moest komen voor een *tea party*. Lock en Oksana waren om tien voor halfzeven binnengekomen en merkten dat er pas acht andere gasten aanwezig waren, allemaal paren, allemaal, zag Lock in één oogopslag, zakenlieden en hun echtgenotes. Hij had verondersteld dat ze, omdat het een kinderfeestje betrof, punctueler zouden zijn dan gewoonlijk, maar dat was duidelijk een misrekening. Misschien zouden ze nog even weg kunnen gaan om over een uurtje terug te keren. Een serveerster met een roze schortje voor en een bijpassend kapje kwam naar hen toe met een blad vol sierlijke glazen theekopjes die van de kou beslagen waren.

'*Tea cocktail*,' zei ze, terwijl ze hun het blad voorhield.

'Dank je,' zei Lock en hij pakte twee glaasjes en gaf er een aan Oksana, die een dunne zilverkleurige jurk droeg en zilveren schoentjes met heel hoge hakken. Ze pakte het aan en dronk onbewogen, terwijl ze een koele blik door de ruimte liet dwalen.

'Het ziet er hier verbazingwekkend uit,' zei hij tegen haar, terwijl hij een grote slok van zijn drankje nam en die dankbaar doorslikte. Het smaakte goed: wodka, dacht hij, en bergamot, en nog iets anders wat hij niet goed kon plaatsen. Oksana reageerde niet.

De zaal die doorgaans één open ruimte was, was veranderd in een woud van zilveren berkentakken die waren samengebonden tot doorzichtige schermen om verschillende lichte ruimtes te creëren. In de eerste, de grootste, stonden barokke samowars op tafels en daaromheen sofa's bekleed met roze en zilveren stof. Op elke samowar was een bordje aangebracht, met daarop in zilveren letters wat de inhoud was: zwarte thee, ijsthee, appelsap, chocolademelk, aardbeienmelk en Russisch roggebier. Menselijke standbeelden in overdadige zilveren en roze feestjurken stonden al bewegingloos tegen de muren. Het plafond was verlaagd en was nu van schemerig roze materiaal, verlicht door tientallen kroonluchters die eraan hingen. In een ruimte links van hem zag Lock tussen de takken door piramides van sprookjestaartjes in allerlei kleuren; voor hem bevonden zich twee chocoladefonteinen, een bruine en een roze, die dikke klokkende geluiden maakten. In de verre hoek van de balzaal zag hij iets dat eruitzag als een draaimolen van theekopjes en daarnaast stond een band in zilveren pakken nepjazz te spelen. Hij bedacht tegelijkertijd dat zijn eigen verjaardagen er heel anders hadden uitgezien en dat je waarschijnlijk nergens anders op aarde zoiets zou aantreffen.

Ze konden zich maar het beste voor een uurtje terugtrekken in de hotelbar. Langzaam maar zeker kwamen er meer gasten binnendruppelen en Lock had geen zin om met Oksana over koetjes en kalfjes te praten als ze in zo'n stemming was. Hij wilde dat net voorstellen toen hij voelde hoe hij stevig bij zijn elleboog werd gepakt.

'Richard! Wat leuk jou hier te zien.'

Hij draaide zich om en zag een gedrongen, brede man met dik zwart haar en een dikke bril met een schildpadmontuur. Aanvankelijk wist hij niet wie hij voor zich had. Het was een Engelsman en bijna zeker een jurist; of was het een financiële man? Hij grijnsde; accountants grijnzen doorgaans niet. Toen wist hij het opeens weer.

'Andrew. Goedenavond. Leuk jou ook hier te zien.' Andrew Beresford. Ja, hij was een jurist. Bij de een of andere kolossale Amerikaanse firma, waarvan de naam hem even ontschoten was. Ze schudden elkaar de hand.

'Goed, goed, goed. Hoe staan de zaken, tegenwoordig?' Beresford bleef nog seconden lang Locks hand heen en weer bewegen toen Lock zijn greep al had verslapt, terwijl zijn andere hand op Locks onderarm rustte.

'Prima, dank je, prima. Alles naar wens.' Lock zou er heel wat voor overhebben als hij zichzelf kon wegtoveren.

'Dit is Katerina,' zei Beresford, terwijl hij Locks hand losliet en wees op een welgevormde blondine in een perzikkleurig mantelpakje. Lock gaf haar een hand en stelde Oksana voor, die zich tot zijn verbazing redelijk voorkomend gedroeg.

'Wat een tea party, hè?' zei Beresford, terwijl hij grinnikend om zich heen keek. 'Het lijkt niet op de verjaardagspartijtjes die ik had toen ik klein was! Jezus, nee.'

'Nee,' zei Lock met een geforceerde glimlach, 'dat kun je wel zeggen.'

'Wij waren al blij als er een goochelaar kwam!' zei Beresford, terwijl hij zijn toehoorders beurtelings grijnzend aankeek. 'Zeg, Richard, ik ben blij dat ik je hier tegen het lijf loop. Kan ik even met je praten – *entre nous*, als het ware? Ik weet zeker dat de dames het niet erg zullen vinden. Het duurt maar heel even. Neem ons niet kwalijk.' Hij legde zijn hand weer op Locks elleboog en hij loodste hem naar een rustig plekje. Toen hij achteromkeek, zag Lock dat Katerina een gesprek aanknoopte met Oksana en hij vroeg zich af hoe lang dat zou duren.

'Sorry, dat ik je apart neem, Richard, maar ik wilde je heel even spreken. Ik hoop dat je het niet erg vindt. Maar het viel me de laatste keer onwillekeurig op dat je een beetje in de problemen zit.'

'O ja?'

'Nou ja, het is nog niet bepaald hét onderwerp van gesprek, maar als ik ervan op de hoogte ben, dan kun je er vergif op innemen dat ieder ander dat ook is.' Beresford lachte en raakte Locks schouder aan alsof hij hem gerust wilde stellen. 'Nee, ik heb de aanklacht gezien en die zag er nogal naar uit. Ik heb wel ergere gezien, maar leuk zijn dat soort dingen nooit. Ik vroeg me gewoon af – nou ja, wie vertegenwoordigt jou?'

'Andrew, als het jou hetzelfde is, dan praat ik daar liever niet over.'

'Doet Kesler het? Ik weet dat hij veel voor jou doet. Hij is heel goed, maar ik vraag me af of hij – of hij het Russische aspect wel volledig doorgrondt.'

'Andrew, echt, we komen er wel uit.'

'O, daar twijfel ik niet aan, heus niet. Jij komt er wel bovenop. De kwestie is alleen dat – dat ik heb gezien hoe die dingen kunnen gaan. Kijk, Richard, je moet dit niet verkeerd opvatten – ik wil alleen maar zeggen dat als je ooit behoefte hebt aan onafhankelijk juridisch advies – jij persoonlijk – dan zou ik mezelf graag beleefd willen aanbevelen. Dat is alles.'

Lock voelde dat hij een kleur kreeg, of dat van vrees of van woede was wist hij niet goed.

'Dank je, Andrew. Ik zal eraan denken.'

'Weet je, Richard – vaak lopen die dingen met een sisser af. Maar – als ik volstrekt eerlijk mag zijn – ik heb mensen in jouw positie gezien die er schade van hebben ondervonden. Je kunt – hoe zeg je zoiets het beste? – je kunt worden uitgeperst.'

'Andrew, ik denk dat ik maar eens terug moet naar het feestje,' zei

Lock, terwijl hij naar Oksana keek. Hij had een rauwe en droge keel en zijn glas was leeg.

'Oké, oké, oké. Als feestje stelt het overigens weinig voor, vind je niet? De grote jongens hebben zich blijkbaar al de hele middag volgestopt en komen hier om de kleintjes de les te lezen. Afijn, Richard, houd het in gedachten. Je weet waar je me kunt vinden.' Nog steeds grinnikend overhandigde hij Lock zijn kaartje. Low & Procter, New York City, Londen, Hongkong en ongeveer overal elders. Dat was het. Lock stopte werktuiglijk het kaartje in zijn portefeuille.

Oksana had nog een cocktail voor zichzelf weten te bemachtigen en stond demonstratief in haar eentje te kijken hoe Katerina en Beresford door de zaal drentelden en de samowars inspecteerden.

'Richard, hoe lang moeten we hier blijven? Ik voel me opgelaten.' Zoals altijd klonk Oksana volkomen redelijk; Lock betwijfelde of hij in haar plaats ook zo redelijk zou zijn geweest.

'Ik ook,' zei hij, terwijl hij zijn lege kopje aan een serveerster gaf en het door haar aangeboden volle kopje afwees. 'Laten we voor een uurtje naar boven gaan en dan straks terugkomen. We hoeven zelfs niet lang te blijven. Ik moet alleen Sergei even zien, dat is alles. En ervoor zorgen dat hij mij ziet. Kom mee.'

Hij pakte Oksana's theekopje, zette het op de dichtstbijzijnde tafel en samen liepen ze naar de deur. Het was inmiddels wat drukker geworden. De mensen stonden in groepjes bij elkaar en het lawaai van hun gekwetter begon het geluid van de band te overstemmen. Een bewaker hield de deur van de balzaal voor hen open en ze liepen door de hotellobby naar de liften.

'Is dat hem?' vroeg Oksana. Door de glazen voorgevel van de lobby zag Lock een zwarte Mercedes voor de ingang van het hotel stoppen. Vier mannen in zwarte pakken en zwarte overhemden stapten gelijktijdig uit. Een ogenblik later stopte een zilverkleurige BMW achter de eerste auto, gevolgd door een stoet van onopvallende Duitse sedans. Drie van de mannen in het zwart openden de portieren van de BMW en een man, een vrouw en een jong meisje stapten uit. Het meisje droeg een tiara en een jurkje van framboeskleurige en lila tafzijde.

'Shit, daar heb je hem.'

'Ze ziet er schattig uit,' zei Oksana, terwijl ze naar het groepje keek dat het hotel binnenging. Maria Sergeevna werd nu geflankeerd door haar ouders, een knappe, mollige vrouw en een opvallend lelijke man:

zijn mond, die altijd open stond, leek een beetje scheef in zijn gezicht te staan, en daarachter waren kleine scherpe tanden te zien. Sergei Galinin werd achter zijn rug Baba Jaga genoemd, naar de afzichtelijke heks uit Russische sprookjes. Zijn haar was donkergrijs, met grote sterk contrasterende plukken zilvergrijs en wit, als een lynx. Hij bezat een bedrijf dat materialen vervaardigde voor de olie-industrie en was beroemd om zijn frequente bezoekjes aan de hoeren.

'Zonder de tiara is ze dat waarschijnlijk ook,' zei Lock in het Engels, terwijl hij Oksana haastig terug begeleidde naar het feestje.

Maria en haar ouders bleven dralen in de lobby terwijl hun lunchgasten de balzaal betraden. Galinin behoorde niet tot de eredivisie van het Russische bedrijfsleven, maar zijn bedrijf leverde aan alle grote oliemaatschappijen en dat had hem rijk gemaakt, en om die twee redenen was het grootste deel van Moskous oliearistocratie aanwezig, velen met hun kinderen, de meisjes in galajurkjes, de jongens in pakken, sommigen met brokaten vesten en vlinderstrikjes. Het duurde een kwartier voordat ze allemaal langzaam naar binnen waren gedrenteld en toen, eindelijk, terwijl de band *Happy Birthday* speelde, maakte Maria haar grootse entree. Inmiddels waren er drie- of vierhonderd mensen in de zaal en die juichten en applaudisseerden allemaal toen het kleine meisje, dat haar ouders handen nog steeds vasthield, verlegen tussen de aanwezigen door liep en beschroomd beurtelings naar de glimlachende gezichten in de balzaal en naar de vloer keek.

Tegen de verre muur van de zaal, met uitzicht op de belangrijkste kamer in zijn eigen afgebakende ruimte, was een klein podium of een verhoging waarop een microfoon stond. Het gezin beklom het en Galinin sprak de menigte toe.

'Dames en heren, welkom. Mag ik u allen danken voor uw aanwezigheid. Vandaag vieren wij de verjaardag van een heel bijzondere jongedame,' veel applaus en gejuich, 'die vandaag zes jaar oud is geworden. Ik kan het zelf nauwelijks geloven. Maria Sergeevna, mooi als een prinses in haar verjaardagsjurk, is vandaag zes jaar oud.' Galinin wachtte even tot de tweede uitbarsting van applaus was verstomd. 'Namens haar nodig ik u allen uit van ons feest te genieten. Volgens mij is het de beste tea party die er ooit in Moskou is gegeven!' Weer een pauze en luid applaus. 'We hebben thee – van diverse sterkten! – we hebben taarten, we hebben muziek en vermaak. Binnen enkele ogenblikken zal ik jullie met rust laten zodat jullie je ongestoord kunnen amuseren, maar eerst heb ik nog één belangrijke taak te verrichten: ik moet Maria Sergeevna haar ver-jaardagscadeautje geven.' Op dat moment woelde hij met zijn hand door het haar van zijn dochter, waardoor haar tiara een beetje verschoof. De mensen achteraan gingen op hun tenen staan om iets van haar verwach-tingsvolle gezichtje te kunnen zien.

In de muur achter het podium ging een deur open en naar binnen kwam een man in het kostuum van een circusdirecteur. Hij hield een dik touw in zijn rechterhand en aan het andere einde daarvan bevond zich een krokodil, van ongeveer tweeënhalve meter lang, die bedacht-zaam op zijn hoekige poten naar binnen waggelde. De eerste rijen hiel-den van schrik de adem in en heel wat mensen deden onwillekeurig een stap achteruit. Lock keek hoe de circusdirecteur en de krokodil het po-dium betraden en de circusdirecteur het touw aan Galinin overgaf.

'Een beest uit Azië voor mijn mooiste meisje!' riep Galinin de aanwe-zigen toe, zonder gebruik te maken van de microfoon. 'Hij heet Gena! Wat vind je van hem, mijn schatje?' Maria keek naar het dier met een mengeling van angst en verrukking. 'Maak je geen zorgen. Hij zal je geen kwaad doen. Hij is nog maar jong.' Hij hield Maria het touw voor, maar ze aarzelde en keek naar hem om te worden gerustgesteld; toen keerde ze zich met een ruk om en drukte haar gezicht tegen de rok van haar moeder. De gasten lachten en Galinin lachte mee en pakte opnieuw de microfoon. 'Het past een prinses om bang te zijn voor haar beest. Maak je niet ongerust, lieverd – hij zal bij ons wonen en je zult hem leren ken-nen. En is er nu een man in de zaal die dapper genoeg is om zijn krachten te meten met Gena?' Hij lachte en zijn gasten volgden zenuwachtig zijn voorbeeld. 'Sorry, Gena, geen uitdagers vandaag. Evengoed bedankt. Zeg maar dag tegen je vrienden.' Onder hernieuwd applaus daalde de circus-directeur met de krokodil het trapje van het podium af en verdween.

'Welnu!' zei Galinin, terwijl hij in zijn handen klapte, 'laat het feest beginnen! Geniet met volle teugen, alsjeblieft!' Toen het applaus weer aanzwol knielde hij neer bij Maria, nam haar in zijn armen en kuste haar krachtig op beide wangen. Toen de gasten zich verspreidden zag Lock hoe het kleine meisje, met rode ogen maar zonder te huilen, haar armpjes om haar vader heen sloeg en zich tot een lach liet verleiden.

'Een halfuurtje,' zei hij tegen Oksana, 'op zijn hoogst. Laat me alleen Sergei even gelukwensen.'

'Is zij hun enig kind?' vroeg Oksana, die nog steeds naar het podium stond te kijken.

'Ik geloof het wel, ja. Hoezo?'

'Ik vraag me af wat ze haar volgend jaar zullen geven. Ik ga kijken of ik wat te eten kan vinden.'

Lock keek haar na. Er stond nu een hele drom mensen om Galinin heen. Hij nam nog een glaasje en stelde zich aan de rand van de groep op. Alsof hij in de rij zijn beurt stond af te wachten.

Ooit zou hij voor Vika, op haar achttiende verjaardag, misschien op haar bruiloft, een speech afsteken: een korte, volmaakte speech die haar duidelijk zou maken hoe trots hij op haar was en hoeveel hij van haar hield. Op haar vorige verjaardagspartijtje – nee, het voorlaatste; de laatste keer dat hij bij haar verjaardag aanwezig kon zijn – had hij in een kamer vol gillende meisjes in feestjurkjes gestaan en zich ongemakkelijk en een buitenstaander gevoeld en vormelijke gesprekjes gevoerd met andere ouders, terwijl Vika, stralend van opwinding, toekeek hoe een goochelaar duiven uit een fluwelen tas toverde. Die dag werd ze zeven, en Lock had een mooie winterjas voor haar gekocht die ze volgens Marina schitterend zou vinden. Uiteindelijk was het alweer lente voordat hij weer terug was in Londen en hij had haar die jas nooit zien dragen.

Iemand raakte zijn arm aan en vroeg hem of Konstantin ook op het feestje aanwezig was. Nee, zei Lock, dringende zaken op het ministerie. De waarheid was dat Malin niet van feestjes hield, en nog minder van feestjes van niet heel belangrijke mensen en dat hij in het openbaar liever afstand bewaarde van zakenrelaties. Dat was de reden dat Lock hier was, om namens hem de honneurs waar te nemen. Hij en deze man, een oliebaron, een Rus, spraken een tijdje over de branche, terwijl Lock van een afstandje zijn doelwit in de gaten hield. Maar hoe kort Galinin de gesprekjes met zijn gasten ook hield, de rij leek maar niet te slinken, omdat belangrijke en brutale Russen gewoon rechtstreeks op hem af liepen en hem de hand schudden. Locks kennis liep weg om met iemand anders een gesprek aan te knopen en Lock stond daar in zijn eentje en betreurde, niet voor het eerst, zijn terughoudendheid. Halverwege de zaal zag hij Oksana praten met Galinins rechterhand, die er onwaarschijnlijk jong en gladjes uitzag.

Hij voelde zijn telefoon trillen in zijn zak. Hij pakte hem en zag dat het een Londens nummer was.

'Hallo?' zei hij, terwijl hij zich verwijderde van Galinins gezelschap. 'Wacht even, het is hier heel lawaaiig. Ik loop even naar buiten. Een ogenblik.' Hij liep de zaal door naar de lobby.

'Oké. Sorry. Zeg het maar.'

'Spreek ik met Richard Lock?'

'Ja, daar spreekt u mee.'

'U spreekt met Gavin Hewson van *The Times* in Londen, meneer Lock. Ik vroeg me af of u commentaar zou willen geven op de rechtszaak die in New York tegen u wordt aangespannen. Vindt u het goed als ik u een paar vragen stel?'

Lock aarzelde. Hij vond het doodeng om met de pers te praten. Journalisten hadden volgens hem maar één doel en dat was hem tegenover het grote publiek te schande te maken en te vernederen. Zijn pr-mensen hadden hem advies gegeven hoe hij met hen moest omgaan: blijf kalm, blijf beleefd en geef ze iets van wat ze willen, niet alles, maar een stukje. Beleefd blijven zou hem misschien nog wel lukken.

'Om eerlijk te zijn is dit geen erg geschikt moment. Ik ben op een feestje.' Een feestje? Terwijl hij dat zei vroeg Lock zich af of hij nog minder ontspannen kon klinken. 'En het wordt al laat in Moskou. Kan ik u na het weekend terugbellen?'

'Als het mogelijk is zou ik het er liever nu met u over hebben,' zei Hewson. 'We hebben een stuk dat morgen in de krant komt en ik had gehoopt dat u daar commentaar op zou willen geven.'

'Morgen?' Godver, dacht Lock. Godverdomme. Malin had gloeiend de pest aan dit soort verrassingen. 'In Londen?' Jezus. Waar zou het anders kunnen worden gepubliceerd?

'Ja.'

'Zeg, is er misschien geen mogelijkheid om dat een dag of twee uit te stellen? Ik zou graag mijn commentaar geven maar daarvoor moet ik eerst met mijn pr-mensen spreken. Daar zult u toch wel begrijpen.'

'Ik ben bang van niet. Het staat al ingepland. Zou u me om te beginnen kunnen vertellen wat u vindt van meneer Tourna's beschuldiging dat Faringdon Holdings een witwasoperatie is?'

Lock had door de lobby lopen ijsberen, maar bij die vraag liep hij naar de uitgang en naar buiten de kou in. Wat vind ik van die beschuldiging? dacht hij. Nou ja, het is natuurlijk volkomen waar. Hoe zou het anders kunnen? Het verbaast me alleen dat niemand eerder aan de bel heeft getrokken.

'U zult het moeten voorleggen aan mijn pr-mensen. Ik zal hen vragen contact met u op te nemen.'

'U bent dus niet bereid persoonlijk commentaar te geven?'

'Nee, sorry.'

'Geen commentaar dus?'

'Inderdaad.'

'Wie verzorgt uw pr?'

'Aylward Associates.'

'Wie? Martin Cassidy?'

'Ja.'

'Bedankt. Ik zal ze bellen.' Hewson verbrak de verbinding.

Lock stak zijn mobieltje terug in zijn zak en ging op de trap van een oud gebouw tegenover het hotel zitten. Hij zou veel beter moeten worden in het beantwoorden van dit soort vragen. In een opwelling stond hij op, ging het hotel weer binnen, liep naar de receptiebalie en vroeg waar hij hier ergens sigaretten kon kopen. In de bar op de bovenste verdieping kocht hij een pakje Marlboro Rood en een doosje lucifers. Hij liep het dakterras van het hotel op, tikte een sigaret uit het pakje, stak die op en staarde leunend op de balustrade uit over Moskou.

Dit was zijn eerste sigaret in acht jaar tijd – sinds Vika was geboren. Dadelijk, na er eerst nog eentje te hebben opgerookt, zou hij naar beneden gaan om Oksana te vinden en weer wat later, maar zo laat mogelijk, zou hij Malin opbellen en hem vertellen van het artikel in *The Times*. De rook prikte in zijn longen.

Hij voelde zich beroerd. Steeds als hij in Moskou was voelde hij zich beroerd. Bijna onmiddellijk na zijn terugkeer kreeg hij ademhalingsproblemen en last van zijn keel en deden zijn botten pijn, en maakten zijn rugklachten dat hij voortschuifelde als een oude man. Hij vroeg zich wel eens af of dit een goddelijke afrekening was voor de tijd dat hij zijn verantwoordelijkheid ontvluchtte en verbleef in de belastingparadijzen van de wereld: St. Nevis, Vanuatu, Grand Cayman, Mauritius – de verspreide eilandengroep van zijn halve clandestiene leven. Of misschien was het alleen maar het contrast. Zelfs nu, op een verkwikkende oktoberavond, leek Moskou koud, haar lucht tegelijkertijd ijl en dik, door de wolken heen beschenen door een geelgrijs licht dat op Lock overkwam als de kleur van besmetting. Het motregende, en uiteindelijk kwam het bij hem op dat Moskou eigenlijk zo moest aanvoelen – ongemakkelijk, benauwend. Zo ervoeren de meeste mensen het. Het evenement in de balzaal beneden, dat diende hij zich terdege te realiseren, was niet exemplarisch, en had niets met hem te maken. Uitgeperst. Beresford had gelijk. Zo begon hij zich te voelen.

Het weekend was zonnig en warm, alsof het weer september was, maar Lock bracht veel tijd in zijn appartement door. Het artikel verscheen, zoals Hewson had gezegd, op zaterdag in *The Times*. Lock had Galinins feestje verlaten en was met Oksana uit eten gegaan, waarbij hij, ondanks zijn verwoede pogingen luchthartig over te komen, in gedachten verzonken bleef, en Oksana had hem een aantal keren voorgehouden waarom roken een smerige gewoonte was die haar bepaald niet aanstond. Even voor middernacht waren ze teruggekeerd naar zijn woning en onderweg had Lock Malin opgebeld en hem verteld van het artikel dat de volgende dag zou verschijnen. Malin had hem alleen maar voor die mededeling bedankt, gezegd dat het goed zou zijn als de onderzoekers binnenkort met iets op de proppen kwamen en de verbinding verbroken. Oksana was zonder iets te zeggen naar bed gegaan; Lock had zich met zijn laptop teruggetrokken in zijn studeerkamer en urenlang naar de website van *The Times* zitten staren in afwachting van zijn artikel. Marina zou het natuurlijk ook onder ogen krijgen. Hij vroeg zich af wie nog meer. Zijn vader misschien, hoewel alleen als de Nederlandse kranten het oppikten.

Om een uur of drie 's nachts vernieuwde hij de pagina opnieuw en daar stond het: 'Russische energietsaar beschuldigd van corruptie', prominent afgedrukt in het zakenkatern. Het handelde voornamelijk over de rechtszaak en ging vrij diep in op Tourna's aanklacht, maar gaf ook een beknopte beschrijving van de hoofdrolspelers. Malin was bijvoorbeeld een 'schimmige maar machtige aanwezigheid binnen het ministerie voor Industrie en Energie'; Lock was een Engels-Nederlandse jurist die sinds begin van de jaren negentig in Moskou werkzaam was en... verbonden is aan Faringdon Holding Ltd, een Ierse maatschappij die omvangrijke pakketten aandelen bezit in energiebedrijven in Rusland.' Malin, zo werd vermeld, was op dat moment niet bereikbaar geweest voor commentaar, terwijl Lock 'gisteravond beleefd had geweigerd commentaar te leveren'. Tourna had, zoals te verwachten was, geen blad voor de mond genomen. Heel even, voordat hij zich realiseerde wat dat met zich mee zou brengen, vroeg Lock zich af of ze hem misschien een proces wegens smaad konden aandoen.

Hij las het drie keer door. Van een duidelijk opiniestuk was geen sprake: Hewson had de New Yorkse aanklacht beschreven en Tourna een aantal sappige opmerkingen toegestaan. Hij had de Parijse arbitrage niet eens genoemd en er was geen analyse van Faringdons diverse activa –

geen enkele indicatie eigenlijk of Tourna een poot had om op te staan. Maar wat Lock het meest verontrustte was nu juist dat er zo weinig in stond. Waarom dit afdrukken als er niet meer zou volgen? Lock veronderstelde dat de pr-mensen hem zouden vertellen dat de truc was ervoor te zorgen dat het Hewson zou gaan vervelen en hij niet zou proberen hier meer artikelen over te schrijven – een hoogst wenselijke truc, als ze daarmee weg zouden komen. Het was mogelijk dat ze nog meer hadden – maar per slot van rekening was dit niet de eerste keer dat er in de Engelse pers werd gerept over corruptie in Rusland, waarna dat geleidelijk aan geruisloos was weggeëbd. Corruptie in Rusland was nauwelijks nieuws. Niet geheel gerustgesteld ging hij naar bed.

Toen hij laat in de ochtend wakker werd was Oksana verdwenen. Ze had een briefje voor hem achtergelaten met de woorden: 'Houd alsjeblieft op met dat getob. Het is niet goed voor je en ik vind je leuker als je dat niet doet.' Hij moest glimlachen toen hij het las. Hij zette koffie en maakte toast van een vierkant droog brood en keerde terug naar zijn computer. Het artikel stond er nog steeds. Hij las het nog een paar keer, constateerde dat hij geen nieuwe dingen ontdekte die hem zouden moeten verontrusten en speurde de website van *The Times* af om zich ervan te verzekeren dat hij nergens anders in de krant werd genoemd. Hij vond een artikel van twee jaar geleden, van nauwelijks honderdvijftig woorden, waarin werd vermeld dat Faringdon zijn aandeel in de Roemeense maatschappij Romgaz had vergroot en spoedig bij alle aandeelhouders een overname zou afdwingen. Verder niets.

Het volgende wat hij zou moeten doen was kolonel Bazjaev bellen, maar Lock was een beetje huiverig voor de kolonel en gaf er de voorkeur aan hun contacten tot het minimum te beperken. Bij zijn terugkeer naar Londen hadden ze elkaar ontmoet en Bazjaev had gezegd dat hij vijftigduizend dollar nodig had om alles te ontdekken wat er over Tourna te ontdekken viel. Lock had daar lankmoedig in toegestemd en had het sinistere door tl-buizen verlichte kantoor van de kolonel zo snel mogelijk verlaten.

Jaren tevoren had hij Bazjaevs naam gekregen van Malin, die zijn eigen beveiligingsteam, hoe groot en machtig dat ook was, niet wilde lastigvallen met privékwesties buiten Rusland. Lock had dat nooit goed begrepen. Malins beveiligingsmensen bevonden zich buiten het ministerie – het hoofd, alweer een voormalige kolonel van de FSB die Horkov heette, was niet in dienst van de staat – maar leken qua macht vergelijkbaar met een staatsorganisatie. Ze mochten mensen in de gaten houden, hun telefoons aftappen, hen binnen en buiten Moskou schaduwen en hadden toegang tot de dossiers van de veiligheidsdiensten en de politie. Lock had ze zien samenwerken met de FSB toen een recalcitrante directie een bedrijf weigerde te verlaten dat Malin had overgenomen. Ze ontfermden zich over allerlei soorten problemen die Malin mocht hebben, of die nu te maken hadden met zijn zakelijke belangen of met zijn plaats binnen het ministerie. Lock vroeg zich wel eens af wie hen betaalde, maar was tot de conclusie gekomen dat die vraag er weinig toe deed.

Lock vond Horkov nog net iets angstwekkender dan Bazjaev, maar veel verschil was er niet. Uiterlijk leken ze niet op elkaar – Bazjaev was fors gebouwd en grijs. Horkov was lang, hoekig en snel – maar ze waren van dezelfde generatie die in de KGB lang voordat die werd opgeheven een hoge positie had bereikt, en in hun gezelschap voelde je je ongeveer hetzelfde. Deze mannen waren gewend beslissingen te nemen over de levens van anderen, zonder ooit last te krijgen van hun geweten; ze waren niet noodzakelijkerwijs wreed, maar ze moesten niets hebben van fijnbesnaardheid, en berouw hadden ze nooit gekend. Lock was zich er altijd van bewust dat zij, en vele anderen met hen, als de omstandigheden anders waren geweest, het hem knap lastig hadden kunnen maken in het leven. Hij bofte, dacht hij nu, dat ze aan dezelfde kant stonden als hij.

Hij stelde zijn telefoontje met Bazjaev uit en belde in plaats daarvan Paul Scott bij InvestSol in Londen. Scott klonk een beetje verbaasd dat hij op zaterdag werd opgebeld. Hij vertelde Lock dat ze goede vorderingen maakten, interessante feiten opduikelden en dat het onderzoek heel belangwekkende aanwijzingen aan het licht had gebracht, maar dat ze dat niet via de telefoon konden bespreken omdat je nooit wist wie er meeluisterde. Was Scott dan wel bereid iets te zeggen waar zijn cliënt op dat moment iets aan had? Nee, helaas, het lag allemaal veel te gevoelig. Lock vervloekte alle onderzoekers waar ook ter wereld, zei hem dat hij hem over twee weken in Londen zou spreken en dat hij hoge verwachtingen had.

Ten slotte, nadat hij zich nog wat koffie had ingeschonken en een sigaret had gerookt, waarbij hij met iets van schaamte opmerkte hoe dat onmiddellijk en exact maakte dat zijn appartement precies zo rook als zijn vorige appartementen hadden geroken, belde hij Bazjaev op, die al voor de eerste ringtoon opnam en, zonder Lock de gelegenheid te geven ook maar één woord uit te brengen, verkondigde dat hij hem woensdagochtend om elf uur op kantoor zou bezoeken – en ophing. Dat betekende dat Lock Malin niets nieuws te melden zou hebben als ze op de vaste dinsdagavond bijeenkwamen. Hij had de pest in dat hij Malin niets nieuws kon vertellen.

Toen Lock gedaan had wat hij moest doen, bleef hij met zijn kop koffie in zijn hand zitten en vroeg zich af hoe hij zijn dag zou doorbrengen. Oksana had het druk die avond, had ze hem verteld; ze moest aan haar scriptie werken. Lock overwoog dat het waarschijnlijk waar was, maar zelfs als het dat niet was, kon hem dat weinig schelen. Hij was niet jaloers op haar en dat kwam, veronderstelde hij, voornamelijk omdat hij haar toch maar te leen had. Als ze was afgestudeerd zou ze zijn financiële steun niet meer nodig hebben en zou ze hem verlaten. Het was een beschaafde regeling, en hij had nooit de behoefte gevoeld er iets onbeschaafds van te maken door meer te eisen dan ze stilzwijgend hadden afgesproken.

Hij zou haar dus een dag of twee, drie niet zien en weekends in Moskou zonder Oksana waren moeilijk door te komen. Hij zou naar het Izmailovopark kunnen gaan om een wandeling te maken, of naar de baden, of naar Starlite voor een uitgebreide lunch met andere eenzame Engelsen en Amerikanen, een lunch die zich uitstrekte tot aan het diner en een dronken, wankelend bezoek aan de nachtclub die voor die betreffende week meer 'in' leek te zijn dan haar gelijken.

Uiteindelijk bleef hij thuis en las alles wat er over hemzelf te lezen viel op het internet, bang nog iets te vinden waarvan hij het bestaan niet had vermoed. Twaalfduizend hits. Het verbaasde hem dat het er zoveel waren. Sommige handelden over hem, herhaalde vermeldingen van overeenkomsten, overnames, transacties. Sommige gingen over Richard Lock, de organisator van evenementen, sommige over Richard Lock, de singer-songwriter uit Montana. Zelfs toen hij er zo goed als zeker van was dat hij elke relevante, oorspronkelijke vermelding van zijn naam had gezien, bleef hij zoeken, met de naargeestige vrees dat hij eindelijk het artikel zou vinden dat aantoonde dat hij een oplichter, een marionet en een witwasser was. Toen hij klaar was, was het buiten al donker geworden en hij voelde zich opgelucht, maar nog steeds gespannen, alsof hij een medisch onderzoek had ondergaan dat uitsluitend de symptomen, maar niet de oorzaken blootlegde.

Die avond liet hij een pizza bezorgen, dronk hij whisky voor de televisie en rookte om elf uur zijn laatste sigaret.

Op zondagochtend nam hij de kranten door. Reuters had het verhaal overgenomen en hij vond kleine stukjes erover in de *Globe* en de *Mail*, de *Observer* en, gek genoeg, de *Hong Kong Standard*. In geen daarvan stond iets nieuws. Hij bedacht dat hij het maar het beste aan zijn diverse collega's overal ter wereld kon laten weten, zodat ze het van mij horen en niet van iemand anders. Later, dat kon wel tot morgen wachten.

Hij ging naar de sportschool, vervloekte de verkramping in zijn longen, liep een stukje hard en maakte twintig moeizame minuten vol op de hometrainer, voordat hij de handdoek in de ring gooide en zich naar de sauna begaf. Daarna ging hij om te lunchen naar het Radisson in Tverskaja, waar buitenlanders veelal bijeenkwamen. Rond vier uur maakte hij zich los van het gezelschap en keerde terug naar huis, zich onderwijl afvragend hoe lang geleden hij was opgehouden dit soort dagen te waarderen.

Maandag om één uur had Lock een afspraak met Mikkel Friis, zijn compagnon in het restaurantproject. Lock had al lang een restaurant in Moskou willen bezitten. Hij dacht dat het hem een zichtbare glorie kon verschaffen die zijn dagelijkse bezigheden hem niet konden geven. Het was zijn eigen idee, ingegeven door een reisje naar Istanboel met Oksana, en de bedoeling was dat het het beste Turkse restaurant zou worden, overdadig, donker, exclusief en weelderig Ottomaans. De verbouwing was al begonnen, ze hadden hun chef-kok, ze hadden tapijten en meubelen uit Turkije zelf, en ze hadden een naam, Dolmabahce, die Lock beviel. Vandaag lunchten hij en Friis, een jonge Deen die op jeugdige leeftijd een fortuin had verdiend met de handel in aandelen, bij de huidige koploper onder de meest gewilde restaurants van de stad, een uiterst gelikte moderne gelegenheid met een menu waarop de keukens van twaalf verschillende landen waren vermengd, om te zien wat zij ervan konden opsteken.

Lock had de ochtend besteed aan het sturen van geruststellende e-mails aan al zijn relaties in het buitenland en was iets te laat. Hij verontschuldigde zich en ging, enigszins buiten adem, zitten.

'Geeft niks, hoor,' zei Friis. 'Ik kan me voorstellen dat je nogal wat aan je hoofd hebt.'

'Hoe bedoel je?'

'Je bijrol in *The Times*.'

'O God, heb je dat gezien? Ja, ik heb leukere weekends gekend.'

'Iemand heeft het me toegestuurd. Het zag er niet al te beroerd uit. Iedereen krijgt wel eens een proces aan zijn broek, toch?'

'Precies. Zo is dat. Dat overkomt iedereen. Heb je al iets te drinken besteld?' Lock keek, met zijn hand opgestoken, om zich heen op zoek naar een ober. 'Ja, het had erger gekund. De *Financial Times* had er vanochtend een paar zinnetjes aan gewijd en ik vermoed dat *Vedomosti* er ergens verderop in de week ook nog wel mee zal komen aandragen. Zeg, Mikkel, ik... nou ja, ik zou niet willen dat je denkt dat dit een probleem zou kunnen vormen.'

'Helemaal niet, helemaal niet,' zei Friis, terwijl hij Lock strak aankeek. Naast Lock leek hij een toonbeeld van gezondheid en potentieel. 'Als jij wordt gedwongen je terug te trekken dan maak ik alles gewoon in mijn eentje af.'

Friis keek Lock nog even aan en schoot toen in de lach en Lock lachte met hem mee, zonder goed te weten of het een grapje was of niet. Er kwam een ober naar hen toe. Lock bestelde een gin-tonic en Friis mineraalwater.

Vanaf dat moment ging hun gesprek over restaurants. Waar moesten ze een eerste kelner vandaan halen. En of dat een Turk zou moeten zijn. Wat voor muziek er in de bar ten gehore moest worden gebracht. Hoe zij moesten omgaan met het feit dat hun chef-kok weinig Engels en geen woord Russisch sprak. En bovenal, hoe moesten ze ervoor zorgen dat het een maîtresserestaurant en geen echtgenotesrestaurant zou worden. De goede restaurants van Moskou, of in ieder geval de dure, waren ondergebracht in een praktisch en blijkbaar essentieel schema, waarbinnen zij allemaal of tot de ene of tot de andere categorie behoorden, en de hoogte van de rekening verschilde aanzienlijk tussen die twee categorieën. De geschiedenis van het nachtleven van Moskou was bezaaid met extravagante chique restaurants die ten onder waren gegaan omdat rijke Russen van middelbare leeftijd niet met geld smeten als ze in gezelschap waren van hun vrouwen van middelbare leeftijd. Daarom was het van het grootste gewicht voor de restauranthouder dat hij een maîtresserestaurant creëerde, maar Lock noch Friis zou daar een stem in hebben; zij konden alleen maar hopen dat ze het proces konden beïnvloeden. 'De truc is,' zei Lock, terwijl hij een stukje rauw wagyû rundvlees tussen zijn eetstokjes uit liet vallen, 'dat men zijn eigen vrouw helemaal niet mee zal willen brengen, zolang je het maar sexy genoeg maakt. Dat zit ze gewoon niet lekker. Nou ja, misschien dat een paar dat wel doen, maar dat zijn dan degenen die geen maîtresse hebben.'

'Tja,' zei Friis. 'Ik weet het nog zo net niet. Ik denk dat je deels gelijk hebt. Ik denk dat het ook van de prijs afhangt. Je moet het zo zien: dit hier kost tweeduizend roebel. En dat is nog maar het voorgerecht. Hoeveel voor jouw vis? Nog eens tweeduizend? Drie? Niemand wil dat uitgeven aan zijn vrouw. Zo simpel is het. Voor zo'n bedrag wil je er een wip bij. Met enige mate van zekerheid. Kijk maar naar Cinquecento, die Italiaanse tent aan de Petrovkastraat. Dat is prachtig. Het lijkt daarbinnen niet eens op Moskou. Het is net een uitje naar Sardinië of zoiets. Het eten is er verbazingwekkend. Maar het zit er vol met vijfenvijftig jaar oude Russische vrouwen in blauwe mantelpakjes en hun dikke echtgenoten. Er wordt nauwelijks gesproken. Het lijkt wel een staatsarchief. Ik durf te wedden dat die het geen jaar volhouden. En waarom? Omdat ze te goedkoop zijn. Je bent daar half zo goedkoop uit als hier. Het eten is er fantastisch, maar niemand wil een goedkope indruk maken op zijn nieuwste domme blondje. Of slimme brunette, in jouw geval.' Friis glimlachte en werkte het laatste hapje van zijn voorgerecht naar binnen. 'En dat is de reden,' besloot hij met volle mond, terwijl hij het bord opzijschoof, 'dat wij heel duur zullen worden.'

'Ik weet het niet,' zei Lock. 'Er zijn een heleboel heel dure restaurants in Moskou.'

'Ja, en ook een heleboel minder dure. En die dure zitten altijd afgeladen vol. Vertrouw nou maar op mij. Ik ben de zakenman. Zorg jij nu maar dat je die vergunningen van de gemeente loskrijgt. Een duwtje in de rug door onze vriend Konstantin zou heel welkom zijn.'

Lock knikte en dronk zijn glas leeg.

'En als we Oksana nu eens tot gastvrouw bombarderen?' zei Friis. 'Daar zou ze geknipt voor zijn.'

'Jezus, denk je dat nou echt?' vroeg Lock lachend. 'De mensen zouden best een kijkje willen komen nemen, maar ze is allergisch voor dombo's. Jij hebt haar nog nooit meegemaakt als ze goed op dreef is. Heel beangstigend. Ze zou de klanten nog best een lesje kunnen leren, maar ze zouden niet meer terugkomen.'

Friis lachte en veegde met zijn servet netjes zijn mond af. 'Zeg, hoeveel wil Tourna eigenlijk hebben?'

Lock keek over Friis' schouder of hij de ober kon ontdekken.

'Ik weet het niet. Daar komen we vanzelf achter. Een beetje meer dan de anderen waarschijnlijk. Zo gaat dat meestal.'

'Maakt Malin zich zorgen?'

Dat was een goeie, dacht Lock – Malin die zich zorgen maakt. Voor zover hij wist kon Malin in stilte razen en tieren, maar hij betwijfelde of de man zich ooit zorgen maakte.

'Het heeft niets met hem te maken,' zei hij. 'Het is tegen Faringdon gericht.'

Friis glimlachte. Lock stak zijn hand op om de aandacht van hun ober te trekken en terwijl hij dat deed ging zijn telefoon. De specifieke telefoon.

'Neem me niet kwalijk, Mikkel, ik kan hier niet onderuit,' zei hij, terwijl hij opstond van zijn stoel en de serveerster gebaarde dat hij nog een rondje van hetzelfde wilde. Wat zou Malin zeggen van het artikel? Vroeg of laat zat het eraan te komen en dit viel nog best mee. Hij liep tussen de tafeltjes door naar de deur.

'Konstantin, hallo. Hoe gaat het met je?'

'Met mij gaat het best, Richard.'

'Heb je het stuk gelezen?'

'Ik bel je niet vanwege dat artikel. Ik heb ander dringend nieuws. Dimitri Gerstmann is dood.'

Lock reageerde niet. Honderden gedachteflarden schoten door zijn hoofd. Hij stond inmiddels buiten.

'Hij is omgekomen in Boedapest. Hij is van een dak gevallen,' zei Malin. 'Meer weet ik niet. Misschien kun jij achterhalen wat er precies is gebeurd.'

'Wanneer?' vroeg Lock, terwijl hij keek naar de Christus Verlosserkathedraal aan de overkant van de rivier, een bovennatuurlijk wit bouwwerk in het meedogenloze zonlicht.

'Gisteren. Het is treurig nieuws. Stuur maar een bloemstuk naar zijn vrouw. Niet namens mij, namens jezelf.'

'Natuurlijk. Dat zal ik doen.'

'Tot spoedig ziens, Richard.'

'Ja, tot morgen.'

Lock stak, het verkeer in de gaten houdend, de weg over en ging bij de balustrade langs de rivier staan. Het waaide harder dan die ochtend. Hij had Gerstmann aardig gevonden; hij had een zekere verwantschap met hem gevoeld. Ze hadden dezelfde wereld bewoond, en toen Gerstmann was vertrokken had hij bij Lock de hoop aangewakkerd dat ooit, als hij de moed kon opbrengen, hij dat zelf ook nog eens zou doen. Het was kinderachtig, dacht hij, meer iets voor avontuurlijke jongensboeken, maar hij voelde zich net een krijgsgevangene die hoort dat zijn wapenbroeder bij een ontsnappingspoging is neergeschoten. En zonder zich nader op de hoogte te stellen wist hij al waarom Gerstmann was gestorven.

6

—

Webster was blij toen hij de naam van Savas Onder in het dossier aantrof;
het was net zoiets als een oude vriend tegen het lijf lopen op een nogal
saai feestje. Hij hoopte echt dat Onder hem wel te woord zou willen staan.

Hij had het gevoel dat zijn populariteit tanende was. Sinds Dimitri
Gerstmann hem in Berlijn zo vijandig had bejegend, had hij iedereen
die hij kon bedenken die Malin of Lock kende opgezocht en opgebeld.
Hij had gesproken met vrienden in de olie-industrie die hem weinig
hadden kunnen vertellen en met vrienden van Lock die nog minder los-
lieten. In Bakoe had hij een Schot opgespoord die in 1993 samen met
Lock een bedrijf had opgezet. Hij was spraakzamer geweest dan de meeste Schotten maar had hem alleen verteld dat Lock geen zakenman was:
'dat is een gozer die de spot drijft met de gedachte dat juristen weten
hoe ze fortuin moeten maken'. Hij had twee mensen gevonden die zich
Lock van de universiteit herinnerden – eentje van hen sprak hem zelfs
nog wel eens als hij op bezoek was in Londen – maar geen van hen vond
het gepast om tegenover Webster een boekje over hem open te doen en
dat kon Webster hen niet kwalijk nemen. En hij had elf directeuren en
woordvoerders van bedrijven gebeld die banden hadden met het steeds
ingewikkelder wordende web dat Lock had gesponnen. Geen van hen
had iets van betekenis gezegd, maar het zou raar zijn geweest als ze dat
wel hadden gedaan. Hoewel hij een zekere huiver voor vrouwen had,
was hij zelfs zover gegaan dat hij mevrouw Lock had bezocht, die haar
man leek te hebben verlaten en naar Londen was verhuisd.

Het voelde dus als een meevaller toen hij Onders naam zag staan. Een
van Websters betere onderzoekers had een lijst van bedrijven afgewerkt
die zaken hadden gedaan met Faringdon of Langland, en na flink wat
geploeter had ze ontdekt dat het mysterieus klinkende Katon Services
LS deel uitmaakte van Onders olie-imperium. Webster was niet verbaasd
hem daar tegen te komen: de eerste transactie waarbij Onder Websters
hulp had ingeroepen was een Russische aangelegenheid en het zou

vreemd zijn geweest als hij en Malin nooit elkaars pad hadden gekruist.

Het was vrijdag, de eerste dag die herfstig aanvoelde, en ze hadden die ochtend afgesproken op Onders kantoor in Londen; tot Websters spijt bevond Onder zich niet in Istanboel, een van de weinig plaatsen waar hij met plezier naartoe ging. Hij en Elsa hadden daar ooit in een decembermaand de helft van hun onconventionele huwelijksreis doorgebracht (de andere helft was aan de kust van North Berwick, waar het zo koud was dat er een dikke laag ijs op het duingras lag) en hij hoopte haar daar ooit weer eens mee naartoe te nemen.

In plaats van in het Pera Palace Hotel bevond Webster zich die ochtend dus in zijn keuken, waar hij aanstalten maakte om het huis te verlaten. Hij was vroeg wakker geworden en was naar de Heath gereden om snel nog wat baantjes te trekken in het gemengde bad waar het water van koel overging in koud. Toen hij terugkwam had hij pap gemaakt voor de kinderen, Elsa een kopje thee gebracht, zich gedoucht en geschoren en hetzelfde pak aangetrokken dat hij de dag tevoren had gedragen. Hij besloot dat Onder waarschijnlijk geen stropdas verwachtte, hoewel hij er misschien wel voor in aanmerking kwam. Websters voorkeur ging uit naar serieus zonder opsmuk: donkere pakken, enkele rij knopen, donkerblauw of antracietgrijs, met wijde witte overhemden en donkere dassen, altijd effen. Alles was van goede kwaliteit en al aardig versleten. Elsa zei hem dat hij er altijd uitzag alsof hij op het punt stond met noodlottig nieuws voor de dag te komen, een sterfgeval of ontslag, en hij antwoordde haar dat niemand wilde dat hun onderzoeker zich kleedde als een fat.

Toen hij door het fris berijpte Queens' Park naar het metrostation wandelde dacht hij aan Lock. Hij merkte dat hij steeds vaker aan hem moest denken. Hij zou zich nu toch langzamerhand slecht op zijn gemak moeten voelen. Hij had het artikel vast en zeker gelezen – de artikelen, want een paar andere kranten hadden het nieuws overgenomen. Webster was ingenomen met Hewsons stuk in *The Times*, maar verbaasd dat hij niet verder was gegaan; hij had na het eerste artikel snel een vervolg verwacht. Misschien moest hij Gavin nog maar eens bellen. Wellicht deed het er niet toe: hij had ook met de *Financial Times*, met de *Journal* en met *Forbes* gesproken en was ervan overtuigd dat er nog wel meer zou volgen. Hij wilde Lock het gevoel geven dat er een proces was opgestart dat niemand meer kon tegenhouden.

Maar wat hem echt van zijn stuk moest hebben gebracht waren de telefoontjes van zijn vrienden. Niemand vond het prettig om te ontdekken dat er vragen over hem werden gesteld. Zelfs als je niets te verbergen had maakte het dat je je ging afvragen of je lei echt wel zo schoon was; en als je, zoals Lock, er een carrière van had gemaakt om dingen te verbergen, dan zou dat je absoluut op je zenuwen werken. Maar voor Webster was dit een vreemde handelwijze: hij had zijn naspeuringen zo'n groot deel van zijn leven in het duister verricht, dat zijn positie in het volle daglicht hen een beetje een opgelaten gevoel gaf.

Gerstmann zou het er waarschijnlijk met Lock over hebben gehad, tenzij hij vastbesloten was zich helemaal buiten Rusland te houden, en al die buitenlandse directeuren zouden zeker verslag hebben uitgebracht aan hun cliënt. Webster vroeg zich af hoeveel Lock hiervan met Malin zou delen. Van een afstand was onmogelijk te zien hoe hecht hun band was en de meningen daarover liepen uiteen. De Schot had de relatie tussen het tweetal 'vriendschappelijk maar niet familiair' genoemd, terwijl degenen die de Russische olie-industrie kenden Lock simpelweg beschouwden als een loopjongen, net zoals Tourna dat deed.

Webster dacht aan het type mannen – het waren altijd mannen – die hun identiteit verkwanselden om die van een ander te beschermen. Je kwam ze bij elk groot project tegen, de eerste verdedigingslinie, vaak gebrekkig voorbereid op de strijd. Het waren stuk voor stuk professionals, juristen en accountants, en van de tweede garnituur, mannen uit wier vroege carrière al bleek dat ze niet in de wieg waren gelegd voor een plaats aan de top. Sommigen begonnen jong, anderen op middelbare leeftijd. In Websters wereld krioelde het ervan, mannen van alle nationaliteiten, opererend vanuit onwerkelijke kantoortjes in Londen, Dubai, Genève en New York, waar ze bedrijven opstartten, ontbonden en eindeloos met geld heen en weer schoven. Wat leverde het hen op, deze onnatuurlijke onverbrekelijke regeling? Naar Websters ervaring waren er drie motieven die gewoonlijk met elkaar waren verweven. Daar was het geld – en dat werd gemakkelijk verdiend. Afgaande op zijn bezittingen en zijn levensstijl moest Lock tien miljoen waard zijn, misschien wel twintig, en wat deed hij daar nu eigenlijk voor? Bedrijven beheren. Dan was er de inkomenszekerheid, want dit was altijd een baan voor het leven: je cliënt kon niet weglopen en zelf kon je dat evenmin. En dan was er ook nog de macht. Of liever, de nabijheid van de macht. Ze hadden de ongerechtvaardigde overtuiging gemeen dat als je een machtig man diende, iets van zijn macht op je afstraalde.

Onders kantoor bevond zich in Mayfair, in een van de nauwe straatjes bij Shepherd Market. Rare winkeltjes hielden hier op onbegrijpelijke wijze het hoofd boven water: Italiaanse modewinkeltjes die lichtblauwe schoenen en mosterdkleurige leren jasjes verkochten, hoewel Webster zich niet kon voorstellen aan wie; piepkleine schoonheidssalons die Franse pedicures en elektrische ontharingsbehandelingen aanboden; een speelgoedwinkel die alleen maar tinnen soldaatjes verkocht, allemaal in hun historisch accurate uniformpje. Webster vond Onders gehavende rode deur naast een bloemenwinkel, drukte op de bel en werd binnengelaten.

Hij liep een trap op en Onder kwam hem persoonlijk op de eerste overloop tegemoet om hem te begroeten. Hammer had ooit over Onder opgemerkt dat zijn omvang 'in alle opzichten' zijn grootste pluspunt was. Hij was een grote man, tegen de een meter negentig, met een brede borstkas en bij de begroeting omsloot zijn hand die van Webster geheel. Maar wat Hammer had bedoeld was dat Onders motoriek en persoonlijkheid iets groots hadden: hij had een luide stem, een groot hart en alles wat hij deed, deed hij met overgave. Hij droeg een lichtgrijs pak dat neigde naar zilver en een felroze das. Webster was blij hem te zien. In zijn gezelschap herinnerde hij zich levendig wat voor een zeldzame combinatie Onder was: een koopman, een man die gewend was elk moment een stuk of tien subtiele berekeningen tegelijk te maken, die niettemin echt kon nadenken en vooruit plannen en een grote wijsheid tentoonspreidde als er een beroep op hem werd gedaan.

'Benedict!' zei Onder, op bijna theatrale toon, met een brede glimlach op zijn gezicht. 'Wat heerlijk je te zien. Alsjeblieft, alsjeblieft. Kom binnen.' Een van de vreemdere wapenfeiten over deze buitengewone man was dat hij op zijn zestiende met zijn familie naar Engeland was verhuisd en zijn laatste twee schooljaren op Eton had gezeten. Dat had hem een zekere statigheid verleend die veertig jaar later ouderwets en zelfs vorstelijk overkwam.

Hij liep voor Webster uit door een verschoten receptieruimte naar zijn kantoor aan de achterkant van het gebouw. Onderweg zag hij verder niemand. Onders kamer was groot en licht genoeg, maar toch ook kleurloos. Er stond te veel meubilair in; drie bureaus met een houten blad, waarvan de vernis verdroogd en versleten was; vier dof grijze archiefkasten; overal stoelen, sommige opgestapeld tegen de muur. Alleen de telefoons en computers duidden erop dat er sinds 1970 het een en ander was veranderd. Een erkerraam, waarvan de ruiten aan de onderkant van melkglas waren, bood uitzicht op een kanaal en de grijze achtergevels van huizen.

'Mijn verontschuldigingen voor onze ambiance, Benedict. Ga alsjeblieft zitten. Zoals je weet moet ik niets hebben van luxueuze kantoren.'

Webster nam plaats op de grootste van de drie stoelen die naast elkaar voor Onders bureau stonden opgesteld. 'Istanboel is wel wat chiquer dan dit.'

'Klopt. Meer door toeval dan met opzet.' Onder glimlachte. 'Ik zou je wel koffie willen aanbieden, maar dan moet ik die zelf zetten en dan zou die niet te drinken zijn. Verder is er nooit iemand hier.'

'Dat geeft niet. Ik probeer er toch mee te stoppen.'

Ze zaten elkaar een ogenblik aan te kijken. Onders ogen waren donker, bijna Pruisisch blauw. Hij bezat een vriendelijke maar onmiskenbaar doordringende blik. Webster wist niet goed hoe lang hij geacht werd hem aan te staren – eigenlijk wist hij nooit wat die kleine krachtmetingen, die door bepaalde cliënten zo hooglijk werden gewaardeerd, betekenden. Hij besloot het initiatief te nemen.

'Bedankt dat je me op zo korte termijn te woord wilt staan.'

'Geenszins, geenszins. Als ik je kan helpen dan doe ik dat graag.' Onder handelde niet uitsluitend in olie: hij handelde naast andere zaken ook in inktcartridges voor printers en drie jaar tevoren had Webster een omvangrijke lading teruggevorderd van een Russische groothandelaar die vergeten was te betalen. Sindsdien was Onder bijzonder op Ikertu gesteld.

'Ik wilde, om redenen die je zult begrijpen, hoop ik, hier niet door de telefoon over praten. Het gaat om Konstantin Malin.'

Onder keek hem opnieuw doordringend aan, met enige scepsis in zijn ogen.

'Malin.' Hij trok zijn wenkbrauwen een stukje op. 'Jij gaat wel met innemende types om.'

'Ik weet het. Hij is alom geliefd. Ik had gehoopt dat jij me iets meer over hem zou kunnen vertellen. Maar als jij een zakelijke band met hem hebt en dat liever niet doet, dan kunnen we er ook meteen een punt achter zetten.'

Onder bleef hem aankijken. Toen lachte hij en wendde zijn blik af.

'Nee, Konstantin en ik zullen geen zaken meer met elkaar doen. Hij is het soort Rus dat vindt dat het geoorloofd is – nee, dat het *slim* is – om de kluit te belazeren, zodra je de kans ziet. Het soort dat overal een slaatje uit slaat. Ze gaan ervan uit dat er altijd wel weer een andere stommeling langskomt en dat de wereld vol zit met stommelingen. Ooit komen ze er nog wel eens achter dat ze zich vergissen.'

'Ik hoop het,' zei Webster. 'Hoeveel is hij je schuldig?'

'Eigenlijk heeft hij me geen geld afgenomen. Hij is alleen een overeenkomst niet nagekomen. Nu moet ik ergens anders aankloppen als ik olie uit Rusland wil hebben. Dat is alles. Het heeft me een smak geld gekost maar ik kan niet zeggen dat hij me heeft bestolen.'

'Zijn er anderen die olie kunnen leveren?'

'Ja hoor. Hij beheerst niet alles. Nog niet.'

'Heb je hem ontmoet?'

'O ja. Een of twee keer.' Hij keek Webster glimlachend aan. 'Misschien moet je me maar eens vertellen waarom je in hem geïnteresseerd bent.'

Webster vertelde Onder het verhaal. Toen hij Tourna's naam noemde snoof Onder. 'Die boef! Mijn god, dit is een strijd tussen schurken. Ik dacht dat jij wel wat selectiever was in de keuze van je cliënten.' Hij glimlachte naar Webster, die zijn glimlach beantwoordde en zijn relaas vervolgde. Hij legde uit wat Tourna wilde en waar op dat moment voor hem de prioriteit lag: bij Lock.

'Wil je Malin ten val brengen? Nou, veel succes. Een nobel streven.'

'Ik weet het. We krijgen niet vaak de kans om iets nobels te verrichten.'

Onder glimlachte. 'Ik ken Richard,' zei hij. 'Heel goed, zelfs. Vroeger had ik te maken met Dimitri Gerstmann, maar toen hij vertrok, wilde ik niets van doen hebben met de ploert die voor hem in de plaats kwam. Ik vertrouwde hem niet – eentje van de nieuwe stempel, die een heleboel lijkt op de stokoude stempel. Je kon je gemakkelijk voorstellen dat hij om vijf uur 's ochtends mensen van hun bed liet lichten. Dus stuurden ze Lock. Ik mocht hem wel. Geen olieman, maar toch heel verdienstelijk. Een eenvoudige vent, eigenlijk. Ik geloof niet dat hij daar echt thuishoorde.'

Ze praatten een tijdje over Lock en Malin, Malin en Lock, en Webster had het gevoel dat hij meer inzicht in hen begon te krijgen. Zodra je Malin ontmoette, vertelde Onder hem, was het duidelijk dat hij een 'product van de Sovjet-Unie' was. Hij werd geboren toen Stalin aan de macht was, bereikte de jaren des onderscheids onder Breznjev en werkte vijfentwintig jaar voordat Gorbatsjov opstapte, omdat hij zijn werk te goed had gedaan en eindelijk Jeltsin het stokje overnam. Als het aan hem zou liggen, zou hij het communistische regime morgen in ere herstellen, niet omdat hij een afkeer heeft van het kapitalisme, niet omdat hij niet genoot van wat dat systeem in het laatje bracht, maar omdat gevreesd communisme Rusland sterk, en wat nog belangrijker is, gevreesd had gemaakt. Als je tegenover Malin zat en met hem onderhandelde dan leerde je iets over een totalitaire staat; ze deelden dezelfde weigering om te communiceren, en beide beschouwden die weigering als een bewijs van kracht.

Onder had, zo bleek, Malin drie keer ontmoet, waarvan een keer bij een informele gelegenheid, en elke keer weer was hij onder de indruk geweest van zijn onwil om zich met de wereld om hem heen in te laten. Daarom was hij heel moeilijk om in te schatten – Onder had zelden iemand ontmoet die zo moeilijk in de omgang was. Maar uit zijn gedrag had hij uiteindelijk het een en ander gededuceerd. Hij was eigenzinnig; hij maalde niet om zijn reputatie in het Westen, het zou hem worst wezen hoe men daar over hem dacht; maar ondanks al zijn ogenschijnlijke onwrikbaarheid nam hij snelle en slimme beslissingen en was hij waarschijnlijk een veel subtielere denker dan zijn nogal onbehouwen voorkomen deed vermoeden. Maar wat hem dreef, wist niemand. 'Ik vermoed,' zei Onder, 'dat hij alles voor Rusland doet, en voor zichzelf. Welke van die twee hem het dierbaarst is, zou ik niet kunnen zeggen.'

Lock daarentegen was een onwaarschijnlijke bondgenoot. Onder vond hem bekwaam, maar niet begaafd: ijdel; zowel gevleid als geïntimideerd door het milieu waarin hij verkeerde.

'Wat je goed moet begrijpen,' zei Onder, terwijl hij zich naar voren boog en de belangrijke woorden onderstreepte door met een vinger op het bureau te tikken, 'is dat Malin nooit had verwacht zo groot te worden. Iedere Rus is corrupt overeenkomstig zijn status. Als je onderwijzer bent dan verkoop je cijfers. Als je visboer bent dan geef je de beste vis aan degenen die jou een wederdienst kunnen bewijzen. Malin verwachtte een middenkadertechnocraat te worden, die een paar miljoen per jaar zou opstrijken met de buitenkansjes die zich zo nu en dan voordeden. Maar hij heeft zich opgewerkt tot een belangrijke speler en nu is het een kwestie van honderden miljoenen, misschien zelf miljarden. En daarvoor heeft hij Lock.' Hij lachte even. 'Lock is geknipt voor miljoenen, maar miljarden, dat is te hoog gegrepen voor hem. Maar hij heeft zichzelf op de een of andere manier wijsgemaakt dat hij erbij hoort. Het is bijna vermakelijk. En Malin is niet op zijn achterhoofd gevallen, om de dooie dood niet – maar hij kan Lock niet inwisselen. Ze kunnen niet scheiden. Het is erger dan een slecht huwelijk.' Onder lachte om zijn eigen grapje.

'Wat is er dan mis met Lock? Waarom is hij daar niet tegen opgewassen?'

'Kijk, misschien vergis ik me wel in hem. Hij is intelligent genoeg, een bekwaam jurist, maar hij heeft gewoon de schijn tegen.' Onder dacht een ogenblik na, terwijl hij Webster doordringend bleef aanstaren. 'Weet je wat het probleem is? Hij is geen lul. Hij is te aardig. Oké, hij is misleid, oké, bekrompen wellicht, maar hij is geen lul. Om in die wereld te overleven moet je bikkelhard zijn of ontzettend stom. Lock is behoorlijk intelligent en zachtaardig. Veel te zachtaardig. Hij zou graag deel uitmaken van die wereld, maar diep in zijn hart gelooft hij het zelf niet. Misschien niet eens zo heel diep.

Webster knikte; dit klonk aannemelijk. Zijn ervaring zei hem dat maar weinig van de Locks op deze wereld volledig in hun eigen mythe geloofden. Maar er brandde nog een andere vraag op zijn lippen en even vroeg hij zich af of hij die wel zou stellen. Misschien was het van geen belang.

'Hoe gevaarlijk is Malin?'

'Wat bedoel je?'

'Hoe meedogenloos?'

'Je wilt weten of hij mensen kapotmaakt?'

'Ja.'

Onder glimlachte en dacht na. 'Om zichzelf te beschermen misschien. Om zijn gang te kunnen gaan, hoeft hij dat niet te doen, lijkt me. Hij is van de oude stempel. Ik denk niet dat hij bang is voor justitie.'

Een verstandig, evenwichtig antwoord. Maar in feite niet meer dan Webster al wist.

Ze praatten nog wat, maar hij wist voldoende. Hij wist nu dat het in deze zaak niet ging om een verhaal, een spoor, een document, maar om een man. Alles draaide om Lock. Hij was Malins achilleshiel. Als hij hem aan zijn kant kon krijgen, dan had hij niet alleen de ideale getuige, maar dan zou Malin zijn vertrouwensman moeten missen en kwetsbaar zijn.

'Zou jij bereid zijn om te getuigen?' vroeg Webster aan Onder, toen ze waren uitgesproken.

Onder keek hem aan en dacht een ogenblik na. 'Tegen Malin, ja. Voor Tourna, dat weet ik nog zo net niet. Misschien. Daar zou ik over na moeten denken.'

'En hoe zou je het vinden om wat werk voor mij te verzetten?'

Onder glimlachte opnieuw en keek hem nog even goed aan. 'Heb jij ooit wel eens een onderzoek naar mij ingesteld?'

'Gek genoeg niet, nee. Hoezo?'

'Ik bedacht dat ik dan onderwerp, cliënt en bron tegelijk zou zijn. Dat zou een hele eer zijn. Wat had je in gedachten?'

'Misschien wil ik wel dat jij eens met Lock gaat praten.'

Een van de voordelen van het feit dat hij niet langer journalist was, maar ook geen echte spion, was voor Webster dat hij tijd kon doorbrengen met zijn gezin. Die tijd bewaakte hij met overgave. Hammer was altijd telefonisch bereikbaar; zijn telefoon stond nooit uit. Hij vond het heerlijk om midden in de nacht te worden opgebeld, want dat betekende dat er iets belangwekkends gebeurde. Maar Webster zette maar wat graag elke avond om zes uur zijn telefoon uit en hij liet hem het hele weekend in een donkere la liggen. Uiteindelijk had Hammer hem ertoe overgehaald hem elke dag tot negen uur 's avonds aan te laten, omdat Webster schoorvoetend moest toegeven dat als een klant zo vriendelijk was om je geld te geven, hij ook het recht had om met je te spreken wanneer hem dat uitkwam. Maar hij vond het nog steeds vervelend om dat ding op te nemen, en hij had een hekel aan diners of ontbijten met klanten en aan reisjes die een stuk van je weekend afsnoepten. Hij was daar heel ouderwets in en maakte een soms zelfs wat overtrokken onderscheid tussen zijn werk en al het overige.

Toen hij die zondag zijn telefoon hoorde rinkelen, was hij dan ook geneigd niet op te nemen. Het heldere, koude weer van de voorgaande twee dagen had plaatsgemaakt voor donkere, laaghangende wolken en een benauwdheid die Webster futloos maakte. Hij, Elsa en de kinderen waren in de speeltuin. Daniel haalde handenvol houtschilfers onder het klimrek vandaan en legde die op drie nette hoopjes naast een bankje. Hij had zijn jas uitgetrokken en was geconcentreerd aan het werk, hurkend op zijn dikke peuterbeentjes, zich oprichtend, lopend en weer hurkend. Webster keek naar hem en werd geboeid door zijn vastberadenheid. Dat was pas echt werk. Elsa zat op de wip en drukte die aan haar kant abrupt omlaag waardoor Nancy helemaal los van haar plekje in de lucht werd getild. Nancy had steeds weer de grootste pret en grinnikte samenzweerderig.

Zijn telefoon gonsde in zijn zak. Hij kon op het schermpje niet zien wie de beller was en kon zich minstens zes gesprekken voorstellen die hij niet wilde voeren. Hij verontschuldigde zich tegenover Elsa, liep een paar meter van haar vandaan en nam op.

'Met Ben Webster.'

'Meneer Webster, hallo, u spreekt met Philip van de beveiliging. We hebben op het centrale nummer van Ikertu een telefoontje gekregen van iemand die naar u vroeg. We hebben uw nummer uiteraard niet verstrekt, maar misschien wilt u hem toch terugbellen.'

'Dank je, Philip. Wat was de naam?'

'Een zekere meneer Prock, meneer, P-R-O-C-K. Hij heeft zijn nummer achtergelaten. Duits, denk ik.'

'Dank je. Ik zal het noteren.' Philip noemde twee keer langzaam het nummer. Webster toetste het in op zijn telefoon.

Prock. Waarom zou Prock hem bellen? Als hij Websters naam wist, dan moest Gerstmann hem die hebben gegeven: als hij Ikertu om een andere reden had gebeld, dan had hij niet geweten dat hij speciaal naar hem moest vragen. Misschien wist hij iets wat Gerstmann hem niet had willen toevertrouwen; misschien wilde hij hem zeggen dat hij hen met rust moest laten. Misschien had hij een opdracht voor hen. Dat zou niet vreemd zijn.

Webster gebaarde naar Elsa dat hij een telefoontje moest plegen en verliet de speeltuin. De telefoon ging verscheidene malen over voordat Prock opnam.

'*Grüss Gott*. Met Prock.'

'Meneer Prock, u spreekt met Ben Webster. U had geprobeerd mij te bereiken.'

'Een ogenblikje.'

Webster hoorde dat Prock zijn hand op de hoorn legde en het gedempte geluid van een deur die dichtging.

'Meneer Webster.' Prock had een tenorstem met een ijle, geforceerde toon, alsof hij moeite had de woorden uit te spreken. Zijn accent was nadrukkelijk, zelfs een beetje theatraal: Oostenrijks, dacht Webster. 'Ik ben op dit moment in gezelschap van Nina Gerstmann, meneer Webster. Weet u waarom?'

Webster antwoordde in alle oprechtheid dat hij geen flauw idee had.

'Ik ben sinds vanochtend bij Nina Gerstmann, meneer Webster. Ze probeert te begrijpen wie er verantwoordelijk is voor de dood van haar man.' Prock wachtte even. Webster, die volledig van zijn stuk was gebracht, zei niets, zijn geest ontdaan van alles behalve een vage, verstikkende angst. 'Want iemand is dat, en ik denk dat u dat bent, meneer Webster. Dat heb ik haar niet verteld, want ik wil niet dat zij weet dat iets zo *onbeduidends*,' – Prock die aanvankelijk op gedempte toon had gesproken schreeuwde het nu bijna uit – 'dat iets zo *zinloos*, de dood van haar man tot gevolg heeft gehad. Wat vindt u daarvan, meneer Webster?' Nu weer op zachte toon. 'Wat vindt u daarvan?'

Webster voelde een stekende pijn in zijn rechterslaap. Hij had lopen ijsberen, maar nu bleef hij stilstaan en keek naar de grond. Toen hij met zijn hand zijn ogen sloot, zag hij in gedachten Gerstmann op zijn rug liggen, onberispelijk in zijn pak, zijn witte overhemd rood van het bloed.

'Ik begrijp u niet. Wat is er gebeurd?'

'U weet niet wat er is gebeurd? Ik dacht dat u precies wist wat er is gebeurd. Ik dacht dat dat uw baan was.' Het was even stil op de lijn. 'U weet het niet? Dan zal ik het u vertellen. Twee weken geleden hebt u zich aan Dimitri Gerstmann opgedrongen en hem gedwongen met u te praten. Vanochtend is hij in Boedapest vermoord. De rest zult u vast wel zelf kunnen bedenken. Ziet u, meneer Webster? U weet niet alles. Totaal niet. U weet helemaal niets. En wat u niet wist over Dimitri Gerstmann is hem noodlottig geworden. U bent degene die hem een duw heeft gegeven. Dat wilde ik u zeggen.'

Webster opende zijn ogen. Een groep hardlopers in training, allemaal met een volle rugzak, rende tegen het steilste deel van Primrose op, waarbij hun voeten weggleden in de modder. Asfaltpaden doorsneden het gras en waar ze elkaar kruisten stonden smeedijzeren lantaarnpalen, zwart en onbuigzaam. Zijn gedachten waren troebel, maar de wereld om hem heen was verontrustend helder. Hij voelde angst en schuld in zijn keel. Maar hoewel hij vreesde dat Prock op de een of andere manier gelijk had, bespeurde hij toch ook een licht gevoel van onrechtvaardigheid bij zichzelf.

'Het spijt me. We hebben nauwelijks een woord gewisseld.'

'Meer was er niet voor nodig.'

Er viel een stilte tussen hen.

'Ik kan u niet vervolgen,' zei Prock. 'Ik kan u niet aanklagen. Maar ik kan wel zorgen dat u het begrijpt. Ik laat uw geweten het werk doen. Vaarwel.' De verbinding was verbroken.

Webster voelde zich leeg. Hij keek achterom naar de speeltuin, nu van een paar honderd meter afstand en begon erheen te lopen, aarzelend, als iemand die net tegen de grond is geslagen.

Terwijl hij naar het hek liep zag hij Elsa op haar hurken naast Daniel zitten, die huilde. Elsa hield een zakdoek tegen zijn neus.

'Ach, daar ben je al,' zei Elsa. 'Wil jij het even overnemen? Nancy wil dat ik haar duw.' Ze stond op met Daniels handje in de hare. 'Wat is er aan de hand? Je ziet zo bleek.'

'Het spijt me, ik... Jezus, ik...'

'Wat is er?' Ze keek hem bezorgd aan.

'De man die ik in Berlijn heb opgezocht...' Hij aarzelde, niet goed wetend wat hij moest zeggen.

'De man die niet met je wilde praten?'

Webster knikte. 'Hij is dood. Dat was zijn compagnon. Hij wilde het me vertellen.'

'Jezus. Hoe is het gebeurd?'

'Dat heeft hij niet gezegd.'

'Kom hier.' Ze pakte zijn hand en trok hem naar zich toe; hij steunde een ogenblik met zijn hoofd tegen het hare. Daniel maakte een huilerig geluidje. 'Dat is een hele klap. Kom, laten we naar huis gaan. Je hebt een kop thee nodig.'

Hij boog zich een stukje achterover en keek haar aan. 'Bedankt, lieverd. Maar... ik moet eigenlijk naar Ike. Hij zei dat het mijn schuld was.'

'Ike?'

'Nee, jezus nee. De man die opbelde. Neem me niet kwalijk. Het is alleen dat... Hij scheen te denken dat hij nog in leven zou zijn als ik hem niet zou hebben bezocht.'

'Daniel, rustig nou maar – even geduld. Maar dat is onzin. Je weet niet eens hoe hij om het leven is gekomen.'

'Nee. Dat weet ik inderdaad niet. Ik moet met Ike praten. Neem me niet kwalijk. Ik... Red jij het hier in je eentje?'

'Natuurlijk. Waarom gaan we niet met de auto?'

'Het geeft niet. Ik denk dat ik ga lopen. Dus jij rooit het wel?'

Ze pakte opnieuw zijn hand. 'En wat als hij niet thuis is?'

'Hij is heus wel thuis.'

'Goed dan. Wees voorzichtig. En loop in godsnaam niet onder een rijdende vrachtauto.' Ze keek hem aan, pakte nog even zijn hand en liet hem toen los.

Het kost ongeveer een halfuur om van Primrose Hill naar Well Walk in Hampstead te lopen. Ondanks zijn dringende behoefte te begrijpen wat er was gebeurd, liep Webster langzaam, en hij deed er veertig minuten over. Hij wilde tot zichzelf zijn gekomen voordat hij bij Hammers huis aankwam en hij wilde een paar telefoontjes plegen. Onder het lopen gebruikte hij eerst zijn mobieltje om op het internet te zien of er al iets bekend was over Gerstmanns dood. Niets. Hij dacht dat de nieuwszenders het nu toch wel zouden hebben gemeld. Vervolgens belde hij Istvan in Boedapest en vroeg hem zo veel mogelijk te weten te komen van zijn voormalige collega's bij de politie. Hij belde mensen in Duitsland om te horen of het nieuws hen daar wel al had bereikt. Daarna probeerde hij te bedenken wie hij nog meer zou kunnen bellen, alsof hij, door zo veel mogelijk lijntjes uit te gooien, zijn kansen vergrootte op bewijzen te stuiten dat het niet zijn schuld was. Maar er was niemand anders. Hij zou gewoon moeten afwachten.

Procks theorie was natuurlijk niet steekhoudend. Als Gerstmann werkelijk iets zou hebben losgelaten, iets zou hebben onthuld, als hun gesprek geheim was geweest, als het op de een of andere manier enig belang zou hebben gehad, dan zou het misschien nog ergens op slaan. Gerstmann moest dingen hebben geweten – dat was per slot van rekening de reden geweest dat Webster met hem had willen spreken – maar genoeg om hem gevaarlijk te maken voor anderen? Dat leek zo onwaarschijnlijk. Deze groeiende ongerustheid was ook niet logisch, maar toch onmiskenbaar aanwezig. In gedachten zag hij hoe Gerstmann werd gevolgd door sinistere mannen in silhouet en hoe hij achtereenvolgens werd neergeschoten, gewurgd en vergiftigd en hoe zijn gebruinde huid verbleekte en verstrakte. Wat ongelooflijk stom van hem dat hij niet had beseft dat het geweld al zo nabij op de loer lag. Dat was natuurlijk wat Inessa's artikel hem duidelijk had moeten maken. Het was een voorteken dat hij bijna moedwillig had genegeerd.

Langzaam liep hij door steeds oudere, groenere straten naar Hampstead, de wereld om hem heen nog levendig in de opkomende schemering, de kleuren voller in het halfduister. Bij gebrek aan feiten, werd hij overspoeld door ideeën en beelden. Inessa die door geüniformeerde mannen uit haar hotelkamer werd gehaald, Gerstmann die door donkere, onbestemde gestaltes uit de zijne werd gesleurd. Ze hoorden bij elkaar, die verhalen; zij waren met elkaar verbonden.

Hammers huis leek te stralen tussen zijn buren. Het was een bakstenen bouwsel van vier verdiepingen, nog afgezien van het souterrain waar zijn huishoudster woonde; drie eeuwen oud en smal. De lichte metselspecie en de felrode bakstenen gaven het een bijna koloniaal voorkomen. De meeste vensters waren in panelen opgedeelde schuiframen, met uitzondering van een houten, wit geschilderde erker met drie puntige ojiefboogramen, die van de tweede verdieping uitstak boven de straat. Het huis was veel te groot voor Hammer, dacht Webster, die verzot was op de ligging en het daarbij behorende schitterende uitzicht op Londen en de City. In de laaglanden van Kensal Green zou dit als ware grandeur worden beschouwd. Hij had zich vaak afgevraagd of het hele huis werd gebruikt; hij vermoedde dat de ene kamer na de andere gewoon gevuld zou zijn met oude kranten en boeken over veldslagen. Zou Hammer wel eens een feestje geven? Zou hij gasten thuis ontvangen? Vast niet.

Webster gaf met de klopper een korte roffel op de deur. Hammer deed zelf open. Dat was vreemd, want Mary, zijn huishoudster, had gewoonlijk op maandag vrij. Dat viel Webster op en hij vroeg zich geërgerd af wat ervoor nodig zou zijn om zijn irritante gewoonte om onbenulligheden te registreren uit te schakelen.

'Ben. Kom binnen.' Hammer gaf een heel licht blijk van verbazing, een zweem van een frons. Webster was hem dankbaar voor zijn sobere begroeting. Hij hoefde niet te horen dat hij er beroerd uitzag of te worden gevraagd wat eraan scheelde. Hammer droeg een dik vaal beige vest met een sjaalkraag en had zijn bril op zijn voorhoofd. Hij ging Webster voor naar zijn studeerkamer.

Aan weerszijden van de open haard stond een fauteuil en naast de verste van de twee, op een laag tafeltje onder een goedkope leeslamp, lag een dik, gebonden boek, opengeslagen en omgekeerd. Langs de muren stonden overal boeken op oude eikenhouten planken en ook op de grond lagen boeken op hoge stapels. Daartussenin lagen lagere stapels kranten, periodieken en tijdschriften. In de haard was een vuur aangelegd maar niet aangestoken en het was koud in de kamer. Hammer ging in zijn stoel zitten en Webster nam, met zijn overjas nog aan, tegenover hem plaats.

'Waar zou je willen beginnen?' zei Hammer, zoals altijd de relevante vraag stellend. Webster vertelde Hammer van het telefoontje over Gerstmann en deed toen nogmaals, zo letterlijk mogelijk, verslag van wat ze in Berlijn hadden besproken; daarna vertelde hij waarvan Prock hem had beschuldigd; over Procks woede en zijn eigen pogingen erachter te komen of daar enige rechtvaardiging voor was; over de telefoontjes die hij had gepleegd met Berlijn en Boedapest. Het ordenen van zijn gedachten kalmeerde hem enigszins.

Toen hij was uitgesproken bleef Hammer een ogenblik zwijgend zitten. Hij zette zijn bril af en maakte met een lapje de glazen schoon.

'Mary is naar de winkel,' zei hij, terwijl hij zijn bril weer op zijn neus zette. 'We zitten zonder melk. Als ze terug is kunnen we thee drinken.' Hij keek Webster een poosje aan en zei toen: 'Laten we het eerst over jou hebben. Dan over de zaak.' Hij zette zijn bril weer af en legde die op het tafeltje naast zijn stoel. 'We komen er snel genoeg achter hoe hij is gestorven. Misschien was het geen moord. Maar als het dat wel was, dan zou de methode wel eens iets over het motief kunnen zeggen. Als hij door een vrouw is neergeknald is dat één ding; als hij met een paraplu is vergiftigd is dat iets anders. Aangenomen dat het laatste het geval is, wat heb jij daar dan mee te maken? Volgens Procks theorie schijnt Gerstmann iets gevaarlijks te hebben geweten en is hij vermoord door iemand die vreesde dat hij op het punt stond dat te onthullen. Aan jou. Of dat op termijn zou doen. Laten we er nu eens van uitgaan dat het waar is. Jij hebt die vent nauwelijks gesproken, dus degenen die hem hebben gedood waren al nerveus geworden. De veiligheidspal was er al af. Jouw rol is dus minimaal, toevallig bijna. Het had ook een journalist kunnen zijn, of de een of andere onderzoeker – of een toevallige ontmoeting die verkeerd werd geïnterpreteerd. Zoals die van jou, onbedoeld.' Hij leunde met zijn benen over elkaar geslagen achterover in zijn stoel en speelde met een potlood. 'Misschien waren ze sowieso al van plan hem te vermoorden. Dan ben jij op z'n hoogst de katalysator, maar niet de oorzaak, en lag de hele kwestie zo gevoelig dat je onmogelijk kon weten wat je teweegbracht. Als een landmijn met een defecte ontsteking – je kwam gewoon per ongeluk te dichtbij. Aangenomen natuurlijk dat jij überhaupt iets teweeg hebt gebracht.'

Hij wachtte even en keek Webster volkomen onbewogen aan. 'Jij hebt hem dus niet gedood. Dat is heel belangrijk, Ben. Ik bedoel niet alleen dat iemand anders hem heeft doodgestoken of doodgeschoten. Wat hem noodlottig is geworden maakte al jaren geleden deel uit van zijn leven.'

'Ik was veel te gretig en gedroeg me als een olifant in een porseleinkast. Uit eigenbelang. Ik heb het veroorzaakt.'

'Luister, ik heb je gezegd daarheen te gaan. Toch? Liever gisteren dan vandaag. En ik ga me niet schuldig voelen als blijkt dat Prock gelijk heeft. Iets wat we, tussen haakjes, waarschijnlijk nooit zeker zullen weten, want zo gaan die dingen nu eenmaal. En weet je waarom? Ik heb Dimitri Gerstmann niet voorgesteld aan Konstantin Malin. Ik heb hem niet overgehaald een baan aan te nemen die hem vanaf het moment dat hij die aannam in opspraak bracht. Ik heb hem niet aangepraat dat hij dat alles achter zich kon laten. Dat is wat hem heeft gedood.' Hammer glimlachte. 'Als dat tenminste was wat hem heeft gedood.'

Webster hoorde hoe een sleutel in het slot werd omgedraaid en op datzelfde moment ging zijn telefoon. Een anonieme beller. Hij keek Hammer aan en nam op.

'Hallo,' zei de stem aan de andere kant. 'Met Istvan.'

Webster bedekte de telefoon met zijn hand, vertelde Hammer wie hij aan de lijn had en verliet de kamer. Hij slaagde erin naar Mary te glimlachen toen hij haar in de gang passeerde en liep naar de eetkamer. Tien minuten later keerde hij terug naar Hammers studeerkamer en bracht verslag uit.

Om 2.37 uur 's nachts viel Dimitri Gerstmann van het dak van Hotel Gellért in Boedapest en hij was op slag dood. De doodsoorzaak stond nog niet formeel vast, maar een eerste oppervlakkig onderzoek deed vermoeden dat de val meteen ook de doodsoorzaak was. Hij had niet gelogeerd in het Gellért maar in het Four Seasons. Daar had hij op vrijdagochtend ingecheckt en zou hij dinsdag weer vertrekken – hij had voor die dag om 18.55 uur een vlucht terug naar Berlijn geboekt. Hij leek van het dak zelf te zijn gevallen en niet uit een van de kamers, hoewel dat nog door een onderzoek naar het aantal meters dat hij gevallen was moest worden bevestigd. De politie had op geen enkele van de plaatsen van waar hij gevallen kon zijn sporen van een gevecht aangetroffen. Niemand van het dienstdoende personeel herinnerde zich hem binnen te hebben zien komen; eigenlijk kon niemand zich herinneren hem in het hotel te hebben gezien. De gasten waren niet systematisch ondervraagd. Hij had geen briefje achtergelaten, maar hij had een halfuur voor zijn dood zijn vrouw via zijn BlackBerry een mailtje gestuurd. De boodschap luidde simpelweg: 'Vaarwel. Het spijt me. Dimitri.' Toen de Duitse politie, om ongeveer halfnegen 's ochtends Berlijnse tijd, mevrouw Gerstmann op de hoogte had gesteld van het overlijden van haar man, had ze zijn boodschap al ontvangen en geprobeerd hem via zijn telefoon en in het Four Seasons te bereiken. Ze had de

Duitse politie gewaarschuwd. De BlackBerry zelf was verpletterd in de zak van zijn jasje aangetroffen. Hij had een pak aangehad, maar geen overjas, ook al was het een koude nacht geweest.

'Waarom was hij daar?' vroeg Hammer.

'In Boedapest? Dat is niet helemaal duidelijk. De Duitsers hebben met zijn vrouw en met Prock gesproken maar ik vermoed dat er in de vertaling iets verloren is gegaan. Hij had twee klanten in Hongarije, een in Boedapest, de ander in Miskolc. Hij heeft vrijdag met een van hen gedineerd, maar met wie van de twee is niet duidelijk. In zijn agenda stonden afspraken genoteerd voor maandag en dinsdag, maar dat is alles wat ik ervan weet.'

'En wat heeft hij die avond gedaan?'

'Dat weten ze nog niet. Ze proberen nu zijn gangen na te gaan. Ik heb Istvan gevraagd een oogje in het zeil te houden.'

Ze zaten een ogenblik zwijgend bij elkaar. Webster realiseerde zich dat Hammers redenering, hoe vreemd dat ook mocht klinken, belangrijk voor hem was. Die hield de hoop op absolutie levend.

'Vind jij dat het riekt naar zelfmoord?' vroeg Hammer.

Webster zuchtte. 'Nee. Nee, dat vind ik niet. Is het voorstelbaar dat iemand een zelfmoordbrief per e-mail verstuurd? Het zal wel. Het ontbreken van de overjas is vreemd, maar als je toch van plan bent om een einde aan je leven te maken dan denk je daar niet aan. Ik weet het niet. Een hotel lijkt me gewoon een vreemde plaats om zoiets te doen. Waarom spring je niet gewoon uit je eigen raam?'

'Misschien vond hij de service in het Gellért verschrikkelijk.'

'Bedankt.'

'Sorry. Hoe zit het met hem? Was hij er het type voor?'

'Hij was niet bepaald het zonnetje in huis maar... ik weet het niet. Hij was in goede conditie. Dat was duidelijk te zien. Als iemand die regelmatig hardloopt of roeit of zoiets. Maar bovenal leek hij me gedreven. Vastberaden.'

'Gedeprimeerd?'

'In het geheel niet. Het was duidelijk dat hij ergens bang voor was en regelmatig achteromkeek, maar niet gedeprimeerd. Nee, daar ben ik tamelijk zeker van.'

Hammer kauwde op zijn potlood. Toen stond hij op, scharrelde wat rond bij de haard, vond een doosje lucifers en ging op zijn hurken zitten om het vuur aan te steken. Hij had maar één lucifer nodig om het opgerolde krantenpapier in brand te krijgen. Hij stond op en keek hoe het aanmaakhout begon te knisperen en vlam vatte.

'Dat had ik beter meteen kunnen doen toen je binnenkwam. Sorry. Wil je nu je jas uitdoen? Nee?' Terwijl hij weer plaatsnam in zijn stoel, leunde hij achterover en sloot zijn ogen. Zo bleef hij misschien wel een minuut zitten en toen keek hij Webster aan.

'Waarom was het jouw eigenbelang?'

'Wat?'

'Je zei dat je veel te gretig was. Waarom?'

Webster wendde zijn blik af, keek even naar het vuur, deed zijn horloge af en wreef over zijn pols. Dit was iets wat hij eigenlijk niet met Ike wilde bespreken, maar waarom, daar had hij eigenlijk nooit over nagedacht. Nu wist hij het: omdat het dwaasheid was en hij zich er een beetje voor schaamde.

'Het doet er niet toe.'

'Is het dat artikel?'

Webster knikte. 'Het was lastig om dat erbuiten te laten.'

Hammer wachtte tot Webster opkeek. 'Je maakt een denkfout. Je zult nooit weten wie haar heeft vermoord, tenzij iemand je dat vertelt. Was het Malin? Het is zeker niet uitgesloten, dat geef ik toe. Maar dat is verleden tijd. Het is te lang geleden. Je zult het nooit weten. Maar in dit geval – je zou sowieso toch bij Gerstmann langs zijn gegaan. Het is onze taak Malin kapot te maken, ongeacht wat hij tien jaar geleden heeft geflikt. Dat is de beste gerechtigheid waarop je kunt hopen.'

Webster hield zijn horloge in zijn handen en keek hoe de secondewijzer een rondje maakte voordat hij het weer om zijn pols deed, de gesp dichtdrukte en weer achterover ging zitten. Hammer vervolgde zijn relaas.

'Ik weet het ook niet hoor, maar ik zou vreemd opkijken als hij zelfmoord heeft gepleegd. In ieder geval hoef jij jezelf geen verwijten te maken, hoewel je dat toch zult doen, een poosje. Maar dat is niet belangrijk. Wel belangrijk is wat er met Lock gebeurt. Als jij Gerstmann in gevaar hebt gebracht, dan verkeert Lock waarschijnlijk ook in gevaar. En dat zal hij dan wel weten ook. Hij zal bang zijn. Misschien is dat wel de reden dat Gerstmann is vermoord. We hebben dus een keuze. Blijven we Lock onder druk zetten? Of laten we hem met rust, ook al zijn wij de beste kans die hij heeft om het er levend af te brengen?'

Tot op dat moment had Webster zich niet gerealiseerd dat dit natuurlijk was waar het gesprek op zou uitdraaien: zijn besluit om door te gaan met de zaak of er voorgoed een punt achter te zetten. Hij was hierheen gekomen omdat hij had willen horen dat hij niet schuldig was aan Gerstmanns dood. Aan zijn verantwoordelijkheid jegens Lock had hij geen moment gedacht.

Hammer wachtte geduldig op zijn reactie. Ik weet wat hij wil dat ik zeg, dacht Webster. Nooit opgeven. Maak af waaraan je bent begonnen.

'Ik denk dat we er maar beter mee kunnen kappen,' zei hij ten slotte. Hammer, wiens gezicht door het vuur werd verlicht, zei niets. 'Ik wil niet nog meer mijnen tot ontploffing brengen. We houden ons er verder buiten. Ik denk dat we hadden moeten inzien hoe groot deze zaak was. Het spijt me.'

Webster stond op, verontschuldigde zich nogmaals en liep de kamer en Hammers huis uit. Buiten was het inmiddels donker geworden. Hij begon aan zijn wandeling van vier of vijf kilometer, de heuvel af en dan in westelijke richting. Ze zouden zich er verder buiten houden. Er moest een einde komen aan deze roekeloze operatie, er waren al te veel slachtoffers gevallen.

Die nacht droomde Webster kortstondige akelige dromen zonder ontknoping. In eentje zat hij met Lock in een roeiboot op een smalle rivier die overschaduwd werd door het dichte gebladerte van loofbomen. Hij had de riemen vast en roeide met langzame, regelmatige halen terwijl Lock, die in een zwart pak en met een slap rood strikje om tegenover hem zat, vrolijk babbelde over zijn leven in de Zuidzee, alsof hij Stevenson of Gauguin was. Toen verstrakte Locks gezicht en greep hij de zijkanten van de boot vast; Webster voelde hoe hij achteroverkiepte toen de boot opeens langs een waterval omlaag stortte. Toen hij wakker werd was zijn hoofd nat van het zweet.

7

—

Na de dood van Gerstmann kwam Locks verbeelding weer op gang. Die was nooit bijzonder actief geweest, maar op een gegeven moment, in Rusland, had hij die, zonder dat hij het zelf in de gaten had, gewoon uitgeschakeld. Hij had haar nooit echt nodig gehad en evenmin gemist, maar toen hij erachter kwam wat Dimitri Gerstmann was overkomen kwam zij onbedwingbaar weer tot leven, hoezeer hij zich daar ook tegen verzette.

De film in zijn hoofd werd steeds weer in omgekeerde volgorde, in stadia, afgespeeld. Hij hoorde een gast schreeuwen. Hij zag hoe de piccolo's met koffers in hun hand stil bleven staan. Hij zag het geknakte lichaam uitgestrekt op het plaveisel voor het hotel, nog steeds onberispelijk gehuld in het zwarte pak. Hij hoorde de harde plof waarmee het lichaam tegen de grond smakte. Maar het meest levendig was het beeld van Gerstmann in de lucht, vallend, niet ver, hooguit twintig meter, misschien slechts een of twee seconden. Dat beeld had zich onwrikbaar in zijn hoofd vastgezet en hij vroeg zich af of zijn vriend, toen hij viel, zoals iedereen zou denken, zou beseffen dat zijn dood geen ongeluk was.

Toen hij, korte tijd later, op weg ging naar zijn wekelijkse ontmoeting met Malin, was dat het enige wat zich aan hem opdrong en voortdurend door zijn hoofd speelde. Hij had maar heel weinig te melden: uit de kranten die hij online had gelezen was hem alleen duidelijk geworden dat Dimitri een dodelijke val had gemaakt en dat er vermoed werd dat er alcohol in het spel was. De politie ging ervan uit dat het een geval van zelfmoord betrof. Lock niet.

Locks kantoor bevond zich op de Kozjevnitsjeski pereulok, aan de oever van de Moskwa, op drie kilometer afstand van het Kremlin en het ministerie voor Industrie en Energie. Iedere dinsdagavond stapte hij om kwart over zeven 's avonds de deur uit en dan reed zijn chauffeur hem naar het ministerie. Om acht uur stelde hij Malin op de hoogte van wat er de afgelopen week was voorgevallen, altijd in dezelfde volgorde: Gebeurtenissen, Mogelijkheden, Bedreigingen. Zo'n gesprek duurde een halfuur, soms drie kwartier. Ooit was er, voordat Malin de man was geworden die hij was geworden, een tijd geweest dat ze daarna gingen dineren, maar nu alweer heel wat jaren liet Lock zich gewoon terugrijden naar zijn huis.

Maar die avond had hij zin om te wandelen. Dat was niet gebruikelijk. Hij was geen wandelaar, en Moskou nodigde niet echt uit om een ommetje te maken. Maar na de hele dag te hebben zitten tobben had hij pijn in zijn rug en in zijn hoofd en verlangde hij naar frisse lucht en beweging. En hij moest nog een telefoontje plegen.

Hij liep naar de rivier, kwam uit bij de Novospasskibrug en liep langs de westoever in noordelijke richting. Het was beginnen te vriezen en hij merkte dat hij in zijn regenjas te dun gekleed was; hij versnelde zijn pas om warm te blijven. Naast hem stootten files auto's hun grijze uitlaatgassen de lucht in en aan de overkant van het water glommen de lage witte verdedigingswerken van het Novospasskiklooster oranje in het licht van de schaarse schijnwerpers achter kale, miezerige bomen. Maar de kou werkte opbeurend en Lock constateerde dat zelfs hij, op een avond als deze, als na de drukkende zomer de eerste kou zich over de stad uitspreidde, oog had voor de schoonheid ervan.

Hij pakte een van zijn telefoons uit zijn jaszak en zocht het nummer van zijn vader op. Vandaag was zijn verjaardag. Lock had hem eigenlijk vanochtend moeten bellen, maar had dat nagelaten. Op de een of andere manier vond hij het te onbeschaamd om zijn vader vanuit zijn kantoor op te bellen, alsof je vanuit het bed van je maîtresse naar huis belde.

Hij drukte op de beltoets en na een lange stilte ging de telefoon over.

'Hallo, met Everhart.'

'Van harte gefeliciteerd, vader. Met Richard.' Lock sprak Engels tegen zijn vader; zijn Nederlands was zelfs toen hij jong was al roestig.

'Dank je, Richard. Leuk dat je even belt.'

'Een kleine moeite. Hoe gaat het met je?'

'Met mij gaat het goed, dank je.' Everhart was door de telefoon altijd nogal kortaangebonden. Hij zag het louter als een apparaat om gegevens uit te wisselen, meer niet.

'Heb je mijn kaart ontvangen?'

'Jawel, bedankt nog.'

Er was een tijd geweest, toen hij nog niet zo lang vermogend was, dat Lock dure cadeaus kocht voor zijn vader: een horloge, een vulpen. Maar na het derde jaar had zijn vader hem gezegd dat hij niets nodig had en hem gevraagd daarmee te stoppen.

'Heb je een leuke dag gehad?' Locks hand, die was blootgesteld aan de noordenwind die over de rivier aan kwam stuiven, was al verstijfd van de kou.

'Ja. Ik ben naar Zandvoort gewandeld.'

'Toch niet heen en terug?' Zandvoort lag op bijna twintig kilometer afstand van Noordwijk.

'Ik ben teruggegaan met de bus. Het was een prachtige dag.'

'Mooi, fijn om dat te horen. En vanavond? Doe je vanavond nog wat?'

'Maartje komt voor me koken.' Maartje woonde in Noordwijk. Lock had de indruk dat zij en zijn vader veel met elkaar omgingen.

'Leuk. Nou ja, een fijne verjaardag nog.'

'Bedankt voor je telefoontje, Richard. Dag.'

'Dag.'

Even voelde Lock iets van de treurigheid die nog altijd bezit van hem nam als zij elkaar spraken. Hij had geen idee of het telefoongesprekje dat hij zojuist had gevoerd zijn vader genoegen had gedaan of hem ook een gevoel van droefenis had bezorgd. Het was die onwetendheid die het zo vermoeiend maakte.

Maar het was niet voldoende om hem af te leiden van wat hem al de hele dag had beziggehouden: Gerstmann en Malin. Veel vragen drongen zich aan hem op, maar eentje keerde steeds in zijn gedachten terug. Waarom zou hij Gerstmann dood willen? Waarom zou Malin, die zoveel macht had, die zo veilig in Rusland zat, zijn vroegere ondergeschikte hebben willen liquideren? Dimitri was jaren geleden vertrokken en had nooit iets gedaan dat erop wees dat hij een bedreiging vormde. Daar was hij te intelligent voor.

Toen hij na twintig minuten met een gezicht dat pijn deed van de kou, de rivier overstak, kwam de onneembare rode muur van het Kremlin in zicht. Een groot deel van Moskou leek gefortificeerd. De hele stad deed denken aan een kasteel, met het Kremlin als vesting en de rest een uitgestrekte hof vol boeren die hun aanhankelijkheid kwamen betuigen. Misschien, dacht hij, in weerwil van het knagende gevoel in zijn maag, heeft Malin er wel helemaal niets mee te maken. Per slot van rekening wist niemand precies wat Dimitri in Berlijn te zoeken had gehad; hij had daar genoeg tijd gehad om vijanden te maken. Tegen de tijd dat Lock aankwam op het ministerie, een volkomen nietszeggend gebouw achter de gapende leegte waar ooit het Rossiya Hotel had gestaan, had hij zichzelf ervan overtuigd dat het voor Malin geen enkele zin had om Gerstmann te doden. Het was niet rationeel en Malin was altijd rationeel.

In de lobby vertelde hij een bewaker achter een glazen scherm wat hij kwam doen en toonde hij zijn paspoort. Hij stapte door een detectiepoortje en werd door een andere bewaker naar Malins kantoor gebracht. Eerst twee trappen op en dan door een brede kale gang. Hij kende de bewaker en alle bewakers kenden hem.

Hij was iets te vroeg. Hij ging op zijn gebruikelijke plek zitten in de wachtkamer van het kantoor, wachtte en maakte een praatje met Malins secretaresse. Om vijf voor halfnegen ging Malins deur open en een tengere, pienter uitziende man kwam met een koffertje in zijn hand naar buiten. Hij liep enigszins gebogen en zijn nek leek opmerkelijk gespannen alsof het hem moeite kostte zijn hoofd omhoog te houden.

'Alexei.'

'Richard.' Ze schudden elkaar de hand. Dit was Alexei Tsjekanov, Locks evenknie. Wat Lock voor het buitenland was, was Tsjekanov voor Rusland. Hij behartigde Malins belangen daar; hij had geen titel, maar in feite was hij de president-directeur van Malin Enterprises ZAO. Gedurende jarenlange observatie was Lock erachter gekomen – het was hem nooit met zoveel woorden uitgelegd – dat Tsjekanov het geld in Rusland voor Malin verdiende en controleerde hoe dat geld werd belegd. Als een buitenlandse oliemaatschappij zich blauw betaalde aan een exploratievergunning, bepaalde Tsjekanov de prijs en onderhandelde over de voorwaarden. Als de opbrengsten daarvan moesten worden geïnvesteerd, zorgde Tsjekanov ervoor dat het verstandig gebeurde. Als het met die investering de verkeerde kant uit dreigde te gaan, was hij degene die daar een stokje voor stak. Hij was een veel belangrijker man dan Lock, maar had de beleefdheid hem als gelijke te behandelen.

'Dat was een hele zit,' zei Lock. 'Hoe gaat het met hem?'

'We hadden heel wat te bespreken. Dit is een drukke tijd.'

'En met jou? Met jou ook alles goed, mag ik hopen?'

'Ja, alles is in orde. We moeten elkaar binnenkort zien. Er zijn een aantal dingen die we moeten bespreken.'

'Iets interessants?'

'Het is altijd interessant. Een bedrijf in Bulgarije. Misschien iets in Kazachstan dat we zouden kunnen verkopen. We zullen zien.'

'Oké. Bel me maar op.'

'Prima. Je kunt beter gaan.'

'Inderdaad. Leuk je te zien, Alexei.'

Lock stak een beetje klungelig zijn hand uit en Tsjekanov schudde die opnieuw. Hij klopte zacht op Malins deur en ging naar binnen. Het was geen groot of weelderig ingericht kantoor. Malin zat in wat papieren te lezen die uitgespreid lagen op zijn bureau, dat verder leeg was: een glas water, een rijtje pennen, geen computer. Aan de muur achter het bureau hingen twee foto's: op de ene stond hij handen te schudden met Jeltsin, op de andere met Poetin. In een derde lijst hing de Orde van Verdienste voor het Vaderland, een ster met acht punten met een twee-koppige gouden adelaar in het midden.

'Goedenavond, Richard.' Malin keek niet op. 'Ga zitten, alsjeblieft.'

Lock keek naar Malin terwijl hij zat te lezen. Was dit een slecht mens? Wat ging er schuil achter die uitdrukkingsloze ogen? Duisternis? Kille haat? Efficiëntie, dacht Lock. Absolute gedrevenheid om een gesteld doel te bereiken. Welk doel, daar was hij nooit achter gekomen.

Malin hield op met lezen en legde het document een stukje terzijde.

'Hoe gaat het met je, Richard?'

'Met mij goed, dank je. Een beetje geschrokken. Dat begrijp je. Maar verder goed.'

'Het was een grote schok. Hij was nog veel te jong om te sterven. Het is nooit plezierig als zoiets gebeurt.' Malin was even stil en keek naar Lock, die onwillekeurig zijn ogen neersloeg. 'Na gisteren heb ik niets meer gehoord.'

'Ik heb niet veel kunnen ontdekken, vrees ik. Hij is klaarblijkelijk van het dak van het Gellért Hotel in Boedapest gevallen. De politie denkt dat het zelfmoord was. Veel meer weet ik eerlijk gezegd niet. Ik wacht op een telefoontje van kolonel Basjaev.'

Malin dacht daar een ogenblik over na.

'Als Dimitri één tekortkoming had, dan was dat wel zijn emotionele benadering van de zakenwereld. Hij was emotioneel in alles wat hij deed.'

Lock wist niet wat hij moest zeggen. Dit leek onbillijk tegenover Gerstmann, die nu juist altijd de indruk had gewekt een onverbeterlijke rationalist te zijn.

'Heb je bloemen gestuurd?' vroeg Malin.

'Ja,' zei Lock. 'Naar zijn kantoor.'

'Goed. Goed. Ik vond het jammer toen ik Dimitri kwijtraakte. Hij was een goede kracht. Maar in zaken is het belangrijk dat je je hoofd koel houdt en dat deed hij niet altijd. Nee, dat deed hij niet.' Malin schudde licht zijn hoofd in een gebaar van bestudeerde spijt. 'Daar moet je altijd goed aan denken, Richard, vooral nu.'

Malins blik leek te versomberen. Lock, die heel even met zijn gedachten ergens anders was, kon uiteindelijk alleen antwoorden met een zwak: 'Ja.'

'Begrijp je wat ik bedoel?'

'Ik begrijp het. Dat weet je.'

'Dat weet ik inderdaad.' Malin liet Lock nog een seconde of twee in zijn sop gaarkoken en vroeg toen: 'Wanneer is Parijs?'

Parijs. God, hij had helemaal niet meer aan Parijs gedacht. Een dag of twee liegen onder ede. Met publiek erbij.

'Dat is volgende week. Ik ga morgen naar Londen om het nog een laatste keer door te nemen met Kesler.'

'Hoe gaat het met meneer Kesler?'

'Goed, neem ik aan.' Hij had de voorgaande week drie keer met Kesler gesproken, elke keer om te praten over nieuw materiaal dat moest worden doorgenomen voor hij zijn getuigenis aflegde. Eigenlijk begon Kesler, voor het eerst sinds Lock hem had leren kennen, geïrriteerd te klinken; zijn laatste woorden waren dat hij nog heel wat werk te verrichten had in Londen. Had hij dat letterlijk zo tegen Malin gezegd? 'Hij schijnt te denken dat we de rechter ervan kunnen overtuigen dat Tourna's vordering niet ontvankelijk is. Laten we hopen dat hij gelijk krijgt.'

'Maar verwacht hij dat jou naar de feiten zal worden gevraagd?'

'Dat zit er dik in, ja.'

'En jouw standpunt zal zijn dat ik niet besta?'

'Ons standpunt – mijn standpunt zal zijn dat ik eigenaar ben van Faringdon.'

Malin bracht een zacht geluid ten gehore, iets wat het midden hield tussen snuiven en kreunen.

'Hoe ben je eraan gekomen?'

'Aan Faringdon? Tja, je kunt via de maatschappijen terug in de tijd het ontstaan traceren, helemaal terug tot aan Arctec. Mijn naam staat overal onder. Ogenschijnlijk is de hele boel van mij en dat altijd geweest.'

Malin plantte zijn ellebogen op het bureau, sloeg zijn handen in elkaar en liet zijn kin erop rusten. Hij dacht een ogenblik na.

'Dat maakt jou tot een groot man in Rusland.'

'Ze kunnen niet bewijzen dat ik dat niet ben.' Lock wist wat hij bedoelde. Wie zou zoiets geloven? 'Daar gaat het om.'

'Goed. Oké. Nog nieuws over Tourna?'

'Niets belangwekkends. Ik spreek de jongens in Londen volgende week. Basjaev heeft beloofd bij mijn terugkeer met iets goeds op de proppen te komen.'

'Het zou prettig zijn als je iets in handen had vóór Parijs.'

Malin kneep met zijn duimen in de huid van zijn kin. Toen leunde hij achterover en keek Lock doordringend aan. 'Je hebt hier hard voor gewerkt, Richard, een lange tijd, maar dat kan in één ogenblik teniet worden gedaan. Een heel leven kan ongedaan worden gemaakt. Dat geldt zowel voor jou als voor mij.'

Lock antwoordde niet.

'Ik denk dat dit alles is voor nu, Richard. Concentreer je op Parijs. Laat je niet door de dood van Dimitri van de wijs brengen.'

Lock zei dat hij dat niet zou doen, stond op uit zijn stoel, stemde erin toe zich over twee weken weer bij Malin te melden en vertrok. Toen hij het kantoor uit liep, voelde hij Malins ogen in zijn rug prikken en er ging een koude rilling door hem heen. Een ongedaan gemaakt leven.

Basjaev belde Lock de volgende ochtend op kantoor op. Hij bevestigde wat Lock al wist en voegde er een paar nieuwe, schokkende details aan toe. Een lijkschouwing had aan het licht gebracht dat Gerstmann een alcoholpromillage in zijn lijf had van 0,4 procent, voldoende om hem ongeveer bewusteloos te maken. Rond middernacht, ongeveer twee uur voordat hij stierf, was hij gesignaleerd in The Black Cat, een homobar op tien minuten lopen van het Gellért. Hij had een bezeten indruk gemaakt: 'buiten zichzelf' volgens een getuige. Hij was alleen geweest. De politie had niet kunnen vaststellen hoe laat hij de bar had verlaten of wat hij had gedaan tussen zijn vertrek daar en zijn aankomst in het Gellért. Vijf minuten voordat hij sprong had hij zijn vrouw een zelfmoordbriefje gemaild. De politie was er nu van overtuigd dat zijn dood een zelfmoordgeval of een noodlottig ongeluk was en deed geen verdere naspeuringen.

Voor Lock, die een lange nacht had liggen tobben over Malins woorden en zichzelf ervan had overtuigd dat hij nu onmisbaarder was dan ooit, was dit nieuws onbestaanbaar. Dimitri dronk niet. Nooit gedaan ook. Lock had hem zelfs nog nooit een biertje zien drinken. Daar was hij binnen Malins team vermaard om. Zou hij homo kunnen zijn geweest? Hij had zich in Moskou nooit thuis gevoeld, dat was waar: steeds als Lock hem daar had gezien, had men hem geplaagd omdat hij altijd heen en weer rende, om zijn onberispelijke pakken en omdat hij geen wodka dronk. Lock stelde zich voor dat anderen die Gerstmann hadden gekend instemmend zouden knikken als ze het nieuws hoorden en zich erop zouden beroepen dat ze het altijd al hadden geweten. Maar hij en Nina leken oprecht van elkaar te houden. Ze waren heel dik met elkaar, ongedwongen – Lock had het zelf gezien. Zou je dat kunnen veinzen?

Uiteindelijk, dacht Lock, ben ik niet fijnbesnaard genoeg om dit te doorgronden. Wat ik wel weet is dat er maar weinig dingen in Rusland per ongeluk gebeuren. Zo stom ben ik ook weer niet. En ik kan niet simpelweg wachten tot mij iets overkomt.

Die avond, voordat hij naar Londen en Parijs vertrok, nam Lock Oksana mee uit eten in Café Poesjkin. Toen hij op weg was om haar te ontmoeten, schoot hem iets te binnen dat Kesler hem had gevraagd: als je zou willen bewijzen dat Malin corrupt is, waar zou je dan gaan zoeken? Daar ging het zonder twijfel allemaal om. Als Malin opdracht had gegeven om Gerstmann te vermoorden, dan was dat niet omdat hij bezwaar maakte tegen zijn drankgewoonten of zijn seksuele geaardheid. Gerstmann moest iets hebben geweten. Zoveel was duidelijk.

Wat minder duidelijk was, was hoeveel Lock zelf eigenlijk wist; en nog onduidelijker was wat Malin dacht dat hij wist. Minder dan Gerstmann, toch zeker? Misschien ook niet. Misschien wist hij allerlei dingen maar begreep hij alleen niet wat de betekenis ervan was. Als dat het geval was, dan zou hij ook zomaar tegen een ongeluk kunnen op lopen. Na al die jaren door anderen te zijn geregeerd, was hij niet van plan zo machteloos aan zijn einde te komen. Hij had dus een keuze: hij kon Malin laten blijken dat hij geen bedreiging vormde, of hij kon uiteindelijk toch een bedreiging worden.

Zijn auto stond in de file op Tverskaja. Hij keek uit het raampje naar de schoenendoosachtige Lada's en de logge Zils om hem heen; zelfs in zijn eigen BMW stonk het naar benzinedampen. Wat zou een Rus doen? Een Rus deed nooit iets om één enkele reden. Dat was een belangrijk principe. En hij liet nooit het achterste van zijn tong zien. Hij had twee gezichten: het ene toonde hij de wereld en het andere hield hij verborgen. Lock had die truc nooit onder de knie gekregen. Als zijn Russische collega's hadden gelachen om Gerstmanns zwakheid, dan zouden ze vast en zeker nog steeds lachen om Locks naïviteit. Maar misschien was dat nu juist iets waar hij op eenvoudige wijze zijn voordeel mee kon doen. Als hij Malin ervan kon overtuigen dat hij ongevaarlijk was terwijl hij alle kennis die hij had verzamelde, zou dat misschien wel zo verstandig zijn. Een dossier. Dat had hij nodig. Dat deden mensen in zijn positie, die stelden in het geheim een dossier op, dat in stelling kon worden gebracht wanneer dat nodig mocht zijn – met een beetje mazzel misschien wel nooit. Trouwens, wat had hij anders, afgezien van wat hij wist?

Lock voelde nieuwe energie door zijn lichaam stromen. Hij had een idee gehad: voor het eerst in jaren een positief idee aangaande zijn eigen lot. Nu moest hij alleen nog maar de moed verzamelen om het in daden om te zetten.

Café Poesjkin was ingericht als een luxueus Russisch herenhuis uit de eerste twintig jaar van de negentiende eeuw. Het was pietluttig, overdreven authentiek: gigantische verweerde flagstones op de grond en overal langs de wanden houten lambrisering. De garderobe in de kelder was naar behoren vochtig. In de bibliotheek, op de eerste verdieping, waar Lock zijn tafeltje had gereserveerd, en waar echte eikenhouten boekenkasten gevuld waren met echte Russische boeken, stonden, voor reusachtige erkerramen, een koperen telescoop en een victoriaanse wereldbol, alsof de eigenaar van het huis, wellicht een amateurwetenschapper, alleen even naar buiten was gegaan en je had uitgenodigd om tijdens zijn afwezigheid je kennis te verrijken. Aan de gebroken witte wanden hingen koperen muurlampen die elektrisch kaarslicht verspreidden. Lock vond het hier prettig omdat er zich tussen de trendy Russen, die hier al meer dan tien jaar kwamen, ook toeristen bevonden en zelfs Moskovieten uit de middenklasse die iets te vieren hadden. Het restaurant ademde een democratische sfeer die in grote delen van Moskou ver te zoeken was.

Het kostte hen een poosje voordat ze zijn reservering hadden gevonden, maar uiteindelijk kwam het altijd goed. Hij wachtte geduldig terwijl zijn serveerster, gekleed in een bordeauxrood vest en schort, die langzaam uit de computer opdiepte, een lelijk anachronisme in het warme licht. Ten slotte ging hij zitten en bestelde een gin-tonic. Oksana was natuurlijk weer te laat. Hij bestudeerde de menukaart: Russische gerechten: blini's, pelmeni, soljanka, borsjt, kaviaar, steur, stroganoff. Zoals altijd zou hij weer de soljanka bestellen en daarna misschien wat eend. Zijn drankje werd gebracht en hij schonk een klein beetje tonic in het glas: als water bij de wijn, dacht hij.

Als hij zijn vlucht zou overboeken naar diezelfde avond, kon hij morgen al aan zijn dossier beginnen. Hij hoefde alleen maar alles van het netwerk te downloaden. Dat zou waarschijnlijk op één usb-stick passen – hooguit op twee. Dat zou natuurlijk worden geregistreerd, maar hij was de beheerder van het systeem en al die tijd dat hij voor Malin werkte had niemand het nog geïnspecteerd. En hij kon altijd zeggen dat hij alles mee moest nemen naar Londen en Parijs. Hij zou er een of twee kopieën van moeten maken en die op geheime maar toegankelijke plekken verstoppen. Een in Moskou en een in Londen wellicht. Hij zou er een bij Marina kunnen onderbrengen. Als dit een van die thrillers was die hij soms met matige interesse las, dacht hij, dan zou ik die toevertrouwen aan mijn advocaat en hem opdracht geven alles te publiceren als mij iets mocht overkomen, maar ik heb geen advocaat en zelfs als ik er wel een had, zou niemand dat kleine beetje wat ik weet willen publiceren. We zouden het altijd nog in eigen beheer kunnen uitgeven. Hij glimlachte bij die gedachte, vroeg zich af of Oksana nog lang op zich zou laten wachten en bestelde nog een drankje.

Dat is het probleem met dit plan, dacht hij. Mijn waarde voor Malin berust uitsluitend op het feit dat ik niet hem ben. Eigenlijk weet ik maar weinig. Ik ben niet belangrijk genoeg om dingen te weten. Het enige vernietigende feit dat mij bekend is, is dat ik een oplichter ben, maar dat is op zichzelf niet voldoende om Malin ten val te brengen. En de bittere ironie is dat Malin dat waarschijnlijk niet weet – of zich niet kan veroorloven dat te geloven. Hij denkt dat ik veel gevaarlijker ben dan ik ben.

Zijn tweede drankje werd gebracht. Hij keek op zijn horloge. Twintig over. Oksana kon nog wel twintig minuten op zich laten wachten. Hij nipte van zijn gin en probeerde zich te herinneren wat zij die dag had gedaan; er was iets op de universiteit. Hij slaagde er niet in zich het hoe en wat te herinneren en concentreerde zich weer op zijn project. Hoe kwam hij erachter hoe Malin stal? Lange tijd dacht hij daarover na zonder dat hem ook maar iets te binnen schoot. God, dacht hij: ik ben een spion van niks.

Toen hij zijn hoofd achterover hield om zijn glas leeg te drinken zag hij Oksana binnenkomen, statig in het zwart, een kop groter dan de serveerster die haar voorging naar het tafeltje. Even ging de gedachte door zijn hoofd dat zij een volmaakte medeplichtige zou zijn. Ze was zelfverzekerdheid en koelbloedig genoeg voor hen allebei. Hij stond op om haar te begroeten en ze kusten elkaar. Omdat hij een lege maag had gaf de gin hem een warm en een beetje een draaierig gevoel. Hij bestelde een wodka voor Oksana. Ze keek om zich heen en nam ruimschoots de tijd om zich op haar stoel te installeren; ze leek ergens door in beslag genomen. Met haar lange nagels, die donkerrood gelakt waren roffelde ze op het tafelblad.

'Je ziet er schitterend uit.'

'Dank je, Richard. Dit is een goed tafeltje.'

'Uiteraard. Hoe was het vandaag?'

'Hm. Niet zo goed. Onvoorstelbaar, eerlijk gezegd. Die borrel heb ik nodig.' Ze keek om zich heen waar de serveerster bleef.

'Ze komt zo. Wat scheelt eraan?'

'Niets.' Ze keek hem aan maar wendde bijna onmiddellijk haar blik weer af. 'Gewoon een rotdag.'

'Vertel op.'

Ze zuchtte. 'Goed dan. Jezus, het is dat ettertje van een Kovaltsjik. Ik had vandaag toch een gesprek met hem, weet je nog?' Lock knikte ernstig. 'Ik had hem sinds de zomer niet meer gezien, niet sinds ik besloot die hoofdstukken over de Goelag toe te voegen. Terwijl we het plan doornemen, zegt hij opeens dat de Goelag geen "zinvol" onderzoeksterrein is. Daar hebben blijkbaar al te veel mensen over geschreven. Academische verzadiging. Maar je kunt wel schrijven over... aha, eindelijk. Breng me er nog maar eentje, alsjeblieft.' Ze pakte het borrelglaasje, hield het naar Lock omhoog en sloeg het achterover. 'Je kunt niet schrijven over repressie zonder de Goelag te noemen. Honderdduizenden mensen zijn hun leven – als je het een leven kunt noemen – zijn hun leven begonnen in Kazachstan omdat ze naar de Goelags waren gestuurd. Idioot.' Ze speelde met haar lege glas. 'Idioot.'

Lock wachtte een ogenblik om te zien of ze uitgesproken was. Zou hij zijn plan niet met haar kunnen bespreken? Zij kwam uit Almaty. Zij was min of meer een buitenlandse. 'En wat heeft dat tot gevolg?'

'Dat heeft tot gevolg dat ik terug moet vallen op mijn oorspronkelijke plan en alles wat ik de afgelopen drie maanden heb gedaan kan wegsmijten. Of ik ga gewoon door, met het risico dat hij me laat zakken.'

'Zou hij dat echt doen?' Hij zou met haar moeten praten. Zij zou het verschil kunnen maken tussen het doen en er tot in de eeuwigheid over denken om het te doen. Als ze was uitgepraat over Kozlovski of hoe die vent ook mocht heten, dan zou hij eens een balletje opgooien.

'O ja. Nou en of hij dat zou. Hij is een akelige klootzak.'

'Tegenover wie moet hij zich verantwoorden?'

Oksana lachte heel even hard. 'Zou ik dan kunnen zorgen dat hij wordt ontslagen?'

'Nee, dat bedoel ik niet. Is er niemand bij wie je in beroep kunt gaan? Is er niemand die eens met hem kan gaan praten?'

'Hij is mijn hoogleraar. Als ik hem afzeik, krijg ik heus geen ander toegewezen.' Ze was opgehouden met friemelen en keek hem aan met een kilheid die hem niet aanstond. 'Niet ieder probleem kan worden opgelost door er een grotere bullebak bij te halen, Richard. Zelfs niet in Rusland. Dat zou je moeten begrijpen.'

'Wat bedoel je daarmee te zeggen?'

'Ik weet wie jij bent, Richard. Je hebt zelf een hoogst onaangename baas.'

'Ik kan je niet volgen.'

'Doet er niet toe. Laten we gewoon een lekker hapje eten zoals we altijd doen. Dan kun jij doen alsof je je interesseert voor mijn scriptie.'

'Ik bén geïnteresseerd in jouw scriptie.'

Ze lachte opnieuw. 'Weet je, toen ik jou pas had ontmoet vond ik je aardig. Wij hebben een regeling, dat weet ik, maar ik vond je aardig. Dit is nu eens een man, dacht ik, die dingen weet, een man bij wie niet alles alleen maar om geld draait. Dit is een man met zelfrespect. En dan zie ik de kranten en lees ik wat jij doet. Voor die proleet. Dat doet me verdriet, Richard. Ik kan je niet zeggen hoezeer. Je had meer moeten zijn dan dit.'

Ze keek hem heel even boos aan en stond toen op.

'Het spijt me, Richard. Ik wilde niet door jou worden teleurgesteld. Als ik je nog iets schuldig ben, laat me dat dan maar weten.'

Lock keek haar na toen ze wegliep, zonder een spoor van emotie in haar gelijkmatige tred. De serveerster verscheen en zette de nieuwe drankjes op tafel. Lock sloeg Oksana's wodka in één teug achterover en staarde een poosje naar de lege plek waar ze had gezeten.

'Mijn naam is Richard Lock.'

'Dank u, meneer Lock. En kunt u ons vertellen in welke hoedanigheid u hier vandaag verschijnt?'

'Ik ben hier als vertegenwoordiger van Faringdon Holdings, een van de bedrijven in de door meneer Tourna ingediende aanklacht.'

'Heel goed. Laat ik beginnen met een paar inleidende vragen. Wat doet Faringdon precies, meneer Lock?'

'Faringdon is een particuliere energiemaatschappij die investeert in olie en gas in de voormalige Sovjet-Unie. We hebben hoofdzakelijk belangen in bedrijven in Rusland en Kazachstan.'

'En wat is de omzet van de groep?'

'Dat is commercieel vertrouwelijke informatie. Ik geef er de voorkeur aan die vraag niet te beantwoorden.'

Aan het uiteinde van de tafel zat Kesler, die een goedkeurend knikje gaf.

Tegenover Lock vervolgde Griffin: 'En wat is uw rol in die maatschappij, meneer Lock?'

'Ik ben aandeelhouder.'

'De enige aandeelhouder?'

'Ik geef er de voorkeur aan die vraag niet te beantwoorden. Ik heb een meerderheidsbelang in de maatschappij. Het aandelenpakket is verdeeld over diverse buitenlandse bedrijven om mijn belastingverplichtingen zo veel mogelijk te minimaliseren.'

'Legitiem te minimaliseren,' zei Kesler.

'Pardon, om mijn belastingverplichtingen legitiem te minimaliseren. Ik zie niet in wat de relevantie van de exacte structuur van het aandelenkapitaal is met betrekking tot de eis van meneer Tourna. Ik heb een meerderheidsaandeel en ik ben gemachtigd om namens alle aandeelhouders te spreken.'

'Goed,' zei Kesler. 'Oké. Zo begint het waarschijnlijk. Als ik Greene was, zou ik je loopbaan natrekken, de oprichting van Faringdon, hoe het bedrijf is gegroeid. Ik zou de beschuldigingen tot het laatst bewaren. Zo zal hij het waarschijnlijk aanpakken. Het belangrijkste is dat je je niet laat vastpinnen op het eigenaarschap, en niet op de financiering. Houd je aan het betoog zoals wij dat hebben opgesteld. Laten we het nu over de achtergronden hebben. De aanklacht kunnen we morgen doornemen. Lawrence, ga door, alsjeblieft.'

Het was vrijdag en Lock was terug in het kantoor van Bryson Joyce en dronk zijn tweede kopje smakeloze koffie. Hij, Kesler en Griffin zaten rond een tafel in een kleine, warme vergaderkamer. Donderdag was de laatste repetitie geweest; vandaag en morgen, nagespeelde ondervraging; maandag, Parijs. Hij was liever ergens anders geweest. Hij ergerde zich aan Kesler. Die stelde zich nu openlijk kritisch op. Hij is de tot wanhoop gedreven theateragent die zich opgescheept weet met het talentloze liefje van een gangster, dacht Lock. Bij iedere fout die Lock maakte voelde hij zich minder een cliënt en meer een blok aan het been. Als deze oefening was bedoeld om zijn zelfvertrouwen op te krikken dan leek dat gedoemd te mislukken.

Maar ja, in ieder geval was het werk, en in ieder geval was het Londen, en die twee omstandigheden hielpen hem zijn gedachten af te leiden van Oksana. Het verbaasde hem dat haar verlies hem zo diep raakte; hij had verwacht dat het einde van hun relatie hem minder zou aangrijpen. Maar wat hem natuurlijk veel meer kwetste was dat ze gelijk had, net zoals Marina dat had gehad, en dat ze zo ongezouten tegen hem was uitgevaren, wat Marina dan weer niet had gedaan.

'Welnu, meneer Lock. Zou u dan nu zo vriendelijk willen zijn ons een beeld te schetsen van uw carrière tot op heden? Het zou prettig zijn om te weten hoe u naar Rusland bent gekomen en wat u daar hebt gedaan.'

Het probleem is, dacht Lock, dat Griffin veel te beleefd is. Zou het er maandag ook zo beschaafd aan toe gaan? Het was toch niet waarschijnlijk dat Lionel Greene het zo ver had geschopt door als een parochiepriester zijn getuigen toe te spreken. Maar toen Lock zijn antwoorden nog eens doornam kon het hem niet zoveel meer schelen. Al met al zou hij maar één keer door de mangel worden gehaald.

En zo verstreek de dag. Griffin stelde keurige vragen en Lock gaf keurige antwoorden. Na een uur of wat was Locks mond droog en was hij zich erg bewust van de vlakke, monotonie van zijn stem. Zo zou het twee dagen lang gaan.

'En hoe beschouwt u zichzelf, meneer Lock? In zakelijk opzicht.' Griffin leek het leuk te vinden om hem met meneer Lock aan te spreken.

'Hoe bedoelt u?'

'Ik bedoel, wat voor type zakenman bent u?'

'Ik ben een particuliere belegger in aandelen. Ik investeer in particuliere ondernemingen in elk stadium van hun bestaan. Gewoonlijk kies ik voor een meerderheidsbelang. Terwijl ik mijn investeringen bewaak

werk ik samen met de leiding van het bedrijf om de waarde te optima-
liseren.' Allemaal volgens een uitgeschreven scenario dat weinig of niets
prijsgaf.

Tijdens lunchtijd verliet Lock Brysons kantoor en liep naar het Barbican
dat schaamteloos boven de City uittorende als relikwie van een vreemde
en oude beschaving. Hij stak een sigaret op, had er onmiddellijk spijt
van en maakte hem weer uit. Het was een grijze, warme dag. Hij belde
Marina op – hij had haar eigenlijk gisteren zullen bellen, maar toen
wilde hij liever met niemand praten. Een doordringende, verwarde, di-
gitale kreet klonk en toen was de verbinding weer verbroken. Hij probeerde het nog eens en werd rechtstreeks doorverbonden met haar voicemail.

'Hallo, met mij. Ik ben gisteravond aangekomen. Wil je me even bellen... Ik zou het leuk vinden om met je uit eten te gaan. Zou morgen
schikken? Ik heb nagedacht over wat je zei toen ik de vorige keer hier
was. Dikke kus voor Vika.' Het gaf hem een vreemd gevoel om na al
die tijd met Kesler weer over gewone dingen te praten. Met tegenzin
keerde hij terug naar het kantoor, waar het spervuur werd voortgezet.

'Zou u ons een beeld kunnen schetsen van uw relatie met Konstantin
Malin?'

'Ik ken hem. Iedereen die zich bezighoudt met Russische energievoor-
ziening kent hem.'

'Zou u zeggen dat hij een vriend van u is?'

'Een goede kennis, zou ik zeggen.' Die term was van Kesler afkomstig.

'Aha. U hebt meneer Malin dus ontmoet?'

'Natuurlijk, een aantal keren.'

'Hebt u ooit zaken met elkaar gedaan?'

'Persoonlijk niet, nee. Faringdon doet heel wat zaken met het ministerie voor Industrie en Energie waar meneer Malin werkt.'

'Faringdon heeft dus nooit geprofiteerd van een hechte relatie met
meneer Malin?'

'Absoluut niet.'

'Meent u dat werkelijk? Uw paden lijken elkaar wel degelijk heel wat
keren te kruisen. Laten we het eens hebben over Sibirskenergo ZAO. Dat
is toch een van de bedrijven van Faringdon, is het niet?'

'Wij bezitten achtenzestig procent van de aandelen.'

'Wij?' kwam Kesler tussenbeide.

'Sorry.' Lock zuchtte. 'Faringdon bezit achtenzestig procent.'

Griffin ging verder. 'Wat doet dat bedrijf precies? Sibirskenergo, bedoel ik.'

'Het doet onderzoek naar moeilijk toegankelijke olievelden in het uiterste noorden van Siberië. Skip, waarom doe je dit? Dit hebben we niet voorbereid.'

'Je zult niet op alles voorbereid zijn. Dat is nu juist het punt. Ga door, Lawrence.'

'Hoeveel exploratievergunningen heeft Sibirskenergo in 2006 in dat gebied in de wacht gesleept?'

'Skip, ik zie hier de relevantie niet van in.'

'Dat komt nog wel. Heus. Ga door.'

'Hoeveel vergunningen?'

'Vier.'

'Wie bezat voorheen die vergunningen?'

'Een staatsbedrijf dat Neftenergo heette.'

'Hoeveel bedrijven waren in de race om die vergunningen te bemachtigen toen Neftenergo besloot die te verkopen?'

'Geen enkele. Nou ja, één.'

'Alleen Sibirskenergo?'

'Ja.'

'Voor staatsactiva?'

'Ja.'

'Hoeveel is er betaald? Voor alle vier samen?'

'Daar kan ik geen uitspraken over doen. Dat herinner ik me niet.'

'Wat is het nu? Kunt u het niet zeggen of weet u het niet?'

'Ik kan het niet zeggen.' Lock keek naar Kesler, maar Kesler knikte alleen maar naar Griffin dat hij moest doorgaan.

'Vindt u het niet vreemd, meneer Lock, dat vier hoogst waardevolle concessies aan uw bedrijf worden verkocht zonder dat er sprake is van enige concurrentie?'

'Nee. Dat is in Rusland heel normaal.'

'Is het werkelijk? Ook al is het strijdig met alle richtlijnen voor de verkoop van staatseigendommen?'

Daar had Lock geen antwoord op.

'Meneer Lock, kunt u mij vertellen welk ministerie toezicht hield op de verkoop van die vergunningen?'

'Het ministerie voor Industrie en Energie.'

'Waar meneer Malin werkt?'

'Ja.'

'Dank u, meneer Lock.' Griffin keek Kesler aan.

'Zie je, Richard?' zei Kesler met een mengeling van ergernis en triomf. 'Je hebt nooit iets over die concessies verteld. Kun je me zeggen waarom niet?'

'Ik was het vergeten. Het leek me niet relevant.'

'Kijk, Richard, dat is nou zoiets waarmee je moet ophouden. Of je bent het vergeten, óf het was niet relevant. Of je kunt het niet zeggen, óf je weet het niet. Allebei kan niet. Je zegt een ding en dan doe je er het zwijgen toe. Wees duidelijk. Begrepen?'

Lock zuchtte. Hij was het beu om te worden uitgefoeterd. 'Ja. Ik begrijp het.'

'Wat je in een dergelijke situatie moet zeggen is dat je je niet precies herinnert hoeveel het bedrijf heeft betaald voor die vergunningen – je bent te belangrijk om je om zulke details te bekommeren – maar het bedrag was marktconform en je meent te weten dat de Russische Rekenkamer ermee akkoord ging. Als de rechtbank exacte bedragen wil horen, dan zeg je maar dat je daar in een later stadium op zult terugkomen.'

'Oké.'

'Wees niet bang om ze minder te geven dan ze verlangen. Jij bent een belangrijk man. Ze kunnen niet verwachten dat jij alle details uit je hoofd kent.'

Lock voelde de usb-stick in zijn broekzak: meer dan een gigabyte aan dossiers, transacties, verklaringen, spreadsheets en aantekeningen. Nee, dacht hij, ik weet massa's details. Maar altijd de verkeerde.

Naarmate de rechtszaak dichterbij kwam, verwelkomde Lock met kinderlijke opluchting elke uitvlucht om even niet te worden ondervraagd en terechtgewezen. Zelfs in zijn hotel was hij niet veilig: het Connaught zat vol en Kesler verbleef in het Claridge's. Hij moest van elk moment vrijheid profiteren – ontbijt op zijn kamer, sigaretje buiten, telefoontjes naar Moskou (deels echte, deels smoesjes) – en zondagochtend was paradijselijk. Niets te doen tot twaalf uur, wanneer hij met een taxi naar het St. Pancras Station zou rijden om daar in de trein naar Parijs te stappen.

Hij had de vorige avond doorgebracht met Marina en Vika. Aanvankelijk was hij van plan geweest om Marina mee uit eten te nemen nadat Vika in bed lag, maar Marina had voorgesteld om met z'n drieën uit eten te gaan en dat had hij eigenlijk wel zo fijn gevonden. Hij had om een uur of zes Bryson Joyce' griezelig lege kantoor verlaten en met hen afgesproken in Vika's favoriete restaurant in Kensington. Die buurt van Londen was nieuw voor hem – hij kende alleen het centrum, Mayfair, de City en wat daartussen lag vanuit de raampjes van taxi's – en hij vond het heerlijk dat hij deel mocht nemen aan deze vredige, bijna geheime genoegens. Ze hadden hamburgers gegeten en elkaar geplaagd en toegekeken hoe Vika met een lange lepel ijs at uit een hoog glas. De tent zat vol met gezinnen die hetzelfde deden, en voor een uur of twee vergat Lock helemaal dat er een einde zou komen aan de avond en dat hij weer terug zou moeten naar zijn hotelkamer.

Dat deed hem altijd weer pijn. Hij had even de indruk dat het Vika ook pijn deed en vroeg zich af of Marina er ook onder leed. Hij had na het eten met haar willen praten, over Dimitri, over hen, maar op de een of andere manier had die gelegenheid zich niet voorgedaan. Marina had gezegd dat het al laat was en dat Vika naar bed moest en dat was het dan. Hij wist niet welk onderwerp ze het liefste vermeed. Voor Lock was dit een tegenslag, maar geen ernstige. Jarenlang had hij zijn best gedaan om Marina niet te horen als ze hem vertelde hoe ze zich voelde en nu wilde hij dat, als hij eerlijk was, juist steeds liever wel horen. Hij kon dus nog best iets langer wachten; hij zou hier snel genoeg terug zijn.

Maar al met al zou hij veel liever in Holland Park zijn dan dat hij zijn koffer pakte ter voorbereiding op tweeënhalf uur in de trein met Kesler. Ze zouden het niet over zaken kunnen hebben, dat was tenminste iets, maar waarover dan? Waar had Kesler het over als hij niet over zijn werk sprak? Het duurde even voordat Lock moest toegeven dat Kesler hetzelfde dacht over hem.

Kesler stond al bij de receptie toen hij beneden kwam om uit te checken.

'Goedemorgen, Richard. Of is het al middag? Goed geslapen?'

Lock antwoordde bevestigend en vroeg om de rekening. Daarbij kreeg hij een brief die dezelfde ochtend persoonlijk was bezorgd. Zijn naam stond in Marina's handschrift op de envelop.

'Een liefdesbrief?' vroeg Kesler.

Lock voelde dat hij bloosde. 'Nee, nee. Gewoon een persoonlijke kwestie.' Hij stak de envelop in zijn jasje en overhandigde zijn creditcard aan de receptioniste.

Op weg naar het station, toen ze in de eersteklas wachtkamer zaten te wachten op Griffin (Griffin verbleef niet in het Claridge's op kosten van Malin, constateerde Lock met voldoening), en toen ze in de trein stapten, voelde hij de brief tegen zijn hart drukken; hij leek warmte uit te stralen. Pas toen ze zich in hun coupé hadden geïnstalleerd en de trein goed onderweg was door Oost-Londen, voelde hij zich voldoende op zijn gemak om zich te verontschuldigen. Hij liep twee wagons door naar de restauratiewagen, zocht een vrij tafeltje uit en opende de envelop. De brief was geschreven met zwarte inkt op dik, ivoorkleurig, handgeschept papier, het handschrift klein maar onberispelijk, met rechte regels op gelijke afstand van elkaar. Zodra hij hem opensloeg, zag hij weer alle brieven voor zich die Marina hem ooit had geschreven: serieus en harts-tochtelijk voordat ze getrouwd waren; informeel als hij op een of andere zinloze dienstreis was; bedroefd en vastberaden tegen het einde. Ze had hem veel vaker geschreven dan hij haar, en hij had het altijd lastig ge-vonden om brieven te schrijven. Hij vroeg zich af of zij de zijne zou heb-ben bewaard, net zoals hij de hare bewaard had.

Hij telde drie velletjes, aan beide kanten beschreven. Dit was bepaald geen kattebelletje.

Holland Park
Zaterdagavond

Liefste Richard,

Ontzettend bedankt voor een heerlijke avond. Ik hoop niet dat je het vervelend vond dat je je plannen moest veranderen. Het is belangrijk voor mij dat we nog steeds plezier kunnen hebben met z'n drietjes. Vi-ka heeft genoten, maar ze is altijd verdrietig als je weer weggaat. In ze-kere zin is dat waar deze brief over gaat.

Toen we thuiskwamen vroeg ze of je gelukkig was. Ik zei ja, dat je dat was, maar dat je een heel zware baan had en misschien te veel dingen had om je zorgen over te maken. Ik vertel je dit omdat ik Vika ken en weet dat ze dit soort vragen zal stellen, maar ook omdat ik me erop betrapte dat ik me afvroeg hoeveel waarheid mijn woorden bevat-ten. Het verschil tussen hoe je nu was en toen we je in de zomer zagen is markant. Er is iets nieuws in je gezicht.

Het spijt me dat we niet echt over Dimitri hebben kunnen praten. Dat is heel moeilijk voor mij. Als wat jij vreest waar is, zal ik moeten accepteren dat een man die ik ooit respecteerde – de man die ons bij elkaar heeft gebracht – een schurk is geworden. Ik zeg niet dat het niet waar is – ik ben bang dat je gelijk hebt – maar je moet begrijpen dat het me pijn doet om dat te geloven.

Of het nu waar is of niet, ik vind dat het je iets zegt. Het feit dat het waar zou kunnen zijn is voldoende. Ik kan me goed voorstellen dat je bang bent. Misschien wil je dit niet meer van mij horen, maar de kans bestaat dat het nu pas echt tot je doordringt: jij werkt voor een corrupte man in een corrupte branche in een corrupt land en dat heeft je gecorrumpeerd. Ik wil niet dat het je noodlottig wordt.

Daar pauzeerde Lock een ogenblik en hij keek naar buiten waar de stad langzaam overging in het platteland. Ze had gelijk – feilloos, als altijd – maar deze keer aanvaardde hij dat met overgave.

Ooit was jij een man met een belangstellend oog voor alles wat er om hem heen gebeurde en voor wie niets onmogelijk leek. Dat vond ik fantastisch aan je. Ik vond het geweldig dat je wilde dat Rusland veranderde. Ik bewonderde je omdat je nergens bang voor was. En ik vond het leuk om je zo bezig te zien. Onze hartstochten vervagen met de jaren, onze energie neemt onontkoombaar af, maar jouw werk heeft meer gedaan dan dat. Het heeft je van het grootste deel van jezelf beroofd, Richard, en dat doet me vreselijk veel verdriet.

Ik ben voor twee dingen bang. Ik ben bang dat ik op een dag een telefoontje krijg en dat iemand me zegt dat jou iets verschrikkelijks is overkomen en dat ik dat dan aan Vika moet vertellen. Vóór Dimitri was ik daar al bang voor.

Maar nog groter is mijn angst dat het binnenkort sowieso te laat voor jou is. Dat alles wat je ooit was verdwenen zal zijn. Het ergste wat ze je hebben aangedaan is dat ze je ervan hebben weten te overtuigen dat alles in de wereld draait om geld en macht en olie. Zo ben jij niet. Als ik zie hoe je Vika aan het lachen maakt dan weet ik dat nog steeds zeker. En deze keer viel me op dat jij het ook wist.

Als ik dat in je zie, dan durf ik weer hoop te koesteren. En dat is iets heel gevaarlijks. Als ik me ons drieën samen voorstel, dan houd ik

mezelf voor dat ik dat wil omdat ik wil dat Vika gelukkig is. Maar het
is ook omdat ikzelf gelukkig wil zijn. Als jij reddeloos verloren zou
zijn, was het gemakkelijker geweest, maar dat ben je niet.

Er is een bepaalde reden voor deze brief – een praktische reden. Je
moet Rusland verlaten. Ik weet dat het moeilijk voor je is, maar het
kan niet onmogelijk zijn. Ik zal alles doen wat in mijn vermogen ligt
om je te helpen. Het plan moet van jou komen; bedenk iets en laten we
erover praten. Als je de volgende keer hier bent. Misschien kan ik met
Konstantin praten. De nagedachtenis aan mijn vader is nog steeds be-
langrijk voor hem, vermoed ik.

Dimitri's dood is een teken of een omen. Er moet een manier te vin-
den zijn. Alsjeblieft, vind die. Ik wil dat mijn angsten onterecht zullen
blijken.

Nog steeds met al mijn liefde,
M.

Hij hield de brief een hele tijd in zijn hand, terwijl zijn ogen over het
vertrouwde handschrift dwaalden en hij liet haar gedachten uitkristalli-
seren en zich nestelen in zijn geest. Zonder erover na te hoeven denken
wist hij dat ze de spijker op de kop had geslagen, zoals ze dat altijd deed.
Het was duidelijk en eenvoudig, en te ingewikkeld voor woorden.

8

Het was woensdag en Gerstmann was inmiddels drie dagen dood. Webster was naar kantoor geweest, maar had weinig werk verzet en helemaal niets gedaan aan Project Sneeuwklokje. Er waren een paar kleine zaken die zijn aandacht opeisten: een cliënt was van plan een kogellagerfabriek in Tsjechië te kopen en wilde weten waar hij aan begon: een ander vroeg zich af waarom de directeur van zijn bedrijf in Kiev zoveel geld verloor (omdat hij dat in zijn eigen zak stak, bleek het uiteindelijke antwoord). Webster controleerde de vorderingen, dankte de voorzienigheid dat zijn team zo kundig was en bracht de rest van zijn tijd door in zijn kantoor, waar hij worstelde met vage gedachten over zijn verantwoordelijkheid jegens anderen en over de risico's waarmee je te maken kreeg als je probeerde de wereld te verbeteren. Hij voelde zich verraden door zijn eigen vermoedens, door zijn enthousiasme, maar hij kon zijn hypothese, die na Gerstmanns dood aan kracht had gewonnen en die zowel zijn machteloosheid prikkelde als hem uitdaagde zijn werk te hervatten, nog steeds niet laten varen. Hammer nam hem mee uit lunchen en probeerde hem over te halen zich weer op de zaak te concentreren. Zijn collega's hielden zich op een afstand.

Die avond ging Webster met Elsa naar de bioscoop: *Tokyo Story* in The Trycicle. Daarna aten ze in een Japans restaurant in Hampstead, een klein eethuisje, waar hij en Elsa aan het buffet zaten om te zien hoe de kok op de hibachi zijn gerechten bereidde. Zijn handen, die vereelt en rood waren van de hitte, dansten met grenzeloze lenigheid, legden spiesjes met varkensvlees en kippenvleugeltjes en kwarteleitjes op het zwartgeblakerde rooster, kruidden ze en draaiden ze om, en wisten precies wanneer alles gaar was. Webster keek naar Elsa terwijl ze aan het buffet zat en de menukaart bestudeerde. Van opzij gezien, met haar hoofd gebogen, leek ze net een jong meisje. Haar haar, dat zo donkerbruin was dat het vaak voor zwart werd aangezien en dat niet krulde maar ook niet helemaal steil was, hing voor haar gezicht.

Ze bestelden: spiesjes, sushi, zeebrasem en gezouten makreel. De sake werd geserveerd in vierkante houten kopjes met meer zout. Ze tikten ze tegen elkaar en dronken.

'Hoe was je lunch?' vroeg Elsa,

'Goed. We zijn naar die vreselijke Indiase tent geweest, waar hij zo verzot op is.'

Ze lachte. 'Uitgestorven?'

'Er was nog één ander tafeltje bezet. Ik weet niet hoe ze hun hoofd boven water hielden voordat hij het ontdekte.'

Ze verschoof haar stoel, zodat ze nagenoeg tegenover hem kwam te zitten. Hij bleef in zijn sake staren.

'En wat had hij te zeggen?'

'Dat kun je waarschijnlijk wel raden.'

'Nog iets nieuws?'

'Niet echt.'

'Wil hij dat je ermee doorgaat?'

Webster knikte. 'Als ik het niet doe, dan doet hij het.' Hij keerde zich naar haar toe en keek haar aan. 'Er staat heel wat op het spel.'

'Ik dacht dat je een besluit had genomen.'

'Dat had ik ook.'

Elsa reageerde niet.

'Hij had heel veel overredingskracht.'

'Zoals altijd.'

Hij was even stil. 'Dit is niks voor jou.'

'Wat?'

'Om af te geven op Ike.'

'Ik geef niet af op Ike. Je weet dat ik dol ben op Ike. Maar hij is in het leven op iets anders uit.' Ze wachtte even terwijl de serveerster twee kommen soep voor hen op het buffet zetten. 'Om te beginnen heeft hij geen kinderen.'

Webster roerde met zijn stokjes even in zijn soep. Witte blokjes tofu cirkelden rond in de bouillon. Hij fronste niet begrijpend zijn voorhoofd. 'Wat heeft dat ermee te maken?'

'Ik wil niet dat iemand jou van het dak gooit.'

'Dat is malligheid.'

'Twee mannen hebben met elkaar gesproken in Berlijn. Een paar weken later is een van jullie tweeën dood. Waarom zou jij geen los eindje kunnen zijn?'

Hij lachte. 'Ze vermoorden geen onderzoekers. Dat hebben ze nog nooit gedaan. Dat geeft te veel rompslomp. En een ander zou gewoon mijn plaats innemen.'

Elsa zei niets. Ze keek naar het buffet voor zich en speelde met haar stokjes.

Hij legde zijn hand op haar rug. 'Maak je je zorgen?'

'Het zit me niet lekker. Ik ken je als je zo bent. Ik heb liever dat je je bezighoudt met een zaak die je niet boeiend vindt.'

'Als ik zou denken dat ik gevaar liep, zou ik ermee stoppen. Maar dat is niet zo. Echt. Na wat er in Boedapest is gebeurd zullen ze mij niets aandoen. Wat voor indruk zou dat maken?'

'Zouden ze zich daar iets van aantrekken?'

'Misschien niet. Maar een Engelsman vermoorden is niet niks. Dan stelt de politie een serieus onderzoek in. Daar zijn ze niet op voorbereid.'

Er werden meer gerechten geserveerd. Elsa pakte een spies en begon met haar stokjes het vlees op haar bord te schuiven.

Zonder hem aan te kijken zei ze: 'Denk je niet dat het beter is als je ermee ophoudt?'

'Ja en nee.'

'Zeg, doe me een lol.'

Hij aarzelde. 'Ik heb een artikel gevonden dat Inessa over hem heeft geschreven. Twee maanden voordat ze stierf. Ik heb nooit eerder geweten dat het bestond.'

'En?'

'Hij zou er best eens achter kunnen zitten. Hij had voldoende te verliezen. En vriendjes overal binnen de regering. Hij zou het kunnen hebben gedaan.'

'Denk je dat hij Inessa heeft laten vermoorden?'

'Hij is een van de kandidaten.'

Elsa schudde haar hoofd en zuchtte. 'Dit is nieuw voor me. Maar het komt me ook weer bekend voor.'

'In zekere zin is het niet van belang.' Hij keek hoe ze vragend haar wenkbrauwen optrok. 'Ik weet dat ik er nooit achter zal komen. Het is geen heilige oorlog.'

'Nee. Het is een queeste. Een zoektocht naar absolutie.'

'Ik had niet zomaar weg mogen gaan. Je weet dat ik daar spijt van heb.'

'Ze hebben je eruit gesmeten.'

'Uit Rusland, bedoel ik.'

Elsa knikte. 'Dit gaat dus om gerechtigheid.'

Webster had het gevoel dat de grond onder zijn voeten werd weggeslagen. 'Ik weet het niet.'

'Jij valt de grote Rus aan en hoopt dat het zijn schuld was.'

'Hij verdient het sowieso. En als hij het nu eens echt heeft gedaan? Hij lijkt ertoe in staat te zijn.'

'En als hij dat heeft? Wat kun je tegen hem inbrengen? Een artikel en een voorgevoel?'

'Als hij onderuitgaat, komen er dingen aan het licht,' zei hij. 'Dan is hij niet meer beschermd. Dan zou alles uit kunnen komen.'

'Hoe waarschijnlijk is het dat dát gebeurt?'

Webster zweeg. Een van de dingen die hem zo aantrokken in Elsa, hoewel hij er niet altijd blij mee was, was dat ze hem niet de ruimte gaf om zichzelf voor de gek te houden. Alleen in dit opzicht had haar werk een raakvlak met hun levens. Zij was psychologe en werkte met gezinnen, en ze eiste in alles oprechtheid.

Een serveerster haalde hun kommen weg en vroeg of ze nog meer sake wilden. Elsa glimlachte verstrooid en weigerde beleefd.

'Lieverd,' zei ze, terwijl ze zich naar hem toe boog en haar hand op zijn arm legde, 'je bent hem niets verschuldigd. Gerstmann, bedoel ik. En Inessa al evenmin. Daar heeft Ike gelijk in.'

'Volgens mij heb ik dat wel.' Hij pakte zijn kopje op, zag dat het leeg was en zette het weer neer. 'Het zou fijn zijn als er iemand voor ter verantwoording zou worden geroepen. Al was het maar één keer. Zo niet voor Inessa dan voor alle anderen.'

Elsa zei niets. Hij vervolgde: 'Luister, ik ga naar Berlijn om met zijn weduwe te praten. Dat moet ik doen. En dan spreek ik volgende week de cliënt. Misschien trekt hij zijn opdracht toch wel in. We zijn weinig opgeschoten.'

Elsa knikte langzaam. 'Oké. Oké.' Ze keek hem recht aan. 'Maar je moet me beloven dat je ermee ophoudt als het erger wordt. Als je ook maar een seconde denkt dat je in gevaar verkeert, dan vertel je me dat en dan kap je ermee.'

Hij glimlachte. 'Natuurlijk.'

'Ik meen het, Ben.'

'Ik weet het. Daarom hou ik van je.'

Ze lachte, bond in, schudde haar hoofd en keek om zich heen of ze de serveerster ergens zag. 'We willen nog iets drinken.' Ze wendde zich weer tot hem. 'Zou het niet leuker zijn om bakker of tuinman of bankdirecteur te zijn? Iets simpels?'

'Dat heb ik me ook afgevraagd. De hele week al.'

De straat waarin Nina woonde was smal voor Berlijnse begrippen, de gebouwen waren groot en verspreid erlangs bevonden zich een handjevol discrete, dure winkels. Je moest heel goed kijken, dacht Webster, om te zien hoe exclusief deze buurt was; niet opzichtig, maar degelijk en vermogend. Webster betaalde de taxichauffeur, vond nummer 23 en stak de brief in Nina's brievenbus. Nu kon hij weinig anders doen dan wachten. Hij besloot terug te wandelen naar het hotel. Over enkele minuten begint de arbitragezitting in Parijs, dacht hij en hij vroeg zich af of hij daarbij had moeten zijn.

Ditmaal liet hij de stad op zich inwerken. Het was een grijze, ijskoude dag die de brede straten hulde in een dof, gelijkmatig licht. Hij liep van Charlottenburg, waar de rijken woonden in hun herenhuizen, door het oude westelijke centrum dat nu aan het verpauperen was, een chaos van trams en auto's en opgebroken wegen en noordwaarts naar de Tiergarten, waar de zilverberken al hun bladeren hadden verloren en hem deden terugdenken aan Rusland, aan zijn wandelingen in het Izmailovskipark met Inessa en haar vrienden. Ze zou hier ook naartoe zijn gegaan, dacht hij; ze zou ook bij Nina langs zijn gegaan. Inessa had nooit willens en wetens een verhaal onaf gelaten.

Tegen vijven begon hij te vrezen dat hij die dag niets meer van Nina zou vernemen. Misschien was ze die ochtend naar de universiteit gegaan en had ze zijn briefje niet eens opgemerkt. Hij had nog niet bepaald hoe lang hij in Berlijn zou blijven. Hij werd geacht naar Parijs te vliegen aangezien hij de volgende avond een afspraak met Onder had, maar die zou hij kunnen verzetten; de arbitragezaak zou een hele week in beslag nemen en Onder zou daar het grootste deel van de tijd bij aanwezig zijn. Zou hij bij Prock langs moeten gaan als Nina niet op zijn briefje reageerde? Waarschijnlijk wel, hoewel zijn gevoel dat in alle toonaarden afraadde. Hij besloot nog een briefje te schrijven en dat af te geven bij Procks kantoor, zodat hij het de volgende ochtend zou hebben. Hij bezorgde het diezelfde avond voor hij ging eten.

Even voor negenen gaf zijn mobieltje een kort signaal af om hem te melden dat hij een sms'je had ontvangen. *Meneer Webster, Kom morgen-ochtend om negen uur naar mijn woning, alstublieft. Dank u. Nina Gerst-mann.* Ze was er dus toch. Hij realiseerde zich op dat moment dat hij het veel gemakkelijker zou hebben gevonden om met Prock te praten.

Hij werd vroeg wakker. Om acht uur had hij gedoucht, zich geschoren en gekleed in een donkerblauw pak, een wit overhemd en een donker-blauwe das. Vandaag moest hij er zo ernstig mogelijk uitzien. Toen hij de kamer uit liep keek hij nog even naar zichzelf in de spiegel. Was dat het gezicht dat hij beoogde? Volgens hem zag het er eerlijk genoeg uit, maar hij kon dat moeilijk zelf beoordelen. Zijn ogen waren bruin en oprecht, met groene en zwarte vlekjes; zijn haar, nu alweer jaren zilver-grijs en kortgeknipt, suggereerde ernst en verantwoordelijkheidsgevoel. Er waren voldoende onvolkomenheden in zijn gezicht om het op de een of andere manier overtuigend te maken: een klein litteken op zijn kin, waar hij geen baardgroei had, de neus niet helemaal recht. Ja, hij maakte beslist een geloofwaardige indruk. Maar mensen ervan overtuigen dat je betrouwbaar bent is één ding, dat vertrouwen verdienen is iets geheel anders.

Om negen uur stond hij voor de deur van het gebouw waarin Nina woonde en drukte op de bel van appartement 12. De hemel was nog steeds loodgrijs. Terwijl hij wachtte keek hij door de glazen deuren in de hal, waarbij hij met zijn handen kommetjes naast zijn ogen vormde om het licht buiten te sluiten. Een stenen trap, een art nouveau balus-trade, een tegelvloer met een ingewikkeld patroon, en marmer langs de wanden tot op schouderhoogte. Een vrouwenstem vroeg hem wie hij was en iemand drukte op een knopje zodat de buitendeur openging. Een oude lift in een ijzeren kooi bracht hem naar de vierde verdieping en toen hij het harmonicahek opzijschoof, zag hij dat Nina hem al op-wachtte.

Ze was niet zoals hij had verwacht. Uit zijn onderzoek was gebleken dat zij een academica was, een natuurkundige die doceerde op de Hum-boldt Universiteit en hij had zich een kleine en op de een of andere ma-nier wetenschappelijke vrouw voorgesteld – met een bril, wellicht, fut-loos haar en praktische kleren. In werkelijkheid was ze lang, bijna even lang als hij, en donker; haar ogen zwart en kinderlijk in een smal gezicht. Ze stond met haar benen licht gespreid, volle kuiten, haar voeten naar buiten, als een danseres, en ze was in het zwart gekleed: een zwarte rok, zwarte kousen en schoenen, en een zwart vest over een grijze blouse. Webster besefte dat hij sinds de dood van zijn grootvader, tien jaar geleden, nooit meer iemand had ontmoet die in de rouw was.

'*Frau* Gerstmann.' Hij betrapte zich erop dat hij even licht zijn hoofd boog.

'Meneer Webster.'

'Dank u wel dat u mij te woord wilt staan. Ik hoop dat ik niet al te ongelegen kom.'

Nina zei niets, maar gebaarde hem haar te volgen naar haar flat. Ze liepen door een lange gang met aan weerszijden deuren die allemaal gesloten waren. Goudkleurig parket op de vloer, en aan de muren hingen kleurenfoto's van de moderne gebouwen van Berlijn: de Neue National Galerie, de gerenoveerde Reichstag en diverse gebouwen die Webster niet herkende. Het waren mooie foto's en hij vroeg zich af of Nina ze had gemaakt. Of Gerstmann.

De gang kwam uit in een lichte zitkamer aan de andere kant van de flat, met aan twee kanten grote ramen. Hier hingen geen foto's maar wel veel schilderijen. Abstracte werken en portretten hingen in groepjes bijeen.

'Wilt u iets drinken, meneer Webster?' vroeg Nina. Haar stem was laag en koel. Webster bedankte haar, maar zei dat hij niets wilde. Ze ging kaarsrecht op het randje van een diepe sofa zitten en Webster nam in een leunstoel tegenover haar plaats. Op de glazen tafel tussen hen in lagen catalogi van veilingen van moderne kunst in Londen en Parijs. Zijn stoel was nogal laag en het kostte hem moeite een passende houding te vinden.

Nina keek naar Webster. Ik vraag me af wat ze ziet, dacht hij. In het licht was haar gezicht bleek, met uitzondering van de huid onder haar ogen die donker paarsgrijs was.

'Ik ben u dankbaar dat u mij wilt ontvangen,' zei hij.

'Ik wilde u spreken.'

'Allereerst wil ik u zeggen hoe... hoezeer het nieuws over uw man mij bedroefde.' De woorden klonken ijl en breekbaar toen hij ze uitsprak.

'Dank u.'

'Ik hoorde het van de compagnon van uw echtgenoot. Hij belde me op. Hij vertelde dat...' Webster aarzelde. 'Hij liet doorschemeren dat mijn ontmoeting met Dimitri wel eens de oorzaak van zijn dood zou kunnen zijn geweest.'

Nina zei niets.

'Het was bepaald niet mijn bedoeling om iemand schade te berokkenen.'

Opnieuw reageerde Nina niet, maar ze bleef hem al die tijd strak aankijken.

Ze was bedaard; Webster voelde zich in het geheel niet op zijn gemak. Hij kon niet uitmaken of ze berustte in wat gebeurd was of een onderkoelde woede herbergde. Uiteindelijk zei ze: 'Ik weet niet waarom hij is gestorven, meneer Webster. Ik zou het prettig vinden als de Hongaren me dat zouden willen vertellen, maar ik ben bang dat ze dat niet zullen doen.' Ze wachtte even. 'Waarom denkt u dat hij is gestorven?'

'Eigenlijk kende ik hem maar nauwelijks. Ik ben waarschijnlijk zo'n beetje de laatste aan wie u dat zou moeten vragen.' Webster verschoof op zijn stoel.

'Maar wat denkt u?'

'Ik heb zo'n vermoeden dat hij is vermoord.'

'Waarom zegt u dat?'

'Om wat mij uit Hongarije ter ore is gekomen. Omdat het een heel ongewone manier is om... om de dood te vinden. Omdat de Hongaren wel erg snel waren met hun conclusies.'

'Ik heb hetzelfde gevoel. Maar ik zou het graag zeker weten.'

'En anders ik wel.'

Nina had haar handen in haar schoot gevouwen. Ze liet ze los en krabde even licht haar onderarm.

'Dat is wat ik van u wil weten, meneer Webster. Waarom wilt u het weten? In zekere zin is het niet uw zaak. U hebt Dimitri maar één keer ontmoet. U kende hem niet.'

Daar had Webster op gerekend. Hij had een antwoord voorbereid, maar nu leek dat maar nauwelijks toereikend. Toen hij begon te spreken, klonk de ringtoon van een mobieltje dat op de tafel in de hoek van de kamer lag.

'Neemt u me niet kwalijk.' Nina stond op om op te nemen. 'Met Gerstmann.' Ze liep zacht pratend de gang in. Webster kon toch nog verstaan wat ze zei. Degene aan de andere kant van de lijn was vaker aan het woord dan zij. 'Ja,' hoorde hij haar zeggen. '*Nein, nicht jetzt. Ich bin nicht allein. Ja.*' Een langdurige stilte. '*Das geht Sie nichts an. Ich wollte ihn sehen.*' Websters Duits was voldoende om dit grotendeels te verstaan. '*Ja, mir geht es gut. Morgen vielleicht. Oder Mittwoch. Auf Wiedersehen. Auf Wiedersehen.*'

Nina kwam terug in de kamer, ging weer zitten en legde het mobieltje voor zich op tafel.

'Neem me niet kwalijk, gewoon een kennis,' zei ze.

'Als u wilt dat ik vertrek moet u dat zeggen, hoor.'

'Nee, het is in orde.'

'Dank u.' Webster waagde wat hij hoopte dat eruitzag als een meelevende glimlach; Nina beantwoordde die niet. Van haar gezicht viel weinig af te lezen. Haar gelaatsuitdrukking was verbeten, gespannen, maar niet van woede; er ging nog iets anders van uit. Hij probeerde het nog een keer. 'U vroeg me waarom ik nog steeds geïnteresseerd ben. Ik zou de man die hiervoor verantwoordelijk is graag in zijn kraag vatten.'

Nina knikte. 'En waarom bent u hier?'

Ook daar had hij op gerekend. 'Ik ben hier omdat... ik ben hier om mijn spijt te betuigen voor alles wat ik zou kunnen hebben aangericht.'

'Meneer Webster, in mijn werk wordt de mening gehuldigd dat je niets kunt waarnemen zonder het veranderen. Het is onmogelijk om louter toeschouwer te zijn. U moet dus een rol hebben gespeeld, ongeacht welke dat was.'

'Dat is waar.'

'Ik zal open kaart met u spelen. Ik ben niet geïnteresseerd in wat u hebt gedaan. Dimitri is nooit vrij geweest van Rusland. Het heeft hem hiernaartoe achtervolgd. Ik denk niet dat u het hebt meegebracht. Hij probeerde het te stoppen. Hij heeft voorzorgsmaatregelen getroffen. Hij was heel voorzichtig. Het enige wat mij interesseert, het enige wat ik wil...' Ze keek voor de eerste maal naar haar handen. 'Ik wil alleen maar weten hoe hij is gestorven. Er welden tranen op in haar ogen. Ze veegde ze weg met de rug van haar hand, wendde haar blik af van Webster en keek uit het raam naar de boomtoppen in de verte. Ze haalde diep adem en ging verder. 'Ik weet niet of ze betaald hebben gekregen om hun onderzoek stop te zetten, of dat het ze gewoon niet interesseert. Het moet... hoe zeg je dat... het moet ergerlijk zijn om met een dode Rus uit Berlijn opgescheept te zitten.' Ze wachtte even en keek hem aan. 'Maar het is niet logisch. Ik weet dat hij me dat e-mailtje niet heeft gestuurd. Dat weet ik.' Ze boog naar voren, liet haar hoofd op haar handen rusten en schudde zacht haar hoofd.

Webster keek naar haar. Na een poosje hief ze haar hoofd en keek hem weer aan.

'*Frau* Gerstmann,' zei hij, 'ik heb vrienden in Boedapest die me op de hoogte houden van de vorderingen in dat onderzoek. Ik wil die informatie graag met u delen.' Ze keek op en voor het eerst zag hij in haar ogen, die rood waren van de tranen, nieuwsgierigheid. 'Heel graag.'

'Dank u.'

Met een knikje gaf hij aan dat hij woord zou houden. Ze zaten daar zwijgend.

'Wat bedoelde u met voorzorgsmaatregelen?' vroeg Webster ten slotte.

'Pardon?'

'U had het eerder over voorzorgsmaatregelen. Dat Dimitri voorzorgsmaatregelen had getroffen.'

'Ik herinner me niet dat ik dat heb gezegd.'

Webster besloot niet verder aan te dringen. In plaats daarvan vroeg hij haar of ze Richard Lock kende.

'Richard? Ja, natuurlijk. Hij heeft me bloemen gestuurd. Waarom?'

'Hij werkt nog steeds voor Konstantin Malin. Ik ben bang dat als Dimitri in gevaar was, hij dat ook wel eens zou kunnen zijn.' Hij had dit ook opgemerkt tegen Nina's echtgenoot, en terwijl hij het zei, kreeg hij een akelig schuldgevoel; toentertijd had hij het niet helemaal gemeend.

'Als hij nog steeds voor Malin werkt, dan heeft hij niets te vrezen.'

'Wat is Lock eigenlijk voor man?'

'Een gewone man. Dimitri mocht hem graag. Meneer Webster, ik zou liever niet...' Er werd aangebeld. Nina keek een ogenblik verbaasd op en toen leek ze zich te vermannen, alsof ze zich voorbereidde op een ontmoeting waar ze tegen opzag. 'Neemt u mij niet kwalijk.'

Webster stond op toen ze de kamer verliet om de voordeur te openen. Hij hoorde een gedempt, gejaagd gesprek in het Duits, gevolgd door zware en nadrukkelijke mannenvoetstappen op het parket. De man bleef op hoge toon praten. Webster ving een paar woorden op: '... *zuerst die Russen und jetzt die Engländer. Zumindest ist er nicht eingebrochen.*' (Eerst de Russen en nu de Engelsen. Het valt nog mee dat hij niet heeft ingebroken). Hij stond nog steeds, toen een kleine, opzichtige man, met een opgedraaide snor en nagenoeg kaal, stampend de kamer binnenkwam en mompelde: '*Wo ist er? Wo ist er?*' Toen hij Webster zag bleef hij stilstaan, keek hem doordringend aan en zei dat hij weg moest. 'Donder op. Schiet op. Eruit jij.'

Nina, die vlak achter hem stond, pakte zijn arm en probeerde hem achteruit de kamer uit te trekken, terwijl ze iets in het Duits zei dat

Webster niet kon thuisbrengen. De man antwoordde op stellige, enigszins bevoogdende toon – *'Hat er dich auch bedroht? Dann ist es nur eine Frage der Zeit,'* –, en toen liet ze zijn arm los.

'Weet u wie ik ben?' vroeg hij aan Webster.

'Ik denk het wel, ja.' Webster had hem bij zijn eerste bezoek aan Berlijn met Gerstmann samen gezien. Hij droeg een tweed pak. Zijn accent was bijna lachwekkend zwaar.

'Ik ben Heinrich Prock, Herr Webster, compagnon van Herr Gerstmann, die nu dood is. Misschien ben ik niet duidelijk geweest toen ik u belde, Herr Webster. Nou? We willen dit *weg* uit onze levens. *Weg.*' Prock was nog steeds heel stellig, maar in den vleze had hij iets machteloos over zich, iets belachelijks, net als een schoothondje dat heel hard kan blaffen. Het kwam bij Webster op dat als hij die zondag in het park in levenden lijve met Prock had gesproken, hij hem minder serieus zou hebben genomen. '... *voorgoed.*' Hij vervolgde: 'Ik weet niet voor wie u werkt of wat u wilt. Het kan me niet schelen. Wat mij wel kan schelen, Herr Webster, is dat deze vrouw met rust wordt gelaten. Ze is al voldoende lastiggevallen. Maar u komt hierheen, naar de woning van een weduwe, nog geen week nadat haar man is overleden, om antwoorden te zoeken voor uzelf. U bent net zo erg als de anderen. En nu zou ik graag willen dat u wegging voordat ik de politie bel. Nu meteen, alstublieft.' Hij wees met een overbodig gebaar op de deur.

Nina wendde zich tot hem en zei iets op gedempte toon. Prock reageerde met een dringend gesis. *'Wann kamen die Anrufe? Vor zehn Tagen? Und dann tauchte er auf? Woher weiszt du dass er nicht für sie arbeitet?'*

Webster keek Nina aan, die met haar armen over elkaar naast Prock stond. Ze knikte spijtig, waarmee ze leek te willen zeggen dat ze liever had gehad dat dit anders was gelopen, maar dat hij beter kon gaan.

Hij liep Prock voorbij, bleef tegenover Nina stilstaan en zei: 'Dank u. Als ik iets uit Boedapest hoor, dan zal ik het u laten weten.' Ze knikte opnieuw en hij vertrok. Toen hij wegliep, voelde hij dat Prock achter hem stond te popelen om uiting te geven aan zijn verontwaardiging.

Na zijn bezoek aan Berlijn bracht Webster een dag in Parijs door in gezelschap van een joviale Onder, die Lock had gesproken en heel wat te rapporteren had, en vervolgens vloog hij terug naar Londen voor een ontmoeting met Tourna de volgende dag, vrijdag. In weerwil van zichzelf voelde hij dat de zaak toch weer aan hem begon te trekken, hem ideeën ontlokte, hem van de ene plaats naar de andere voerde. Tot zijn verbeelding sprak. De goeden hebben dit gedaan; ze wilden je niet met rust laten. Nina wist iets, daar was hij van overtuigd – en hij was er ook van overtuigd dat zij hem dat zou vertellen als ze dacht dat het Malin werkelijk zou schaden. Hij vroeg zich af in hoeverre hij gerechtigheid voor Nina wilde en in hoeverre hij het gewoon wilde weten.

Toen zijn vliegtuig uit Parijs was geland, zag hij dat Alan Knight een bericht op zijn voicemail had ingesproken. Hij had hem gebeld met zijn Russische telefoon, wat ongebruikelijk was.

'Ben, met Alan. Het is donderdag. Waarschijnlijk wordt dit gesprek afgetapt maar dat kan me niet meer schelen. Als ze dit horen, geloven ze me misschien.' Hij was kalm en hees, alsof hij bezig was zijn stem kwijt te raken. 'Ik bel je alleen om je te zeggen dat wij in de toekomst niet meer zullen samenwerken, Ben. Het spijt me. Maar het leven hier is een beetje ingewikkeld geworden. Het blijkt dat ik het land niet meer in kom, zonder een halve dag te worden ondervraagd over mijn klanten. Dat is me al twee keer overkomen. Mij is aangeraden niet meer voor westerlingen te werken, dus zet ik er een punt achter. Ik kan er weinig aan veranderen. Ik wou dat ik het kon. Ik wou ook dat ik iets kon doen aan de belastingdienst die mijn kantoor weer eens heeft geplunderd, maar dat zal vast ook binnenkort wel worden opgehelderd, toch? Zo gaat dat meestal met die dingen.' Er viel een lange stilte. Hij dacht al dat het alles was. 'Als je dus in Tjoemen bent, zoek me dan niet op, Ben, oké? Als je het niet erg vindt. Laat mij voorlopig maar met rust. Het is wel goed zo.'

Zo had hij Knight nog nooit gehoord. Hij had zich wel eens eerder beklaagd over de aandacht die hij kreeg van de veiligheidsdiensten en dat zijn telefoon zou worden afgeluisterd, maar Webster was er altijd van uitgegaan dat hij voor zichzelf geheide afspraken had gemaakt in Rusland. Hij deed het al zo lang. Hij was een van hen.

Die avond probeerde Webster een voortgangsrapport te schrijven en tot zijn verrassing had hij heel wat te vertellen. Hij zweeg in alle talen over Inessa. Maar Knight bleef door zijn hoofd spoken. Hij hield zich voor dat elk van Alans klussen daar de reden voor kon zijn, dat er geen reden was om te denken dat zijn problemen iets met Malin te maken hadden, maar in zijn hart wist hij wel beter.

Vrijdagochtend om tien uur zaten Hammer en Webster in de directie-kamer van Ikertu. Hammer was ditmaal niet hardlopend gearriveerd. Dat was ongebruikelijk en Webster vroeg zich af wat dat te betekenen kon hebben.

'Is hij er de man naar om te laat te komen?' vroeg Hammer.

'De vorige keer was hij een dag te laat.'

'Ik heb het rapport gelezen. Je bent drukker bezig geweest dan je zou denken.'

'Ja, dat is mij ook opgevallen.'

'Hoe ging het met Onder?'

'Die had er plezier in.'

'Ga je me nog vertellen hoe het was in Berlijn?'

'Het was goed. Je had gelijk.'

'Ik wilde niet dat je erheen ging.'

'Nee, ik bedoel over de hele kwestie. Ik heb er een beter gevoel over. Ik heb de man ontmoet die mij de schuld gaf, en dat heeft geholpen. Hij stormde naar binnen en heeft mevrouw Gerstmann uit mijn klau-wen gered. Hij was een beetje een paljas.'

'Goed van hem.'

'Hij mag me nog steeds niet erg, maar hij zei iets interessants.'

Hammer wachtte tot hij verder zou gaan.

'Hoe is jouw Duits?' vroeg Webster.

'Minimaal.'

'Het mijne is ook niet wat het is geweest, maar hij zei iets wat ik heb opgevangen en dat was duidelijk niet de bedoeling. Volgens mij zei hij: "Eerst de Russen en nu de Engelsen. Het valt nog mee dat hij niet heeft ingebroken." En vervolgens: "Heeft hij jou ook bedreigd? Dan is het al-leen nog maar een kwestie van tijd."'

'En wat moeten we daaruit afleiden?'

'Iemand denkt dat zij iets weet. Het klinkt alsof er in haar flat is in-gebroken en dat ze denken dat het Russen waren. Of misschien in Gerst-manns kantoor. En toen hij me beval weg te gaan zei hij iets over tele-foontjes die ze in de afgelopen tien dagen had ontvangen. Ik had geen kans er met haar over te praten. Ik werd min of meer weggestuurd.'

'Kun je haar opbellen?'

'Misschien. Ik heb beloofd haar op de hoogte te houden als er nieuws is uit Hongarije. Ik geloof niet dat ze erg op mij is gesteld, maar ze heeft geloof ik geen hekel aan me.'

De telefoon op de vergadertafel ging. Meneer Tourna was bij de receptie aangekomen. Webster ontving hem en stelde hem voor aan Hammer, die een iele en bleke indruk maakte naast hem. Tourna, onberispelijk gekleed in een licht tweedjasje, een lichtblauwe kasjmieren trui en een wit overhemd, zag er net zo blakend gezond uit als hij dat op zijn jacht had gedaan.

Hammer vond het altijd geweldig om een schurk te ontmoeten en nam het grootste deel van het inleidende gebabbel voor zijn rekening. Tourna was, zoals de meeste cliënten, van hem gecharmeerd. Hammer had het talent van een echte zwendelaar om feilloos iemands passies te ontdekken en te doen alsof hij er alles van afwist, en vijf minuten lang ondervroeg hij Tourna over boten en het zeilen en de verschillende verdiensten van de jachthavens overal aan de Middellandse Zee en elders.

'Nee, uitsluitend op zeil, meneer Hammer, uitsluitend op zeil. Misschien maak ik een ordinaire indruk, maar ik verfoei die drijvende hoerenkasten met hun helikopterplatforms en hun zwembaden. Als je zo nodig moet zwemmen dan kun je toch in de zee springen? Belachelijk. Ik zal u eens wat vertellen, meneer Hammer, ik heb ooit eens een man ontmoet in Sjanghai. We hadden een zakengesprek gehad. Hij vroeg me aan boord van zijn jacht te komen. Heb jij een jacht in Sjanghai, vraag ik en ja, zegt hij, in de haven. Het mooiste jacht dat ik ooit zou zien. Nou ja, er liggen heel veel schepen in de haven van Sjanghai, maar niet zoveel jachten, denk ik. Dus ik ga mee. En daar in de haven ligt een monsterlijk groot, glimmend, crèmekleurig kantoorgebouw – met een helikopterplatform, uiteraard. En we gaan aan boord en daar heb je de gouden kranen en bedden in de vorm van schelpen. Allemaal heel smaakvol. Ik vraag mijn vriend, waar vaar je naartoe? Hij begrijpt me niet. Ik zeg, waar vaar je met haar naartoe – want ik kan me niet voorstellen waar iemand in de buurt van Sjanghai heen zou willen varen. Hij kijkt me een ogenblik, nog steeds onbegrijpend, aan en dan schiet hij in de lach en zegt, o nee, er zit geen motor in. Je kunt er nergens mee naartoe varen. De machinekamer is leeg.' Tourna schaterde het uit. 'Die boot ligt er waarschijnlijk nog steeds!' Hammer lachte ook, en Webster toonde een, naar hij hoopte, enthousiaste glimlach. 'Zo, heren,' zei Tourna, terwijl op zijn gezicht de uitdrukking van zakelijkheid verscheen die Webster ook in Datça had opgemerkt, 'hoe staat het met het onderzoek?'

Ze namen plaats aan tafel. Webster deelde kopieën uit van de agenda en van zijn rapport. Tourna nam een minuut de tijd om het document door te bladeren, legde het toen zorgvuldig terzijde en keek Webster recht in de ogen.

'Oké. Dit is interessant. Dit is leuk. Maar hier zit geen schot in. De rekeningen die jullie me sturen rijzen de pan uit. Er staat meer op jullie facturen dan in dit rapport, dat is een ding dat zeker is. Je schijnt te zijn vergeten wat ik wil.'

'Ik begrijp het. Er zijn de afgelopen weken momenten geweest dat ik zelf ook dacht dat het ons nooit zou lukken.'

'Als jullie het niet kunnen, dan kappen we er vandaag nog mee. Dit is geen vistochtje.'

'Ik denk dat we het kunnen. Ik zal u vertellen wat ik denk dat we hebben geleerd. U had gelijk waar het Malin betreft. Hij plukt de Russische staat meer dan al zijn gelijken. Maar dat is niet voldoende. Om dat te bewijzen moet je tot diep in Rusland doordringen, zo diep dat je waarschijnlijk nooit meer terugkomt. En er is niets in zijn verleden te vinden waarop hij kan worden aangepakt. Niemand doet zijn mond open. Iedereen die iets zou kunnen weten staat op zijn loonlijst.'

'Maar,' zei Tourna, met een blik op Hammer, 'dan zijn we toch uitgepraat?'

'We moeten ons niet langer op hem richten, maar op zijn organisatie.' Webster was inmiddels aardig op dreef. Hij leunde naar voren en tikte op de tafel om zijn woorden te benadrukken. Hij pakte een exemplaar van het rapport, draaide het om en tekende met een potlood een liggende acht – het symbool voor oneindigheid. 'In Rusland heeft hij deze grote operatie voortreffelijk georganiseerd en zo ondoorzichtig als maar mogelijk is.' Hij begon de rechterkant van de acht met zwart in te kleuren. 'Je kunt er niet in kijken. Dit is de plek waar hij het geld steelt en daar beheert hij zijn investeringen. Maar voordat het er weer in kan worden gepompt moet het geld er eerst uit komen. Dus heeft hij in het westen, verdeeld over zo'n honderd bedrijven, de andere grote operatie lopen.' Met het potlood wees hij op de andere helft van de acht. 'Zo mogelijk nog beter geregeld. De ene laag op de andere. Je kunt er een glimp van opvangen, maar verder dan de voordeur kom je niet. En hier, waar beide delen elkaar raken, hier zit Richard Lock, die beide kanten op kijkt.'

'Hij weet dus alles?' vroeg Tourna.

'Hij weet alles. Maar wat zo mogelijk nog mooier is: zonder hem functioneert dit allemaal niet. Alles gaat via hem.' Webster pauzeerde heel even. 'Hebt u de updates gelezen die ik u heb gestuurd?'

'Jawel.'

'Dan weet u dus van Dimitri Gerstmann?'

'Ja, dat weet ik. Akelige toestand. Maar rond Malin verbaast het me niks.'

'Mij verbaast het wel.' Webster en Tourna keken elkaar even aan. 'We weten niet wie Gerstmann heeft vermoord, of zelfs of hij is vermoord. Maar één ding weet ik wel en dat is dat Lock verdomd bang is.'

'Is dat een veronderstelling?'

'Nee, dat is een feit. We hebben iemand die met hem heeft gepraat, nadat hij in Parijs getuigenis had afgelegd.'

'Mijn god, hij was rampzalig in Parijs.' Tourna proestte het uit. 'Ik heb nog nooit zoiets gezien. In het begin bracht hij het er nog aardig af, hij had zich voorbereid, maar godallemachtig, toen onze advocaat zijn klauwen uitsloeg? Het was een bloedbad. Een slachting. Als ik Malin was geweest dan had ik mij na een uurtje opgebeld en om een schikking gesmeekt. Wie heeft met Lock gesproken?'

'Dat kan ik u niet zeggen.'

'Oké. Wat zei hij?'

'Hij is bang. Hij weet dat hij het er deze week beroerd heeft afgebracht en hij is bang om terug te keren naar Moskou. Dat was hij in ieder geval; misschien is hij daar inmiddels alweer. Ik kan me voorstellen dat hij doodsbang is dat hij de volgende zal zijn.'

'Hij is bang. Mooi. Terecht. Nou en?'

Webster aarzelde een ogenblik. Hij realiseerde zich dat dit een smerig zaakje was, het marchanderen met iemands angst. Hij vervolgde zijn verhaal. 'Malin kan niet zonder Lock. Zonder Lock stort het hele kaartenhuis in elkaar. Het is één grote leugen en hij is degene die betaald wordt om te liegen. Als we hem overhalen de waarheid te vertellen, dan winnen we nagenoeg zeker de rechtszaken die u aanspant. Malin moet zich tegenover alles en iedereen verantwoorden en zijn zaken worden tegelijkertijd lamgelegd. Zijn hele financiering zal opdrogen. Bryson Joyce moet misschien wel ontslag nemen.'

'Ik begrijp het niet. Als Lock ten gunste van ons getuigt, dan is hij zijn baan kwijt en heeft hij er een verdomd machtige vijand bij. Waarom zou hij dat doen?'

'Omdat,' zei Hammer, 'we nu een stadium hebben bereikt waarin de

FBI en een aantal anderen een levendige belangstelling aan de dag leggen voor meneer Locks reilen en zeilen. Ik heb deze week gepraat met een vriend van me binnen de FBI en ze zien daar grote mogelijkheden met hem. In dollars uitgedrukt is hij een van de grootste witwassers die ze ooit hebben gezien. En van hem heb ik gehoord dat de Zwitsers er ook eens goed naar kijken.'

Tourna leunde achterover, schoof zijn stoel ongeveer een halve meter weg van de tafel en trok aan zijn onderlip terwijl hij nadacht. Net als Hammer was hij een zenuwlijder, maar waar Hammer tikte en kauwde, gebruikte hij zijn hele lichaam. Zijn been wiebelde, hij leunde naar voren. Terwijl hij naar hem keek, vroeg Webster zich af of Hammer inderdaad dat telefoontje had gepleegd, en zo ja, wat er was besproken. Hij dacht dat ze hadden afgesproken tot na dit gesprek niets te ondernemen.

'Meneer Hammer,' zei Tourna ten slotte. 'Wat vindt u ervan?'

Hammer legde zijn pen neer. 'Het is een geweldige kans. En zo als alle geweldige kansen niet zonder gevaren. Maar hier zijn de gevaren eigenlijk niet voor ons. Die zijn voor meneer Lock. Het kan u wat geld kosten, het kan ons onze reputatie kosten, maar voor Lock is het pas echt linke soep. Ben heeft een paar zware weken achter de rug. Het is niet gebruikelijk dat de mensen die wij ondervragen de dood vinden. Het is voor ons evenmin gebruikelijk dat we ervan worden beschuldigd daar verantwoordelijk voor te zijn. Maar ik geloof dat ik Lock ervan heb weten te overtuigen dat we hem op de lange duur het beste kunnen beschermen door hem een oplossing uit deze ellende te bieden. Hij zit er tot aan zijn nek in. Daar ben ik zeker van. Ik heb zoveel van die kerels gezien. Sommigen zijn hard genoeg, maar hij is dat niet. Dus op een dag gebeurt er iets waardoor Malins imperium instort. En lock? Die wordt vermoord of verdwijnt achter de tralies. Als hij mazzel heeft krijgt hij huisarrest in Moskou. Hij kan dat alleen voorkomen door het licht te zien. Ik stel voor dat we hem dat duidelijk maken.'

Bijna een volle minuut zat Tourna aan zijn lip te trekken.

'En hoe zit het met die facturen van u?'

Webster nam het voortouw. 'We hebben een hoop geld uitgegeven omdat we een heleboel mensen een heleboel werk moesten laten verrichten. We zijn nu zo ver met het onderzoek, dat ikzelf de enige ben die nog betaald moet worden. Misschien hebben we ook nog wat observatie nodig. We zullen moeten weten waar Lock is en wat hij uitvoert.

Wanneer hij naar het westen komt. Maar we kunnen de maandelijkse kosten danig terugschroeven. De regeling bij succes blijft ongewijzigd.'

'Hoe lang denken jullie nodig te hebben?'

'Twee maanden,' zei Webster, 'misschien maar een.'

'En als Lock het vertikt om mee te werken?'

'Dan is er nog geen man overboord,' zei Webster. Hammer knikte.

Tourna dacht een ogenblik na en trok opnieuw aan zijn lip.

'Dit is de enige manier,' zei Webster.

Tourna knikte. 'Oké. Laten we het doen. Maar ik wil wel dat de observatiekosten tot het minimum beperkt blijven. Ik weet hoe zoiets in de papieren kan lopen. Als ik mijn tweede vrouw moet laten schaduwen dan kan ik haar net zo goed meteen haar alimentatie betalen. Dat komt ruwweg op hetzelfde neer.' Hij lachte even snuivend en stond op om te vertrekken. 'Meneer Webster. Meneer Hammer, aangenaam u te hebben ontmoet. Doe dit voor me, heren. En zodra het er de schijn van heeft dat het misgaat dan zetten jullie de meter stil, afgesproken? Ik weet dat jullie je kostelijk amuseren, maar niet op mijn kosten, oké?' Hammer glimlachte.

Webster liet Tourna uit en keerde vervolgens terug naar de directiekamer. Hammer zat daar nog steeds te glimlachen.

'Wat was dat nou over de FBI?' vroeg Webster, deels geërgerd en deels geamuseerd over de verrassing die Ike nu weer voor hem in petto had gehad.

'Sorry. Ik had het je willen vertellen voordat hij binnenkwam. Ik heb gebeld toen jij in Berlijn zat.'

'Hebben ze belangstelling?'

'O ja,' zei Hammer. 'Dat hebben ze zeker.'

9

—

Zolang je door het luchtruim zweefde, kon niemand je te grazen nemen, dacht Lock. Niemand kon je op je fouten wijzen. Niemand kon je optreden beleefd afkraken. En het mooiste van alles: niemand kon je tegemoet treden met zo'n tactvolle houding die liet doorschemeren dat je al reddeloos verloren was.

De rust was van korte duur. Vier uur van Parijs naar Moskou in de zon boven de wolken. Op vliegveld Sjeremetjevo aangekomen zou hij zijn BlackBerry weer aanzetten en het zou allemaal opnieuw beginnen. De telefoontjes uit Grand Cayman, van Cyprus, uit Gibraltar, iedereen zenuwachtig om die lui van Ikertu; e-mails van Kesler en Griffin over het debacle van Parijs en wat we in hemelsnaam nu moeten beginnen; misschien op de koop toe een telefoontje of twee van een journalist die er een beetje achteraan hobbelt. Hij vroeg zich af wanneer het dieptepunt was geweest van deze meedogenloos gruwelijke week: toen hij stukje bij beetje werd ontleed door de zure aanklager Lionel Greene; toen hij van zijn secretaresse had gehoord dat Malin hem na zijn terugkeer onmiddellijk wenste te spreken; of toen hij van de betrouwbare en doorgaans onverstoorbare Herr Rast, de oudste en rustigste van Locks trawanten in Zwitserland, te horen kreeg dat de openbare aanklager in Zürich hem aan de tand had gevoeld over Faringdon en Langland. Waarschijnlijk toch het telefoontje van Rast, met een neuslengte voorsprong. Greene had gedaan wat hij niet laten kon en Malin was de duivel die hij in ieder geval kende; maar Zwitserse aanklagers vormden een nieuw en angstwekkend schrikbeeld.

God, wat waren die aanklagers goed. Als hij naar die ongerepte wereld van zonlicht en diepblauw en hagelwit buiten zijn raampje keek, bedacht hij dat hij ontzag had voor Greene en dat zelfs toen hij door hem met de grond gelijk werd gemaakt een klein deel van hem in vervoering was over zijn scherpte, zijn absolute zelfverzekerdheid. Lock vroeg zich af of hij, in een ander leven, ooit zo goed had kunnen worden. Hij wist niet of hij er wel trek in had om iemand al het vlees van zijn botten te schrapen, zoals Greene bij hem had gedaan, als een chirurg die krab eet.

Maar misschien was toch nog niet alles verloren; Kesler was tenminste nog geforceerd optimistisch. Lock was dan wel niet bij machte gebleken ook maar iemand ervan te overtuigen dat hij een oliemagnaat was, Tourna was er niet in geslaagd aan te tonen dat hij was bedrogen. Maar met Parijs was het nog lang niet afgelopen. Kesler had Lock er ook op gewezen dat zijn geloofwaardigheid niet in het geding was, wat maar goed was ook, en dat er niets van in de pers zou verschijnen. En dat was de grootste opluchting.

Maar Malin. Jezus. Lock vroeg zich af hoeveel hij zou weten. Vermoedelijk zou Kesler hem rapporteren hoe de hoorzitting was verlopen, en het was in zijn eigen belang de meest afgrijselijke details te verzwijgen. Maar daar was Kesler de man niet naar. Hij voelde de schaamte voor de hele vertoning uit zijn borst oprijzen tot in zijn keel.

Maar goed, het was tenminste achter de rug en hij hoefde het niet nog eens te doen. Malin zou de smoor in hebben, zoveel was duidelijk, maar hij kon er heel weinig aan veranderen. Misschien kon hij het hem ook niet al te zeer euvel duiden, want was hij per slot van rekening niet zelf degene die Lock met deze belachelijke baan had opgezadeld? Uiteindelijk was Malin in alle opzichten verantwoordelijk. Lock glimlachte, maar zonder overtuiging.

Hij keek op zijn horloge. Halfelf, Franse tijd, halftwee Russische tijd. Een mooie tijd om nog een borrel te nemen. Hij dronk het glas dat voor hem stond leeg.

Om zichzelf wat afleiding te bezorgen, pakte hij een notitieboekje uit zijn koffertje, haalde de lege zoutjeszakjes van het fragiele uitklaptafeltje, gaf alle afval over de lege stoel naast hem aan de stewardess en vroeg om nog een gin. Hij sloeg het boekje op een blanco pagina open en nam een pen uit zijn borstzak. Hij noteerde eerst de datum en stond vervolgens op het punt om het woord 'Dossier' op te schrijven, maar vond dat ondoordacht en schreef in plaats daarvan 'Ideeën' op. Vervolgens zat hij, wachtend op inspiratie, een tijdje naar het woord te staren en krabbeltekeningetjes te maken op de pagina ernaast. Onder het kopje tekende hij drie vakken en schreef er iets boven: *Wat Malin weet. Wat ik weet. Wat ik moet weten.* Geconcentreerd begon hij de kolommen te vullen. De laatste begon al aardig vol te raken.

Hij moest erachter zien te komen waar het geld vandaan kwam. Dat was niet eenvoudig. Hij had alleen zicht op de bovenste laag. Zijn buitenlandse bedrijven ontvingen overboekingen van een twaalftal maatschappijen die verspreid over heel Rusland waren gevestigd, en pas daarachter werden de werkelijke zaken gedaan die het geld genereerden. Na duizenden vergaderingen wist Lock wel ongeveer wat dat inhield: ze troggelden hun aan handen en voeten gebonden, aan de staat toebehorende klanten veel te veel geld af voor goederen en diensten; ze kochten de spullen goedkoop in en verkochten die tegen marktprijzen; ze haalden vergunningen binnen die ze nooit van plan waren te gebruiken en met een vette winst konden verkopen. Maar dat was alles. Ze hadden hem nooit laten zien hoe ze te werk gingen.

Ten slotte tekende hij een vierde vak: *Waar die informatie te vinden is.* Hij dacht een poosje na. In Malins hoofd; daar was al die informatie opgeslagen. Hij schreef het op. Overheidsdossiers. Waarschijnlijk ergens diep in een of ander ondenkbare uithoek van het Kremlin, bevond zich vast wel een dossier dat hij en heel wat anderen maar wat graag zouden inzien. Waar nog meer? In Malins kantoor op het ministerie. In Malins woning? Het was niet uitgesloten. Hij noteerde het. In Tsjekanovs kantoor. Hoe zat het met de Russische advocaten? Ja, dat zou een mogelijkheid kunnen zijn.

Tsjekanovs kantoor. Daar moest toch zeker alles te vinden zijn? Als je iemand zou zoeken om tegen Malin te getuigen, dan kwam je automatisch bij Tsjekanov uit. Hij wist alles. Alle uitbetaalde smeergelden, elke louche transactie, elke fraude die Malin ooit had gepleegd.

Dat was waar hij wezen moest. Zou hij daar kunnen inbreken? Een krankzinnig idee. Maar hij zou het door anderen kunnen laten doen. De lui die vroeger hadden gewerkt voor een staatsveiligheidsorganisatie en nu via advertenties in de Moskouse kranten hun diensten aanboden zouden daar best toe bereid zijn. Ze zouden natuurlijk wel discreet te werk moeten gaan; elke indicatie dat er iemand in het kantoor was geweest zou terug kunnen leiden naar hem. Zou hij op de een of andere manier de indruk kunnen wekken dat Ikertu erachter zat? Een spoor achterlaten dat terugverwees naar Londen. Hij zou die maffe onderzoekers in Londen kunnen vragen zich namens hem met de Russen bezig te houden.

Lock leunde achterover in zijn stoel en dacht een beetje verstrooid na over het plan. Het was niet slecht. Eigenlijk was het best goed. Per slot van rekening was dit soort dingen in Moskou aan de orde van de dag. Hij begon als een Rus te denken.

Maar toen dacht hij weer als een jurist. De loyaliteit van Locks onderzoekers, van InvestSol, kon hij daarop rekenen? Een van hen hoefde maar te beseffen wat er gaande was en zou hem kunnen chanteren. Of nog waarschijnlijker, en gevaarlijker, iemand kon er een puinhoop van maken en de afschrikwekkende Horkov, of een nog angstwekkender wezen uit Malins regiment van wrede voormalige geheim agenten, zou het allemaal terug kunnen herleiden naar hem.

Hij was geen meester-crimineel. Na drie flinke glazen gin-tonic tijdens een vlucht was het belangrijk om dat niet te vergeten.

Hij mijmerde nog een beetje door over het probleem en verwierp ideeën omdat ze te weinig doortastend of te roekeloos waren. Maar Tsjekanov liet zich niet verjagen. Hij was de zwakste schakel. Nou ja, de enige schakel bij wie iets van zwakheid te bespeuren viel. Er was een tijd geweest, jaren geleden, dat hij en Lock kantoren naast elkaar hadden gehad in een gebouw vlak achter Novy Arbat, totdat Malin had besloten dat dat een verkeerde indruk wekte en ze van elkaar had gescheiden. Maar zelfs nu was hij nog regelmatig in Alexeis kantoor. Als hij daar maar twintig minuten alleen zou kunnen zijn. Hoeveel archiefkasten stonden daar, vijf, zes?

Elke dinsdag om zeven uur, een uur vóór Lock, had Tsjekanov een ontmoeting met Malin en om de twee of drie weken spraken hij en Lock elkaar daaraan voorafgaand om hun respectieve gesprekken met Malin door te nemen. En onveranderlijk ging Tsjekanov na zo'n gesprek er met grote haast vandoor, waarbij hij zich verontschuldigde tegenover Lock en zonder verdere verplichtingen het pand verliet. Lock hoefde alleen maar een afspraak te maken voor komende dinsdag en een beetje te laat te komen met een overvolle agenda. Nog beter, als zijn telefoon nu eens zou overgaan, net als Tsjekanov de deur uit snelde? Dan zou hij kunnen opnemen, wat ernstig gekreun laten horen en Alexei kunnen vragen of hij daar even mocht achterblijven om zijn gesprek af te maken. Hij zag het al helemaal voor zich.

Het laatste deel van de vlucht sliep Lock. Het was een diepe slaap die hem een gevoel van traagheid en sufheid bezorgde; toen hij wakker werd hobbelde het vliegtuig zachtjes over de landingsbaan van Sjeremetjevo. Moskou maakte een vlakke, grauwe indruk, gevangen onder laaghangende bewolking, en het was al bijna helemaal donker. Met pijn in zijn schouders en zijn rug, maakte hij zijn veiligheidsgordel los en stond op om zijn koffer te pakken en zich in het gangpad uit te strekken. Het was een rustige vlucht geweest. Dat was tenminste iets; de vluchten naar Londen waren dat nooit. Met een beetje geluk zou hij voor in de rij voor de paspoortcontrole kunnen komen te staan en zonder dat vreselijke schuifelende wachten het vliegveld kunnen verlaten.

Uiteindelijk zou het toch nog vijf kwartier duren; vlak voor hem waren er twee vliegtuigen vol Koreanen en Bulgaren geland. Hij had het wel eens erger meegemaakt. Terwijl hij zijn koffer op wieltjes achter zich aan trok, wandelde hij langs de douane, gaf zijn aangifteformulier aan een beambte en liep vervolgens het ware Rusland tegemoet, op zoek naar Andrei en zijn auto. Gewoonlijk stond hij hem op te wachten bij de Hertz-balie, maar ditmaal was hij er niet. Lock bleef staan en speurde de aankomsthal af. Geen spoor van hem te bekennen. Hij zette zijn koffer rechtop en haalde zijn Russische telefoon tevoorschijn. Toen hij bezig was het nummer op te zoeken, voelde hij een hand op zijn bovenarm.

'Meneer Lock.' Een zware, toonloze, Russische stem. Lock keek naar rechts en toen omhoog. De man die hem had aangesproken was lang, misschien een meter negentig, en breed gebouwd. Hij had dun, blond haar dat zo kort geknipt was dat Lock zijn witte schedel erdoorheen kon zien.

'Ja.'

'Wilt u met ons meekomen, alstublieft? Wij zullen u naar de stad brengen.'

Lock keek naar links. Nog een man, met ongeveer dezelfde lichaamsbouw, iets kleiner, met grijs haar en een gebroken neus, stond daar met zijn handen respectvol ineengevouwen voor zich. Ze droegen allebei een dikke zwarte winterjas en een spijkerbroek.

'Waar is Andrei?'

'Wij vervangen Andrei vandaag.'

Nu was Lock klaarwakker. Hij had geen idee wat dat betekende. Er ging een schok van angst door hem heen.

'Wie heeft jullie gestuurd?'

'We zijn van het ministerie.'

De man met het grijze haar pakte Locks koffer en begon die weg te rijden door de hal. Zijn collega liet Locks arm los.

'Gaat u mee, alstublieft.'

Lock volgde hem. Hij werd zich opeens bewust van de inhoud van zijn koffertje. Waarom had hij die stomme aantekeningen gemaakt? Hij zou tegen ze moeten zeggen dat hij naar de wc moest, en daar de bladzijde eruit scheuren en die door de plee spoelen. Stel je voor dat ze hem zijn koffertje afpakten als hij dat zou doen. Allemachtig, hij bracht hier niets van terecht. Ze hadden het hem niet afgenomen, redeneerde hij; als ze dat hadden gewild, dan hadden ze het al gedaan.

Beneden, in de chaos van uitlaatgassen en parkerende en wachtende auto's knipperde een zwarte bmw met zijn lichten en ze stapten alle drie in, Lock achterin en zijn ontvangstcomité omvangrijk voorin. Het was inmiddels helemaal donker en de man met het grijze haar reed met grote snelheid tussen het treuzelende verkeer door alsof hij onkwetsbaar was. Lock zei niets. Hij wist dat hij toch geen antwoorden zou krijgen van dit stel. Zo te zien waren ze van Speciale Diensten. Niet dat hij veel van dat soort dingen afwist, maar ze waren duidelijk anders dan Andrei.

Langzaam werden de torenflats en de reclameborden talrijker en in het duister begon Moskou te verdichten tot een stad. Ze passeerden het stadion van Dynamo en reden over de Leningradski Prospekt in de richting van het ministerie. Maar bij het Majakovskaja reden ze oostwaarts de Tuinring op. Dat sloeg nergens op. Lock voelde met een schok een nieuwe angst bij zich opkomen: en als die mannen nu eens helemaal niet met Malin van doen hadden? Als ze nu eens van de fsb waren? Of erger, als ze nu eens voor iemand anders werkten, wat zou betekenen – wat? Dat Malin in ongenade was gevallen?

Ze hadden de Tuinring weer verlaten en reden nu door het wanordelijke hart van de stad. De bmw laveerde door een wirwar van smalle straten, met lage gepleisterde gebouwen aan weerskanten onder het dof oranje van de straatlantaarns. Lock kende deze route. Zo zouden ze vlak bij zijn flat uitkomen. De auto reed linksaf de Mali Zlatoustinski pereulok, de straat waar hij woonde, in en stopte voor zijn flatgebouw. De blonde man stapte uit en opende het portier voor Lock. Lock hees zich moeizaam uit de auto terwijl de blonde man zijn koffer pakte.

'Wat moeten we hier?' vroeg Lock.

'We brengen u thuis. Dat is alles.'

Lock liep naar het gebouw, vond zijn sleutels en opende de voordeur. In de hal drukte hij op het knopje om de lift te laten komen. De blonde man stond naast hem terwijl ze wachtten tot de lift kwam en staarde recht vooruit naar de deur.

Locks appartement bevond zich op de vijfde verdieping. Hij pakte zijn sleutels, opende de drie nachtsloten en ging naar binnen. De blonde man volgde hem en zette de koffer in de gang.

'Dank je,' zei Lock.

De blonde man zei niets en vertrok.

Lock trok zijn jas uit, gooide die over een stoel en liep de keuken in. Hij nam een borrel zonder tonic. Er stond wodka in de ijskast. Hij schonk een waterglas voor een kwart vol en dronk het in één langzame teug leeg. Het voelde aan als licht, koel en warm in zijn keel.

Hij sloot heel even zijn ogen en huiverde. Hij had geen idee wat er gaande was. Zou Andrei gewoon ziek zijn? Van alle bizarre mogelijkheden die door zijn hoofd gonsden, was dit een van de meer plausibele. Hij liep zijn zitkamer in, die zich aan de voorkant over de lengte van het gebouw uitstrekte en keek uit het raam. De BMW stond nog steeds pal voor de deur geparkeerd. Waarschijnlijk wachtten ze tot ze hem, over een uurtje of wat, naar het ministerie konden brengen. Voor zover Lock kon zien zat alleen de chauffeur in de auto. Hij keek er een poosje naar. De oorlogsveteraan in zijn wintercamouflagepak die voor zijn gebouw de parkeerplaatsen regelde had de auto met rust gelaten. Er gingen een paar minuten voorbij.

Toen kwam er een ijzingwekkende gedachte bij Lock op. Hij liep naar de voordeur en keek door het kijkgaatje. Het was duidelijk. Hij opende de deur om de gang in te kijken, en daar, rechts van de deur, met zijn armen over elkaar geslagen en zijn rug tegen de muur, stond de blonde man. Nu begreep Lock het.

'Wat doe je hier?' vroeg hij.

'Ik wacht op u.'

Meer hoefde hij niet te vragen. Hij sloot de deur, schonk zichzelf nog een borrel in en ging aan de keukentafel zitten. Hij stond onder huisarrest.

Dat was de logische gevolgtrekking. Als ze hem dood hadden willen schieten dan zouden ze dat inmiddels al hebben gedaan.

Er waren verschillende soorten huisarrest. Soms mocht je, onder strenge begeleiding, naar buiten; soms mocht je helemaal de deur niet uit. Soms duurde het een eeuwigheid; soms kwam er plotseling een einde aan. Hoe lang had het voor de Romanovs geduurd? Een jaar? Nog langer?

Twintig minuten lang zat hij daar en dronk. Toen ging de deurbel.

Opnieuw keek hij door het kijkgaatje. Er stond een forse man in een pak voor de deur en hij leek dikker dan gewoonlijk door de groothoeklens in het kijkgaatje. Malin was nooit eerder bij hem op bezoek geweest. Lock deed de deur open.

'Richard.'

'Konstantin.'

'Mag ik binnenkomen?'

'Natuurlijk, natuurlijk.'

Malin volgde Lock naar de zitkamer.

'Kan ik iets te drinken voor je inschenken?' vroeg Lock.

'Nee, dank je.'

'Ga zitten, alsjeblieft.'

Malin ging in de enige leunstoel zitten, waar Lock meestal zat als hij televisie keek. De kamer was sober ingericht; dit was niet zijn thuis. Lock ging op de bank zitten en probeerde een ontspannen indruk te maken.

Heel even keek Malin Lock alleen maar aan en zoals altijd kon Lock uit zijn gezichtsuitdrukking niets opmaken. Die was uitdrukkingsloos. De ogen tegelijkertijd emotieloos en alert. Was dat altijd zo geweest? Waren dit de ogen die hem zo lang geleden langzaam hadden verleid?

'Hoe was Parijs?' vroeg Malin ten slotte.

'Niet zo goed als het had kunnen zijn. Maar dat heb je ongetwijfeld al gehoord.'

Malin knikte. Een traag knikje, twee, drie keer, terwijl hij Lock strak bleef aankijken. Toen ademde hij demonstratief in, liet de lucht door zijn neus ontsnappen en tastte in de zak van zijn jasje naar zijn sigaretten, een Russisch merk. Hij haalde er een uit het pakje, stak die aan met een wegwerpaansteker en blies voordat hij begon te praten de rook weer uit.

'Ik dacht dat Kesler je had gecoacht.'

'Dat heeft hij ook.'

'Wat heb je dan verkeerd gedaan?'

Lock gaf geen antwoord. Hij probeerde Malins blik vast te houden. Malin keek naar hem en rookte. Hij tikte de as af boven de asbak en sprak opnieuw.

'Richard, acht jij het nou echt waarschijnlijk dat de grootste buitenlandse investeerder in Ruslands olie-industrie niet op de hoogte is van het verschil tussen kerosine en benzine?'

'Ik wist het niet... Ik ben maar een eenvoudige aandeelhouder.'

'Of van de standaardvoorwaarden voor een olie-exploratievergunning?'

Lock sloeg zijn ogen neer. Malin ging door met zijn relaas.

'Of van de gezamenlijke opbrengsten van de groep over de afgelopen tien jaar?'

Lock voelde een stekende, beklemmende pijn in zijn borstbeen. Er hing een weeë geur om hem heen. Hij wilde een douche nemen.

Malin keek hem nog steeds aan.

'Het spijt me.' Meer wist hij niet te zeggen.

Malin maakte zijn sigaret uit en scheidde het gloeiende tabaksbolletje van de filter, terwijl zijn blik op Lock gericht bleef.

'Ik denk dat je internationaal te veel de aandacht op je hebt gevestigd.' Malin ging voorover zitten met gekruiste benen, als een soort kikker, zijn dikke schouders afhangend. 'Het is een moeilijke kwestie. Er staan verhalen in de krant en het proces gaat door. Tourna's mensen worden steeds agressiever. Ze zullen je onder druk zetten en ik wil niet dat je kwaad wordt berokkend.' Hij wachtte even. 'Daarvoor ben jij te belangrijk voor me.' Dat leek om een reactie te vragen, maar Lock wachtte nog. 'Daarom heb ik nieuwe bodyguards voor je geregeld. Die mannen verstaan hun vak. Ze zullen ervoor zorgen dat er goed op je wordt gepast. Ze zullen ervoor zorgen dat niemand bij je kan komen.'

Lock probeerde iets te bedenken wat hij zou kunnen zeggen. 'En hoe zit het met Andrei?' was het enige wat hij kon uitbrengen.

'Die is overgeplaatst.' Malin schoof naar voren op zijn stoel. 'Is er verder nog iets wat je me wilt vragen?'

'Zal ik... Kan ik gaan en staan waar ik wil?'

'Uiteraard. Het is precies als voorheen.'

'Hoe lang gaat dit duren?'

'Niet lang. Het is een tijdelijke maatregel. Als alles is bedaard, kunnen we weer terug naar de normale situatie.' Lock voelde dat hij werd gemonsterd en dat hem tegelijkertijd te verstaan werd gegeven: onderschat de ernst hiervan niet.

Malin stond op en stak zijn hand uit. Lock schudde die.

'Tot ziens, Richard. Ik zie je dinsdag op het ministerie.'

'Ja. Prettige avond.'

Malin liep het huis uit. Lock bleef verwonderd achter in de zitkamer. Hij vroeg zich een heleboel dingen af, maar wat hem het meeste dwarszat was wat niet was uitgesproken. Er was met geen woord gerept over het onderzoek naar Tourna. Geen krachtig hart onder de riem.

Malin had gelijk: het was precies als voorheen. Het verbaasde Lock dat de aanwezigheid van gewapende bewakers zo weinig verschil maakte. Hij ging naar kantoor, dineerde, kwam thuis en bracht in zijn eentje een mistroostig weekend door. Meer vrijheid zou aan hem verspild zijn geweest.

Elke avond om negen uur was de wisseling van de wacht. Hij wist dat elke beweging die hij maakte werd genoteerd en gerapporteerd en hij wist ook, hoewel dat niet met zoveel woorden was gezegd, dat hij het land niet uit mocht en dat hij niet voor een weekendje naar Sint-Petersburg mocht afreizen. Maar dat maakte eigenlijk ook weinig verschil. Hij leefde al jaren met instemming van iemand anders. Alleen nu wist hij het. Dat was alles.

Het enige verschil voor hem was eigenlijk de afwezigheid van Oksana. Na zijn terugkeer uit Parijs had hij een week lang geprobeerd een simpel leven te leiden en de last te negeren die hij elke ochtend als hij wakker werd op zijn schouders voelde drukken, maar bij elke tegenslag, bij elke herinnering aan zijn benarde positie verlangde hij naar haar. Het meeste nog had hij er behoefte aan met iemand te praten die geen deel uitmaakte van zijn wereld. Hij nam zich zijn eigen zwakheid kwalijk, maar dat maakte hem niet sterker.

En dan was Marina er ook nog, en de brief. Hij had zich de gewoonte eigen gemaakt om die overal waar hij ging met zich mee te dragen in zijn binnenzak, waar die gelijktijdig fungeerde als troost en als risicofactor: per slot van rekening zou iedereen die hem zou lezen vast en zeker concluderen dat hij nu op het punt stond om over te lopen of eenvoudigweg in te storten. Hij wist niet waarom hij hem bij zich droeg. Hij hield zichzelf voor dat ze gelijk had waar het haar analyse betrof, maar dat haar remedie verkeerd of tenminste onrealistisch was, en dus dienden haar woorden niet als inspiratie of als richtsnoer of als aansporing (er zou aansporing voldoende moeten zijn in de wetenschap dat er elke ochtend even zeker als het opgaan van de zon een bewaker voor zijn deur stond). Maar niettemin bleven haar woorden bij hem, op zijn lijf en malend door zijn hoofd, misschien wel omdat ze overduidelijk benadrukten dat ze nog steeds om hem gaf, dat er ergens in een ander universum, waar zijn isolement minder strikt en minder volledig was, misschien nog hoop mocht worden gekoesterd.

De kranten hadden de draad weer opgepakt. De *Wall Street Journal* had een profielschets gepubliceerd van Malin die, hoewel zijn officiële wapenfeiten erin werden vermeld, niet vleiend was. 'Ruslands geheime oligarch' luidde de kop en het ging veel verder dan het verhaal in *The Times*, waarin het draaide om zijn connecties met Langland, Faringdon en Lock. De *Financial Times* was gevolgd met een artikel over Faringdon, haar uitzonderlijke aaneenschakeling van activa en haar schimmige eigenaar, ene Richard Lock.

Het enige wat hem wat hoop gaf was zijn plan, dat nu van groter gewicht was dan ooit. En gevaarlijker. Elke avond na het eten werkte hij eraan. Hij had zijn oorspronkelijke aantekeningen verbrand en werkte nu in zijn hoofd alle details uit; dat was sowieso niet zo ingewikkeld. Hij had twee problemen waaraan hij moest werken: hoe kon hij ervoor zorgen dat zijn telefoon net zou gaan op het moment dat Tsjekanov aanstalten maakte om zijn kantoor uit te lopen en hoe moest hij een archiefkast openen zonder het slot te forceren. Het laatste had hij geoefend op een eigen archiefkast. Hij was begonnen met een gewone paperclip, maar die was te dun en hij stapte over op een haarspeld die Oksana in zijn badkamer had achtergelaten. Na een poosje prutsen kon hij de pennetjes in het slot omhoog en omlaag voelen bewegen, maar het lukte hem niet het mechanisme te laten draaien.

Die zaterdag ontwaakte hij vroeg uit een onrustige slaap en ging naar de *banja* voor een stoombad en een scrubbehandeling. Zijn bewakers wachtten buiten. Toen hij daar wegging voelde hij zich lichter en was de dufheid uit zijn hoofd verdwenen. Het was nog koud in Moskou maar er was geen wolkje te zien en voor de verandering voelde het goed om de lucht in te ademen. Hij zei tegen zijn bewakers dat hij een poosje ging wandelen. De chauffeur bleef bij de auto; de blonde man volgde hem op vijf meter afstand. Lock liep kordaat over het Rode Plein, zoog zijn longen vol zuurstof, vastbesloten zijn dag zo door te brengen dat hij zichzelf ervan kon overtuigen dat zijn geest ongebroken was.

Hij zou iets gaan doen wat hij nooit eerder had gedaan: hij zou een bezoek brengen aan het Kremlin. Misschien zou het hem goed doen om eens een kijkje te nemen achter die gigantische rode muren. Het Kremlin was nog steeds het onbekende centrum der dingen, een stille bedreiging voor alle Russen. Als het wilde kon het je verbannen, gevangenzetten en je alles afpakken wat je bezat. Het had je in eigendom. Zelfs Malin was ervoor op zijn hoede, alsof het een soort despotische, vreemde macht was. In die mysterieuze citadel aan de rivier werkten en overlegden mensen en namen zij beslissingen. Malin kende de meesten van hen. En toch sprak hij nog steeds niet over het Kremlin als een verzameling van politici en ambtenaren, maar als een angstwekkend wezen dat je voor het minste blijk van minachting of zomaar uit een bevlieging kon vermorzelen. Lock had er zelf ook ontzag voor en was er een beetje bang voor. Hij hoopte dat hij het nooit een reden zou geven om zich met hem te bemoeien.

Bij het stalletje aan de overkant van het Rode Plein kocht hij twee kaartjes, een voor zichzelf en een voor zijn blonde metgezel, die het een beetje onhandig aanpakte. Tussen de groepen toeristen door liep hij door de brede houten poort in de buitenmuur naar binnen een lange laan met bomen op. Terwijl hij liep was hij verbaasd over de schoonheid van de gebouwen en hoe onberispelijk alles was onderhouden – de paden schoon, de bermen gemaaid, het gras zelfs nu, in de winter, diepgroen. Russische regeringsgebouwen waren heel anders. Die waren groezelig en functioneel. Dit was licht en sereen en vol van de geest van het land dat het regeerde. De kantoren, uitgestrekt en donkergeel geschilderd, ademden een rationalistische sfeer die in tegenspraak was met het hagelwit en de uivormige koepels van de kerken en kathedralen; de ene op het noorden en het westen gericht, de andere naar het zuiden en het oosten. Samen herinnerden ze hem aan de sentimentele grootsheid van Rusland. Tegen alle verwachting in was hij erdoor geroerd. Het was van zo'n zeldzame schoonheid. Wat gemakkelijk, dacht hij, om te heersen zonder angst voor aanslagen uit een oord als dit.

Hij bleef daar iets meer dan een uur en toen voelde hij zich moe worden. Hij had graag enkele van zijn gedachten besproken met zijn beschermer, maar hij had niet het gevoel dat hij dat kon maken. Hij had honger, maar geen zin om in zijn eentje te eten. Hij wilde Oksana zien. Eigenlijk had hij haar nodig: hij had iemand nodig die hem in Tsjekanovs kantoor kon bellen, en zij was wellicht de enige persoon in Moskou die hij kon vertrouwen. Toen hij het Rode Plein op liep, pakte hij zijn telefoon en belde haar, voor het eerst nadat ze hem in Café Poesjkin had verlaten. Toen hij het nummer intoetste hoorde hij in zijn oor hetzelfde elektronische piepje dat hij een week eerder in Londen had gehoord en met een nieuwe golf van ongerustheid realiseerde hij zich dat zijn telefoon waarschijnlijk werd afgetapt. Natuurlijk werd hij afgeluisterd. Toen hij ergens in de verte Oksana's voicemail hoorde, verbrak hij de verbinding.

Zijn stemming, die hij zo zorgvuldig op had gekrikt, was verpest. Wie luisterde zijn gesprekken af? Waarschijnlijk Malin. Mogelijk Ikertu. Allebei? Zouden twee partijen dezelfde telefoon kunnen afluisteren? Hij had geen flauw idee. Het deed er nauwelijks toe. Hij had toch niemand om mee te praten. Terwijl hij de telefoon weer in zijn zak stak, wendde hij zich tot zijn bodyguard en zei dat hij naar huis wilde.

Dinsdagochtend was hij vroeg, om een uur of acht, op kantoor. Er was een e-mail voor hem binnengekomen van Kesler, die hij even na tienen de vorige avond had verstuurd. Lock verwachtte dat die over New York zou gaan, het volgende punt op de juridische agenda. In plaats daarvan werd hij ervan op de hoogte gesteld dat de Eenheid Financiële Delicten van de politie van de Kaaimaneilanden hem wilde ondervragen in verband met 'onregelmatigheden van eigenaarschap' bij bepaalde bedrijven waarover hij het bewind voerde. Als hij ergens de volgende week een vergadering kwam bijwonen zou hen dat wel zo goed uitkomen. Kesler legde uit dat hij alleen kon gaan als het eiland hem tijdelijke immuniteit zou garanderen.

Dit was het eerste officiële onderzoek. Kranten en rechtszaken en insinuaties van Zwitserse aanklagers waren één ding, dit was iets anders. Kesler was deze week in de Verenigde Staten. Lock kon hem niet voor de middag opbellen. Hij wilde weten of dit serieus was. Hij wilde ook weten of hij toestemming zou krijgen om te gaan. Hij nam aan dat het feit dat hij hiervan op de hoogte werd gesteld, betekende dat hij zou gaan. Hij zou het vanavond wel horen, als hij Malin bezocht.

Intussen had hij nog dingen die op het allerlaatste moment moesten worden geregeld. Zelfs als hij niet op de Kaaimaneilanden kon worden gearresteerd wilde hij op de onderhandelingen voorbereid zijn. Hij wilde iets hebben wat hij hen kon aanbieden, en dat betekende dat hij die avond zijn plan moest doorzetten. Het zou wel eens zijn laatste kans kunnen zijn.

Met het slot had hij enige vorderingen gemaakt. Hij was er eindelijk achter gekomen dat hij twee haarspelden nodig had, niet een, en fabriceerde iets dat ongeveer even dik was als een haarspeld door twee paperclips ineen te vlechten. Nu kostte het hem ongeveer een halve minuut om een archiefkast te openen. Hij kon alleen maar hopen dat de sloten in Tsjekanovs kantoor van hetzelfde type waren.

Oksana zou hem niet helpen. Hij had haar nog een keer opgebeld, op zondagochtend, maar opnieuw had ze niet opgenomen. Hij vermoedde dat ze om zijn eigen bestwil niet met hem wilde praten. In ieder geval had hij een manier gevonden om het probleem te omzeilen. Op een van zijn telefoons zat een stopwatch met een aftelfunctie. Door de geluiden anders in te stellen kon je die, als hij op nul kwam, laten rinkelen alsof je werd opgebeld. Vóór de ontmoeting zou hij die afstellen op vijftien seconden en dan in zijn broekzak activeren. Hij had geoefend en het werkte: toets onder twee keer indrukken, rechts één keer, neer één keer, knop in het midden.

Het was geen productieve dag en hij verliep traag. In het netwerk van bedrijven ging het leven zijn gangetje, en hij had eigenlijk documenten moeten ondertekenen en geld moeten overmaken en bankrekeningen moeten openen en zich ervan vergewissen dat iedereen deed wat hij geacht werd te doen. Maar hij kon zich niet concentreren. Twee scènes speelden door zijn hoofd. In de ene werd hij door twee reusachtige beulen afgevoerd uit Tsjekanovs kantoor, terwijl Tsjekanov onverschillig toekeek; in de andere bevond hij zich in een door tl-buizen verlicht kantoor op de Kaaimaneilanden, waar hij koortsachtig onderhandelde met een stel onbewogen politiemannen.

De tijd sleepte zich voort. Hij sloeg de lunch over en betreurde dat vervolgens. Hij rookte verstrooid. Tegen de tijd dat hij weg moest om op tijd op zijn afspraak te zijn, voelde hij zich vreemd licht in zijn hoofd en merkwaardig emotieloos.

Tsjekanovs kantoor bevond zich in een laag gebouw boven een rij winkels: een café, een schoenenwinkel, een reparatiewerkplaats voor elektrische apparaten. Uit niets bleek hoeveel geld en macht daarboven omging. Houten deuren in het midden van het rijtje winkels gaven toegang tot een houten trap, waarvan de grijze verf was afgebladderd en die werd verlicht door een kaal peertje aan de wand. Lock liep twee trappen op. Twee deuren kwamen boven op de overloop uit. Hij sloeg rechtsaf en drukte op de bel. Op een dof koperen bordje naast de deur stond: 'Industrial & Economical Holdings Z.A.O.' Terwijl hij wachtte controleerde Lock of hij alles bij zich had: de haarspeld, de verstrengelde paperclips, de afteltelefoon, zijn gewone mobieltje en zijn BlackBerry met de camera. Alles aanwezig en niets bezwarend. Zijn handen in zijn zakken voelden klam aan en hij probeerde ze droog te wrijven tegen de voering.

Aan de andere kant werd een sleutel in het slot gestoken en de deur ging open. Tsjekanovs secretaresse liet Lock zonder plichtplegingen binnen en een minuut of twee stond hij bij de receptiebalie, zonder te kunnen beslissen of hij zou gaan zitten of niet. Er werden hier maar weinig mensen ontvangen, dacht hij. Het hele kantoor was gelambriseerd met verticale, roodbruin geverniste grenen latten, en de enige decoratie was één enkele lijst met daarin een bedrijfsdocument van Industrial & Economic Holdings. Twee lage stalen stoelen, waarvan de bekleding was versleten, stonden tegen de muur tegenover de receptiebalie. Ertussenin stond een spaanplaten salontafeltje met niets erop. De kamer rook stoffig, alsof iemand net had gestofzuigd.

De telefoon van de receptioniste rinkelde. 'Meneer Tsjekanov kan u nu ontvangen.'

Lock liep haar bureau voorbij, een gang in en door de tweede deur rechts naar binnen. Hier waren dezelfde met grenen gelambriseerde muren, en dezelfde saaie stugge grijze vloerbedekking. Achter Tsjekanovs bureau hing een Russisch wapenschild, een gouden tweekoppige adelaar tegen een felrode achtergrond.

Tsjekanov stond op, boog zich over het bureau naar voren en gaf hem een hand. Zijn hand voelde klein en droog aan. Zijn huid leek over zijn gezicht en de scherpe brug van zijn neus gespannen. Lock had al lang geleden opgemerkt dat hij nooit met zijn ogen leek te knipperen.

'Richard. Fijn je te zien.'

'Alexei. Alles gaat goed met je, naar ik hoop.'

'Ja. Druk. Ik ben vorige week in Tjoemen geweest. Toen ik terugkwam was het hier een puinhoop.'

Lock toonde een, naar hij hoopte, ontspannen glimlach. 'Ik ken het gevoel.'

'Hè?'

'Ik ben sinds we elkaar voor het laatst zagen ook weggeweest. Ik begin net weer een beetje bij te komen.'

'Goed. Goed.' Tsjekanov keek in verwarring naar zijn computer. Hij zei in ieder geval niets over Parijs. 'Heeft Konstantin het nog over dat bedrijf in Burgas gehad? Die raffinaderij. Daar moeten wij het over hebben.'

'Nee. Nee, dat heeft hij niet.'

Tsjekanov ging zitten. Op zijn bureau lagen drie mobiele telefoons. Twee waren ontmanteld, de batterij was eruit gehaald; eentje was dat niet. Die pakte hij en hij schoof de batterijhouder eraf.

'Zullen we?'

Lock aarzelde een ogenblik. 'Ja, natuurlijk.' Godver. Hoe heb ik zo stom kunnen zijn? Shit. Zou Alexei nog weten hoeveel telefoons hij gewoonlijk bij zich had? Als hij er twee tevoorschijn haalde en Alexei zou er iets van zeggen, dan kon hij altijd de derde nog uit zijn zak halen en verstrooidheid voorwenden. Er zat niets anders op. Hij pakte zijn Black-Berry en zijn gewone mobieltje, haalde de batterijen eruit en legde ze op het bureau. Hij glimlachte opnieuw. 'Zo? Waar wil je mee beginnen?'

Tsjekanov was zijn e-mail nog aan het doornemen. Hij wierp een blik op zijn bureau en keek vervolgens met opgetrokken wenkbrauwen naar Lock. Zijn ogen waren grijs en schichtig. 'Ben jij zover?'

'Ja.' Lock wachtte op de vraag. Die kwam niet.

'Laten we beginnen met Kazachstan. We verdienen er geen cent aan en de directeur bedondert ons. Ik denk dat ik vorige week een koper heb weten te strikken. Als we verkopen, komt er honderdtachtig miljoen binnen. Zorg dat je een plekje hebt om dat bedrag te parkeren.'

Tsjekanov voerde het woord en Lock maakte schetsmatig aantekeningen. De raffinaderij in Roemenië stond op het punt zijn aflossingsovereenkomst te schenden en had geld nodig; in Bulgarije moest een flink bedrag aan smeergelden worden betaald, als ze die raffinaderij in Burgas wilden kopen; het financieringsbedrijf van de groep had fondsen nodig om materiaal aan te kopen voordat ze het in Rusland weer zouden verpachten. Enzovoort enzovoort. En al die tijd voelde Lock de telefoon in zijn broekzak hoog op zijn dij drukken.

Hij keek op zijn horloge. Het was vijf over halfzeven. Alexei zou toch wel binnen zeer korte tijd moeten vertrekken? Hij praatte over een of ander probleem met Langland, over een klant die niet had betaald en zocht in zijn e-mail naar de details.

'Dit deugt van geen kanten. Ik moet ervandoor. Deze dingen kunnen wel wachten.' Hij keek Lock aan. 'Heb je alles genoteerd?'

'Ja, ik geloof van wel.'

'Mooi zo. Dan gaan we.'

Tsjekanov zette zijn telefoons weer in elkaar, stond op en wierp ze in zijn koffertje. Lock stond ook op en deed zijn batterijen in zijn twee telefoons. Een mobieltje liet hij in zijn broekzak glijden en terwijl hij dat deed, drukte hij op de toetsen van het andere; onder, onder, rechts, onder, midden. Toen Tsjekanov zich over zijn bureau boog om zijn computer uit te zetten, rinkelde zijn telefoon. Lock haalde hem tevoorschijn, keek ernaar, drukte op een toets, alsof hij opnam en legde toen zijn hand op de microfoon.

'Sorry,' zei hij half fluisterend tegen Tsjekanov. 'Mag ik even?'

Tsjekanov scharrelde zijn papieren bij elkaar en gebaarde hem voort te maken.

'Philip, hallo. Hoe gaat het met je?' vroeg Lock in het Engels en hield toen even zijn mond. 'Sorry, ik was in vergadering. Ja, dat kan ik. Jezus, echt waar? Dat is niet best. Nou ja, ik moet zo weer naar een andere vergadering maar ja, ik heb wel een minuut of twintig. Wacht even.' Weer even stilte. 'Een ogenblikje.' Hij bedekte opnieuw de microfoon met zijn hand. Tsjekanov was klaar om te vertrekken, koffertje in de hand, een gewatteerde overjas over zijn arm. 'Alexei, vind je het goed als ik dit telefoontje even afhandel? Het is belangrijk.'

Tsjekanov keek Lock aan. Hij leek in de laatste minuut harder te zijn geworden. 'Kom mee. Ik rij je wel naar het ministerie. Maak je gesprek onderweg maar af.'

'Het kan nog wel even duren,' zei Lock. 'Ik wil jou er niet mee vervelen.'

'Nee.' Tsjekanov was nu heel resoluut. 'Kom met me mee naar de auto. Anders bel je later maar terug.'

'Nou ja, maar ik hoef pas op het ministerie te zijn om... Ja, oké. Ja. Ik ga met je mee.' Lock voelde dat hij in zijn nek rood begon aan te lopen. Tsjekanov had instructies over hem gekregen. Hij werd niet langer vertrouwd. 'Zo, Philip? Neem me niet kwalijk. Wat kan ik voor je doen?' Dit is belachelijk, dacht hij, terwijl hij achter Tsjekanov aan de trap af liep en zo nu en dan ja of nee in de telefoon zei om de schijn op te houden. Tsjekanov liep het gebouw uit en struinde naar zijn auto, die recht voor de deur stond. Lock liep achter hem aan en vroeg zich af hoe hij hier in hemelsnaam een eind aan moest breien. 'Precies. Hm. Oké, ik begrijp het.' Hij ging achterin naast Tsjekanov zitten en sloot het portier. Plotseling was het zo stil dat de telefoon in zijn hand een oorverdovend stille en levenloze indruk maakte. 'Philip, luister. Dat klinkt helemaal zo gek nog niet. Ik denk dat je vanmiddag gewoon met de accountants moet praten en vragen of ze alles aan een volledig onderzoek kunnen onderwerpen. Heb je enig idee over hoeveel we het hebben? Hm. Oké. Dat kon erger.' Hij zuchtte in de hoop overtuigend over te komen. 'Luister, we hebben het er morgen nog over, als je meer weet. Ja. Ja. Goed dan. Dag. Dag.' Hij leunde achterover en liet zijn hand met de telefoon erin zakken.

Tsjekanov keek naar de telefoon en vervolgens naar Lock. 'Alles in orde?'

'Ja, prima. Prima.'

'Waar ging het over?'

'Ach, niets. Er wordt wat geld vermist bij de BVI. Waarschijnlijk iets over het hoofd gezien.'

'Zo'n lang gesprek was het toch niet.'

'Nee, het was eigenlijk niets bijzonders. Uiteindelijk. Niets.'

10

Al een week lang was het somber en koud weer in Londen. Een fijne, dichte regen viel als zeemist omlaag en de stad maakte een verlaten indruk, als een badplaats buiten het seizoen. Als hij 's ochtends naar de metro wandelde verwachtte Webster bij iedere zijstraat ineens te zien hoe de wind hem tegemoetkwam over een brede boulevard waar golven tegenaan sloegen. Zo nu en dan lichtte de hemel op van loodgrijs tot leigrijs en voelde hij zich even iets minder somber, maar evengoed was dit een deprimerende tijd.

Zo had Londen ook aangevoeld toen hij net was teruggekeerd uit Moskou; een vreemde, bedrieglijke kou rond de schouders en eindeloze regen die hem deed terugverlangen naar sneeuw. In de eerste weken dat hij thuis was had hij Londen ontoegankelijker gevonden dan de stad die hij had verlaten, en een poosje had hij er spijt van dat hij Moskous beweeglijkheid en wilde spontaniteit had ingeruild voor deze bewonderenswaardige degelijkheid. Zelfs nu voelde hij nog wel eens een opwelling van spijt dat hij Rusland had verlaten, een soort heimwee die hij nooit goed kon verklaren. Maar bovenal deed dit weer hem denken aan zijn lang gekoesterde voornemen – ongetwijfeld goed, nooit onbesuisd – om op te houden verhalen te schrijven die toch geen enkel effect leken te sorteren, om de journalistiek vaarwel te zeggen en iets goeds te doen. Het herinnerde hem ook aan de dag dat hij een telefoontje kreeg van Global Investigation Corporation en in plaats daarvan begon aan deze vreemde loopbaan die hij sindsdien met gelijke mate had omarmd en gewantrouwd.

Wat had het voor zin? Wat had hij bereikt? Webster was intuïtief een agnost, maar hij kon zich niet bevrijden van de gedachte dat ergens een boek werd bijgehouden van iemands daden en dat ook hij werd gewogen. GIC was ervan overtuigd dat ze waardevol werk verrichtte: Ike was daar terughoudender in maar uiteindelijk geloofde hij toch ook dat Ikertu een positieve kracht in de wereld was. Maar zelfs nu was Webster daar gewoon niet zeker van. Wat had hij precies bereikt? Hoe was de wereld veranderd door wat hij had gedaan? Hij hielp zijn cliënten hun bezittingen en reputatie te beschermen. Dat was alles. Als zijn cliënt rechtschapen was, hield hij zichzelf voor, dan was dat goed werk, hoewel nauwelijks een heilige missie te noemen; maar als, zoals in dit geval, zijn cliënt op zijn zachtst gezegd een schurk was, wie bewees hij daar dan eigenlijk een dienst mee?

Sneeuwklokje maakte hem van streek. Het was de zaak die hij altijd had gewild, zijn kans om eindelijk de kwelgeesten eens een keer te kwellen. Maar Elsa's woorden lieten hem niet los. Dit was een queeste – een dubbele queeste, die van Tourna en die van hem – en hij was zijn gevoel voor verhouding kwijtgeraakt. Hij wist niet meer goed waarom hij jacht maakte op Malin. Was dat om aan Tourna terug te bezorgen wat hem toekwam? Om de corruptie aan de kaak te stellen die Rusland nog steeds teisterde en al doende het einde ervan te bespoedigen?

Zoals altijd was Hammers advies eenvoudig en deugdelijk. Je doet gewoon wat er in de overeenkomst geformuleerd staat; denk aan de verbintenis die je bent aangegaan. En hoewel Webster zich wellicht zorgen maakte over zijn motivatie, wist hij in ieder geval wel wat hem vervolgens te doen stond.

Hij moest Lock een bericht sturen, en wel zo dat niemand anders daarvan af zou weten. De boodschap zou eenvoudig zijn: je hebt opties; denk niet dat er geen uitweg is, je hebt deskundige hulp nodig, en ik ben een deskundige. Webster had het met de hand getekende schema van Malins wereld, waar hij zo lang naar had zitten kijken, van de muur gehaald en daarvoor in de plaats een groot wit vel papier gehangen. Erop stond een cirkel getekend met dikke zwarte inkt en daarin stond het woord 'Lock'. In een kleinere cirkel ernaast stond 'Onder'. Verder was hij nog niet gekomen.

Lock was in Moskou. Hij was meteen na Parijs teruggevlogen en daar sindsdien niet meer weggeweest. Dat wist Webster omdat hij zijn bron op het reisbureau had geïnstrueerd driemaal per dag te controleren of er reserveringen waren op naam van Richard Lock. Tot dusverre waren die er niet geweest.

Het plan, dat nog niet geheel voltooid was, was dat Onder een smoes zou verzinnen om Lock te spreken en zijn stemming te peilen. Als hij zich opgesloten voelde, zoals Webster veronderstelde, zou Onder aanbieden hen aan elkaar voor te stellen. Het probleem was dat het gesprek niet in Moskou kon plaatsvinden, want dat was te gevaarlijk. Daarbij kwam dat Onder niet geschikt was om op zo'n missie te sturen; alles moest precies in zijn rooster passen.

Hammers advies was duidelijk en onveranderlijk: gewoon wachten. We hebben geen haast. Onze cliënt wil dat we ophouden met geld uitgeven, en dus geven we geen cent uit totdat zich een gelegenheid voordoet die dat rechtvaardigt. Maar Webster ontbeerde Hammers terughoudendheid, deels omdat hij geobsedeerd werd door de zaak, deels omdat Hammer het wachten waardeerde als onderdeel van het spel. Hoewel Hammer voortdurend in de weer was, bewonderde Webster zijn vermogen om stil te zitten.

Terwijl de regen neerdaalde in het halfduister worstelde Webster dus met het simpele gegeven dat er niets te doen was en probeerde hij zich onledig te houden met andere projecten. Maar niettemin gebeurden er die week twee dingen en geen daarvan maakte dat hij zich er geruster op voelde.

De woensdag na zijn gesprek met Tourna werd hij op zijn werk opgebeld door Elsa.

'Heb je die e-mail gezien?'

'Welke e-mail?'

'Niet dus.' Haar stem klonk bezorgd, gespannen.

'Ik ben op het ogenblik niet op mijn kamer. Wat staat erin?'

'Ik weet het niet. Het is in het Russisch. Maar ons adres staat erboven.'

'Wacht even. Ik ben er bijna. Eens even kijken.' Hij ging achter zijn bureau zitten en klikte het beeldscherm aan. Hij had één nieuwe e-mail, van een zekere Nicholas Stokes. In het vakje voor het onderwerp stond niets ingevuld.

'Ik heb op school gezeten met Nicholas Stokes.' Hij opende de e-mail.

'Dan heeft hij een vreemd gevoel voor humor.'

De e-mail was gericht aan Elsa, en hij was gekopieerd. Hij was opgesteld als een brief; in de linkerbovenhoek stond Websters huisadres in Queen's Park, compleet met postcode. De platte tekst bestond uit de volledige weergave, in het Russisch, van een artikel uit *Kommersant* over de dood van Inessa. Webster had het toentertijd gelezen. Het was opmerkelijk omdat het een van de weinige stukken was waarin haar werk als journalist werd vermeld. Verder stond er niets in de e-mail: geen inleiding, geen Beste Ben, niets. Hij keek er een ogenblik wezenloos naar en werd zich ervan bewust dat zijn hart sneller klopte.

'Wat staat erin?' vroeg Elsa.

'Het is een artikel over Inessa. Van vlak na haar dood.'

'Waarom in hemelsnaam? En waarom staat ons huisadres erin?'

'Ik weet het niet. Ik weet het niet. Het is in orde. Ik zal het wel uitzoeken.' Hij begon het bericht nauwkeuriger te bestuderen. De naam die in zijn postvak was opgedoken was Nicholas Stokes, maar het e-mailadres zelf was borisstrokov5789@googlemail.com. Die naam zei hem niets. Hij opende de gedetailleerde informatie die vermeldde welke elektronische weg het bericht had afgelegd, maar ook dat zei hem niets.

'Ik weet niet wat het is,' zei hij. 'Een boodschap aan mij.'

'Aan ons.'

'Wacht eens.' Hij zocht de naam Boris Strokov op op het internet. Hij vond maar een handjevol resultaten. 'Oké. Nou, degene die me dit heeft gestuurd wil me te kennen geven dat ze alles van me weten. Ik heb Nick Stokes sinds mijn zeventiende niet meer gezien. En ze weten ons adres.'

'En mijn e-mailadres.'

'En jouw e-mailadres. Ze hebben heel wat werk verzet.'

'Wie is Boris Strokov?'

'Ik zou het niet weten. Er schijnt nauwelijks iemand met die naam te bestaan.' Hij had inmiddels ontdekt dat Boris Strokov een personage was dat door Tom Clancy was gecreëerd om Georgi Markov op de Waterloo Bridge vol met ricine te spuiten. Dat was om hem erop te wijzen dat Russen de reputatie hadden dat zij ook mensen ver buiten Rusland konden treffen. Die gedachte hield hij voor zichzelf.

'Ben, ik haat dit. Ik haat het. Het is die zaak van jou, hè?'

'Waarschijnlijk.'

'Waarschijnlijk? Als het dat niet is, wat is het in hemelsnaam dan?'

'Het is de zaak.'

'Juist. Nu weten ze waar onze kinderen wonen. En dat laten ze mij, hun moeder, in een e-mail weten.' Ze wachtte even. Het kwam bij Webster op dat dit het meest geraffineerde eraan was. 'En dat maakt je niet bang?'

'Nee. Ik heb het vaker meegemaakt. Het is verontrustend.'

'Verontrustend? Dat is een goeie. Luister. Ik ben verontrust. Behoorlijk verontrust. Ik laat mijn werk mijn privéleven niet ontwrichten en ik vind dat jij dat ook niet zou moeten doen.'

'Schat, luister. Je hoeft je echt geen zorgen te maken. Het is een waarschuwing aan de nieuwsgierigen. Ze willen dat ik mijn werk staak.'

'Misschien zou je dat dan maar moeten doen.'

In zijn kantoor keek Lock nog eens naar de e-mail en schudde zijn hoofd. Onwillekeurig dacht hij er nog eens over na. Als Malin hierachter zat, dan betekende het dat hij zich op stang gejaagd voelde en dat kon alleen maar goed zijn.

'Nee. Nu niet. Dit heeft niets te betekenen. Het is niets.'

Aan de andere kant van de lijn hield Elsa haar mond.

'Luister. Als iemand je kwaad wil doen, dan waarschuwt hij je niet van tevoren dat hij dat gaat doen.'

'Maar dat is geen wet van Meden en Perzen, toch?'

'Nee. Dat is het niet.'

De daaropvolgende paar dagen zweefde de e-mail aan de periferie van Websters gedachten en bleef voortdurend aan hem knagen, waarbij het misbruik van Inessa's nagedachtenis hem bleef steken. Elsa was gespannen. Hij probeerde haar gerust te stellen, maar zijn argumenten, die zowel volmaakt logisch als op de een of andere manier irrelevant waren, klonken als holle frasen in zijn oren. De simpele waarheid was dat zijn trots niet toestond dat zo'n akelig en eenvoudig instrument zo'n effect kon sorteren. Het was te minderwaardig, te gemakkelijk. Als het iets deed, dan wat het juist dat het hem sterkte in zijn voornemen.

Dat weekend verlieten de Websters Londen en reisden naar het zuiden. Ze logeerden in een vakantiehuisje in Winchelsea, op een klip op anderhalve kilometer afstand van de zee. Ze liepen in de regen over het grote strand bij Camber Sands, en er was verder geen sterveling te bekennen. Ze aten vis en friet in Rye en werden op een boerderij achternagezeten door een kudde goedmoedige jonge stiertjes. Londen en Moskou leken heel ver weg.

Toen Webster die zaterdagavond Daniel zat voor te lezen, begon zijn telefoon te gonzen in zijn zak. Hij negeerde het, las het verhaal uit, kuste Daniel welterusten en liep naar de keuken beneden.

Er was geen boodschap achtergelaten en hij was gebeld door een Russisch nummer dat hem niet bekend voorkwam. Hij toetste het in, klemde het mobieltje tussen oor en schouder en pakte een glas van een plank.

'Hallo, met Ben Webster. U hebt mij zojuist opgebeld.'

'Ben. Met Leonard. Cahill. In Moskou.'

'Leonard. Blij iets van je te horen. Hoe gaat het met je?' Hij pakte een fles whisky en schonk zich zo'n tweeënhalve centimeter in. Toen een scheutje water erbij uit de karaf. Hij hoorde Elsa boven rondscharrelen.

'Zeg, Ben, heb jij nog iets van Alan gehoord? In de afgelopen twee dagen.'

'Hij heeft vorige week iets op mijn voice-mail ingesproken.'

'Wanneer was dat?'

'Ik was op Heathrow, donderdag dus. In de namiddag.'

'Daarna niets meer vernomen?'

'Niets. Hoezo?'

'Hij wordt vermist.'

Webster nam een slok en zette het glas neer. 'Wat bedoel je met "vermist"?'

'Hij was in het weekend in Tjoemen. Toen had hij een verhaal voor ons in Sakhalin. Hij is nooit komen opdagen. Zijn vrouw heeft hem maandagochtend uitgezwaaid en sindsdien niets meer van hem gehoord.'

'Waar was hij mee bezig?' Elsa kwam de keuken binnen. Ze pakte een fles wijn uit de koelkast en schonk zich een glas in. Hij maakte een verontschuldigend gebaar in haar richting en liep de gang in.

'Een stuk over Sakhalin II. Een flutverhaal. Niets opzienbarends. Ik wilde jou net hetzelfde vragen.'

'Hij heeft al minstens zes maanden niet meer voor ons gewerkt.' Strikt genomen was dat helemaal waar.

'Weet jij niet waar hij mee bezig was?'

'Nee. We hebben het wel ergens over gehad, maar dat is op niets uitgedraaid.'

'Shit. Zijn vrouw weet zich geen raad meer. Ze zegt dat hij zoiets nooit eerder heeft gedaan. Heeft hij je iets gezegd over problemen?'

'Hij zei iets over de fiscale opsporingsdienst.'

'Ik hoop niet dat hij iets stoms heeft uitgehaald.'

'Dat kan ik me niet voorstellen. Dat is niks voor Alan.' Jezus. Ik hoop niet dat iemand anders hem iets heeft aangedaan. 'Heb je de politie gewaarschuwd?'

'De politie van Tjoemen doet weinig aan vermiste personen.'

'Maar je hebt het wel aangegeven?'

'Ik heb ze op de hoogte gesteld.'

'En je weet niet of hij een vliegtuig heeft genomen?'

'Nee. We weten niets. Hij heeft maandagochtend om acht uur zijn huis verlaten, dat is het enige. Hij had de vluchten geboekt. Heeft niemand opgebeld. Zijn telefoon staat uit, dat hoeft geen betoog. Zijn auto staat nog bij zijn huis.'

'Heb je hem op zijn Turkse telefoon geprobeerd te bellen?'

'Ik wist niet eens dat hij een Turkse telefoon had.'

Webster ging op de trap zitten. De verschillende mogelijkheden tolden door zijn hoofd. 'Luister, Leonard. Misschien kan ik iets doen. Ik zal zijn vluchten nagaan en kijken of iemand zijn telefoon heeft gebruikt. Laat Irina mij zijn creditcardgegevens sturen, van al zijn creditcards. En alle telefoonnummers waarover hij beschikt. Ik zal er eens achteraan gaan.'

'Bedankt, Ben. Dit is niets voor hem.'

'Als er nieuws is, laat me dat dan meteen weten.'

'Komt in de bus.'

Webster verbrak de verbinding. Hij vond Knights Turkse nummer en toetste het in. Hij kreeg meteen zijn voice-mail. Waar hing hij uit? Misschien had hij de benen genomen; was hij naar Turkije gegaan tot het allemaal was overgewaaid. Misschien was de situatie thuis minder rooskleurig dan die leek. Misschien had hij schulden.

In de keuken pakte hij zijn glas en nam een flinke slok. Niets daarvan leek erg aannemelijk.

'Wat was dat?' Elsa stond een ui te snijden, met haar gezicht afgewend om geen tranen in haar ogen te krijgen.

'Niets. Een zaak.'

'Je maakt een zorgelijke indruk.'

'Het is niets. Gewoon een eigenzinnige informant.'

Webster deed al het mogelijk om Knight op te sporen. Zijn bron op het reisbureau ontdekte dat hij een plaats had gereserveerd voor de vlucht van 10.35 uur van Tjoemen naar Vladivostok; hij had nooit ingecheckt, niet voor die vlucht en voor geen enkele vlucht vanuit Tjoemen die week – noch van enig ander Russisch vliegveld, wat dat betreft. Met toestemming van mevrouw Knight nam Webster, zich uitgevend voor Knight zelf, contact op met de telefoonmaatschappij en gaf door dat hij zijn telefoon kwijt was; er waren geen gesprekken meer mee gevoerd sinds maandagochtend, toen hij een taxi had gebeld om hem naar het vliegveld te brengen. Zijn vrouw had hem om een uur of acht 's ochtends met de taxi zien vertrekken. Hij had de chauffeur contant betaald, maar op het vliegveld had hij bij een broodjeszaak met een creditcard driehonderd roebel opgenomen. Het zou ongeveer een week duren voor ze konden nagaan of hij geld had opgenomen van zijn buitenlandse rekening, maar op de een of andere manier leek dat onwaarschijnlijk; hij had geen geld opgenomen van de gezamenlijke rekening die hij met zijn vrouw had.

Alan Knight leek volledig door de aarde verzwolgen. Als hij zelf had besloten te verdwijnen, dan had hij het grondig aangepakt. Daar was hij uitgekookt genoeg voor. Het alternatief dat veel meer voor de hand leek te liggen, sloeg eigenlijk nergens op. Waarom zou iemand hem ontvoeren? Waarom zouden ze hem niet bij een auto-ongeluk laten omkomen of hem op straat neerknallen vanuit een rijdende auto? Waarom zouden ze hem niet op de een of andere belachelijke aanklacht arresteren en afvoeren naar een verre gevangenis? Hij was een Russisch staatsburger. Ze konden met hem doen wat ze wilden. Maar wat Webster werkelijk niet kon accepteren was het idee dat wat er ook met Alan kon zijn gebeurd, iets te maken zou hebben met een gesprek dat ze twee maanden geleden hadden gevoerd en dat eigenlijk weinig om het lijf had gehad. Het leek zo buitensporig. En als ze hém berichten stuurden, dan zou Alans verdwijning toch zeker ook vergezeld gaan van een soort boodschap: als dit bedoeld was om Ikertu angst aan te jagen, waarom zouden ze het dan zo vaag houden?

Terwijl hij die vragen door zijn hoofd liet spelen en zich afvroeg of hij zou doorgaan tot hij antwoorden had of toegeven dat het sop de kool niet waard was, kreeg hij een telefoontje van zijn vriend op het reisbureau. Het nieuws betrof niet Knight maar Lock: hij stond geboekt voor een vlucht naar de Kaaimaneilanden, via Londen. Hij zou woensdag Moskou verlaten en op de terugweg twee nachten in Londen verblijven.

Het volgen van personen slokte van alles op: tijd, geld, energie. Webster was er nooit dol op. Als hij met een operatie bezig was dan was het voor hem onmogelijk om zich ook nog op iets anders te concentreren, en het rendement was vaak karig: het vertelde je nooit zoveel als je wilde.

Maar vandaag ging voorlopig alles van een leien dakje. Het team had Lock op Heathrow gesignaleerd. Hij was vanaf de Kaaimaneilanden komen vliegen in gezelschap van twee bodyguards en iemand die eruitzag als een jurist, waarschijnlijk iemand van Bryson Joyce, die na de douane afscheid had genomen en in de trein naar de stad was gestapt. Een van Locks mensen had een auto gehuurd; er werd wat gesteggeld met het verhuurbedrijf en Lock had zich opgewonden over het oponthoud, maar uiteindelijk was er een zilverkleurige Volvo sedan voor de deur van de aankomsthal verschenen en die had hem en de andere bodyguard naar Londen gereden. In een van de eerste sms'jes die Webster die ochtend van zijn team ontving, stond in de vertrouwde, zakelijke stijl. 'Na navraag bij de Hertz-balie bleek dat de heer teleurgesteld was dat hij niet de Mercedes kreeg, die hij meende te hebben besteld.'

George Black, die garant stond voor eersteklas surveillance en contrasurveillance, had aangehoord wat Webster verlangde en een team van zes personen samengesteld: vier in een auto en twee op een motor. Een vrouw in de auto en een achter op de motor – een bekwame vrouw, had George Webster meermalen verzekerd, vormde een essentieel onderdeel bij elke succesvolle operatie. Black zelf zat in de auto om de operatie te coördineren en het ene sms'je na het andere naar Webster te sturen. Hij was een soldaat, of was dat geweest, met een loopbaan die zich had uitgestrekt over Speciale Diensten en de militaire inlichtingendienst. Hij liet weinig los over zijn verleden, maar wat hij vertelde was waar, daar kon je vergif op innemen, en hij had heel wat mensen geschaduwd die een stuk listiger en linker waren dan Lock. Hij was eerlijk, efficiënt, volkomen toegewijd en beter dan ieder ander die Webster ooit had ingeschakeld. Maar zelfs hij verloor wel eens iemand uit het oog.

Maar vandaag deed dat er niet zo vreselijk veel toe. Later die dag zou Lock dineren met Onder (het lastigste deel van de operatie om voor te bereiden – Webster had Onder uiteindelijk moeten chanteren met visioenen van Locks ophanden zijnde verscheiden om hem over te halen naar Londen te komen) en van hem wisten ze waar hij zou logeren – in Claridge's, in Mayfair. Er was geen belangrijke ontmoeting die ze moesten vastleggen, en dat maakte de hele operatie wat minder hectisch dan hij anders zou zijn geweest.

Websters opdracht aan George was ongewoon: vertel me hoe Lock zich gedraagt. Is hij ontspannen of bedrijvig? Glimlacht hij, is hij gehaast, verstopt hij zich? Doet hij Malins zaken op eigen houtje?

De sms'jes kwamen om de tien, vijftien minuten binnen. 'Persoon rijdt oostwaarts over M4' ... 'Persoon rijdt oostwaarts over A4.' ... 'Persoon nadert Claridge's via Upper Brook Street.' Black gebruikte nooit afkortingen. Webster probeerde zijn e-mails af te werken, maar dat lukte maar matig. Uiteindelijk verliet hij zijn kantoor om een wandeling te maken.

Het was halverwege de ochtend en het regende nog steeds en de bewoners van Chancery Lane, die hun ontbijt achter de rug hadden en nog niet aan de lunch toe waren, waren aan het werk. Webster voelde de bedrijvigheid om hem heen, in nieuwe glazen gebouwen en in oudere betonnen blokken, in de kantoren waar de juristen oordelen velden en de accountants bedragen optelden. Hier werd niets geproduceerd. Er werd ook niets verkocht, behalve broodjes en stropdassen en wenskaarten. Ze rekenden, wogen risico's af, controleerden en analyseerden; ze redetwistten en namen beslissingen; ze brachten verslag uit en factureerden. Ze hielpen hun cliënten geld te verdienen, te voorkomen dat ze geld verloren en hielpen hen geestdodende werkzaamheden te vermijden. Kortom, ze deden wat Webster ook deed. En Lock, dacht hij. We helpen anderen dat ook te doen.

Hoe zou het aanvoelen om nu Lock te zijn? Tot de zomer moet hij zich heel behaaglijk hebben gevoeld. Hammer had gelijk: als Malins schild, als hij dat daadwerkelijk was, had hij tot nu toe weinig af te schermen gehad. Hij had een gemakkelijk leventje geleid. Hij was gewend aan de Russen, kende de maatschappijen en de belastingverdragen uit zijn hoofd en beschikte over een regiment adviseurs die hem ten dienste stonden. Hammers mannetje bij de FBI had laten doorschemeren dat Lock op de Kaaimaneilanden officieel aan de tand was gevoeld. Als dat waar was, moest tegenover een politieman te zitten – en nu juist daar, waar hij zich veilig moest hebben gevoeld, in een toevluchtsoord dat was geschapen voor hem en zijn soort – voor hem hebben aangevoeld als het einde van de wereld. Hij moest er klaar voor zijn. Dat kon haast niet anders.

Webster slenterde in de aanhoudende regen westwaarts Covent Garden in, waarbij zijn broek nat werd door de regen die omlaag druppelde van de te korte jas, die hij strak om zich heen geklemd hield. Zijn mobieltje klonk: Lock had ingecheckt in het hotel. Hij kocht een krant en ging in een café zitten, bestelde een kop thee en wachtte op nieuwe berichten. Iemand van George' team was er met een slim trucje achter gekomen dat Lock verbleef in kamer 324, een kleine suite. Kort na twaalven ontving hij een bericht: 'Persoon vertrekt in zilveren Volvo en rijdt oostwaarts door Brook Street.' Meteen daarna kreeg hij er nog een: 'Heb reden om aan te nemen dat nog anderen geïnteresseerd zijn in persoon. Bel me even.'

Black was grondig te werk gegaan. Voordat Lock daar aankwam had zijn team de omgeving van Claridge's gecontroleerd en een onopvallende grijze Ford opgemerkt, die met drie mannen erin achter het hotel geparkeerd had gestaan. Diezelfde auto reed nu achter Lock aan door de stad. Black vroeg Webster of hij moest overstappen op contraobservatie, wat in het jargon betekende dat hij de auto moest gaan volgen die Lock volgde. Webster dacht erover na. Blijf bij Lock, besloot hij, en dus deed Black dat.

Webster bleef een tijd lang achter zijn kop thee zitten en bestelde toen nog een kop. Er begonnen mensen binnen te komen om te lunchen. Om 12.32 uur betrad Lock de burelen van Bryson in de City. Het team stelde zich op om te wachten tot hij weer tevoorschijn zou komen, maar Webster was er zeker van dat Lock zeker een paar uur met de juristen bezig zou zijn en vervolgens terug zou keren naar zijn hotel.

En zo geschiedde. Lock keerde halverwege de middag terug naar Claridge's en kwam pas tegen de avond weer naar buiten om naar zijn dinerafspraak met Onder te gaan. Webster besteedde de middag aan het schrijven van een rapport dat hij al te lang had uitgesteld, ontving zo nu en dan een berichtje van Black en wachtte op nieuws over Alan Knight. Hij zou die avond op kantoor blijven omdat hij in de buurt wilde zijn.

Onder had de plek uitgekozen, een Italiaans restaurant vlak bij Sloane Square, waar de obers de helft van de gasten bij naam kenden. Hij had gevraagd of hij een microfoontje onder zijn kleding moest dragen en Webster had hem gezegd dat het niet zo'n soort gesprek was. Lock was vroeg, even voor achten, met zijn geheime achtervolgers in zijn kielzog. Zijn bodyguards wachtten buiten in de auto.

Even later kwam Onder binnen. Webster was niet in staat zich ergens op te concentreren: als Lock weg zou lopen, zou hij dat binnen een halfuur doen. Toen duidelijk werd dat ze hun maaltijd zouden voltooien, ontspande hij enigszins en na nog een uur begon hij zelfs te hopen dat ze een beetje voort zouden maken. Hij hoorde niets tot even na tien uur, toen George hem liet weten dat beide personen het etablissement hadden verlaten. Twee minuten later belde Onder, een beetje buiten adem. Hij was blijkbaar te voet op weg naar zijn woning in Mayfair. Webster had inmiddels heel wat uren op zijn kantoorkamer doorgebracht en zijn ogen waren droog van het blauwachtige neonlicht. Nog steeds geen nieuws van Knight. Op de grond naast zijn bureau lag een doos met pizzakorsten.

'Ik geloof dat het goed is gegaan,' zei Onder. 'Dat spionagespelletje bevalt me wel.'

Webster lachte maar was te gespannen om er echt plezier aan te beleven. 'Hoe is het gegaan?'

'Goed, zou ik zeggen. Niet voor hem, maar voor jou? Heel goed. Hij is een bange man.'

'Waar is hij bang voor?'

'Voor jou. Voor Malin. Voor de FBI.'

'Voor de FBI?' Dat leek nogal voorbarig. Tenzij Hammer weer had zitten stoken.

'Hij zei dat het op de Kaaimaneilanden redelijk was gegaan, niet al te serieus, maar zij hadden de FBI genoemd.'

'Oké. Dan zijn we in goed gezelschap. Wat hadden ze gezegd?'

'Hij zei alleen dat hij nu ook nog die vervloekte FBI aan zijn staart had. Ik citeer.'

'Wat zei hij over Malin?'

'Dat ze enigszins op gespannen voet staan. Hij wilde dat Malin een schikking treft, maar Malin wil dat niet. Hij heeft het gevoel dat Malin hem de laatste tijd alleen nog maar nodig heeft om zijn naam. Voor al het overige is hij een blok aan zijn been. Maar hij liet het achterste van zijn tong niet zien. Hij durft nog niet met zoveel woorden te zeggen dat Malin hem bij zijn ballen heeft.'

'En over Gerstmann?'

'Ik heb hem naar Gerstmann gevraagd. Hij werd heel stil. Zei dat hij een dierbare vriend was geweest.'

'En heb je het nog over ons gehad?'

'Hij wel. Hij zei dat jij iedereen hebt gebeld die hem kende en dat die op hun beurt hem hebben gebeld. Hij geeft jou de schuld van die artikelen in de pers.'

'Dat is gunstig. Waarschijnlijk.'

'Ik heb gezegd dat ik jou kende. Niet met naam en toenaam. Maar Ikertu. Ik zei dat jullie fatsoenlijke lui waren, dat ik jullie eerder in de arm had genomen.'

'Heb je nog geopperd ons aan elkaar voor te stellen?'

'Nee. Dat heb ik niet. Hij is nog steeds hoogmoedig. Hij wil me doen geloven dat hij een belangrijk man is. Belangrijke mannen zoeken hun toevlucht niet bij mannen als jij.'

'Wat zei hij dan?'

'Over jou? Niets. Hij zat daar maar. Ik liet een stilte vallen. Hij dacht erover na. Hij piekerde zich suf, als je het mij vraagt.'

Ook Webster was een ogenblik stil. Hij wist wat hij weten wilde.

'Hoe heb je het hem voorgelegd?'

'Ik heb hem gezegd dat hij naar Istanboel moest komen en dat ik hem daar wat afleiding zou bezorgen. Even een verzetje. Hij zei dat hij een voorwendsel moest hebben. Hij maakte niet de indruk behoefte te hebben aan een verzetje. Hij dronk veel.'

'Dank je, Savas. Dat is goed. Dank je. Stuur me maar een onkostenrekening.'

Onder lachte uitgelaten. 'Dat zit wel snor, Ben. Laten we het zuiver houden tussen ons. Ik heb ervan genoten. Als Konstantin op straat loopt te bedelen stuur je maar een foto.' Hij hing op.

Webster had nog een sms'je ontvangen van George: Lock was op de terugweg naar zijn hotel. Webster keek op zijn horloge. Hij zou om halfelf bij Claridge's kunnen zijn. Waarom zou hij wachten tot morgen? Lock was moe. Hij zou met zijn gedachten nog bij het gesprek zijn dat hij tijdens het diner had gevoerd. Waarschijnlijk zag hij op tegen wat hij de volgende dag moest doen. Dit was het moment.

Webster keek uit het raam, zag dat het nog steeds regende en pakte zijn jas van de rugleuning van zijn stoel. Hij verliet zijn kantoorkamer, liep met sprongen de trap af en beende kwiek weg van het gebouw, zo nu en dan achteromkijkend of hij soms een taxi zag aankomen. Hij vond er een in Chancery Lane en die bracht hem door Lincoln's Inn en New Oxford Street. Het plaveisel glinsterde geel in de regen. Het was stil in Londen. De mensen liepen in groepjes van twee of drie en met gebogen hoofden. Een meisje stak, haar jas tot over haar hoofd getrokken, rennend de straat over, waarbij haar hakken spetterden in de regenplassen. Webster keek toe en huiverde. Dit was voor hem het moment om in actie te komen.

Bij Claridge's aangekomen opende een portier met een hoge hoed op de deur van de taxi voor hem. Voorbij de zwarte draaideur straalde het hotel in gele en lichtgroene tinten, die werden weerkaatst door de vloer van afwisselend witte en zwarte marmeren tegels. In de grote open haard brandde een vuur en ernaast stonden lege leren fauteuils en in de daaraan grenzende ruimte stonden witte rozen en lelies in enorme vazen in bloei. In deze smetteloze wereld voelde Webster zich slecht thuis en vond hij zijn missie verachtelijk. Hij trok zijn jas uit, die nog koud en nat was van de regen en liep de trap af om zijn handen te wassen. Terwijl hij dat deed bekeek hij zichzelf in de spiegel. Hetzelfde bedrieglijk oprechte gezicht. Had Gerstmann er iets in bespeurd van zijn eigen ondergang? Nog zorgwekkender, zou Lock het zien?

Hij liep terug naar de lobby en toen over de monumentale trap naar de hotelkamers. Op de derde verdieping sloeg hij rechtsaf en toen nogmaals rechtsaf. 316, 318. Aan het einde van deze gang kruiste hij een andere. Kamer 324 bevond zich aan de rechterkant. Toen Webster de hoek om liep, zag hij een forse man met kort grijs haar voor een van de kamerdeuren staan. Hij droeg een donker pak met een grijze coltrui en had zijn handen voor zich ineengevouwen. Hij keek Webster aan toen hij langsliep. Webster monsterde hem met een ongeïnteresseerde blik en liep door, waarna hij opnieuw een hoek om liep en in een gang kwam die terugvoerde naar de trap.

Een bodyguard voor de kamerdeur. Dat betekende dat Lock heel belangrijk was of dat hij onder bewaking stond. Het betekende ook dat Lock binnen was.

Webster keerde terug naar de lobby en vroeg bij de receptie hoe hij een intern gesprek kon voeren. Een piccolo toonde hem een batterij telefoons in een rustige gang. Webster draaide het nummer en de telefoon ging vier keer over. Hij rinkelde langdurig, zoals een Amerikaanse verbinding.

'Hallo.' Kortaf. Lock klonk geërgerd. Webster was verbaasd over zijn stem. Hij klonk vol en welluidend.

'Meneer Lock?'

'Ja.'

'Het spijt me dat ik u zo laat nog opbel, meneer Lock. U spreekt met Benedict Webster. Van Ikertu.' Hij wachtte even. 'Ik hoopte dat wij elkaar even zouden kunnen spreken.'

Webster hoorde niets dan stilte. Hij hoorde zelfs geen ademhaling. Hij vroeg zich af of Lock de telefoon nog tegen zijn oor hield of zijn hand had laten zakken.

Uiteindelijk sprak Lock, op zachte toon, maar niet fluisterend. 'Hoe weet u dat ik hier ben?'

'Ik ben onderzoeker. Ik heb de grote hotels afgebeld.'

'Hoe wist u dat ik in Londen was?'

'Ik gokte erop dat u na uw bezoek aan de Kaaimaneilanden hierheen zou komen.'

Opnieuw stilte. 'Weet Tourna dat u met mij spreekt?'

'Dat weet niemand. Alleen mijn baas.'

'Wat wilt u van me? Het is al laat.'

'Ik geloof dat onze belangen meer met elkaar overeenkomen dan u denkt.' Er liep een paartje langs Webster en hij keek even naar hen, de man liep iets vooruit en ze spraken geen van beiden. Lock nam de tijd. Onder had gelijk gehad, hij was in een bedachtzame bui. Voor hij al te veel kon nadenken zei Webster: 'Ik ben beneden. We zouden nu dadelijk kunnen afspreken.' Opnieuw een stilte. 'Als uw bodyguard een probleem vormt, dan weet ik wel een manier om die af te schudden.'

Dat was te veel van het goede. 'Wij hebben niets te bepraten,' zei Lock, luider en energieker dan voorheen. 'Tenzij het om een schikking gaat.'

'Begrijp me alstublieft goed, meneer Lock. Wij zijn geïnteresseerd in Konstantin Malin, niet in u.'

'Ik heb niets te zeggen. Meneer Malin is een vriend van me. U hebt overal op de wereld mijn relaties lastiggevallen en vuiligheid opgerakeld die er helemaal niet is. Goedenavond. Als u me weer belt waarschuw ik de politie.' Hij verbrak de verbinding.

Webster legde de hoorn terug op de haak en dacht een ogenblik na. Dit was een veelbelovend begin. Hij vond de dichtstbijzijnde lift en ging naar de vierde verdieping. Hij liep door een brede gang, toen door nog een en toen nog een. Voor een kamer die zich ongeveer recht boven die van Lock moest bevinden stond een grote trolley overladen met hand-doeken, rollen wc-papier, schrijfpapier, zeepjes en flesjes shampoo. De deur van de kamer stond open en Webster wachtte op een paar meter afstand tot het kamermeisje naar buiten zou komen. Ze was jong en ge-zet, met blond haar dat in een knot bijeen was gebonden. Ze deed de deur achter zich dicht.

'Goedenavond,' zei Webster, terwijl hij naar haar toe liep. Het kamer-meisje draaide zich om. 'Ik vroeg me af of jij iets voor me zou willen doen.'

Uit zijn binnenzak haalde hij een pen en een visitekaartje waarop hij aan de achterkant iets schreef. Toen pakte hij een envelop van de trolley, deed het kaartje erin en gaf het kamermeisje twee briefjes van twintig pond.

'Hier. Wil je dit overhandigen aan de man in kamer 324? Het is van het grootste belang dat de man die buiten voor de deur staat het niet ziet. Misschien kun je het onder een paar handdoeken verbergen.'

Het kamermeisje keek hem argwanend aan.

'Het is in orde. Er zit verder niets in. Zou je dat nu meteen willen doen?'

Ze reed de trolley weg van de kamerdeur en parkeerde die netjes tegen de muur. Toen liep ze naar de achtertrap. Webster volgde haar door de gang, voorbij de overloop en een trap naar beneden. Hij keek toe hoe ze een hoek naar Locks kamer om sloeg en liep vervolgens door de lobby het hotel uit en naar huis om te wachten.

11

Nu belden ze hem op. Ikertu wist waar hij was, ze wisten waar hij was geweest en nu belden ze hem op. Misschien konden zij hem vertellen wat hem te wachten stond. Dat zou hij maar wat graag willen weten. Wat een rare kwibus was die Webster. De politie van de Kaaimaneilanden kon hij nog begrijpen. Die dienden een bepaald doel. Maar wat voor iemand danste er nu naar de pijpen van een man als Tourna?

Lock was half ontkleed. Na zijn terugkeer van het diner met Onder had hij zijn jasje, zijn schoenen en zijn broek uitgetrokken en zich een whisky ingeschonken; de invloed van de borrel was vanavond maar matig. Toen Webster opbelde zat hij op zijn bed en zocht op televisie naar een film die hij kon bekijken. Zijn lichaam was in verwarring: de helft van hem was vier uur oostwaarts van hier en de andere helft tien uur westwaarts, en hij had geen idee of hij nu moe was of niet. Maar hij had geen zin om te gaan slapen. Hij had behoefte aan afleiding.

Hij keek welke films hij via de hotelservice kon bestellen. Geen misdaadfilms, dacht hij; geen romantiek, komisch of anderszins; en ook geen tragedie. Geestloze actie was het enige wat hij kon verdragen.

Lock keek naar de telefoon die op de haak lag. Wat had Webster eigenlijk van hem gewild? Wilde hij weten of hij daadwerkelijk op zijn kamer was? Waarschijnlijk wilde hij hem op stang jagen. Ironisch dat Ikertu nu aanvoelde als een blok aan zijn been; ironisch dat hij een dag tevoren op de Kaaimaneilanden durfde te denken dat het leven helemaal zo slecht nog niet was. Als hij de kans had gehad, was hij daar gebleven. Van alle eilanden in zijn buitenlandse bestaan had Lock altijd een voorliefde gehad voor de Kaaimaneilanden. Het was een kleine gemeenschap; er gebeurde nooit iets; het weer was altijd hetzelfde. Het had een strand dat tien kilometer lang was.

Heel wat jaren tevoren had Lock Marina meegenomen naar Grand Cayman, het grootste van de drie eilanden. Hij wilde dat zij zag wat hij zag als hij op zakenreis was, zodat zij zou merken hoe overvloedig de wereld kon zijn. Ze verbleven in het Ritz-Carlton, een pas gebouwd paleis aan de kust, in een enorme suite die uitzicht bood op het tien kilometer lange strand. De suite had twee badkamers en een keuken waar ze nooit gebruik van maakten. De muren waren smaakvol geel dat soms roomkleurig leek, en de openslaande vensterdeuren hadden alle drie gordijnvallen van een donkerrood, enigszins rustiek materiaal. De eerste ochtend, toen ze door jetlag vroeg waren ontwaakt, gingen ze naar zee om voor zonsopgang te zwemmen. Toen ze het strand op liepen rende er een oude man in een korte broek en met een honkbalpetje op voorbij; verder zagen ze niemand. Aan de rand van het water aangekomen, schopten ze hun plastic hotelslippers uit, lieten hun witte badjassen op het zand vallen en renden samen het water in, waarbij Lock, zodra het water tot zijn knieën reikte een duik nam en Marina een gilletje van verbazing gaf toen ze voelde hoe warm het water was. Aan de oostelijke horizon vormde de dageraad een dunne bronskleurige streep achter donkere wolken.

Ze brachten een week door op Grand Cayman en het grootste deel daarvan in het hotel. Elke dag ontbeten ze op het terras – papaja's en mango's, eieren met gebakken ham, een mandje met broodjes en gebakjes die ze altijd onaangeroerd lieten – en daarna gingen ze op het strand liggen, lazen, en zwommen in de oplichtend blauwe zee. Marina bleef in de schaduw. Ze las *Middlemarch*, herinnerde hij zich, een boek dat hijzelf nooit uit had gekregen. 's Avonds jogde hij langs het strand, waarbij het fijne zand zijn blote voeten hard liet werken. 's Nachts voelde hij het contrast tussen zijn gebruinde droge huid en haar koele, bleke, niet door de zon aangeraakte lichaam.

Na drie dagen wilde Marina het hotel uit en op verkenning. Ze huurden brommers en reden over de kustweg driekwart van het eiland af; links van hen tussen de struiken en de groepen berkenbomen stonden hotels en lagen golfbanen, rechts van hen was enkel de zee. Bij Rum Point stopten ze bij een barretje en aten broodjes en dronken koud bier in een laag strandhuisje op het witte zand. Marina had verder willen gaan en Lock moest haar toen uitleggen dat de weg niet verder ging. Dit was alles. Dit was het eiland.

Die middag ging hij snorkelen met een gids en Marina bleef in het hotel. Ze verveelde zich. Het duurde even voor hij dat doorhad, maar zo was het. Toentertijd hield hij zichzelf voor dat het kwam omdat hij een drukke stressvolle baan had en behoefte had aan totale ontspanning – daar in feite recht op had – terwijl zij ruimte over had in haar hoofd. Marina leek er net zo over te denken. De rest van de vakantie konden ze het goed met elkaar vinden, maar op de een of andere manier was dit zijn vakantie en niet de hare.

En hier zat hij dan, tien jaar later, in het Ritz-Carlton, in een kleinere kamer, zich voor te bereiden op een verhoor door de politie van de Kaaimaneilanden. Ditmaal werd hij, in plaats van door zijn mooie vrouw, vergezeld door Lawrence Griffin en twee Russische beren van kerels. Toch was hij blij hier te zijn. Nadat hij had ingecheckt, stond hij voor het raam en was niet in staat zich ergens op te concentreren. Hij zou eigenlijk lange lijsten van bedrijven en transacties moeten doornemen die hij had opgesteld voor de volgende dag. Maar nu hij uitkeek op het strand kon hij alleen maar aan Marina denken. Eindelijk was tot hem doorgedrongen dat het haar hier niet was bevallen omdat zij in contact wilde blijven met de buitenwereld. Altijd. Ontsnappen had voor haar geen zin, want ze had niets om aan te ontsnappen.

Maar voor hem had het, tot zijn verbazing, nog steeds een functie. Ook al stond hij op het punt om voor het eerst van zijn leven door een politieman te worden verhoord, ook al deed hij het bijna in zijn broek van angst, toch was hij blij dat hij hier was. Zijn kamer beviel hem, met het hoge bed, de radiowekker, het beddengoed dat elke avond voor hij naar bed ging op magische wijze was teruggeslagen. Hij vond het heerlijk om beneden te ontbijten en zijn kom te vullen met yoghurt en partjes sinaasappel voordat hij bij de kok langsging voor gebakken eieren. Hij vond het leuk om de verschillende standen op de douchekop uit te proberen, zodat het water in een harde straal zijn nek ranselde. Hij vond het aangenaam om zijn pakken en zijn overhemden op te hangen, zijn dassen op te rollen, zijn scheerapparaat en tandenborstel in de badkamer te installeren en een compacte, tijdelijke wereld voor zichzelf te creëren waarin Russen, zelfs die ene die voor de deur was gestationeerd, niet bestonden. Hij hield van de warmte en het gekabbel van de zee. Maar het allerfijnst vond hij het om terug te denken aan Marina en de tijd dat hij nog groen genoeg was om indruk op haar te willen maken.

De politie bleek uiteindelijk weinig angstwekkend. Het waren allebei Engelsen van in de vijftig, beleefd maar strikt. Ze stelden hem veelal dezelfde vragen die Greene hem twee weken eerder in Parijs had gesteld, maar minder in aantal en zonder de hatelijkheden. En Griffin was erbij om te voorkomen dat hij zich in de nesten werkte. Het was geen pretje, maar rampzalig was het evenmin. Lock had de indruk dat ze zo grondig te werk gingen als hun middelen dat toelieten. Hij werd twee keer ondervraagd, eerst in de middag dat hij was aangekomen en nog eens de volgende ochtend, en tegen het einde, toen duidelijk was dat er losse eindjes aan elkaar werden geknoopt, begon hij te overwegen wat hij op zijn dagje vrij in het paradijs zou doen. Later zag hij dat als het moment waarop hij het noodlot had getart.

Een van de rechercheurs, degene die zich tot dan toe grotendeels stil had gehouden begon Lock gedetailleerde vragen te stellen over de banken waar zijn bedrijven op de Kaaimaneilanden gebruik van maakten. Lock somde ze op: twee op Grand Cayman, één op de Britse Maagdeneilanden en één in Bermuda. Toen spitste de rechercheur zijn vragen toe op de internationale banken waar die banken gebruik van maakten om geld voor hen te bewaren en over te maken. Dat was nieuw voor Lock en voor Griffin; eigenlijk wisten ze het geen van beiden. De slotvraag was of Lock wist of een of meer van zijn banken overeenkomstige relaties onderhield met banken in de Verenigde Staten. Opnieuw moest Lock het antwoord schuldig blijven. Na enkele laatste formaliteiten vertrokken Lock en Griffin.

Toen ze het politiebureau verlieten nodigde Lock Griffin joviaal uit voor de lunch en een biertje. Hij kon zich niet meer herinneren wanneer hij zich voor het laatst ergens opgelucht over had gevoeld. Hij was zelfs bereid zijn bodyguards op een drankje te trakteren als ze dat zouden aannemen. Maar Griffin was in gedachten verzonken.

'Waarom denk je dat ze je naar die banken hebben gevraagd?'

'Geen flauw idee,' zei Lock, terwijl hij Griffin met samengeknepen ogen tegen de zon aankeek. 'Misschien informeren ze altijd naar de banken. Ze zijn van de Eenheid Financiële Delicten. Misschien doen ze dat automatisch.'

Griffin zei niets. Lock ging hem voor naar een bar verderop in de straat die hij kende. God, het was een prachtige dag, warm, maar met genoeg wind.

'Wacht,' zei Griffin. 'Ik denkt dat het iets te betekenen heeft. Dat gedoe over de Verenigde Staten? Ik vermoed dat ze hopen het Bureau erin te betrekken omdat ze weten dat ze het zelf niet voor elkaar krijgen, of het Bureau heeft al belangstelling getoond. Dat zou verklaren waarom we er hier zo gemakkelijk van af zijn gekomen.'

Lock keek naar de grond en schudde zijn hoofd. 'Jezus, Lawrence, wat ben jij toch een azijnpisser. Had je tenminste niet kunnen wachten tot ik mijn biertje op had. Wat bedoel je? Waarom zou die ellendige FBI – want daar heb je het toch over, hè? Waarom zou de FBI opeens geïnteresseerd zijn in bedrijven op de Kaaimaneilanden en in Russische olie? Godallemachtig. Ik dacht dat het nu eindelijk eens een keer goed was gegaan.'

'Omdat het geld door de Verenigde Staten stroomt. Zo'n beetje al het geld stroomt door de Verenigde Staten. Ik zal je eens wat zeggen. In Manhattan, in het zuidelijke district, op een onooglijk stuk muur in het kantoor van de hulpofficier van justitie, hangt een poster waarop de Melkweg te zien is. En daaronder staat "Rechtsgebied van het Zuidelijk District van Manhattan".' Griffin keek naar Lock, die door de straat uitstaarde over zee. 'Die hebben overal hun tentakels. Ze zullen hiervan smullen.'

FBI. Die drie letters volgden Lock helemaal terug naar Londen. Hij kreeg ze niet uit zijn hoofd. Hij zag mannen in donkere pakken en witte overhemden die hem 's nachts van zijn bed lichtten en hem opsloten in een donkere kamer onder een felle lamp en die weigerden te geloven dat hij niet voldoende wist om Malin te veroordelen. Hij had een advocaat nodig. Hoe moest hij in hemelsnaam een advocaat opsnorren nu hij voortdurend werd bewaakt?

Een gevangene in Claridge's. Daar zag hij de grap nog wel van in. Dat was een goeie. Hij was die voortdurende belangstelling beu. Hoe hielden politici en oligarchen dat vol? Afgezien daarvan waren ze gigantisch, die twee beulen die hem vergezelden; elke keer was het net alsof ze de meeste ruimte rondom hem innamen. Hij voelde zich klein en benauwd tussen hen in. En hij wist nog steeds niet of ze er waren om te voorkomen dat hij op de loop ging of om hem te beschermen.

Er werd op de deur geklopt. 'Huishoudelijke dienst.'

'Een ogenblikje. Even geduld.' Lock liep naar de badkamer om een ochtendjas te pakken. Hij sloeg hem om zich heen en opende de deur.

'De huishoudelijke dienst. Om uw beddengoed terug te slaan. Mag ik binnenkomen?' Een kamermeisje met een wit schort en een lichtblauwe werkjurk aan stond voor hem, met een stapel schone witte handdoeken in haar armen.

'Ja. Ja, kom binnen,' zei Lock werktuiglijk, terwijl hij een stap opzij deed. Ze sloot de deur. 'Maar het beddengoed is al teruggeslagen.'

Het dienstmeisje pakte de handdoeken anders beet en trok er een envelop tussenuit. 'Een meneer heeft me gevraagd u dit te geven,' zei ze, terwijl ze hem aan Lock overhandigde en de handdoeken naar de badkamer bracht. Hij keek er een ogenblik naar, keerde hem om en om en maakte hem toen open. Het kamermeisje kwam terug de kamer in, wenste hem goedenavond en vertrok. In de envelop zat een visitekaartje: Benedict Webster, Directeur, Ikertu Consulting Ltd. Verder niets. Hij gooide het in een prullenmand en bedacht zich toen. Hij wilde niet dat iemand het kaartje daar zou vinden. Toen hij het pakte zag hij dat er iets op de achterkant geschreven stond: *Ik meende wat ik zei.*

Lock pakte het glas whisky van zijn nachtkastje, ging op het bed zitten en speelde met het visitekaartje. Hij pakte zijn mobieltje, toetste Websters nummer in en sloeg het op onder de naam van zijn vader. Toen pakte hij het kaartje, stak het tussen een ladekast en de muur en liet het uit het zicht vallen.

Hij bleef een ogenblik nadenkend stilstaan. Toen trok hij zijn broek, zijn sokken en zijn schoenen aan, pakte zijn jas en een trui uit zijn koffer en verliet de kamer.

'Ik ga bij mijn vrouw op bezoek,' zei hij tegen de bodyguard. Deze heette Ivan. Lock had geprobeerd op de vlucht terug vanaf de Kaaimaneilanden een praatje met hem te maken, maar een vloeiend gesprek was het nooit geworden. 'Ga je mee?'

Hij liep in de richting van de trap. Ivan, die een ogenblik verbouwereerd stond te kijken, volgde hem op een drafje, stak zijn hand in zijn zak om zijn mobieltje te pakken en snauwde er iets in toen ze op de lift stonden te wachten. Beneden aangekomen liepen ze samen door de lobby, Lock haastig, een paar passen voor zijn bodyguard.

'Arkadi komt eraan met de auto,' zei Ivan, terwijl Lock door de draaideur naar buiten liep.

Arkadi vond het duidelijk vervelend dat hij was gestoord, misschien zelfs uit zijn slaap was gehaald, en hij reed snel door de natte straten, waarbij Lock hem vertelde hoe hij moest rijden. Bij Holland Park vertelde Lock hen dat hij niet wist hoe lang hij zou blijven en dat ze terug naar bed konden gaan als ze dat wilden. Geen van beiden zei iets. Lock liep de brede, witte trap naar Marina's portiek op en drukte op de bel. Hij keek op zijn horloge; het was bijna elf uur. Misschien lag ze al in bed. Hij wachtte een hele minuut, zich ervan bewust dat Arkadi hem

vanuit de auto gadesloeg. Toen hoorde hij het klikken van de intercom.

'Hallo.'

'Hoi. Ik ben het.'

'Richard? Richard, waarom...' Ze maakte haar zin niet af en de deur
ging open.

Halverwege de trap hoorde Lock de deur van Marina's flat op de eerste
etage opengaan. Toen hij daar aankwam was ze er niet – hij klopte zachtjes aan en ging naar binnen. Ze was in de keuken en droeg een lichtgroene katoenen peignoir met een leliepatroon. Toen Lock binnenkwam
stond ze bij het aanrecht waar ze zich, half van hem afgekeerd, een glas
water inschonk. Tussen hen in stond een grote grenenhouten tafel en
daarop een kleine kristallen vaas vol met blauwe en paarse anemonen.
Lock rook uien en koffie.

'Het spijt me,' zei hij, 'maar ik moest met iemand praten.'

Ze zette het glas in het afdruiprek en keerde zich naar hem toe. 'Je
hebt Vika wakker gemaakt.'

'Het spijt me. Is ze nog wakker?'

'Ik heb haar gezegd dat ze weer moest gaan slapen.' Marina liep hem
voorbij en deed de keukendeur dicht. 'Wat kom je hier doen?' Ze liep
terug naar het aanrecht en leunde er met haar armen over elkaar geslagen
tegenaan.

'Ik wilde je zien.'

'Richard, ik wist niet eens dat je in Londen was. Waarom heb je niet
opgebeld?'

'Het is geen gemakkelijke tijd geweest.' Hij liep naar de tafel, legde
zijn handen op de rugleuning van een stoel en boog zijn hoofd, zodat
zijn kin bijna zijn borst raakte. 'Het spijt me.' Toen hij weer opkeek
stonden er tranen in zijn ogen. Marina keek hem bezorgd aan. 'Ik wilde
iemand zien die niets van me verlangde. Dat is alles.'

Even deden ze er allebei het zwijgen toe. Lock staarde naar het tafelblad. 'Mag ik wat drinken?'

'Ik heb niet veel in huis. Er is nog wat wodka. Hoeveel heb je gedronken?'

'Niet veel.' Hij keek op en glimlachte zijn innemendste glimlach. 'Ik
kon de trap nog op komen.'

Marina liep naar de ijskast, haalde een berijpte fles tevoorschijn en
schonk de stroperige vloeistof in een limonadeglas.

'We hebben geen echte borrelglazen.' Ze gaf hem het glas en hij ging aan tafel zitten.

'Doe je mee?'

'Richard, het is al laat. Ik lag in bed.'

'Alsjeblieft?'

'Nee. Dank je.'

'Nou ja, ga dan in ieder geval zitten.'

Marina pakte een stoel en ging tegenover hem aan tafel zitten. Ze ondersteunde haar kin met haar duimen en keek hoe hij van zijn wodka nipte. Hij had dikke grijze wallen onder zijn ogen.

'Wat is er? Is er iets gebeurd?'

Hij wachtte een ogenblik voor hij antwoord gaf, alsof hij alles in gedachten eerst op een rijtje zette.

'Voor de deur,' zei hij, met zijn glas in zijn hand op het raam wijzend, 'zitten twee lelijke Russen in een Volvo. Ze vergezellen me altijd en overal. Ik ben net met ze naar de Kaaimaneilanden geweest en morgen gaan ze met me mee terug naar Moskou. Ze zijn nieuw. Ze durven me geen moment alleen te laten. Ik zou me eigenlijk gevleid moeten voelen.'

Marina keek hem ernstig aan. 'Ik begrijp het niet.'

'Ze zijn hier om te voorkomen dat ik de benen neem. Ze zijn door Malin gestuurd. Toen ik na Parijs terugkeerde naar Moskou stonden ze me op te wachten. Ik vermoed dat ze er zijn om zich ervan te verzekeren dat ik niet van een hoteldak val. Of juist wel. Daar ben ik nog niet achter.'

'Je ziet er beroerd uit.'

'Ik ben moe. Deels is het jetlag. Deels is het getob over Dimitri.' Hij dronk opnieuw, een flinke teug ditmaal. 'En ik weet zeker dat... Toen we uit eten gingen – met Vika, vóór ik naar Parijs ging. God, Parijs, dat is een ander verhaal. Maar die avond, toen ik met je terug hierheen wandelde, weet ik zeker dat ik werd gevolgd. Absoluut zeker. Er stond een auto voor het restaurant en toen we deze straat in liepen reed hij ons voorbij en de volgende zijstraat in.' Hij zette zijn glas neer en streek met zijn hand door zijn haar. 'Mijn telefoon geeft steeds rare piepjes. Ik denk dat die ook wordt afgeluisterd. En Ivan en klote-Igor de godganse dag op mijn hielen. Ik kan het niet uitstaan. Ik word er gek van. En intussen, jezus... Dat zijn alleen nog maar de Russen, maar intussen is er ook nog de FBI, die kut-FBI – neem me niet kwalijk, sorry. En intussen is er ook nog de FBI die wil weten wie ik ben en wat ik de afgelopen vijftien jaar voor die gemene vette bandiet heb gedaan, en onderzoekers die opduiken in mijn hotelkamer, verdomme. Ik kan er niet meer tegen, Marina.'

Marina schoof haar stoel achteruit, stond op en liep om de tafel heen om naast hem te zitten. Hij keek haar aan met zijn hand onder zijn hoofd en zij legde haar hand op zijn onderarm.

'Kom hier,' zei ze.

Lock verschoof zijn stoel zodat ze pal tegenover en vlak bij elkaar kwamen te zitten. Hij legde zijn hoofd op haar schouder en zijn handen op haar rug en een poosje zaten ze zo, een beetje ongemakkelijk, waarbij Locks schouders schokten van zijn snikken. Toen hij zich oprichtte om haar aan te kijken waren zijn ogen bloeddoorlopen en nat van de tranen.

'Het spijt me,' zei hij. 'Het was niet mijn bedoeling om hier in te storten.' Hij droogde zijn ogen af met de mouw van zijn trui. 'Het is gewoon...'

'Je moet me alles vertellen,' zei Marina en ze stond op. Ze kwam terug naar de tafel met een glas in haar hand, schonk Lock nog eens bij en schonk voor zichzelf ook wat wodka in. 'Ik wil het weten.'

Dus dat deed Lock. Hij vertelde haar van Parijs. Hij vertelde haar wat hij over Gerstmanns dood te weten was gekomen. Hij vertelde haar van het ontvangstcomité dat hem stond op te wachten toen hij terugkeerde naar Moskou. Over zijn mislukte poging zichzelf wat bescherming te verschaffen, over de Kaaimaneilanden en de FBI en Webster. En over Websters kaartje. Hij sprak vloeiend en met overtuiging en toen hij het allemaal aan Marina uit de doeken deed, werd hem zelf ook het een en ander duidelijk. Hij dronk regelmatig van de wodka. Marina luisterde ingespannen, nam ook af en toe een nipje en liet zich geen woord ontgaan.

'Ik kan niet terug naar Moskou,' zei hij toen hij was uitgesproken. 'Je had gelijk. Het zuigt alle leven uit me. Er is daar niets meer. Weet je hoe ik me voel? Ik voel me als een verklikker, en iedereen weet het, en het is enkel een kwestie van tijd voordat ze me komen lynchen. En ik heb nog geen kik gegeven.' Plotseling lachte hij sarcastisch. 'Ik heb tegen niemand iets gezegd.'

'Misschien wordt het tijd dat je dat wel doet.'

Lock zuchtte. 'Het probleem is dat ik niet veel te vertellen heb. Dat is nog het mooiste van alles.'

'Wat ben je dan van plan te gaan doen?'

'Ik weet het niet. Hier voor altijd blijven?' Hij keek haar doordringend aan. Ze was nog steeds bleek. Nog steeds mooi. Ze gaf geen antwoord. 'Kan ik tenminste vannacht hier blijven? Dat zou ik graag willen. Ik mis je.'

Marina bleef hem aankijken en nam zijn hand in de hare. 'Richard, nee,' zei ze. 'Ik vind het vreselijk wat jij moet doormaken. Maar voorlopig is er in onze situatie nog niets veranderd. Tussen jou en mij. Dat is nog hetzelfde.'

'Zelfs na de brief?'

'Dat is niet wat de brief bedoelde te zeggen. Je moet daar weg. Anders komt er nooit iets van.'

Lock knikte nauwelijks waarneembaar met zijn hoofd. 'Evengoed bedankt. Dat je hem hebt geschreven. Ik herlees hem nog wel eens. Het is ongeveer het enige gezelschap dat ik heb.'

Even keek Marina hem aan en in het donkergroen van haar ogen – nog steeds helder, nog steeds vol gevoel – zag hij een spoor van haar liefde voor hem, die nog niet was uitgedoofd, en zich zo overduidelijk aan hem openbaarde dat zelfs hij, met zijn tot nagenoeg niets gereduceerde instincten, zich er niet in kon vergissen.

Hij verbrak de stilte. 'Mag ik op de bank blijven slapen? Ik heb mijn buik vol van hotels.' Hij glimlachte. 'Dat heb je me nog niet vaak horen zeggen.'

'Nee, Richard. Dat zou niet goed zijn. Niet voor Vika. Ooit weer wel, maar niet nu.' Ditmaal knikte hij niet; hij keek alleen maar naar de bloemen op tafel. Marina keek naar hem. 'Misschien zou je met Webster moeten praten.'

Hij hief zijn hoofd op en keek haar aan.

'Misschien meent hij wat hij zegt,' zei ze.

'De afgelopen drie maanden heeft hij mijn leven tot een hel gemaakt. En nu vindt hij de tijd rijp om me de genadeklap te geven. Nee.'

Marina dacht een poosje na. 'Hij is de enige die hetzelfde wil als jij. Iets wat Konstantin kan schaden.'

Lock schudde zijn hoofd. 'Nee. Ik wil Konstantin geen schade toebrengen. Ik wil alleen dat hij weggaat. Ik wil met rust worden gelaten. Ik wil een nieuw leven. Ik wil mijn gezin terug.' Hij wachtte even om te kijken hoe ze reageerde; ze pakte zijn hand en hield die in de hare. 'Dat wil ik. Echt waar. Ik begrijp niet hoe ik zo blind heb kunnen zijn tegenover jou. Je kunt je niet voorstellen hoe ik het mis om naast jou wakker te worden. Met Vika tussen ons in. Dat is voldoende straf. Ik zou dit niet hoeven doormaken.'

Marina stond op van haar stoel en boog zich over hem heen, met haar hand op zijn schouder. 'Richard, ik vind dat je beter kunt gaan. Ga weg en zorg dat je wat slaap krijgt. Misschien kun je nog een dag of twee in Londen blijven. Dan kom je bij ons op bezoek. Morgen, na schooltijd.'

Lock zat met zijn hoofd in zijn handen en zijn ellebogen op tafel. Dat klonk goed. Maar het was alleen maar uitstel. De laatste vrijheden van een ten dode opgeschreven man.

'Hoe kom je in jouw tuin?' vroeg hij ten slotte.

Marina keek verbaasd.

'Heb je toegang tot de tuin?' vroeg hij.

'Ja, het is een gemeenschappelijke tuin. Hoezo?'

'Hoe kom je daar?'

'Er is een deur aan de achterkant. In het souterrain. Waarom? Wat bedoel je?'

'Ik heb er genoeg van. Ik heb een nacht vrijheid nodig. Een paar dagen. Ik kan niet nadenken met die twee boeven op mijn lip.' Hij stond op om weg te gaan.

'Dat is waanzin. Waar kun je naartoe?'

'Dat weet ik niet. Doet er niet toe. Maar ik ga niet terug naar die gevangenis in de stad. Kom. Laat me zien waar het is.'

Een beetje geschrokken van hem, zei Marine hem haar te volgen. Samen daalden ze bij het licht van de straatlantaarns buiten de trap af; Lock had haar gezegd het licht in de gang niet aan te doen. Een minuut later stonden ze in de tuin, een groot open gazon omgeven door smalle borders. Marina stond in de deuropening en Lock keerde zich om om afscheid te nemen.

'Richard, dit is gekkenwerk. Hoe moet je over die muur heen komen?'

'Over het schuurtje. Dat is ervoor gemaakt.' Achter in de tuin stond een wit schuurtje dat er in de oranje gloed van de nachtelijke stad enigszins spookachtig uitzag, naast een hoge bakstenen muur van een meter of drie hoog, die deze rij huizen scheidde van het daarachter gelegen Holland Park. Boven de muur staken grillige takken omhoog als heksenbezems.

'En hoe kom je aan de andere kant weer beneden?'

'Ik spring. Dat lukt me best. Het is de eerste keer in vijftien jaar dat ik iets uit mezelf doe.'

Hij gaf haar een kus en toen hij zich omdraaide om weg te lopen nam ze zijn hand in de hare en hield die een ogenblik vast. Bij haar aanraking voelde hij de moed in zijn schoenen zinken en hij moest de neiging om toch te blijven onderdrukken.

'Ik red me wel,' zei hij ten slotte.

Niemand had het gras geharkt en de natte bladeren sopten onder zijn voeten. Binnen enkele tellen stond hij op het schuine dak van het schuurtje en was de bovenkant van de muur ter hoogte van zijn borst. Hij trok zich op, ging op de muur zitten en voelde de nattigheid door zijn broek dringen. Marina keek nog steeds naar hem. Hij zwaaide naar haar, liet zich aan de andere kant zakken totdat hij aan zijn vingertoppen hing en liet toen los.

Hij landde in een struik, haalde zijn kuit open tijdens zijn val en kwam op zijn rug terecht. Hij richtte zich op zijn ellebogen op en lag daar een ogenblik in de modderige aarde, terwijl de regen neerdaalde op zijn gezicht. Londense motregen. Hij stond op, klopte het vuil van zijn kleren en liep zonder zich te haasten naar Kensington High Street. Hij nam de inventaris op. Hij had de kleren die hij aan zijn lijf droeg, die van achteren vochtig waren van zijn val, maar waar verder niets mis mee was; zijn paspoort, zijn portefeuille, met zo'n slordige vierhonderd pond in diverse valuta; de brief van Marina; en drie mobieltjes, die hij nu maar beter uit kon schakelen. Hij had ergens gelezen dat je via je telefoon kon worden opgespoord ongeacht of je die aan had staan of niet – en dat je zelfs kon worden afgeluisterd. Hij bleef staan, haalde uit alle drie de batterijen en stak de onderdelen los van elkaar in zijn zakken.

Hij kon zich niet herinneren wanneer hij voor het laatst 's nachts in een verlaten park was geweest. Hij voelde zich weer een tiener. Zijn jas bood weinig bescherming en de bomen hadden inmiddels bijna al hun bladeren verloren, maar hij vond het niet erg om nat te worden en liep over het uitgestrekte grasveld met zijn gezicht naar de hemel gericht. Zijn broekspijpen flapperden in de gestage wind koud tegen zijn kuiten. Om het park heen lag Londen als een ijle grens.

Toen Holland Park zich in de richting van de straat versmalde, begon hij zich af te vragen hoe hij over het hek aan het eind heen moest komen. Als dat nu eens enorm hoog was? Hij kon zich de situatie daar niet herinneren. Tussen de bomen door zag hij een stuk muur en een hek achter dicht struikgewas. Het leek hoog genoeg om flink wat inspanning te eisen, maar het leek niet ondoenlijk. Maar toen hij dichterbij kwam, zag hij in de muur open poortjes en uiteindelijk wandelde hij probleemloos Kensington in en voelde zich zo licht als een veertje.

Het verbaasde Lock zelf dat hij, in zijn pas verworven vrijheid, leek te weten wat hem te doen stond. Het was halfeen. Geen vliegtuigen, geen treinen naar Parijs, waarschijnlijk helemaal geen treinen waar dan ook heen. Vannacht zou hij zich schuilhouden in Londen. Hij liep Kensington High Street in tot hij bij een bankgebouw kwam en nam uit de betaalautomaat zo veel mogelijk contant geld op. Toen liep hij een zijstraat weg van het park in, die zuidwaarts naar Earls Court voerde. Hij kwam niemand tegen. In slechts enkele herenhuizen aan weerszijden van de straat brandde nog licht. Londen lag op één oor. Zo nu en dan reed er een auto voorbij en hij onderdrukte de neiging om zijn hoofd te draaien en ernaar te kijken. Op Cromwell Road bleef hij een minuut of twee staan en wenkte toen een taxi om zich naar Victoria Station te laten rijden.

Hij vroeg de chauffeur voor het stationsgebouw te stoppen, betaalde hem, gaf hem een flinke fooi en ging op zoek naar een hotel. In de hoofdstraten passeerde hij grote zakenhotels die neutraal en anoniem genoeg leken, maar die waren niet waar hij naar op zoek was. Uiteindelijk liep hij een smalle zijstraat in waar ongeveer elk huis een pensionnetje was: kamer met badkamer was standaard, televisie in alle kamers. Door hun glazen deuren zag hij gestreept behang en vuilbruine vloerbedekking, meubilair met beukenfineer en felle tl-buizen, maar geen gasten of personeel, eigenlijk helemaal geen mensen. Bordjes voor het raam maakten duidelijk waar ze kamers vrij hadden. Hij vroeg zich af wat voor mensen in dit soort gelegenheden verbleven en realiseerde zich dat hij geen flauw idee had. Vertegenwoordigers? Vluchtelingen van enig soort? Witwassers op de vlucht?

Hij liep het rijtje nog eens af en vond er een dat er netter uitzag dan de andere. Het Hotel Carlisle. Er stonden geraniums, een beetje armoedig, in potten op de vensterbanken en de entree baadde in het warme licht van een staande schemerlamp.

Toen hij had aangebeld werd er opengedaan door een kordate, stugge vrouw. Het kostte haar minder dan een minuut om zijn geld aan te nemen en hem te vertellen waar hij kamer 28 kon vinden. Hij vertelde haar dat hij Alan Norman was, een naam die, toen hij hem uitsprak, zo stuitend ongeloofwaardig klonk dat hij er zeker van was dat die haar argwaan zou wekken, maar ze toonde geen enkele belangstelling en vroeg hem tot zijn opluchting niet om zijn paspoort. Niemand zou hem hier kunnen opsporen.

Kamer 28, aan de achterkant van het huis, keek uit op de achterkanten van andere achttiende-eeuwse huizen en een warboel aan bedrijfspanden en pakhuizen. Het was een kleine kamer: er was voldoende ruimte voor twee eenpersoonsbedden, een nachtkastje daartussenin en een grenen kleerkast, die zo dicht bij een bed stond dat de deur maar dertig centimeter open kon. De muren waren bekleed met rauhfaser behang dat was beschilderd met een misselijkmakend lichtgevend groen, en in een hoek belichtte een zwaar afgeschermde plafondschijnwerper de blauwe overtrek van een van de bedden, waarbij de rest van de kamer in duisternis gehuld bleef. De geadverteerde badkamer en suite bestond uit een douchehokje met een versleten plastic harmonicadeur en een piepklein fonteintje dat half boven de toiletpot hing. Van een televisietoestel geen spoor.

Lock nam het allemaal in zich op en was tevreden. Het was schoon genoeg, en het was zijn domein. Hij trok zijn jas uit, hing die op aan het haakje aan de deur en ging op bed liggen. Hij was tevreden met zijn pas gevonden basale bestaan maar had nog wel wat te wensen over. Hij had graag een fles whisky gehad en een pyjama. Misschien zou hij de vrouw beneden kunnen vragen of ze iets te drinken in huis had. Afijn, het was maar voor één nacht. Morgen zou hij met de trein naar Newhaven afreizen en vandaar met de boot naar Dieppe. Daar zou hij een auto huren, naar Zwitserland rijden, al zijn geld van de bank halen en voor een flink lange periode ergens onderduiken. Misschien zou hij Onder in Istanboel opzoeken en hem vragen of hij een nieuw paspoort kon regelen. Onder kende vast wel iemand; daar was hij de man naar. En dan verder, naar een onverwacht en een beetje chaotisch oord. Indonesië misschien, en dan een van de meer afgelegen eilanden. Of Vanuatu. Het einde van de wereld.

Wat zou er vervolgens gebeuren? Malin zou naar hem op zoek gaan. Wellicht zou de FBI naar hem zoeken. De Zwitsers misschien. Hij was de Zwitsers helemaal vergeten. Hoe fijntjes had Rast het ook weer geformuleerd? 'Ik zou je dit eigenlijk niet moeten zeggen, Richard, maar misschien heb je er wat aan. De Zwitserse aanklager vindt dat jij een interessant bedrijfje hebt en hij begint heel nieuwsgierig te worden.' Dat maakte er deel van uit. En als de Zwitsers hem nu eens aanhielden bij de grens? Als ze al genoeg van hem af wisten? Ze zouden de Russen kunnen waarschuwen en hem zo terug naar huis kunnen sturen. God. Als hij wat uitgekookter was geweest had hij Basjaev gevraagd wat de Zwitsers uitspookten.

Er zaten nog meer haken en ogen aan zijn plan. Kon je zoveel geld opnemen bij een Zwitserse bank? Ja, hij was er zeker van dat het kon. Hij had verhalen gelezen over mensen die Zwitserland verlieten met veel meer dan de acht of negen miljoen die hij daar had uitstaan. Maar wat was dat geld, als ze hem bij de grens staande hielden? Waar kwam het vandaan? Hoe moest hij dat verklaren? En hoe was hij van plan dat met zich mee te dragen: in een koffer? Naar Istanboel? En dan, en dan: laten we er nu eens van uitgaan dat het lukte en hij Sulawesi wist te bereiken, hoe lang zou het dan duren voordat Malin hem had opgespoord? Horkov zou al snel op de hoogte zijn van zijn verdwijning – tegen de ochtend, schatte hij, als Ivan en Arkadi zich eindelijk realiseerden dat hij zich niet meer in Marina's woning bevond. Horkov was al angstwekkend als hij aan jouw kant stond. Als Horkov en zijn mensen achter je aan zaten was dat een regelrechte nachtmerrie.

De wodka begon zijn werking te verliezen en hij had hoofdpijn. Hij voelde de spanning in de spieren van zijn schouders en zijn nek en had pijn in zijn rug. Wat verbeeldde hij zich wel om aan ontsnappen te denken? In Rusland was hij dik en slap geworden en hij kon niet langer op zijn instincten vertrouwen. Hij was net een schoothondje dat in de wildernis werd losgelaten. En als hij het er levend afbracht, wat dan? Zijn leven lang de angst voelen die hij nu voelde.

12

Webster kwam even na middernacht thuis. Hij kleedde zich uit in de badkamer en stapte zo stil als hij kon in bed, gleed onder het dekbed en ging op zijn buik liggen. Elsa sliep al. Hij lag daar een ogenblik naar haar trage en diepe ademhaling te luisteren. Ze lag op haar zij, met haar gezicht naar hem toe en hij voelde haar adem in zijn nek.

'Is het voorbij?' vroeg ze zacht mompelend.

'Ik dacht dat je sliep.'

'Dat deed ik ook.'

'Sorry. Hij is naar zijn vrouw gegaan. Zijn ex-vrouw. Daar is hij nog steeds.'

'Ik vraag me af of ze al slapen.'

Webster kuste haar op haar voorhoofd, draaide zich op zijn zij en keek naar het licht van de straatlantaarns dat langs de rolgordijnen naar binnen scheen. Lock zou nu ook in bed liggen. Ongetwijfeld was hij nog wakker en dacht na over de keuze die hij had gemaakt. Dat kon niet anders.

De volgende ochtend werd hij vroeg wakker, vóór Nancy en Daniel, die verbaasd waren hem al op te zien toen ze naar beneden kwamen voor het ontbijt. Hij maakte toast met honing voor ze en nam er zelf ook twee. Zijn telefoon lag op de keukentafel, volledig opgeladen en klaar voor een dag met gedetailleerde sms'jes van George Black. Hij had er vanochtend al een ontvangen die om halfzeven was verstuurd: 'Team ververst. Persoon nog steeds in woning echtgenote. Onbekende achtervolgers in positie voor de deur met zelfde team en zelfde auto.' Vorige avond had de mysterieuze Ford Lock gevolgd naar Holland Park, naar een adres dat Webster herkende als dat van Marina Lock, en George had discreet daar in de buurt geparkeerd. Toen gebeurde er urenlang niets. Webster liep met de kinderen door het park naar school. De regen was afgenomen tot een zachte motregen en hun felgekleurde jasjes glommen in het grijze licht. Hij wilde niet naar kantoor. Het had weinig zin om daar te zijn. Hij zou naar Holland Park kunnen gaan, zodat hij dicht bij de gebeurtenissen was, maar daarvoor was eigenlijk ook geen gegronde reden. Uiteindelijk sjokte hij zonder duidelijk doel door de stad en vroeg zich af of de hereniging van Lock en zijn vrouw een gunstige of een ongunstige ontwikkeling was. Als hij wilde proberen zijn oude leventje weer op te pakken dan was het beslist een goed ding. Tot zijn eigen verbazing drong tot Webster door dat hij blij voor hem was.

Het was halfelf en hij was aangekomen bij New Bond Street toen zijn telefoon ging.

'George, goedemorgen. Hoe gaat het?'

'Dat weten we eigenlijk niet, Ben. We zijn bang dat we hem kwijt zijn.' Jezus. Hij bedwong de neiging om het uit te schreeuwen.

'Vertel.'

'Tja, je zult begrijpen dat er een hoop bedrijvigheid in de buurt is, Ben. Wij zijn er om de Ford en de Volvo in de gaten te houden en we moesten op flinke afstand blijven om ervoor te zorgen dat we niet werden opgemerkt. Gelukkig is het een vrij brede straat met een bocht erin, anders hadden we het helemaal niet doorgekregen.' George wachtte op commentaar, maar Webster zei niets. 'De hele nacht is er dus niets gebeurd. We gingen ervan uit dat hij om een uur of acht, negen wel naar buiten zou komen en we hebben vroeg van team gewisseld om te zorgen dat we paraat waren. Maar er gebeurde niets. Toen, om dertien over tien stapte een van de bodyguards uit de Volvo en liep de trap naar het huis op. Hij stond ongeveer een halve minuut in het portiek te wachten en ging toen naar binnen. Anderhalve minuut later rende hij het huis uit en de trap af, sprong in de Volvo en ze raceten in westelijke richting weg door Holland Park Road. De Ford erachteraan en daarachter wij weer op de motorfiets. Maar ze namen de afslag op Ladbroke Grove en halverwege timeden ze de stoplichten precies goed, sloegen rechtsaf en wij konden die met geen mogelijkheid halen. Kortom, we zijn ze kwijt. Uit de manier waarop ze het deden maakte ik op dat ze ons in de gaten hadden gekregen.'

'De mannen in de Ford, bedoel je?'

'Ja.'

'Waar ben je nu?'

'Ik sta voor de deur van Claridge's. De twee mannen uit de Volvo zijn daar nu.'

'Maar waar hangt Lock dan in hemelsnaam uit?'

'Dat weet ik niet, Ben. Hij kan met geen mogelijkheid door de voordeur zijn vertrokken. Niet met al die ogen die daarop waren gericht. Misschien door de achtertuinen van de buren? Of over de muur het park in.'

'Holland Park?'

'Holland Park.'

Webster dacht een ogenblik na. Hij zou overal kunnen zijn. Hij zou in een trein naar Frankrijk kunnen zitten en op tien kilometer hoogte boven de Atlantische Oceaan. 'Blijf de Volvo in de gaten houden. Dat is je eerste prioriteit. Laat iemand achter bij het huis van de echtgenote voor het geval hij terugkomt. Is er nog wat?'

'Niets bruikbaars.'

'Goed. Houd me op de hoogte.'

'Sorry, Ben.'

'Het geeft niet. Luister, George, er is één ding dat je kunt doen. Kijk of je erachter kunt komen welke creditcard Lock heeft gebruikt om zijn rekening te betalen.'

Hij verbrak de verbinding. Jezus, dit was balanceren op het slappe koord – en ook nog eens om gek van te worden. Het was een goed teken als Lock op de vlucht was, want hij zou toch ergens heen moeten vluchten. Maar als ze hem niet konden opsporen hadden ze daar niets aan; en als Malin hem eerder wist te traceren dan zou dat het nog erger maken. Hij belde zijn mannetje op het reisbureau. Richard Lock had voor geen enkele vlucht die ochtend een plaats gereserveerd. Dat was tenminste iets. Toen belde hij Joeri.

Joeri was een Oekraïner, die ooit voor de KGB had gewerkt en vervolgens voor de SZRU, de Oekraïense buitenlandse inlichtingendienst. Hij had zeven jaar geleden zijn werk in dienst van de staat opgegeven en leidde nu een klein inlichtingenbureau in Antwerpen, dat zich specialiseerde in wat hij op zijn website noemde 'technische oplossingen voor informatieproblemen'. Hij hield zich vooral bezig met het plaatsen van afluistermicrofoons in auto's, kantoren, huizen en hotelkamers. Vandaag had Webster hem voor iets anders nodig. Joeri beschikte over een methode om overal in Europa en in het grootste deel van het Midden-Oosten signalen van mobiele telefoons op te vangen. Webster maakte daar alleen in noodgevallen gebruik van, maar dat kon je deze situatie wel noemen. Hij had geen idee hoe het in zijn werk ging, en wilde dat eigenlijk ook helemaal niet weten. Hij gaf Joeri Locks telefoonnummer, een mobieltje uit Moskou, vertelde hem dat het dringend was en vroeg hem te zien wat hij ermee kon doen.

Toen hij de verbinding had verbroken ging zijn telefoon onmiddellijk weer.

'Hallo.'

'Ben, met George. We hebben discreet navraag gedaan in het hotel en hij heeft zijn hotelrekening nog niet betaald. Een van de bodyguards is met de auto vertrokken. De ander is nog steeds hier. We hebben besloten hier te blijven. Aan gegevens over die creditcard wordt gewerkt.'

'Prima.'

Webster maakte een einde aan het gesprek en hield de telefoon nog even in zijn hand. Na twintig seconden ging hij opnieuw. Hij nam op zonder naar het nummer van de beller te kijken.

'Hallo.'

'Spreek ik met Ben Webster?' Een stem die hij niet herkende.

'Ja, daar spreekt u mee.'

'Met Richard Lock.' Lock voelde zijn hartslag versnellen. Hij zei niets. Hij haalde de telefoon een ogenblik weg van zijn oor en keek naar het schermpje: het was een Londens nummer, een vaste lijn. 'Ik vroeg me af of het zin zou hebben om onze posities door te praten.' Locks stem was ijler dan de avond tevoren, maar wel zakelijk.

'Ja,' zei Webster. 'Dat weet ik wel zeker.' Hij zweeg om Lock volop gelegenheid te geven om te praten.

'Ik ben bang dat we mogelijkheden tot een schikking over het hoofd zouden kunnen zien.'

'Waar belt u vandaan? Bent u nog in Londen?'

'Ja. Hoe wist u... ja, ik ben vandaag in Londen.'

'Het nummer staat vermeld op mijn scherm. Zullen we ergens afspreken?'

Lock aarzelde. 'Uh, ja. Ja. Ik heb vanmiddag afspraken, maar de komende twee uur zou ik wel kunnen. Op een neutrale plek, wellicht.'

'In Claridge's?'

'Misschien beter ergens waar we niet worden opgemerkt.' Uiteraard.

'Ja.' Webster dacht een ogenblik na. Hier had hij niet direct op gerekend. Hij moest een plek verzinnen die volkomen onbekend was. Hij had hier van tevoren aan moeten denken. 'Tja. Oké, ik weet wel iets. Neem een taxi naar Lisson Grove, en stap uit op het kruispunt met Church Street. Ongeveer honderd meter verderop is aan de linkerkant een eetcafé. De naam weet ik niet meer, maar daar heeft nog nooit een zakenman een voet over de drempel gezet. Ik ben er over twintig minuten.'

'Church Street. Misschien ben ik iets later. Hoe kan ik u herkennen?'

'Ik draag een pak. Tot zo dadelijk.'

Webster keerde om en liep met frisse energie in noordelijke richting, terwijl hij af en toe achteromkeek of hij soms een taxi zag. Hij belde George, en Hammer, die bezoek had.

'Wat ben je van plan met hem te doen?'

'Ik wil zorgen dat hij het licht ziet.'

Hammer lachte. 'Volgens mij heeft hij dat al gezien.'

Church Street lag vijf minuten ten noorden van Marleybone, maar was op de een of andere manier een heel ander Londen. Dit was meer een plek waar mensen woonden in plaats van werkten. Overal stonden kraampjes die vis verkochten in plastic bakjes, fruit en groenten in plastic kommetjes van vier ons, damesjassen dicht opeengepakt aan ronde rekken, boenwas en afwasmiddelen in plastic kratten. Een van de kraampjes verkocht uitsluitend handschoenen van zwart leer of van wol in alle mogelijke kleuren, een ander verkocht oorbellen en armbanden die als in cellofaan verpakte ijsblokjes uitgespreid op een tafel lagen. Het was nu droog maar een koude wind blies gestaag door de straat en het was vrij rustig op de markt. Webster glipte tussen twee kraampjes door naar de rij winkels erachter en vond het café. Enzo's Market Café. De raamlijsten waren lichtblauw geschilderd en waar de verf was afgebladderd zag je een doffe grijze onderlaag, en voor de ramen zelf hingen plaatjes van gerechten, alles in geel, oranje en rood, die lieten zien wat je kon eten als je de stoute schoenen aantrok en naar binnen durfde.

Binnen in Enzo's hing de doordringende lucht van frituurvet en te lang gebruikte bakolie. Webster bestelde een mok thee voor zichzelf, nam die mee naar een formicatafeltje dat aan de muur bevestigd was, ging met zijn gezicht naar de deur zitten en hield zich bezig met zijn BlackBerry om de indruk te wekken aan het werk te zijn als Lock arriveerde. Bij het raam zat een oude man in een vormeloos tweed colbertje een krant te bestuderen die hij over de gehele tafel had uitgespreid; tegen de andere muur, bij de deur, spraken twee vrouwen in dikke gewatteerde jassen, rechtop op hun stoel over de zegeningen van de markt. Zij waren de enige aanwezigen afgezien van de jongeman die achter de kassa zat en die eruitzag alsof hij Enzo's zoon was. Met Lock meegeteld zouden er in totaal zes personen zijn.

Tien minuten later kwam hij binnen, weinig op zijn gemak, met het zweet op zijn voorhoofd. Webster stond op om hem te begroeten. Dit was Lock, maar niet de Lock van de foto's in de tijdschriften die hij had gezien. Hij was lang, een meter vijfentachtig of daaromtrent – op de foto's had hij kleiner geleken. Hij droeg een goed gesneden overjas van zware donkerblauwe wol, maar echt verzorgd zag hij er bepaald niet uit: hij had een stoppelbaard van een dag, zijn schoenen leken nat en op zijn grijze flanellen broek, die zwaar gekreukeld was, zaten onder aan de pijpen lichtgrijze spatten opgedroogde modder. Hij leek minder doorvoed dan op de foto's, minder glad en zijn ogen straalden vermoeidheid uit.

'Meneer Webster.' Hij stak zijn hand uit.

'Meneer Lock.' Webster schudde hem de hand. Hij was koud en droog. Lock keek Webster een ogenblik doordringend aan, alsof hij wilde duidelijk maken dat ze gelijken waren en dat hij dat goed moest weten ook.

Webster verbrak de stilte. 'Wat kan ik voor u bestellen? Ik vrees dat dit niet is wat u gewend bent.'

'Nee. Dat is geen probleem. Een kop thee, graag.'

Webster bestelde en ze gingen zitten. Lock hield zijn jas aan.

'Hebt u een telefoon bij u, meneer Webster?' Webster knikte. 'Zou ik u mogen verzoeken die uit te schakelen en de batterij eruit te halen? Het is misschien maar malligheid, maar in Rusland is dat gebruikelijk.'

Webster was dit gewend van Russen; verder leek niemand dat te doen. Hij zei tegen Lock dat hij er geen bezwaar tegen had en was even aan het wurmen om de achterklep van zijn BlackBerry los te krijgen. Uiteindelijk lukte het; hij haalde de batterij eruit, deed hetzelfde met zijn gewone mobieltje en liet het woord aan Lock.

'Bedankt dat u mij te woord wilt staan,' zei Lock, terwijl hij aan de stoppeltjes op zijn kin krabde. Hij had een slechte adem, alsof hij te veel vlees had gegeten. 'Ik zou het niet... Dit is niet zomaar, begrijpt u. Ik denk dat wij elkaar van dienst kunnen zijn.' Hij wachtte even. 'U bent de laatste weken druk bezig geweest.'

Webster keek hem ernstig aan en zei niets.

Lock glimlachte weinig overtuigend. 'Ik begin het jammer te vinden dat wij u niet als eerste in de arm hebben genomen.' Webster gaf een instemmend knikje. 'Maar waar ik me zorgen over maak is dat er na Parijs geen... geen duidelijkheid is. Te veel rechtszaken, te veel klote-advocaten – die meer kosten dan u, stel ik me zo voor. Ik denk dat het voor iedereen het beste zou zijn als we buiten de rechtszaal om tot een regeling zouden kunnen komen. Zonder de advocaten, wellicht. Deze kwestie schaadt mij zakelijk en kost Aristoteles geld. Een fortuin, als zijn tarieven net zo beroerd zijn als de onze. Maar ik heb moeite hem dat aan zijn verstand te brengen. Ik denk dat u mij daarbij behulpzaam zou kunnen zijn.'

Webster knikte opnieuw langzaam. Dit ging de goede kant op: Lock praatte te veel, bood hem te veel. 'En u denkt dat Tourna een schikking wil?'

'Als er voldoende betaald wordt, ja. Zo werkt dat.'

'Daar ben ik niet zo zeker van. Ik denk dat hij wraak wil nemen. Ik weet niet of hij het wel zo belangrijk vindt dat hij zijn geld terugkrijgt. Misschien vergis ik me.' Webster nam een slok van de donkerbruine thee. 'En Malin? Wil die er een?'

'Een wat?'

'Een schikking.'

'Dat doet er niet toe. Het is mijn zaak. Mijn geschil.'

'Meneer Lock...'

'Zeg maar Richard.'

'Richard. Met alle respect, hoor. Maar we komen nooit tot een schikking als jij geen open kaart speelt. Ik draag geen microfoontje. Er is hier niemand anders.' Hij keek om zich heen en weer naar Lock. 'Die mensen zijn niet door mij ingehuurd.' Even stilte. 'Alles wat je zegt blijft tussen ons. Daar kun je op vertrouwen. Ik ben hier niet om je erin te luizen.'

Lock krabde opnieuw over zijn kin en schudde zijn hoofd. 'Ik ben een zakenman, meneer Webster. Ik heb een zaak. Als iemand die zaak aanvalt, dan is het mijn taak die te verdedigen. Ik begrijp niet goed wat u bedoelt.'

'Richard, ik denk dat je dat wel weet. Jij hebt om dit gesprek gevraagd en ik ben hier met genoegen naartoe gekomen, maar als we niet vrijuit met elkaar kunnen praten dan stap ik op. Ik weet nu een heleboel over jou. Maar ik wist hoe jij en Malin lang geleden te werk gingen – voordat ik deze opdracht aannam. Ik ken Rusland. Ik weet hoe het in zijn werk gaat. Malin is de speler en jij bent zijn loopjongen.' Webster wachtte een ogenblik om Lock gelegenheid te geven te reageren. Lock hield zijn hoofd schuin en keek naar de grond, met zijn hand onder zijn kin en zijn elleboog op tafel. Dit wilde hij niet horen. 'We zitten erbovenop, Richard. Ik weet ook dat de man voor je hotelkamerdeur geen bodyguard is.' Lock keek hem aan. 'Anders had je vannacht niet aan hem hoeven te ontsnappen.'

Lock zweeg nog even. 'Wat bedoel je?'

'We hebben je geschaduwd. Neem me niet kwalijk. We zagen dat je het huis van je vrouw binnenging, maar we hebben je nooit naar buiten zien komen. Daarstraks – wat zal het zijn, een uurtje geleden of zo? – hebben je twee bewakers, of wat ze ook mogen zijn een praatje gemaakt met je vrouw en zijn er vervolgens als een haas vandoor gegaan. Je bent niet terug geweest in het hotel. Dat hebben we gecontroleerd.'

Lock keek Webster strak aan. Webster zag wrevel in zijn blik, maar ook veerkracht.

'Richard, je tijd zit erop. Elke relatie als deze, elke relatie die ik ooit heb gezien – daar kun je niet uitstappen. Konstantin kan dat evenmin. Hij heeft jou net zo hard nodig als jij hem. Maar de buitenwereld kan dat wel. De FBI kan het. Die staan te popelen om jullie uit elkaar te trekken.' Lock keek Webster niet langer aan. Hij staarde naar het tafelblad, en leek niet te luisteren, maar Webster vervolgde zijn verhaal. 'Alleen de laatste zet, die is meestal aan de Russen. Jongens als jij klampen zich er altijd te lang aan vast. En je weet wat er met hen gebeurt als de Russen hen niet meer vertrouwen. Dat hoef ik je toch niet uit te leggen, is het wel? Dat weet jij beter dan ik.'

Lock schoof zijn stoel naar achteren en maakte aanstalten om op te staan. Hij keek Webster uitdagend aan. 'Ik ben hier gekomen om zaken te bespreken en jij... jij gaat alleen maar tegen me tekeer. Daar heb ik geen behoefte aan. Je hebt geen idee hoe weinig behoefte ik daaraan heb.'

Webster boog zich naar voren en legde zijn hand plat op de tafel in een gebaar van berusting en vertrouwen. 'Richard. Ik ben hier niet om jou te beledigen. Maar je zult een besluit moeten nemen. Je zit hier in dezelfde kleren als gisteren, met modder op je schoenen, en waarom? Omdat je dacht dat het wel geinig zou zijn om in het holst van de nacht over muren te klauteren? Jij bent niet de man die je een week geleden was. Je leven is veranderd.'

Lock stond op.

Webster ging door: 'Maakte het deel uit van je strategie om er plotseling vandoor te gaan? Of was het blinde paniek? Of mocht je niet blijven van je vrouw?'

Zonder Webster aan te kijken liep Lock tussen de tafeltjes door weg en de deur uit. Zijn mok met thee was nog vol. Webster zag zijn gezicht door het raam toen hij de straat op liep. Er was geen spoor van verbolgenheid of woede op te bekennen; alleen maar angst, als bij een man die wordt opgejaagd.

Webster trommelde in gedachten verzonken met zijn vingers op het tafelblad. Als hij nog tien minuten was gebleven was het hem gelukt. Hij zette zijn telefoon weer in elkaar en wachtte tot hij gebruiksklaar was. Hij moest Black bellen en hem zeggen dat Lock was vertrokken en oostwaarts door Church Street liep. Zijn thee was nog warm en hij zat daar met de dikke mok in zijn handen. Hij zou nu achter Lock aan kunnen gaan en hem op straat inhalen, of hij kon hem later opzoeken, als hij de tijd had gehad om erover na te denken. Maar het moest wel vandaag gebeuren.

Het geluid van zijn telefoon wekte hem uit zijn mijmeringen en toen hij opnam klingelde ook het belletje boven de voordeur. Lock stond in de deuropening met een vreemde uitdrukking van wroeging op zijn gezicht. Webster keek op toen Lock zijn weg zocht tussen de oranje plastic stoeltjes en weer ging zitten. Een ogenblik deden beiden er het zwijgen toe.

'Kunnen we erover praten?' vroeg Lock ten slotte.

Webster gaf een klein begrijpend knikje. 'Ik denk dat dat het beste is.'

'Ik... Ik ben vanochtend naar de kerk geweest. Die mooie aan George Street. Ken je die?' Webster schudde zijn hoofd. 'Daar zou je eens heen moeten gaan. Zodra je binnenkomt waan je je in Italië. Ik dacht dat als ik iemand alles zou vertellen, dat ik dan... Maar ik kon geen priester vinden. En ik wist niet goed wat ik daar kwam opbiechten.'

'Zonden door verzuim?'

'Mogelijk. Ja. Ik heb heel wat verzuimd.'

Het daaropvolgende halfuur was bijna uitsluitend Lock aan het woord. Hij vertelde over de Kaaimaneilanden en het afschrikwekkende spookbeeld van de FBI. Hij sprak over Malin en zijn groeiende ongeduld, over de bodyguards en de gevangenis die Moskou was geworden. Hij sprak over Gerstmann en de angst die hem, elke keer als hij aan zijn dood dacht, bekroop. Hij liet maar heel weinig achterwege.

Het leek hem goed te doen. Webster luisterde aandachtig, onderbrak hem zo nu en dan om een vraag te stellen en toen Lock een beetje opmonterde, kwam het bij hem op dat zijn beroep in zekere zin niet zoveel verschilde van dat van zijn vrouw. Hij had dit eerder gevoeld, de rudimenten van een vreemde afhankelijkheid en een vreemdere intimiteit. Zij moesten elkaar wel vertrouwen, of dat nu verstandig was of niet.

Toen was het zijn beurt. Hij vertelde Lock wat hij wist over Malin, en wat de FBI te weten zou komen. Lock merkte op dat de Zwitsers ook belangstelling hadden, meende hij, en Webster zei dat er nog wel meer zouden volgen. Hij legde uit wat er vervolgens zou gebeuren: dat er aanklachten zouden worden ingediend en internationale arrestatiebevelen uitgevaardigd; dat Lock gedwongen zou worden in Rusland te blijven; dat de kranten, die zich eerlijk gezegd tot dusverre nogal koest hadden gehouden, zich er maandenlang gretig te goed aan zouden doen. Hij herinnerde Lock eraan hoe het anderen eerder was vergaan, de helikopterongelukken, de aanslagen vanaf langs zoevende motoren, totdat Lock hem onderbrak.

Vervolgens beschreef hij het alternatief. Medewerking met het bevoegde gezag. Onafhankelijke advocaten in de arm nemen. Zich tegen Malin keren; hem ontmaskeren. Misschien een tijdje de gevangenis in, maar in ieder geval een deel van je identiteit terugveroveren.

Al met al luisterde Lock zwijgend en hij knikte zo nu en dan alsof hij van grote afstand in contact wilde blijven. Hij keek Webster maar zelden aan; hij staarde naar het tafelblad, uit het raam of naar de andere mensen in het café, dat nu voller was. Hij had zijn jas nog aan en onder die dikke stof leek zijn lichaam gekrompen en ingevallen. Toen Webster was uitgesproken, bleef hij een poosje knikkend zitten.

'Het probleem is,' zei hij, Webster eindelijk aankijkend, 'dat ik waarschijnlijk niet voldoende weet om van nut te zijn.'

'Hoe bedoel je?'

'Ik weet niet genoeg. Nooit geweten ook. Kesler heeft het me uitgelegd. Om Malin te beschadigen moet je kunnen aantonen dat hij een misdadiger is. Ik weet niet of hij een misdadiger is. Ik kan het in ieder geval niet bewijzen. Ik weet alleen dat hij een rijke Rus is en dat ik activa voor hem beheer.' Hij leunde achterover en probeerde iets uit zijn broekzak op te diepen; het klonk alsof die vol zat met kleingeld. Uiteindelijk haalde hij een klein plastic rechthoekje tevoorschijn en liet het aan Webster zien. 'Hierop staat alles wat ik weet. Elk document uit mijn dossiers – elke transactie, elke maatschappij, elke lastgeving. Het leek me verstandig om dat op een veilig plekje op te slaan voor het geval ik het nog eens nodig zou hebben. Maar het gekke is – weet je wat het is?'

'Nee.'

'Het gekke is dat het allemaal zo keurig overkomt. Kapitaal gaat van de ene naar de andere plek, er worden dingen mee gekocht, het zwelt aan, maar ik weet niet waar het vandaan komt. Ik doe dit nu vijftien jaar en ik weet het niet – ik heb geen flauw idee,' Lock sloeg bij elke lettergreep die hij uitsprak met zijn vlakke hand op de tafel, 'waar ook maar iets ervan vandaan komt. Ik kan ernaar gissen, net als jij. Maar ik weet het niet.'

Webster voelde zijn maag samentrekken en weer uitzetten. 'Maar wat wist Gerstmann dan?'

'Heb je hem gekend?'

'Ik heb hem gesproken voordat hij stierf.'

Lock fronste zijn voorhoofd enigszins, alsof hem opeens iets duidelijk werd. 'Jij was het dus.'

'Ik geef er de voorkeur aan te denken dat ik het niet was. Hij wilde mij niet te woord staan.'

'Weet je hoe hij is gestorven?'

'Ik heb wel een flauw vermoeden. Hij leek me er het type niet naar om zelfmoord te plegen. In ieder geval niet op zo'n manier. Dus of hij wist iets of het was bedoeld als waarschuwing.'

'Voor mij.'

'Misschien.' Webster keek hoe Lock dit tot zich liet doordringen. Hoe je het ook wendt of keert, dacht hij, een van ons heeft zijn dood bespoedigd. Maar dat zei hij niet. 'Wat wist hij dan?'

'Meer dan ik, veronderstel ik. Om te beginnen was hij een Rus. Hij wist waar het geld vandaan kwam. Een deel ervan, in ieder geval.'

'Genoeg om hem gevaarlijk te maken?'

'Dimitri was veel te uitgekookt om een gevaar te vormen voor die mensen. Hij deed alles wat in zijn vermogen lag om dat Konstantin te laten blijken. Ik dacht dat hij hem geloofde.'

Webster wachtte een seconde of twee. Hij trommelde met zijn vingers op het tafelblad en met zijn voet tikte hij op de grond. De volgende zet was een gok, want de kans bestond dat Lock hier was namens Malin. Maar ach, moet je hem zien, met de grijze wallen onder zijn ogen en die angst op zijn gezicht; hij heeft me nodig.

Maar eerst was er nog iets anders wat hij moest ophelderen. Hij keek Lock recht in zijn ogen. 'Vertel eens. Herinner jij je een artikel over Faringdon? Van tien jaar geleden. In het Engels. Eigenlijk het enige dat ooit is verschenen. Er stond in dat jij activa kocht voor de Russische staat.'

Lock fronste zijn wenkbrauwen alsof hij zijn geheugen afspeurde. 'Nee. Er is nooit zoiets geweest. Niet voordat jij begon te wroeten.'

'Het was geschreven door een vriendin van mij. Een Russische vrouw.'

'Nee.' Lock schudde zijn hoofd, 'dat zou ik me hebben herinnerd. Is het belangrijk?'

Lock speelde geen toneel. Zijn gezicht was uitdrukkingsloos. Het zei hem niets.

'Waarschijnlijk niet.' Het was vreemd hoe één enkel stukje informatie je kon zeggen hoe iemand in elkaar stak. Op dat moment begreep Webster dat Lock niet het soort man was dat je dingen opdroeg, maar het soort man dat een doel diende. Een vaste component in een ingewikkelder mechanisme. Dat was een openbaring voor hem. 'Ik ben bij Nina Gerstmann op bezoek geweest.'

Lock leunde achterover en sloeg zijn armen over elkaar. 'Was dat netjes?'

Webster haalde zijn schouders op. 'Ik dacht dat ik haar kon helpen. Zij denkt dat Malin erachter zit.'

'Natuurlijk zit Malin erachter. Wat heeft ze daaraan?'

'Misschien kunnen we aantonen dat het zo is.' Lock wachtte tot Webster verder zou gaan. 'Ik denk dat Dimitri een soort dossier over Malin bezat. Ik denk ook dat iemand ongeveer een week voordat hij stierf Gerstmanns woning heeft doorzocht. Prock had het erover, maar verkeerde in de veronderstelling dat ik hem toch niet zou verstaan. Ken jij Prock?'

Lock schudde zijn hoofd. 'Nee.'

'De compagnon van Dimitri. Een onwaarschijnlijke combinatie.' Hij wachtte even. 'Misschien wil ze het jou wel laten zien.'

'Nina?'

'Ja.'

'Waarom zou ze het mij laten zien?'

'Omdat jij de man bent die de moordenaar van haar man ten val kan brengen. Omdat Dimitri jou graag mocht.'

Lock zuchtte en ademde uit door zijn neus en zijn mond. 'Weet je zeker dat er zoiets bestaat?'

'Ik denk het. Iets wat Malin kan schaden. Anders slaat het allemaal nergens op.'

'En als er niets te vinden is?'

'Dan zal nog steeds iedereen met je willen praten, dan heb je ze alleen minder te vertellen. Dan kun je terugkeren naar Rusland of je kunt met de FBI praten. Ik zal je helpen.'

Lock dacht een ogenblik na. 'Is ze in Berlijn?'

'Voor zover ik weet wel.'

'Dus ik ga erheen, zij geeft me dat dossier, die informatie, wat het ook mag zijn, en kom ik terug. Wat word ik daar wijzer van?'

'Het maakt je waardevol. Zo simpel is dat. Jezus, als je wilt kun je het mee terugnemen naar Malin en hij zal je een schouderklopje geven en weer dol op je zijn. Misschien mag je er dan zelfs weer onbegeleid op uit. Als je dat graag wilt. Anders is het het verschil tussen het verlangen om hem aan de kaak te stellen en dat ook werkelijk doen.'

'Dat zal nooit gebeuren. Dat gebeurt nooit.'

'Heus wel. Ik heb het zien gebeuren. En jij bent de enige die het kunt volbrengen.'

'En het kan jou niets schelen als ik de benen neem?'

'Ik heb je niet aan een touwtje. Maar als je dat doet dan zal ik weten dat je iets in handen hebt gekregen.'

Lock zuchtte opnieuw en keek om zich heen naar de marktkramers die waren binnengekomen voor hun middagmaal.

'Ik ben niet erg bedreven in dit soort dingen.'

'Wat voor soort dingen?'

'Ik ben geen spion. Ik heb het in Moskou een keer geprobeerd en toen heb ik er niets van terechtgebracht. Ik heb geen talent voor slinksheid.' Hij lachte droogjes. 'Grappig, eigenlijk. Als je de omstandigheden in aanmerking neemt.'

'Daar ben ik juist heel goed in,' zei Webster. 'Ik zal je wel helpen.'

Dat was het moment waarop Webster zijn plan ontvouwde. Hij schreef en hij tekende en hield zijn notitieboekje schuin zodat Lock mee kon kijken. Lock at een broodje met bacon; Webster liet het zijne koud worden, terwijl hij krabbels op papier zette en praatte.

Lock moest Londen onmiddellijk verlaten. Uitstel was zinloos. Hij moest eerst naar Amsterdam of Rotterdam vliegen. Tot zover kon hij worden getraceerd, maar daar moest hij een dwaalspoor uitzetten. Gebruik makend van zijn creditcard zou hij een treinkaartje kopen naar Noordwijk, waar zijn vader had gewoond, zodat iedereen die zijn gangen naging zou denken dat hij op weg was naar zijn ouderlijk huis. Maar in plaats daarvan zou hij in een door Ikertu betaalde en door een onschuldig klinkend mantelbedrijfje gehuurde auto naar Berlijn rijden. Op die manier zou niemand erachter kunnen komen wat zijn werkelijke reisdoel was.

Van Amsterdam naar Berlijn was een reis van zeshonderd kilometer, waarschijnlijk een rit van een uur of zeven. Hij kon overnachten in Hannover of in één ruk doorrijden naar Berlijn. Daar zou hij zijn intrek nemen in een hotelkamer die eveneens door Ikertu was betaald en via een mantelbedrijfje gereserveerd. Hij zou Richard Green heten en er voor waken dat hij bij het inchecken zijn paspoort niet liet zien.

'Wat moet ik doen als ze ernaar vragen?' vroeg Lock.

'Dan zeg je dat je koffertje op het vliegveld is gestolen en dat je dat niet hebt. Zeg maar dat je de volgende dag bij de ambassade langsgaat. Wij zoeken wel een hotel voor je uit dat daar niet om maalt.'

Geld was belangrijk. Hij moest vandaag, in Londen en in Nederland, zo veel mogelijk opnemen en na zijn aankomst op het vasteland uitsluitend contant betalen. Telefoons ook. Lock meldde dat hij zijn oude mobieltjes gisteren al had ontmanteld.

'Goed. Laat dat zo. Voordat je weggaat geven we je wel een prepaid mobieltje,' zei Webster.

En dan zou hij bij Nina op bezoek moeten gaan. Lock moest zelf maar kijken hoe hij haar wilde benaderen. Hij kende haar en hij kon zelf bepalen wat de beste methode zou zijn. Webster gaf hem haar adres en telefoonnummer.

'Hoe moet ik terugkomen?'

'Je gaat naar het vliegveld en reserveert een plaats in het eerstvolgende vliegtuig naar Londen. Vertrek heel laat, vlak voor de incheckbalie dichtgaat. Ik wacht je aan de andere kant op en breng je naar een veilige plek.'

'En als ze me weten op te sporen?'

'Dat zullen ze niet. Je laat nergens sporen na.'

Lock zat een ogenblik voorover op de tafel leunend en met zijn handen samengeknepen en zijn duimen tegen elkaar gedrukt.

'Wanneer ben je begonnen me te schaduwen?'

Die vraag verbaasde Webster maar hij wilde hem best beantwoorden.

'Toen je gisteren aankwam.'

'Nee, niet deze keer. Ik bedoel, wanneer ben je voor het eerst begonnen me te volgen?'

'Gisteren.' Lock keek Webster monsterend aan. 'Echt waar. Voordien was daar geen reden voor.'

'Oké. Oké.'

'Hoezo?'

'Ik weet het niet. De laatste keer dat ik hier was dacht ik dat iemand me volgde. Misschien heb ik het me maar verbeeld.' Lock leunde achterover en masseerde zijn nek. 'Waarom kom je niet met me mee?'

Ook Webster leunde achterover, alsof hiermee zijn voorbereidingen voltooid waren. Met Joeri's hulp zou hij precies weten waar Lock zich bevond, maar als hij met hem mee zou gaan zou hij het gevaar lopen dat broze nieuwe vertrouwen tussen hen te overbelasten. Lock moest het gevoel hebben dat hij de touwtjes in handen had.

'Dat zou ik kunnen doen, maar het is jouw missie. Ik bevind me op één telefoontje afstand. We maken nog wel een spion van jou.' Hij glimlachte het soort glimlach dat zegt dat alles piekfijn in orde zal komen, ongeacht hoe klein die kans ook mocht lijken.

13

—

Het moest zo'n vijfendertig jaar geleden zijn geweest dat Lock, over wegen als deze naar Altenau, een dorpje aan het meer in het Harzgebergte, door Duitsland reed. Ze waren 's avonds vertrokken om de verkeersdrukte te vermijden. Zijn vader zat achter het stuur, zijn moeder en zusje sliepen. Uit de cassettespeler schalde luide operamuziek, de hoge tonen blikkerig en vervormd. Lock bleef wakker en keek naar de zacht oplichtende dashboardlampjes die in het duister van de ruit werden weerkaatst. Op de rechte wegen zat zijn vader nagenoeg bewegingloos stil, zijn handen stevig om het stuur.

Dat was hun tweede vakantie in de bergen. De eerste keer hadden ze gekampeerd, soms op kampeerterreinen, soms in het wild, maar dat jaar had Locks moeder een dak en een bad geëist, en Everhardt had een pension voor hen besproken aan de rand van de stad aan het meer. Zij waren het enige gezin, alle andere gasten waren daar om te wandelen, en Lock en zijn zusje, die vroeg opstonden om te spelen, hadden het vaak aan de stok met andere gasten wier rust zij verstoorden. Everhardt leek het heimelijk wel leuk te vinden dat ze wat leven in de brouwerij brachten.

Twee weken lang gingen ze wandelen en zwemmen en maakten ze dagtochtjes naar mooie steden. Ergens in de tweede week verklaarde Everhardt dat hij en zijn zoon nu eens een echte wandeling gingen maken, een lange, en de volgende dag gingen ze vroeg op pad, waarbij Everhardt voorop langs de oever van het meer liep en door dicht op elkaar geplante dennen waarvan de naalden onder hun voeten knerpten. Locks versleten tennisschoenen gleden uit op de hellingen en hij volgde eerbiedig de gestage tred van zijn vaders stevige leren laarzen. Zelfs nu nog kon hij zich elk moment van die dag herinneren. Ze liepen urenlang en spraken nauwelijks. Everhardt zette er flink de pas in, maar liep niet zo hard dat Lock hem, met af en toe een tussensprintje, niet zou kunnen bijbenen. Rond het middaguur, toen ze het meer al een flink stuk achter zich hadden gelaten, gingen ze in het bos bij een beekje zitten om hun boterhammen op te eten en over de toekomst te praten: waar Lock naar school zou gaan, wat hij zou gaan studeren, wat voor beroep hij zou kiezen, waar hij wilde gaan wonen. Everhardt deelde zijn thee in de dop van zijn thermosfles.

Lock was nooit eerder zo lang met zijn vader alleen geweest; het maakte hem zenuwachtig en gelukkig. In de middag, met de zon hoog boven hen, in het licht dat tussen de bomen door omlaag viel, liepen ze verder en stonden alleen af en toe stil als Everhardt zijn kompas en zijn kaart moest raadplegen. Boven de stad Bad Harzburg verliet het pad het bos voor een poosje en konden ze voor het eerst de lucht en de heuvels en de wouden zien die zich voor hen uitstrekten. Ze bleven een ogenblik stilstaan om het op zich te laten inwerken. Locks vader hurkte achter hem en wees naar een donkere streep bos omgeven door een hoog metalen hek, aan de overkant van een ondiep dal.

'Zie je dat hek?' vroeg Everhardt. 'Dat is het IJzeren Gordijn. Het snijdt Duitsland in tweeën. Je mag blij zijn dat je een Nederlander bent.' Lock stelde zich immens grote gordijnen van geweergrijs metaal voor die, wanneer ze opzij zouden worden geschoven, de een of andere helse, mechanische wereld onthulden.

En wat had Lock gedaan? Hij was daar gaan wonen. Misschien was dat de reden dat zijn vader zo ontzet was. Misschien was Lock in zijn ogen, op het moment dat hij naar het Oostblok verhuisde, opgehouden Nederlander te zijn. Die ingeving kreeg hij toen hij voorbij Osnabrück reed over een tweebaansweg waar geen einde aan leek te komen, hoe hard hij ook reed. Het was al laat, over tienen, en hij kon maar beter een plekje opzoeken om de nacht door te brengen. Een overnachting leek nogal een luxe, maar hij bedacht dat hij, als Webster gelijk had, daar de tijd voor had. Hij mocht zich dan opgejaagd voelen, maar haast had hij niet.

In Stansted had hij een koffer gekocht en die gevuld met een nieuwe trui, overhemden, T-shirts om in te slapen, sokken, ondergoed, een scheermes, een tandenborstel, een boek – *Middlemarch* nota bene; na hun verblijf op de Kaaimaneilanden had hij dat altijd al eens willen lezen – een notitieboek, een stratengids van Berlijn en twee flessen fatsoenlijke whisky. Die nieuwe bezittingen voelden aan als een beginnersuitrusting voor een nieuwe identiteit die hij nog niet had gedefinieerd. In de zakken van zijn jas had hij twee prepaid telefoons die Webster voor hem had geregeld. De ene was voor gesprekken met een derde, maagdelijke telefoon die Webster bij zich zou houden en de andere voor eventuele telefoontjes die Lock vanuit Berlijn zou willen plegen. Ze waren blijkbaar allemaal nagenoeg ontraceerbaar. En in zijn portefeuille had hij vijfduizend euro. Hij was er helemaal klaar voor. Klaar voor een strooptocht achter de Muur om zijn identiteit terug te krijgen.

Hij was ongeveer een uur na zonsondergang in Rotterdam aangekomen. Hij had een auto gehuurd, een goede, een Audi, want je viel in Duitsland minder op als je in een dure auto reed dan in een goedkope, en was op weg gegaan waarbij het navigatiesysteem hem zo nu en dan in het Nederlands vertelde hoe hij moest rijden. Zelf te rijden gaf hem een vreemd gevoel; in Moskou had hij een chauffeur en zo niet dan maakte hij gebruik van taxi's. Hij genoot van de degelijkheid van de auto, de zekerheid, de indruk die hij hem gaf dat hij wist waar hij heen wilde. Voor het eerst in jaren was hij zich bewust van de afstanden tussen plaatsen, tussen Rotterdam en Utrecht, tussen Arnhem en Dortmund, en daar genoot hij ook van.

Misschien zouden de Zwitsers hem in deze auto niet staande houden aan de grens. Misschien zou hij het erop moeten wagen, Nee, dacht hij. Misschien na Berlijn.

Hij bracht de nacht door in een motel niet ver van de Autobahn buiten Hannover. Die smoes over zijn koffer werkte uitstekend en hij hoefde zijn paspoort niet te laten zien. Het was vreemd dat zelfs nu – nu hij op de vlucht was, nota bene, als je tenminste op de vlucht kon zijn voor je eigen baas – die kleine leugentjes om bestwil hem van zijn stuk brachten. Hij betaalde contant vooruit en vroeg zich af of dat uiteindelijk toch nog zou maken dat de vermoeid ogende Poolse receptionist de autoriteiten zou waarschuwen. Welke autoriteiten wist hij niet.

Maar die nacht kwam niemand hem storen. Na een broodje te hebben gegeten dat hij in Rotterdam had gekocht en een of twee glazen whisky, viel hij in een diepe droomloze slaap. Kort voor zonsopgang werd hij wakker met een droge keel en hoofdpijn. Hij was vergeten een raam open te zetten en het was warm in de kamer. Hij nam een douche, kleedde zich aan en vertrok een kwartiertje later. Toen hij naar buiten stapte ontdekte hij dat het die nacht had gesneeuwd en nog steeds sneeuwde, dikke vlokken die zich vastzetten op de motorkappen en daken van auto's. De weg zelf was bedekt met een smerige grijze smurrie van sneeuwbrij en zand en olie en de reis duurde twee keer zo lang als onder normale omstandigheden. Maar nu naderde hij dan toch, warm en veilig, Berlijn vanuit het westen.

Hij kende de stad niet. Het was geen stad waar hij ooit voor zaken heen had gemoeten: Frankfurt wel, vanwege de banken daar, maar verder had Duitsland nooit hoog op zijn agenda gestaan. Hij volgde de borden die hem de weg naar het centrum wezen in de hoop dan ook een bordje naar Kreuzberg tegen te komen. Door Charlottenburg, door de Tiergarten, voorbij de Reichstag; tot hij zich eindelijk op Unter den Linden bevond en over de brede straatweg reed waarvan hij de naam zo vaak had horen noemen. Het was er minder mooi dan hij had verwacht: het was net alsof de logge gebouwen aan weerszijden, de hotels en kantoren en overheidsgebouwen, alle bladeren van de kale lindes hadden weggepest en de bomen langs de rijbanen aan hun lot hadden overgelaten.

Het was vreemd om door een stad te rijden die hij niet kende. Het kostte bijna een uur voordat hij zijn hotel had gevonden, Hotel Daniel, in een woonwijk vlak bij het kanaal. Het was klein en donker op een aangename manier en hij werd naar zijn kamer gebracht door een dikke, glimlachende vrouw van in de zeventig, die maar weinig Engels sprak maar hem best begreep. Hij zei dat hij Green heette. Toen hij wilde uitleggen hoe het zat met zijn paspoort maakte zij alleen maar een weg-wuivend gebaar.

Het behang in de kamer was rood en beige gestreept en was ingericht met meubilair dat niet bij elkaar paste en een beetje te chic was voor dit soort hotel. Een tweepersoonsbed met een mahoniehouten tafeltje bij het hoofdeinde; een kleerkast, ook van mahonie en nogal barok, met een ovale spiegel in de enkele deur; een ladekast; een bureau en een stoel. Door zijn raam en tussen de bomen door kon Lock het kanaal en daarboven het spoor van de U-bahn zien en daarachter een kerk van rode baksteen en rijen blokkendoosachtige flatgebouwen die zich uitstrekten tot in Mitte. Van links naar rechts reed een trein voorbij en de oranje wagons vormden even de enige kleur in een verder volledig witte en grijze wereld.

Lock pakte zijn nieuwe spullen uit, haalde zijn overhemden uit hun plastic verpakking en hing ze met kreukels en al op in de kleerkast. Hij controleerde of zijn telefoons goed opgeladen waren. Zou hij nu Nina moeten opbellen? Iets weerhield hem daarvan. Even dacht hij dat dat kwam door het vooruitzicht de vrouw van zijn dode vriend te zien en de deur te worden gewezen of niet te weten wat hij moest zeggen. Maar dat was het niet. Als Nina niets had en niets wist, dan was de laatste kans op een waardige uitweg uit dit alles, hoe vergezocht ook, verkeken. Hier in deze comfortabele kamer, met de sneeuw die de wereld erbuiten aan het zicht onttrok, wilde hij dat moment maar al te graag uitstellen.

Hij zou haar een briefje schrijven. Beter nog een condoleancebrief. Hij zou haar laten weten dat hij in Berlijn was en haar heel graag zou spreken. Dat was per slot van rekening de gewoonste zaak van de wereld; ze hadden elkaar eerder ontmoet en Dimitri was zijn vriend geweest.

Hij nam er ruimschoots de tijd voor en schreef eerst een kladversie in zijn notitieboek die hij in het net overschreef op een vel briefpapier met het briefhoofd van Hotel Daniel erop. Toen hij klaar was, belde hij de receptie en slaagde erin in een mengelmoes van Engels, Nederlands en gebrekkig Duits uit te leggen dat hij een taxi wilde.

Hij had behoefte aan eten en frisse lucht. De sneeuw was nu een grijze brij op de straten. Lock voelde de kou door zijn schoenen heen dringen en wist dat ijswater op het punt stond door de zolen en naden naar binnen te dringen. Zachte vlokken hadden plaatsgemaakt voor iets wat het midden hield tussen hagel en natte sneeuw en de oostenwind ranselde zijn gezicht. Hij liep over de straatweg en zette zich schrap tegen de kou die op hem af woei en was zich van weinig anders bewust dan van het geraas van de auto's en de mensen die zich op weg naar hun huizen voorbij haastten. Hij wist nauwelijks waar hij zich bevond; hij had een plattegrond, maar het had weinig zin om te proberen die uit te vouwen.

Bij de Wittenbergplatz liep hij linksaf een van de rustiger straten in op zoek naar een bar. Godzijdank dat er bars bestonden. Toen hij er eentje vond was het meer een café dan een bar, een grand café in Weense stijl, maar daar nam hij genoegen mee. Het was er warm en warm verlicht en hij vond een zithoekje dat het meest comfortabele leek dat hij ooit het gezien.

Hij bestelde bier, want hij was ten slotte in Duitsland en dronk het eerste glas in vier, vijf flinke teugen leeg. Hij bestelde er nog een. Hij keek op de menukaart en bestelde iets te eten: gravad lax en Wiener Schnitzel.

Hij haalde een van zijn telefoons uit zijn jaszak. Hij keek er een poosje naar en legde hem toen op tafel. Hij moest er steeds weer naar kijken. Hij wilde Marina bellen om te vertellen dat het goed met hem ging en dat hij een plan had, maar hij wist niet of dat wel verstandig was. Webster had toch gezegd dat hij mocht telefoneren? Halverwege zijn derde biertje zwichtte hij.

'Marina?'

'Richard?'

'Hallo. Ik vond dat ik je maar beter even kon bellen.'

'Richard, waar ben je?'

'Dat kan ik beter niet zeggen. Ik wilde... nou ja, ik wilde je alleen maar laten weten dat ik het goed maak.'

'Vika wil je zien. Ik denk dat ze aan mij merkt dat ik me ongerust maak.'

Lock wreef met zijn vrije hand in zijn ogen en kneep in de brug van zijn neus.

'Ik zal haar snel weer zien,' zei hij. 'Zeg maar dat ik haar snel kom opzoeken.'

Er viel een stilte. 'Ik stond daar,' zei Marina, 'en ik fluisterde je naam over de muur.'

'Het spijt me. Het is goed gegaan. Ik had het je moeten laten weten.'

Er viel opnieuw een stilte.

'Ik heb gedaan wat jij had voorgesteld,' zei Lock.

'Wat?'

'Ik heb hulp ingeroepen. Ik probeer een uitweg te vinden. Het gaat al beter. Ik voel me vrij. Ik kan helderder denken.'

'Dat is fijn, Richard, maar... Je gaat er toch niet vandoor? Ik denk niet dat ik dat zou kunnen verdragen.'

'Nee, hoor. Dat doe ik niet.'

'Ik was bang dat je dat al gedaan had.'

'Ik ga de confrontatie aan. Ik vind dat ik dat moet doen.'

Marina was een ogenblik stil. 'Dat is goed. Echt. We zullen je helpen. Ik zal je helpen.'

'Dat weet ik.'

Opnieuw een stilte, die werd verbroken door Marina. 'Konstantin heeft opgebeld.'

Lock zei niets.

'Vanochtend. Hij wilde weten waar jij was.'

'Wat heb je tegen hem gezegd?'

'Dat ik van niets wist.'

'Was dat alles?'

'Hij wilde weten of ik ook mijn vertrouwen in hem had verloren.'

'En?'

'Ik heb gezegd dat ik niet uitsluitend uit Moskou was vertrokken om weg te komen van jou.'

Opnieuw deed Lock er het zwijgen toe.

'Hij zei... Hij vertelde me dat hij jou probeerde te redden.'

Lock sloot zijn ogen. 'Het heeft geen zin om dat tegen me te zeggen.'

'Ik vond dat je het moest weten.'

'Geloof je hem?'

'Ik denk dat hij niet meer goed weet wat hij zegt.'

Lock knikte in zichzelf. Dacht Malin nou echt dat hij dat zou geloven? Het had geen zin om zich dat af te vragen. Hij was moe.

'Luister, lieverd, ik moet gaan hangen. Het worden een paar heel drukke dagen. Ik... ik bel je wel weer.'

'Oké.'

'Geef je Vika een kus van me?'

'Natuurlijk. Wees voorzichtig. Alsjeblieft.'

'Dat zal ik doen.'

'En als het niet lukt... dan weet ik een advocaat voor je.'

Om een uur of twaalf begon Lock onrustig te worden. Nina had nog niet opgebeld en hij begon spijt te krijgen van zijn brief. Verder uitstel was nutteloos. Zijn eerste telefoontje naar haar werd niet beantwoord en hij liet geen boodschap achter. Hetzelfde gold voor zijn tweede telefoontje, twee uur later. Ditmaal vertelde hij het antwoordapparaat wie hij was, dat hij zich in Berlijn bevond en haar graag zou willen zien. Hij kon bij haar langskomen of zij kon naar het Hotel Daniel komen.

Om drie uur belde ze hem op; het was een kort gesprek. Ze vertelde hem dat ze niemand meer wilde zien die iets te maken had met Dimitri's oude wereld, dat hij dit niet persoonlijk moest opvatten en dat ze hem dankbaar zou zijn als hij haar verder met rust zou laten. Hij probeerde haar uit te leggen dat hij niet langer voor Malin werkte maar het was duidelijk dat zij niet te vermurwen was. Toen hij de verbinding verbrak vroeg hij zich af wat Webster zou hebben gedaan om haar aan de praat te houden – en wat hij nu zou doen om een ontmoeting te forceren.

Lock was de hele dag op zijn hotelkamer gebleven en had in *Middle-*

march en de gids van Berlijn gelezen en whisky gedronken. Hij had ontbeten, maar de lunch overgeslagen en hij had tegelijkertijd een licht en gespannen gevoel in zijn hoofd. Hij wist niet wat hij moest denken van Nina's weigering: maakte dit verder alles onmogelijk of was het slechts een obstakel? Hij besefte dat hij er niet altijd zeker van was geweest dat Nina enig verschil zou kunnen uitmaken, maar aan de andere kant hoopte hij dat ze dat wel zou. Er was de afgelopen nacht een dikke laag sneeuw gevallen en het sneeuwde nog steeds.

Hij besloot te voet de stad in te gaan. Hij kon vandaag toch niet weg, niet in deze sneeuw, en hij wilde mensen zien en had behoefte aan frisse lucht. En hij had nieuwe schoenen nodig. De sneeuwbrij op de stoep was op sommige plaatsen bevroren en op zijn leren zolen liep hij met onzekere pasjes in noordelijke richting, over het kanaal en de Friedrichstrasse in, waarbij hij zich een beetje naar voren boog om in evenwicht te blijven en zich elke keer als hij dreigde weg te glijden met een ruk corrigeerde. Als het nu maar ophield met sneeuwen dan zou hij in één dag naar Zwitserland kunnen rijden – waarschijnlijk in nog minder tijd. Hij vroeg zich af hoe ver naar het zuiden het ook nog zou sneeuwen. Hij liep langs de plek waar ooit Checkpoint Charlie was geweest en bleef een ogenblik stilstaan om te lezen wat er op de schermen stond die de bouwterreinen aan weerszijden van de straat afbakenden. Mensen waren de Muur over gekomen in koffers in lijkwagens, hangend aan ballonnen, via levensgevaarlijke glijbanen en op honderden andere manieren die de verbeelding tartten. Velen hadden het geprobeerd en waren er nooit overheen gekomen, neergeschoten door de automatische machinegeweren die op elke vierkante centimeter van de Muur gericht stonden of door de grenswachten die er het liefst zelf ook overheen waren geklauterd. Sommigen waren achtergelaten om te sterven op de smalle strook niemandsland tussen de twee muren, omdat aan weerskanten geen soldaten bereid waren of toestemming kregen hen te hulp te komen. Altijd één kant op. Niemand was ooit in tegengestelde richting de Muur over gekomen.

Hij stond in een kampeerwinkel schoenen te passen toen Webster hem opbelde. De telefoon maakte een irritant tjirpachtig geluid dat hij niet kende en het duurde even voordat hij besefte dat het zijn mobieltje was. Hij haalde de telefoon uit zijn zak en keek er een poosje naar in de hoop dat de voicemail het zou overnemen, maar hij bleef maar tjirpen en tjirpen.

'Hallo,' zei hij ten slotte.

'Richard, met Ben. Hoe gaat het?'

'Ben, hallo. Best. Alles oké.'

'Hoe staan de zaken?'

'Ze wil me niet spreken.'

'Waarom niet?'

'Ze zegt dat ze uit mijn wereld niemand meer wil zien. Ik heb geprobeerd haar uit te leggen dat het mijn wereld niet meer is, maar ik kon haar niet overtuigen.'

'Wat ben je nu dan aan het doen?'

'Schoenen aan het passen.'

Webster was een ogenblik stil. 'Wat ga je nu doen?'

'Ik weet het niet. De sneeuw komt hier met bakken uit de hemel.'

'Richard, wil je Nina graag spreken?'

'Ik weet het niet. Ja. Ja, ik veronderstel van wel.'

'Waarom ga je dan niet bij haar op bezoek?'

Lock dacht een ogenblik na. Prioriteiten schoven in zijn gedachten door elkaar heen. 'Zou jij bij haar langsgaan?'

Het werd even stil op de lijn. Alsjeblieft. Ik heb hulp nodig.

'Ik kom morgen naar je toe,' zei Webster ten slotte. 'Ik stuur je wel een sms'je met mijn gegevens.'

'Dank je. Jou wil ze misschien wel te woord staan.'

'Wie weet. Verder alles goed met je?'

'Prima.'

'Hou je haaks. We komen er samen wel uit.'

Lock verliet de schoenenwinkel met zijn oude schoenen in een plastic zak en zijn nieuwe droog en strak om zijn voeten. Ze hadden profielzolen en geen enkele moeite met het ijs. Hij had het gevoel dat hij weer de baas over zijn leven was en liep in de richting van het café waar hij de avond tevoren ook had gegeten. Twee avonden in de stad en hij had al een routine aangenomen. Hij was te moe om iets anders te bedenken.

Dit deel van Berlijn bestond voornamelijk uit brede straten en solide flatgebouwen. Er was iets met de ritmiek van de gebouwen – de smalheid van de ramen, de ruimte ertussen, de hoogte van de verdiepingen – dat hem sterk aan Moskou deed terugdenken. Hun kleuren eveneens: roomgeel, vuil geel, grijstinten. En de lege straten in de sneeuw, de trottoirs een glibberige modderpoel, de straatlantaarns die een hel blauw licht verspreidden. Plotseling drong het met een paniekachtige rilling tot hem door dat dit een Oost-Europese stad was, maar dat ze hem hadden wijsgemaakt dat dit het onkreukbare Westen was, dat hij hier niet veilig was. Hier konden ze je pakken als ze dat wilden; zo ver weg was het niet. Ze wisten waarschijnlijk al dat hij hier was. Hij voelde zijn hart bonzen in zijn borst en zijn keel voelde opgezwollen, niet tot slikken in staat.

Hij liep nu snel, niet in looppas, maar toch met voortvarendheid, naar het café en bestelde daar opnieuw een biertje, soep en worstjes met Sauerkraut. Hij kalmeerde enigszins en nam zichzelf kwalijk dat hij niet eerder had gegeten. Hij wou dat hij zijn boek had meegenomen. Hij had zijn notitieboekje wel bij zich en maakte een poosje verstrooid schetsjes. Eerst een van Webster, in een regenjas, met een gleufhoed en een zonnebril op, een bloem in zijn knoopsgat en een opgevouwen krant onder zijn arm. Vervolgens van hem zelf schrijlings op een hoge muur, één arm en één been zichtbaar. Hij keek even naar de tekeningetjes, schudde zijn hoofd alsof hij het leeg wilde maken en sloeg een nieuwe bladzijde op. Hij zou het allemaal eens op een rijtje zetten. Hij zette twee lijnen op het papier en zette kopjes boven elk der drie kolommen: *Samenwerking, Terugkeer* en *Vlucht*. Toen trok hij twee dwarslijnen en zette in de daardoor ontstane vakken *Waarschijnlijke uitkomst, Risico's, Obstakels*. Het kostte hem een halfuur voordat hij het schema had ingevuld in een keurig klein handschrift en terwijl hij schreef voelde hij hoe zijn geest tot klaarheid kwam. Dit was een vreemd document, besefte hij; hij vroeg zich af wat men zou denken als iemand het onder ogen zou krijgen. Het was deels vreemd, besefte hij, omdat het nergens aan de orde stelde waar het hem om ging. Het was niet bij hem opgekomen dat erin op te nemen en hij wist niet goed wat hij ermee aan moest.

Dus noteerde hij op de pagina ernaast twee dingen. *Naar Marina*; en *Naar Vika*. Hij stopte en staarde een poosje naar de woorden en wilde dat hij dit vijf jaar geleden zo helder voor ogen had gehad. Wat ze hem nu zeiden was dat er voorlopig niets anders opzat dan te wachten op Webster en het uit te zitten. Hij drukte het boek plat met zijn hand, alsof hij er de eed op aflegde. Toen stak hij het terug in zijn zak, naast de brief van Marina, betaalde zijn rekening en liep de avond in.

Dit was geen drukke buurt. Overal om hem heen waren de winkels bezig te sluiten en de kantoren die daar tussen stonden waren al in duisternis gehuld. Berlijn voelde weer leeg aan. Hij verlangde naar een bar met jonge mensen erin; die moest toch ergens te vinden zijn. Hij stond een ogenblik in het portiek van het café en bestudeerde zijn plattegrond.

Schöneberg was vlakbij. In de reisgids had iets gestaan over Schöneberg. Hij was vergeten wat. Hij besloot daar zijn geluk maar eens te beproeven.

Toen hij door de Kurfürstenstrasse wandelde, passeerde hij een man die hem bekend voorkwam. Hij was jong, zo te zien een jaar of dertig, en hij droeg een dikke zwarte pet en een gewatteerde regenjas die tot zijn knieën reikte. Hij had blonde wenkbrauwen. Terwijl hij voorbijliep keek hij Lock aan met een air van gekunstelde argeloosheid, alsof het onnatuurlijk zou zijn om een vreemdeling een halve seconde recht in de ogen te staren. Lock kende die pet. Hij had die ergens gezien. Was het in Moskou? Nee, het was hier, daar was hij zeker van. Hij liep met zijn blik gericht op het groezelige trottoir en pijnigde zijn hersens op zoek naar het antwoord. Bij Checkpoint Charlie. Hij had daar gelezen wat er op de schermen aan de overkant van de straat stond en toen Lock was overgestoken had hij zich omgedraaid en was weggelopen. Lock was er zeker van dat het dezelfde man was. Ze bevonden zich nu op een half-uur afstand van die plek en dit was een grote stad. Het kon geen toeval zijn.

Het is volkomen uitgesloten dat ze weten dat ik hier ben, dacht hij. Ik ben zo omzichtig te werk gegaan. Webster had het georganiseerd. Misschien is het een van Websters mannetjes. Maar waarom zou hij me nu laten volgen? En die pet had iets, iets Oost-Europees, iets Moskouachtigs. Het was het soort pet dat de helft van alle mannen in Rusland in de winter droeg.

Wat had Webster ook weer gezegd over hoe je kon weten dat je werd geschaduwd? Lock liep zuidwaarts door een stille woonstraat; hij was de enige die daar liep. Op twee derde van de straat bleef hij stilstaan en begon demonstratief in zijn zakken te tasten. Vervolgens draaide hij zich om en keerde terug op zijn schreden. Er was niemand, de straat was verlaten. Hij keerde zich opnieuw om, onderdrukte de sterke neiging om achterom te kijken en dwong zichzelf door te lopen. Twee straten verderop zag hij een taxi, wenkte die en keerde terug naar het hotel, voortdurend nadenkend over wat hij had gezien.

Websters vliegtuig zou om elf uur landen. Hij had een sms'je gestuurd met de mededeling dat hij Lock om twaalf uur of daaromtrent in zijn hotel zou treffen.

Lock had geen oog dichtgedaan. Zou hij in dit hotel blijven of verkassen naar een ander? De wijk nemen naar Zwitserland? Blijven zitten wachten tot iemand hem zou komen ophalen? Hij had geprobeerd wat te lezen, maar de regels onttrokken zich aan zijn blik.

Tegen zonsopgang jeukte zijn huid en voelde vettig aan en hij snoof de geur op van oude whisky en zweet die door zijn lichaam werd afgescheiden. Het was benauwd in de kamer, de gordijnen waren gesloten. Er hing een muffe lucht. De vragen verdrongen zich nog steeds in zijn hoofd. Malin. Wat had Malin bedoeld toen hij Marina had opgebeld? Hoe probeerde hij hem te redden? Wilde hij voorkomen dat hij zijn ziel zou verkopen door Moedertje Rusland te verraden? Wat kon het anders zijn?

En hoe zat het met Webster, die hem te hulp kwam? Zou hij hem kunnen vertrouwen?

Hij besefte dat hij onmogelijk nog langer in de kamer kon blijven. Hij ging onder de douche, trok een zacht nieuw overhemd aan – voelde zich heel even een mens – en kleedde zich verder aan. Hij trok de gordijnen een paar centimeter opzij en keek de straat in. Geen beweging. Geen mens te zien. Hij keek nog eens goed om er zeker van te zijn. Voordat hij vertrok deed hij iets dat hij sinds hij klein was niet meer had gedaan: hij trok twee haren uit zijn hoofd, likte zijn vinger af en plakte de haren op de deur van zijn kleerkast en op zijn ladekast. Hij trok een derde uit en legde die voorzichtig op het slot van zijn koffer; en een vierde plakte hij op enkelhoogte over de deur en de deurstijl toen hij vertrok. Toen hing hij het Niet Storen-bordje aan de deurkruk en ging op zoek naar een plek om te ontbijten.

Het was eindelijk opgehouden met sneeuwen en Lock liep langs het kanaal met de lage zon in zijn ogen. Op het water had zich een dun laagje ijs gevormd; op sommige plaatsen leek het vrij dik, maar langs de kanten zwommen nog ganzen. Er hadden daar nog maar weinig mensen gelopen en de sneeuw op het pad en op de zwarte takken van de bomen, op de daken en de balkons en de hekken was nog smetteloos wit. Locks nieuwe schoenen maakten een knerpend geluid onder het lopen. Onwillekeurig keek hij zo nu en dan achterom, maar hij zag niemand. Hij passeerde een vrouw die een hond, een jonge spaniël, aan het africhten was en een man in een dikke jas die een whippet uitliet. Verder niemand.

Hij vond een café waar *Frühstück* werd geserveerd en bestelde broodjes, ham, kaas, koffie en sinaasappelsap. Ditmaal had hij zijn boek wel meegenomen en daar las hij nu aandachtig in, en af en toe bestelde hij nog een kopje koffie om zijn aanwezigheid te rechtvaardigen. Om halfelf betaalde hij de rekening en keerde terug naar zijn hotel. Dit was de wijk in Berlijn waar hij zou willen wonen. Stil. Mooi.

Tegen de tijd dat hij bij het Daniel aankwam was hij zijn schooljongensachtige spionagelist al lang weer vergeten. Het Niet Storen-bordje herinnerde hem eraan en hij controleerde de deur. De haar was er niet meer. Er ging een schok door zijn lichaam. Hij klopte aan en luisterde zorgvuldig of hij binnen iets hoorde. Het was stil. Zijn hart bonsde in zijn keel. Hij aarzelde een ogenblik en wist even niet goed of hij naar binnen moest gaan of de benen moest nemen. Langzaam draaide hij de sleutel om in het slot en opende de deur. Nog steeds geen geluid. Toen gooide hij de deur in één zwaaiende beweging open en deed een stap achteruit. Er was niemand in de kamer. Hij controleerde de badkamer en ook daar was niemand. Geen van de haren bevond zich nog op zijn plaats.

Lock deed de deur achter zich op slot, ging op het bed zitten en sloeg zijn handen voor zijn gezicht. Lawaai vulde zijn hoofd. Hij zou willen dat iedereen hem met rust liet. Al was het maar voor een dag. Twee dagen.

In zijn koffertje lagen de onderdelen van zijn oude Russische telefoons. Hij zette ze weer in elkaar, maar zonder de simkaart en nam een nummer uit de telefoonlijst over in zijn nieuwe telefoon, terwijl hij zich afvroeg waarom hij zich eigenlijk nog bezighield met deze belachelijke veiligheidsmaatregel. Toen drukte hij op verbinden en wachtte. De telefoon ging slechts twee keer over.

'*Da.*'

'Toen ik bij jou in dienst kwam,' zei Lock, snel sprekend, terwijl hij voor het raam stond en keek of hij enige beweging kon bespeuren, 'heb ik niet gezegd dat ik overal waar ik ging mocht worden gevolgd door die kloteschurken van jou. Roep ze terug. Roep ze terug of ik ga linea recta naar de Amerikanen, de Zwitsers, de klote politie van de Kaaimaneilanden om zonder aarzeling de rest van mijn dagen achter de tralies te slijten. Net zo gemakkelijk. Ik wil geen van die schurken meer tegen het lijf lopen. Ik wil niet dat ze mijn handje vasthouden en ik wil niet dat ze mijn kamer doorzoeken. Ik meen het, verdomme, Konstantin, daar kun je vergif op innemen.'

Heel even was het stil.

'Richard, waar ben je nu?'

'Wat bedoel je met, waar ben je nu? Je weet verdomd goed waar ik ben. Wat je niet weet is wat ik wil. Zal ik je dat eens vertellen?'

'Ja.' Malins stem klonk laag en krachtig, klaarblijkelijk onbewogen.

Lock ademde diep in en weer uit door zijn neus. 'Wij hebben geen toekomst, Konstantin. Ik in ieder geval niet. De FBI haalt me door de mangel. Dus lijkt mijn keuze een leven onder de vleugels van Hare Majesteit of onder jouw vleugels. Ik weet niet waaraan ik de voorkeur geef. Echt niet.'

'Richard. Volgens mij maak je je veel te druk om niets. Daar was ik al bang voor en daarom wilde ik zorgen dat je bescherming had.' Hij wachtte even. 'Jouw fout is dat je denkt dat de Amerikanen belangrijk zijn. Of machtig. Dat zijn ze niet. Jij werkt voor een Russische organisatie en dit is een Russische aangelegenheid.'

Lock lachte snuivend. 'Ha. Een Russische aangelegenheid. Konstantin, ik geloof niet dat je het begrijpt. Dit is een Amerikaanse aangelegenheid, een Nederlandse aangelegenheid, een Engelse aangelegenheid. Ieder land waar ons geld – jouw geld – heen wordt gesluisd heeft ermee te maken.'

'Nee. Daar vergis jij je in.' Malin sprak op effen en krachtige toon. 'Die lui kunnen kijken, ze kunnen zich opwinden. Daar worden ze voor betaald en ze doen het met plezier. Maar denk je nou echt dat ze iets zullen vinden in Rusland? Denk je echt dat ze je daar kunnen vinden? Ik ben veilig in Rusland. Jij kunt hier ook veilig zijn. Ik heb je lange tijd goed betaald, Richard. Je hebt me trouw gediend, maar nu, nu het erop aankomt, kies je het hazenpad.' Malin zweeg. Lock hoorde hem ademhalen, zich vermannen, demonstreren hoe ernstig de situatie was. 'Ik kan je niet veel langer beschermen, Richard. Ik heb je nooit kwaad willen doen. Kom vandaag nog naar Moskou – of morgen, neem de tijd – en ik beloof je dat dit over een jaar, misschien over twee, volkomen zal zijn overgewaaid. Totaal. Dan zul je erop terugkijken en bedenken hoe dwaas het van je was om aan mij te twijfelen. Om aan jezelf te twijfelen.'

Lock ging zitten, liet zijn hoofd hangen en masseerde de achterkant van zijn nek tot zich daar onder de huid een rode vlek vormde. Hij liet zijn hand met de telefoon zakken, keek er wezenloos naar en verbrak de verbinding.

'Er was nooit iets om aan te twijfelen,' zei hij tegen de lege kamer en hij strekte zich op het bed uit.

14

Webster vroeg zijn taxi te stoppen in de straat achter Locks hotel en legde de laatste paar honderd meter te voet af; uit gewoonte liet hij zich nooit door een taxi helemaal tot aan zijn bestemming brengen. Vanuit de lucht had Duitsland er plat en netjes uitgezien, met zwarte rijen bomen die zich uitstrekten over smetteloos witte velden, de stad een legpuzzel van rode daken en rechte wegen, maar hier op de grond was niets ongerept. Met één been nog in de auto stapte Webster voorzichtig over de bevroren modderpoel in de goot en deed zijn uiterste best om niet uit te glijden op de ijzige sneeuwlaag die van de andere kant van de stoep was weggeschraapt. Hij voelde hoe de oostenwind de flapperende pijpen van zijn broek ranselde en wist dat zijn dunne Londense overjas geen bescherming bood tegen deze kou.

Hij vroeg zich af welke Lock hem zou opwachten: de gewiekste advocaat of de angstige ontsnapte gevangene. Door de telefoon had hij bezorgd geklonken. Webster vroeg zich niet voor de eerste keer af of hij Lock te hard aanpakte en opnieuw kwam hij met hetzelfde antwoord op de proppen: jij bent zijn enige uitweg; al zijn alternatieven zijn erger; het duurt nu niet lang meer. En daarop volgde dan weer als reactie: ik hoop dat je gelijk hebt.

Het was vreemd om verstrekkende besluiten te nemen over het leven van iemand die hij nauwelijks kende. Enerzijds meende hij hem heel goed te kennen, anderzijds had hij geen flauw idee wie hij eigenlijk was: een beeld dat was opgebouwd uit krantenartikelen en jaarverslagen en juridische documenten en onberedeneerde veronderstellingen. De Lock die hij in Enzo's had ontmoet had hem verbaasd. Hij had verwacht dat hij de arrogantie tentoon zou spreiden die hoort bij types die macht uitoefenen zonder die te hebben verdiend; dat hij een dikkere huid zou hebben; dat hij zelfingenomen zou zijn op een manier die hem overduidelijk vreemd was. Toen hij met zijn overjas aan tegenover hem aan dat tafeltje had gezeten, had Lock de indruk gewekt het al te hebben opge-

geven, eerder een zondaar die absolutie zocht dan een brallerige bemid-
delaar, alsof hij maar al te goed wist wat hij had gedaan en hoeveel er
op het spel stond. En was hij per slot van rekening niet het slachtoffer
van dezelfde ordeloosheid die Inessa noodlottig was geworden, dezelfde
radeloosheid om de waarheid verborgen te houden? Webster wist niet
of hij hierdoor getroost of verontrust moest zijn: het maakte zijn eigen
rol minder belangrijk, maar zijn verantwoordelijkheid jegens Lock veel
groter. Verantwoordelijkheid om een uitweg voor hem te vinden; om
hem een tweede kans te geven; om hem in leven te houden.

Voor het eerst sinds Turkije snakte Webster naar een sigaret.

In het Daniel Hotel legde hij uit dat hij een vriend was van meneer
Green in kamer 205, op de tweede verdieping. Hij liep de trap op en
vond de kamer aan het einde van een donkere gang, waarin een enkele
lamp een zwak licht verspreidde. Hij klopte zachtjes op de deur en hoorde binnen wat gestommel. Het kijkgaatje werd verduisterd en Lock
opende de deur, aanvankelijk net genoeg om de gang in te kijken en
zich ervan te vergewissen dat Webster alleen was.

'Kom binnen.'

Webster liep de kamer in. Lock deed de deur achter hem op slot en
de mannen keken elkaar een ogenblik aan, waarbij geen van beiden bij
deze bijzondere gelegenheid precies wist hoe hij het ijs moest breken.
Lock maakte een nogal verfomfaaide indruk. Zijn haar was vettig en on-
gekamd en hij had een koortslip. Sinds Londen had hij zich niet meer
geschoren. Webster liet zijn blik door de kamer dwalen: het bed onop-
gemaakt, de asbak halfvol, de flessen whisky op het nachtkastje, een ervan bijna leeg. Het raam was dicht en het rook in de kamer naar sigaretten en slaap en whisky.

'Neem jij de stoel maar,' zei Lock. 'Ik vrees dat twee stoelen te veel
gevraagd was.'

'Hoe gaat het met je? Waarom gaan we niet ergens lunchen? Ik heb
trek.'

Lock liep naar het raam en keek, op ruim een halve meter afstand
van de ruit en achteroverleunend, naar buiten. Hij wendde zich tot Webster. 'Ik zou liever hier praten als je het niet erg vindt. Er is het een en...
ik voel me niet erg veilig.'

'Waarom niet?'

Lock vertelde hem van de haren op de deuren en de man met de pet.
Webster keek hem onbewogen aan, maar hij voelde een steek van angst

door zijn lichaam gaan: Lock begon zich dingen te verbeelden, of dit was uitermate verontrustend nieuws en het lastigste was dat beide heel goed mogelijk waren.

'Misschien is het kamermeisje geweest.'

'De kamer was niet schoongemaakt. Ik had het Niet Storen-bordje aan de deurknop gehangen.'

'Dan kunnen we hier beter niet praten. Als je gelijk hebt.'

Het duurde even voor bij Lock het kwartje was gevallen. 'Shit. Ja. Natuurlijk, god, wat heb ik de pest aan dit gedoe. Ik begrijp niet hoe jij al dat gedonder kunt verdragen.'

Webster glimlachte, maar het was duidelijk dat Lock het niet als grapje bedoelde.

In een Elzasser restaurant in Mitte zaten ze op houten stoelen aan een eenvoudige houten tafel en bestelden iets te eten. Lock dronk bier, Webster water. Ze hadden een tafeltje achter in de lange, smalle ruimte gekozen en Webster was met zijn gezicht naar de deur gaan zitten zodat hij Lock kon geruststellen dat er geen verdachte types binnen waren gekomen. Toen ze hierheen liepen had Webster gekeken of ze soms door iemand werden gevolgd, maar hij had niemand kunnen ontdekken.

Lock voelde zich slecht op zijn gemak. Hij at niets. Webster wilde precies weten wat hij had uitgevoerd sinds zijn vertrek uit Londen: had hij zich aan het plan gehouden? Was hij rechtstreeks naar Rotterdam gereden? Waar was hij onderweg gestopt? Wat had hij gedaan sinds hij hier was aangekomen? Toen Lock bij het punt was beland waar hij contact opnam met Nina, meende Webster dat hij het begreep. Iemand luisterde haar telefoon af. Het was zelfs niet onmogelijk dat ze ook Marina's gesprekken afluisterden. Hij vertelde Lock niet wat er in hem omging.

'En na Nina?'

'Na het telefoontje? Daarna ben ik naar buiten gegaan om schoenen te kopen. Niet ver van hier. Vervolgens ben ik gaan dineren – en toen ik het café uit kwam zag ik die man met die zwarte pet. Ik heb gedaan wat je zei, maar hij is me niet gevolgd, tenminste niet voor zover ik kon zien. Toen ben ik teruggegaan naar het hotel.'

'En tot wanneer ben je daar gebleven?'

'Tot vanochtend. Ik ben ongeveer om halfacht de deur uit gegaan om ergens te ontbijten. Ik heb slecht geslapen. En toen ik om een uur of elf terugkwam op mijn kamer waren de haren weg. Toen heb ik Malin opgebeld.'

'Heb je Malin opgebeld?' Webster had de grootste moeite om het ongeloof niet in zijn stem te laten doorklinken.

'Ja.'

'Waarom in hemels... Waarom? Dat begrijp ik niet.'

'Ik deed het zonder erbij na te denken. Ik wilde hem alleen maar zeggen dat hij me met rust moest laten.'

'Heb je dat gezegd?'

'Ja.'

'Wat zei hij?'

'Hij probeerde me ervan te overtuigen dat ik veilig zou zijn in Moskou. Dat... dat het over een jaar allemaal voorbij en vergeten zou zijn.'

'En hoe denk je daarover?'

'Ik wil Moskou nooit meer terugzien. En ik geloof hem niet. Ik heb het gevoel dat ik een grens heb overschreden.' Lock maakte een verstrooide, bijna verbaasde indruk, alsof hij die grens ergens achter zich kon zien en zich afvroeg waarom die hem niet eerder was opgevallen.

'Met welk toestel heb je hem opgebeld?'

'Met dat.' Lock wees op een van de gedemonteerde telefoons die op tafel lagen.

'Nou, die kunnen we dan weggooien. En als hij je nog niet liet volgen dan doet hij dat nu wel.' Webster liet het nieuws een ogenblik op zich inwerken. 'Vertel me hoe het is gegaan met Nina.'

'Daar is maar weinig over te zeggen. Ze zei dat ik moest oprotten. Op beleefde maar stellige toon.'

'Hoe goed ken je haar?'

'Ik heb een paar keer met haar gedineerd. Drie keer, als ik het wel heb. We konden het goed met elkaar vinden, hoewel ik niet kan zeggen dat we een hechte band hadden.'

'En dat was al die keren voordat Gerstmann Malin verliet?'

'Ja.'

'Ze ziet jou dus als een handlanger van Malin.'

'Ja. Beslist.'

Webster nam een slok water en probeerde een manier te bedenken om Nina ertoe te bewegen de deur voor hem te openen. Ze wist dat ze allebei hetzelfde wilden: de ontmaskering van Malin. Daar was hij van overtuigd. De vraag was of ze bereid zou zijn mee te doen.

'Goed. Ik zal met haar praten. Als ze me de kans geeft. Als ze begrijpt dat jijzelf ook wordt opgejaagd, wordt ze misschien milder in haar oordeel. Laten we gaan.'

'We kunnen mijn auto nemen.'

'Als je gelijk hebt, houden ze die misschien ook al in de gaten. We nemen een taxi.'

Webster vroeg de chauffeur langzaam voorbij Nina's huis te rijden, waarbij Lock plat op de achterbank lag. Hij zag niemand. Het zou niet eenvoudig zijn om hier iemand verdekt op te stellen. Het was een straat met eenrichtingsverkeer en het gebouw waarin zij woonde bevond zich ongeveer halverwege, wat betekende dat je niet met een enkele auto kon volstaan. En dit was het soort buurt waar de buren goed op elkaar letten en contact hadden met elkaar. Hij hield met één oog de auto's in de gaten die aan weerszijden geparkeerd stonden. Ze waren allemaal verlaten. De mogelijkheid bestond nog steeds dat Lock zich dingen verbeeldde; hij was niet langer de meest betrouwbare getuige.

De taxichauffeur dacht dat ze niet goed bij hun hoofd waren en zei dat ook. Hij liet ze op twee blokken afstand in een straat die evenwijdig liep aan die van Nina uitstappen. Webster betaalde hem en keek naar Lock die naast de taxi stond. In zijn ogen bespeurde hij angst en spanning. Hij zag er beroerd uit, een warhoofd. Heb ik hem dit aangedaan? Ik heb het proces op zijn hoogst versneld. Als we met Nina hebben gesproken kan hij beginnen aan zijn herstel.

'We moeten zorgen dat je er een beetje respectabel uitziet. Kun je iets aan je haar doen? Het een beetje gladstrijken. Misschien je jas recht dichtknopen. Oké. Dat is beter. Kom, laten we gaan.'

Het ijzige pad dat op het trottoir sneeuwvrij was gemaakt was niet breed genoeg voor hen om naast elkaar te lopen en Lock liep een stukje vooruit, terwijl Webster de auto's en de huizen die ze passeerden angstvallig in de gaten hield.

Voor hen, op tien meter afstand van de hoek van Nina's straat, zat een man gehurkt op de stoep naast een auto. Met een gehandschoende hand haalde hij de plastic doppen van de wielmoeren; in zijn andere hand hield hij een L-vormige moersleutel. Toen ze naderbij kwamen, stond hij op, deed een stap achteruit en keek neer op zijn werk. Hij was lang en droeg een grijze overjas. Webster legde zijn hand op Locks schouder om hem af te remmen. Hij hoorde een voetstap achter zich, een gerucht van knerpend ijs en voordat hij zich kon omdraaien voelde hij hoe zijn knieën het onder hem begaven. Terwijl hij in elkaar zakte galmde er een doffe klap door zijn hoofd. De pijn explodeerde achter zijn ogen. Hij viel voorover op zijn knieën, het ijs en het zand prikten in zijn handen. Nog een klap en vervolgens duisternis.

Eerst hoorde hij stemmen. Toen hij zijn ogen opende zag hij grijze sneeuw en daarachter het wiel van een auto. Een strook felle pijn trok van de brug van zijn neus naar de achterkant van zijn schedel. Er drukte kou tegen zijn wang en zijn kleren. Hij deed zijn ogen weer dicht.

Het waren Duitse woorden. Hij herkende er een paar. Hij hief zijn hoofd op en de pijn leek als water naar een bepaald punt te stromen. Een hand raakte zijn schouder aan en hij keerde zich op zijn zij en keek op, met zijn ogen knipperend tegen het licht.

'*Sind Sie verletzt?*'

'*Was ist passiert?*'

Een arm werd om hem heen geslagen en trok hem omhoog tot hij zat. Zijn broek plakte nat tegen zijn dijen en hij proefde de smaak van ijzer in zijn mond. Hij hief zijn arm en voelde aan zijn voorhoofd, zijn slaap. De plek boven zijn oor was warm en klonterig. Hij haalde zijn hand weg en keek met gefronst voorhoofd naar het bloed.

Lock. Jezus. Lock.

Hij probeerde op te staan, maar zijn voeten kregen geen vat op het ijs.

Ik moet hem vinden.

'*Bewegen Sie sich nicht. Wir haben ein Krankenwagen gerufen.*'

Er waren drie mensen. Een die gehurkt bij hem zat en twee vrouwen die vlakbij stonden en met bezorgde gezichten naar hem keken. Hij legde zijn arm om de schouders van de man en zette af met zijn benen. De man stond samen met hem op.

'*Wirklich. Er kommt gleich.*'

Webster keek naar zichzelf. Zijn lichaam voelde aan alsof het niet van hem was. Het duizelde hem en hij moest de neiging bedwingen om over te geven. Ik moet weg hier. Even bleef hij staan, steun zoekend bij de man naast hem, en toen begon hij in de richting van Nina's woning te lopen, zorgvuldig zijn ene been voor het andere plaatsend, zijn hand uitgestrekt om de muur te vinden.

Achter hem klonken protesten op.

'*Danke*,' zei hij, zich omdraaiend. '*Hat jemand etwas gesehen?*' De drie mensen keken hem onbegrijpend aan en schudden hun hoofden. '*Dankeschön*,' zei hij. '*Danke.*' Hij liep weg en stak zijn hand op alsof hij hen tegelijkertijd wilde bedanken en afweren.

In de straat waar Nina woonde was niets ongewoons te bespeuren. Geen politiewagens. Geen Russen. Geen Lock. Terwijl hij langzaam in de richting van haar appartement schuifelde, was er één gedachte die, luider dan de misselijkheid, snijdender dan de pijn, door zijn hoofd joeg. Dit kan niet nogmaals gebeuren.

Bij haar gebouw aangekomen keek hij achterom; op de hoek van de straat keken de drie mensen hem na die hem hadden geholpen. Hij liep het portiek in en drukte, leunend tegen de muur op de bel van Nina's woning. Zijn spiegelbeeld keek hem in de glazen deuren lodderig aan; zijn jas was smerig en zijn das hing los, maar verder was er weinig schade te bespeuren. Maar toen hij zijn gezicht bestudeerde in het zilveren intercompaneel zag hij dat zijn gezicht aan een kant onder het bloed zat – in vegen over zijn voorhoofd en dik, donkerrood over zijn oor en in zijn nek.

Hij drukte opnieuw op de knop. Wees alsjeblieft thuis. Alsjeblieft, doe me een lol en wees thuis.

'Hallo.'

'Frau Gerstmann, ik ben het, Ben Webster.' De woorden rolden met moeite over zijn tong.

Nina zei niets. Hij wendde zijn hoofd af van het microfoontje en spuugde bloed en viezigheid uit. Hij wachtte tot zij iets zou zeggen, maar ze was er niet. Hij belde opnieuw aan.

'Ik wil u niet spreken, meneer Webster. Tenzij u nieuws voor me hebt.'

Van pijn en frustratie sloot hij zijn ogen. 'Ik moet met u praten.' Zijn stem klonk ernstig, dringend. 'Ik was samen met Richard Lock. Hij is ontvoerd.'

'Alstublieft, meneer Webster. Ga weg. Ik heb er genoeg van.'

'Hier, bij u in de straat. Ze hebben me bewusteloos geslagen. Dezelfde mannen die in uw huis hebben ingebroken.'

Nina zweeg.

'Dezelfde mannen die u hebben opgebeld.'

De deur ging zoemend open en bleef dat net lang genoeg voor Webster om zich los te maken van de muur en ertegenaan te duwen.

Nina kwam hem opnieuw op de overloop tegemoet en keek hem met haar armen over elkaar geslagen recht aan toen hij het traliewerk van de lift openschoof. Ze was nog steeds in het zwart.

'Godallemachtig.'

'Het geeft niet. Het valt wel mee.'

Ze keek hem nog eens goed en doordringend aan, draaide zich toen om en liep haar appartement in. Webster veegde zijn voeten aan de mat en liep achter haar aan de gang in, waarbij de natte zolen van zijn schoenen toch nog luid klonken op de houten vloer.

Voor de zitkamer sloeg ze linksaf en liep de badkamer in, die moderner was dan de rest van de flat, een en al marmer en glas. Ze pakte een washandje van een rek, hield het onder de kraan en gaf het aan hem.

'Ga maar op de rand van het bad zitten.'

Hij drukte het washandje tegen de zijkant van zijn hoofd en voelde hoe de kou de wond deed tintelen. Toen hij het weghaalde was het doordrenkt van het bloed.

'Het is mijn schuld dat ze hem te pakken hebben gekregen. Het gebeurt opnieuw.'

'Wacht.' Nina haalde nog een washandje van het rek en hield ook dat onder de kraan. 'Hier.' Ze stond naast hem en bette zijn voorhoofd om het bloed af te vegen.

'Dank u.'

'Wat is er gebeurd?'

'We waren op weg naar u toe.' Hij schudde zijn hoofd en voelde de pijn erin heen en weer rollen. 'Ik weet niet waar ze opeens vandaan kwamen. Ik heb ze nooit gezien. Ik heb ze nooit zien aankomen.'

'Kunt u niet beter de politie bellen?'

'Die zullen hem niet vinden. Ik moet hem zien op te sporen.' Hij keerde zich om en keek haar recht in de ogen. 'Ik moet met ze onderhandelen.'

Ze zei niets, toen wendde ze haar blik af, boog zich naar hem toe en veegde de zijkant van zijn gezicht schoon. Hij ontweek haar.

'Nina, ik heb gehoord wat Prock tegen je zei. Wanneer hebben ze hier ingebroken?'

Ze schudde haar hoofd, wierp het washandje in de badkuip en liep de kamer uit.

'Nina.' Hij volgde haar door de gang. In de middag was het bewolkt geworden en het licht in de zitkamer was afgenomen. Ze deed een schemerlamp aan en ging met neergeslagen ogen in haar stoel zitten. Hij pakte een afstandsbediening van de salontafel, schakelde de televisie aan en zette het geluid hard zodat stemmen en muziek de kamer vulden.

Hij ging op zijn hurken bij haar stoel zitten, keek naar haar op en sprak op gedempte toon. 'Nina, luister. Ik ben bang. Je weet wat er gebeurt. Ik moet weten wat Dimitri wist. Anders is Richard ten dode opgeschreven.'

'Ik weet niet wat hij wist.'

'Die mannen zijn binnengedrongen in jouw flat. Ze hebben je opgebeld. Ze waren vandaag buiten om de boel in de gaten te houden. Jezus, misschien zijn het er inmiddels nog meer. Zolang ze niet overtuigd zijn dat er niets is, zullen ze niet ophouden, ze zullen doorgaan. Geef het op. Als ze weten dat je het niet hebt, dan houden ze wel op.'

Ze zuchtte stotend, bijna een snik.

'Ik wil me hem niet zo herinneren. Opgejaagd om wat hij wist.'

Ik moet blijven aandringen, dacht Webster. Hier hebben we geen tijd voor.

'Nina, vertel eens. Waarom wil je het per se vasthouden? Wat heb jij eraan?'

'Dimitri wilde niet dat zij het in handen kregen.'

'Zonder Dimitri heeft het geen enkele betekenis.'

Nina zweeg. Ze sloeg haar ogen neer.

Hij vervolgde: 'Voor Richard zou hij het hebben gedaan. Ze waren vrienden.'

Ze snoof en keek hem aan. 'Je wilt het dus ruilen tegen Lock?'

'Ja, dat klopt. Het is nog niet te laat.'

'En dan, wat moeten we dan? Lock is in leven en Malin is wat? Nog hetzelfde.' Ze sloot haar ogen en zuchtte diep. Zo bleef ze een poosje zitten en hij stoorde haar niet. 'Het is niet aan mij om het af te staan,' zei ze ten slotte.

'Het is het deel van hem waar jij niet aan wilt terugdenken. Laat het gaan.'

Nina knikte – één keer, nadrukkelijk – en verliet de kamer. Toen ze terugkwam hield ze een klein opgevouwen papiertje in haar hand. Zwijgend gaf ze het aan Webster die het aanpakte, het opende, het weer dichtvouwde en het in zijn zak stak.

'Dank je. Bel me op zodra er iets gebeurt.' Hij gaf haar opnieuw een visitekaartje.

Ze knikte opnieuw. Hij aarzelde, alsof er nog iets was wat hij wilde zeggen. Maar hij wist dat dat niet zo was, dus groette hij haar en vertrok.

Vanuit Nina's woning snelde Webster oostwaarts in de richting van het hotel, waarbij de koude wind hem ranselde. Hij had een publieke telefoon nodig. Wat kon de normale wereld toch gemakkelijk wegvallen en je in angst dompelen. Hij deed een schietgebedje dat Lock het goed zou maken; hij bad niet vaak, maar Lock deed het nog wel eens. De sneeuw viel nog steeds en nu weer zwaarder uit de donkere hemel en liet een dun laagje poeder achter op het ijs dat hem omringde.

Op de Steinplatz vond hij een telefooncel. Een open hokje, een stalen constructie met een smal glazen ruitje boven zijn hoofd ter beschutting. Hij maakte zich klein onder het afdakje, stak zijn creditcard in de gleuf en toetste een van de nummers in die hij het beste kende. Toen de telefoon overging liet hij zijn blik over het plein dwalen. Aan deze kant duwde een moeder een wandelwagentje in zijn richting; links van hem hadden twee meisjes een glijbaantje op het ijs gemaakt. Zijn hoofd bonkte van de pijn.

'Hallo?'

'Ike, met Ben. Lock wordt vermist.'

'Alweer een nachtelijke ontsnapping?'

'Nee. Erger.'

Hammer luisterde, terwijl Webster het uitlegde.

'Gaat het goed met je?'

'Met mij wel. Doodsbang maar verder gezond. Ik kan mezelf wel voor mijn kop slaan. Ik moet Malin zien te bereiken.'

'Via Onder?'

'Via Onder. Of via Tourna. Hij heeft misschien wel een nummer van hem. Zeg hem dat wij hebben waar hij naar op zoek is en als Lock iets overkomt dan sturen we het linea recta naar Hewson bij *The Times*. Als hij ons laat weten dat Lock veilig is dan praten we verder. En praat met Joeri. Een van de telefoons die ik voor Lock heb gekocht is uitgerust met gps. Als hij die nog heeft, dan weten we precies waar hij zich bevindt.'

'Oké. En dat materiaal van Gerstmann?'

'Kijk er maar eens naar. Het is een hotmailaccount.' Hij las de details twee keer voor. Een gebruikersnaam en een wachtwoord om het grote geheim te ontsluieren. Laat het alsjeblieft kloppen.

'Ik heb het.' Hammer was even stil. 'Hoe hebben ze hem weten te vinden?'

'Hij had Nina opgebeld. En Marina. Het zouden beide telefoontjes kunnen zijn geweest. Het was stom. Ik had eraan moeten denken.' Hij zuchtte. 'Dit is mijn schuld, Ike. Ik heb dit op mijn geweten.'

Hammer zei niets.

'Zou jij de politie bellen?' vroeg Webster.

'Ja, dat zou ik. Al was het maar om te zorgen dat ze je op de hoogte stellen als er iets gebeurt. Als dat zo is dan zullen ze jou erbij betrekken. Maar dat geeft niet. Dat zou je waarschijnlijk goed uitkomen.'

'Oké. Wil jij George voor me bellen?'

'Om er wat mensen op af te sturen?'

'Misschien alleen maar om te zorgen dat ze paraat staan.'

'Oké. Ik neem aan dat jij me later nog belt?'

'Totdat ik een nieuwe telefoon heb zal ik wel moeten bellen, ja. Ik bel je later op de avond.'

Webster verbrak de verbinding. Zijn hand was steenkoud geworden in de avondlucht. Hij stak hem diep in zijn jaszak en ging op zoek naar een taxi.

Hij liet de taxi op tweehonderd meter afstand van het Daniel stoppen. Hij keek naar weerskanten de straat in, maar zag niets verdachts, alleen maar verlaten auto's. Hij liep een stukje voorbij het hotel en zag ook daar niets verdachts.

Hij had besloten de hulp van de bedrijfsleidster in te roepen; hij moest in Locks kamer zien te komen en gaf er de voorkeur aan niet het risico te lopen te worden betrapt als inbreker. Frau Werfel was niet iemand die zich gemakkelijk van haar stuk liet brengen: ze keek nieuwsgierig naar zijn hoofd, maar daar bleef het bij. Hij legde zo goed en zo kwaad als dat ging in gebrekkig Duits uit dat hij een meningsverschil had gehad met meneer Green en door een brommer was aangereden toen hij door een drukke straat achter hem aan rende. Toen hij bij bewustzijn kwam was Green er niet meer en dat baarde hem zorgen omdat hij nog wel eens gebukt ging onder aanvallen van depressiviteit en op dat moment depressief was en wellicht zijn medicijnen niet bij zich had. Iets beters kon hij zo gauw niet verzinnen. Frau Werfel knikte ernstig, alsof ze hem niet geloofde, maar dit soort dingen maar al te goed begreep. Had ze hem toevallig nog gezien? Dat had ze niet, maar ze had het die middag druk gehad en was regelmatig beneden in de kelder geweest. Zou ze het bezwaarlijk vinden om Webster in zijn kamer te laten? Ze bestudeerde zijn gezicht grondig, alsof ze hem monsterde. Dat vond ze niet. Webster bedankte haar en volgde haar de twee trappen op naar Locks verdieping en keek hoe haar dikke enkels in haar met schapenvacht gevoerde laarzen tree voor tree omhoogliepen. Toen hij door de gang liep, die schaars verlicht en warm was, kreeg hij opeens een angstbeeld van Lock hangend aan een strop in zijn kamer en in de lucht trappend met zijn nieuwe schoenen. Hij schudde zijn hoofd om die gedachte kwijt te raken.

Er was niemand in Locks kamer. Frau Werfel liet hem binnen en hij liep demonstratief door naar de badkamer, zogenaamd op zoek naar de medicijnen. Maar zodra de deur was opengegaan was hem de envelop opgevallen die daar eerder niet had gelegen, daar was hij van overtuigd.

'Zo te zien heeft hij ze toch bij zich,' zei hij, terwijl hij de badkamer uit kwam, 'dat is prettig om te weten. Zeg, ik wil wel naar hem op zoek gaan, maar ik heb geen flauw idee waar ik zou moeten beginnen. Zijn telefoon staat uit. Ik denk dat ik hier maar op hem wacht. Ik wil er zeker van zijn dat ik hem niet misloop als hij terugkomt.'

'Ik kan het u wel laten weten als hij terugkomt.'

'Maar u hebt het druk, Frau Werfel, ik kan niet van u vragen de hele avond achter uw bureau te blijven zitten.'

Ze leek op het punt te staan om hem tegen te spreken, maar ze knikte alleen maar, wenste hem een prettige avond en vertrok, de deur achter zich dichttrekkend.

Op de envelop stond niets geschreven. Hij was gebroken wit en klein, het soort dat wordt gebruikt voor persoonlijke correspondentie. Hij leek te horen bij het briefpapier dat in het rekje ernaast stond. Webster pakte een velletje papier uit het rek en gebruikte dat om de envelop om te keren. Hij was niet dichtgeplakt. De klep was naar binnen gestoken. Webster scheurde het velletje papier in tweeën en gebruikte de twee stukken om zijn vingers te bedekken terwijl hij de klep eruit wurmde. Er zat één enkel velletje papier in dat één keer dubbel was gevouwen. Nog steeds met zijn vingers bedekt legde Webster de envelop weg en vouwde het vel open op het bureau. Het was een vel schrijfpapier van het Hotel Daniel. De randen waren een beetje verfomfaaid alsof het al een hele tijd in de kamer had gelegen voordat het werd gebruikt.

Er was op geschreven in keurig schuinschrift met een blauwe ballpoint. Het was een regelmatig handschrift met een neiging tot zwierigheid; een krul aan de 'f' en de lus aan de 'g' eindigde in een sierlijke 's'. Webster herkende het handschrift van honderden documenten die hij kort tevoren had bestudeerd.

Sinds de dood van mijn vriend Dimitri Gerstmann ben ik ongelukkig geweest. Ik heb een goede vriend verloren. Lang geleden heb ik mijn gezin verloren. In de rechtszalen en de kranten ben ik van mijn goede naam beroofd. Ik heb niets meer. Ik wil niet verder.

Webster las het bericht nogmaals en een derde keer, waarbij zijn hart bonsde in zijn keel. Hij las het nog een keer, maar kon er niets nieuws in ontdekken. Hij keek om zich heen om te zien of er verder nog iets was veranderd. Locks spullen lagen nog steeds op hun plaats: zijn oude schoenen met hun watervlekken bij de radiator, het overhemd van gisteren over de rugleuning van de stoel bij het bureau. Het bed was opgemaakt en het nachtkastje opgeruimd: aan een kant de twee flessen whisky keurig tegen de muur, samen met een lege fles gin. Die fles gin was er niet eerder geweest, daar was hij van overtuigd. Hij trok zijn hand terug in de mouw van zijn jas en pakte hem op aan de dop. Er zat nog een klein restje in.

Gebruikmakend van zijn pen om het nummer in te toetsen belde hij de receptie. Frau Werfel nam op.

'Frau Werfel, met meneer Webster in de kamer van meneer Green. Zou ik u mogen vragen wanneer u het afgelopen uur niet bij de receptiebalie aanwezig was? U moet het me niet kwalijk nemen, maar het is erg belangrijk.'

Frau Werfel gromde iets onverstaanbaars om Webster duidelijk te maken dat ze heel behulpzaam was geweest maar dat al deze fratsen haar nu begonnen te vervelen. 'Ik zou het niet weten. Voordat u kwam ben ik daar een halfuur geweest, als ik me niet vergis, want om halfvijf zijn er een paar gasten aangekomen.'

'En is er in dat halfuur nog iemand geweest?'

'Niemand, meneer Webster. Is dat alles?'

'Dat is alles. Heel erg bedankt, Frau Werfel.' Hij popelde om iets te ondernemen. Hij deed het enige wat enig praktisch nut had en belde de Berlijnse gemeentepolitie. Hij legde uit dat zijn vriend werd vermist en dat hij in zijn hotelkamer zojuist een briefje had gevonden dat op zelfmoord zou kunnen duiden. De politie vroeg of hij had geprobeerd zijn vriend op te bellen. Ja, natuurlijk. Had hij enig idee waar zijn vriend naartoe zou kunnen zijn gegaan? Nee, geen enkel; hij begreep dat er maar weinig was wat de politie kon doen, maar ze zouden de foto's van Richard Lock van het internet kunnen plukken en misschien onder hun agenten op straat kunnen verspreiden. De Duitse politieagent snoof en zei dat ze dat inderdaad zouden kunnen doen.

Hij hing op en keek uit het raam. De straat onder hem zag er nog net zo uit als voorheen. Aan de sneeuwlaag op de motorkappen kon hij zien dat alle auto's koud en niet recentelijk verplaatst waren. Er bewoog niets: alleen de sneeuw die in ronde vlokken als regen recht omlaag viel en soms even dwarrelde door een windvlaag. Hij deed de gordijnen dicht en bleef een ogenblik zo staan, met de stof tussen zijn handen geklemd en zijn ogen gesloten. Dit kon niet nog eens gebeuren.

Hij moest met Hammer spreken maar wilde de kamer niet verlaten voor het geval Lock op een of andere miraculeuze wijze zou terugkomen. Hij waagde het erop en maakte gebruik van de hoteltelefoon op het bureau. Zelfs Malins mensen waren niet alert genoeg om die lijn nu al te hebben afgetapt. Hoe dan ook, het deed er weinig toe. Dan hoorden ze hem maar.

'Ike, met Ben.'

'En?'

'Ik ben in het hotel. Dit is geen beveiligde verbinding. Er ligt een in elkaar geflanst zelfmoordbriefje en er staat een lege fles gin die hier niet stond toen we hier vijf uur geleden vertrokken.'

'Er is dus sprake van een patroon.'

'Er is een patroon.'

'Is de politie op de hoogte?'

'Ze weten dat hij wordt vermist en depressief is.'

'Oké. Ik heb net iets ingesproken op de voicemail van onze dikke Russische vriend. Onze favoriete oud-leerling van Eton beschikte over een telefoonnummer. Ik wilde de cliënt er nog niet in betrekken. Ik weet niet welke van zijn mobieltjes het is. Ik zou de cliënt kunnen benaderen, maar ik ben ervan uitgegaan dat hij toch geen nummer zou weten dat wij niet al hadden.'

Webster kreunde instemmend. 'En hoe zit het met Locks telefoon?'

'Dat signaal is uitgeschakeld.'

'Godver.' Webster drukte met zijn vrije hand tegen zijn ogen. 'De dossiers?'

'Die zijn straks aan de beurt.' Hammer wachtte even. 'Ik weet niet wat we verder nog zouden kunnen doen.'

'Er is niets anders.'

'Met jou alles in orde?'

'Nee, ik ben mijn eigen geblunder beu.'

'Daar heb ik nog eens over nagedacht,' zei Hammer. 'Wanneer heeft Lock Nina opgebeld?'

'Gisterochtend. En Marina de avond daarvoor.'

'En tegen de middag werd hij door iemand geschaduwd? Dat is snel werk.'

'Ik denk dat het privédetectives waren. Hier uit de stad.'

'Mensen uit de stad zetten geen zelfmoorden in scène. Degenen die ik ken in ieder geval niet.'

'De Russen zouden hier gisteravond laat al kunnen zijn aangekomen.'

'Dat is zo.'

Webster dacht een ogenblik na. 'Het is misschien de moeite waard om dat na te gaan.'

'Dat is niet eenvoudig.'

'Laat ons mannetje op het reisbureau nagaan of er nog lastminute-boekingen zijn geweest.'

'En hoe zit het met privévluchten?'

'Joeri kan ons waarschijnlijk wel helpen.'

'Oké.' Hammer was even stil. 'Wat doe jij op dit moment?'

'Ik blijf hier en word langzaam gek. Misschien komt hij terug. Mocht je me nodig hebben, bel dan Hotel Daniel en vraag naar meneer Green in kamer 205.'

'Oké. Haal geen stomme streken uit.'

'Oké.'

Er was verder niets wat hij kon doen.

Hij ging op het bed zitten en pakte Locks exemplaar van *Middle-march*. De rug was gebroken na ongeveer honderd pagina's en het boek viel vanzelf open. Nog zeshonderd pagina's te gaan. Hij vroeg zich af of Lock ooit nog de kans zou krijgen het boek uit te lezen.

Waar was hij nu? Ergens in een donkere kelder: in een bestelwagen met grote snelheid wegrijdend van Berlijn; in een rivier, diep onder de ijsschotsen die als gestold vet aan de oppervlakte dreven. Hoe zouden ze het deze keer aanpakken? Hem uit een trein gooien; van een brug; uit een raam? In gedachten zag hij Lock, versuft en doodsbang, die met bloeddoorlopen, wijd opengesperde ogen door twee gezichtloze bomen van kerels werd meegesleurd zonder te weten wat zijn lot zou zijn; Lock in een hel verlichte cel, met vuile kleren, een menigte om hem heen, de enige kleur in het beeld de rode streep dwars over zijn keel.

En waarom? Een vruchteloze speurtocht naar een vaag sprankje gerechtigheid waarvan Webster wist dat hij het nooit zou bereiken.

Hij gooide zijn hoofd achterover en beukte ermee tegen de muur. Een nieuwe pijn brandde in de wond. Hij deed het nog een keer, terwijl hij zijn ogen vol van woedende tranen, smekend ten hemel sloeg. En nogmaals, nog harder.

15

—

Zelfs voordat hij zijn ogen opende, voelde Lock de beweging. Hij lag, zoveel was duidelijk, en hij schudde zachtjes heen en weer, onregelmatig, met af en toe een flinke schok. Er ging een ronkend geluid door hem heen. Hij lag met zijn knieën opgetrokken tegen iets massiefs aangedrukt. Hij probeerde zijn hand naar zijn hoofd te brengen, maar zijn arm leek te zijn verzwaard, alsof het onmogelijk was die ooit nog los te krijgen. Het was warm en hij had behoefte aan frisse lucht. Hij wilde de lucht diep in zijn longen zuigen, maar iets hield hem tegen en elke ademtocht was kort, moeizaam en pijnlijk. Overal – in zijn hoofd, in zijn maag, oprijzend in zijn keel – voelde hij de misselijkheid: aanzwellend, wegebbend, altijd aanwezig.

Tegen zijn instincten in deed hij zijn ogen een klein stukje open. Het was donker, maar oranje licht drong bonkend door tot zijn ogen. Hij opende ze wijder en hief met de grootste moeite zijn hoofd een centimeter of vijf op. Hij bevond zich in een kleine ruimte. Eén arm kon hij helemaal niet bewegen, de andere slechts een klein stukje. Hij kon zijn knieën zien, en daarachter snelden dingen en flitsten lichten voorbij, witte lichten en gele lichten. Ze raceten om hem heen. Hij dwong zichzelf een tijdje te kijken en langzaam tekende de ruimte zich scherper af. Hij onderscheidde een boom tussen de lichten, ramen en een muur. Dat was de wereld. Maar waar was hij dan toch? Hij keek naar rechts. Het hoofd van een man, van een zittende man. Hij lag in een auto. Hij werd gereden, in de nacht, als een klein kind dat is gezegd dat hij op de achterbank mocht slapen.

Zijn lichaam wilde dat hij zou braken. Hij sloot zijn ogen en probeerde het binnen te houden maar kon de neiging niet onderdrukken. Hij rolde op zijn zij en voelde al zijn spieren in een heftige kramp samentrekken. Toen viel hij weer terug op zijn rug.

'Klootzak.' In het Russisch. De stem kwam van voor in de auto. De man die daar zat draaide zijn hoofd om om naar hem te kijken. Er volgden meer Russische woorden. Lock kon niet verstaan wat hij zei. De geur van braaksel bereikte hem en deed hem kokhalzen, maar hij voelde zich een stuk helderder, een beetje meer als Richard Lock. In de stank onderscheidde hij de geur van gin. Hij richtte zich op zijn ellebogen op en keek neer op zijn lichaam. Hij herkende zijn jas, zijn nieuwe schoenen. Hij was het inderdaad zelf. Zijn oude zelf.

Buiten het raampje schoof een stad voorbij. Hij probeerde er iets van te onderscheiden, de naam van een winkel, een straatbord, maar de auto reed te snel en zijn ogen reageerden te traag; ze gleden van het ene punt naar het andere. Het was beslist een stad: de gebouwen waren groot en de straten zo breed dat de gebouwen soms helemaal uit het zicht verdwenen. Als ze vaart minderden, hoorde hij andere auto's, banden op het asfalt, geronk van motoren die van versnelling veranderden.

Zijn hoofd deed aan alle kanten pijn, van zijn voorhoofd tot aan de onderkant van zijn nek. Hij voelde hoe zijn schedel moeite had de pijn binnen te houden. Evengoed deed hij zijn best om na te denken. Hij herinnerde zich dat hij in de taxi zat, met Webster en dat hij voor hem uit liep over het ijzige pad en dat hij Webster zag vallen. Daarna niets, alleen maar leegte. De indruk van een kaal peertje dat aan een snoer hing. Maar verder niets.

Hij moest erachter zien te komen waar hij was. Hij dwong zichzelf iets meer rechtop te gaan zitten, met zijn hoofd steunend tegen het portier. Hij sloot zijn ogen voor heel even en raakte opnieuw buiten bewustzijn.

De mensen zweefden door zijn dromen als in een koortsachtige, wanordelijke stoet. Niemand bleef lang. Hij kon hun gebabbel horen, maar begreep niet wat ze zeiden, ook al hadden ze het tegen hem. Sommige beelden bleven hangen: Marina, met haar rug naar hem toegekeerd die op een ratelende schrijfmachine een boodschap tikte die hij niet kon lezen; Oksana in zee, die hem wenkte; een grotesk opgezwollen Malin die koddig achter een piepklein bureautje zat; Vika op een strand, die met een gietertje water op het zand sprenkelde. Steeds als hij erbij probeerde te komen veranderde de scène: die advocaat, Beresford, die hem in paniek tegen een vloedgolf van mensen in door een naamloze straat in Moskou laveerde; Webster die als een draadje wol een dikke zwarte haar ter inspectie omhooghield.

Toen hij bijkwam, wist hij nauwelijks of er tijd voorbij was gegaan, laat staan hoeveel. Hij lag stil; de auto stond stil. Het portier achter hem ging open en zijn hoofd knalde omlaag de lege ruimte in. Toen voelde hij handen aan de kraag van zijn jas die hem naar achteren en omhoogtrokken, en hij stond rechtop, met knikkende knieën. De ijskoude nachtlucht verfriste hem en toen hij zijn hoofd ophief, zag hij dat hij in gezelschap was van twee mannen, een kleine en een grote, allebei in een lange jas en met een zwarte pet op. Achter hem ging de auto met een zacht piepje op slot. De lange man sloeg zijn arm om zijn schouders en samen liepen ze over een bevroren trottoir. De man stond stevig op zijn benen; Lock wist dat hij niet zou uitglijden.

Voor het eerst keek Lock om zich heen. Het was een brede, donkere, verlaten straat. Hij voelde sneeuw die zacht op zijn neus neerkwam, en op zijn wangen. Er reed een enkele auto voorbij. Verderop kruiste een beter verlichte straat de straat waarin zij zich bevonden en hij zag verkeer en bomen in het gele licht van de straatlantaarns. De kleine man zei op gedempte toon iets in het Russisch: houd hem rechtop. Als ze zonder bedenkingen Russisch met elkaar spreken waar ik bij ben, drong ondanks de dichte bedomptheid in Locks hoofd door, is het niet de bedoeling dat ik het er levend afbreng.

Hij draaide zich weg van de man die hem vasthield, probeerde zijn schouders los te rukken en te vluchten, maar zijn voeten kregen geen houvast op het ijs, en de man hield hem moeiteloos overeind en voorkwam dat hij viel. De kleine, die een stukje voor hen uit liep, draaide zich om en keek de ander strak aan.

Op twintig meter afstand van de auto bleef de kleine man stilstaan bij een dubbele metalen deur die zich op enige afstand van de weg in een ondiepe nis bevond. Lock keek op tijd op om een indrukwekkend gebouw te zien dat diverse etages boven hem uittorende en het hele blok besloeg. Toen voelde hij hoe de sterke arm die hem in bedwang hield hem ernaartoe duwde. De kleine man toetste vier cijfers in op een toetsenpaneel en de deur ging open.

Lock kneep zijn ogen half dicht tegen het plotselinge felle licht waarin een lage brede gang baadde. De witte muren zaten onder de zwarte vegen en het pleisterwerk kwam op sommige plekken door de afbladderende verflaag heen; de vloer was betegeld met grote linoleum tegels, als in een ziekenhuis. De mannen leidden de strompelende Lock het gebouw binnen, waarbij hij regelmatig struikelde in een poging hen bij te houden. Ze passeerden twee donkergrijze deuren met kleine matglazen raampjes erin en bleven stilstaan bij een paar liften aan weerszijden van de gang. De kleine man drukte op het knopje om er een te laten komen. Naast de liften stonden twee grote metalen vuilcontainers op wieltjes en daarin zag Lock een witte wirwar van lakens als verkreukeld papier. Er hing een geur van zeeppoeder en stoom die maakte dat hij verlangde naar een schoon bed in een warm thuis. Hij voelde dat zijn hoofd knikkebolde op zijn nek alsof hij afwisselend indommelde en weer wakker werd.

Met een zacht krakend geluid ging de liftdeur open. Lock werd erin geduwd en tegen een metalen wand geperst, waarna de lange man eindelijk zijn arm losliet. Hij voelde de lift schokken en nam aan dat ze omhooggingen. De kleine man haalde een papieren zakdoek tevoorschijn en veegde omhoogkijkend de spatten braaksel van Locks kin en revers, zoals een moeder haar kind zou schoonpoetsen. Lock keek hem met een verbaasde hulpeloze frons aan. De man was bleek en zag er breekbaar uit en zijn bijna doorzichtige huid toonde duidelijk de schedel eronder. Zijn irissen staken lichtgrijs af tegen het melkwit van zijn ogen. Onder zijn pet stak strokleurig haar uit. Hij zag er boosaardig uit, maar minder krachtig dan zijn vriend.

De lift hobbelde omhoog, zesde verdieping, zevende. Uiteindelijk stopte hij op de achtste, tevens de bovenste verdieping. De kleine man trok Lock aan zijn arm weg van de wand en de deur schoof langzaam open. Uit de lift ertegenover duwde een kamermeisje in een roze stofjas met een wit kapje op een trolley volgeladen met rollen wc-papier en douchemutsen en slippers in cellofaanzakjes. Ze stond met haar rug naar Lock en de twee Russen toe en ze waren genoodzaakt te wachten. Toen ze achteruit de gang in reed, keerde ze zich om, zag de drie mannen en glimlachte tot ze besefte dat er iets niet in de haak was. De kleine man had zijn arm door die van Lock gestoken en de langste van de twee stond vlak achter hen, klaar om Lock de lift uit te duwen. Het kamermeisje keek Lock aan alsof ze een verklaring wilde. Op dat moment rukte hij zich los uit de greep van de kleine man en sprong deels en viel deels in de richting van de trolley die nu de gang blokkeerde. Hij ramde ertegenaan met zijn schouder, keerde hem om en smeet pennen en piepkleine flesjes shampoo tegen de grond. Lock ramde de trolley met de andere kant tegen de kleine man aan die, uit zijn evenwicht gebracht, achteruit wankelde, en liep klauwend naar de dichtschuivende deuren om steun te vinden achteruit de andere lift in, waarna hij als een razende op de reeks koppen drukte. Hij keek hoe de lange man probeerde voorbij het kamermeisje te komen en toen zij zich bukte om haar spullen op te rapen struikelde hij over haar heen. Het laatste wat Lock door de smaller wordende kier tussen de deuren zag was de uitgestrekte hand van de man die nergens houvast vond.

Het was stil in de lift. Met een licht schokje begon hij te dalen. Lock leunde tegen de wand, het metaal koud tegen zijn slaap. Zijn misselijkheid was geweken, maar zijn hoofd bonkte meedogenloos. Dit was Dimitri dus overkomen. De kans bestond dat hij niet eens bij bewustzijn was toen hij stierf. Misschien heeft hij het nooit geweten.

De lift stopte. De vijfde verdieping: in zijn paniek had Lock op de verkeerde knop gedrukt. Toen de deur openging drukte hij koortsachtig op de knop voor de begane grond en vervolgens op de knop om de deuren te sluiten. Er leek niets te gebeuren; op zijn dooie akkertje schoof de deur dicht. Boven zich meende Lock het geroffel van voetstappen te horen van iemand die met drie treden tegelijk een trap af snelde. Toen de deur zich sloot hield het geluid op.

Hij drukte met zijn vingers tegen zijn ogen. Hij moest bepalen wat hem te doen stond. Hij tastte in zijn zak naar zijn telefoons, maar vond alleen de verpletterde onderdelen van één mobieltje. Jezus. De cijfers boven de deur telden langzaam af. Er schoot hem niets te binnen en hij probeerde rechtop te staan. Hij haalde diep adem om tot rust te komen. Twee. Een. Begane grond. De gang was nog steeds verlaten. Hij rende, tegen de muren aan botsend in de richting van de buitendeur. Aan het einde van de gang sloeg hij instinctief rechtsaf en denderde tegen een kamermeisje aan dat haar armen vol handdoeken had. Voor hem bevonden zich houten klapdeuren, met in elk daarvan een raampje op ooghoogte. Achter zich hoorde hij een deur opengaan en snelle passen die zijn kant op kwamen; toen hij achteromkeek zag hij de kleine man op hem toe rennen. De rubberzolen van zijn schoenen piepend op het linoleum. Zijn jas open en de panden achter hem aan wapperend. Lock dwong zijn benen tot een nog grotere krachtsinspanning, maar hij kon er geen controle over krijgen. Ze begaven het, alsof de pezen verdwenen waren en hij knalde half rennend, half vallend tegen de deuren aan en rolde de ruimte erachter in.

Hij lag op zijn rug. Zijn handen voelden vaste vloerbedekking onder zich en hij hoorde pianomuziek. Terwijl hij onzeker op zijn knieën ging zitten keek hij sullig om zich heen. Mensen keken hem aan: mensen in diepe fauteuils die iets dronken, mensen die bij de receptie bezig waren in te checken. Midden in de ruimte stond ter decoratie van het nuchtere marmer en het donkere hout een vaas vol met grote bloemen; lelies, ridderspoor. Hij bevond zich in de lobby van een hotel. Nog steeds zittend op zijn knieën keek Lock om zich heen. Door de ruitjes in de deur zag hij de zwarte pet en de spookachtige ogen van de kleine man, die op hem gericht waren. Lock krabbelde moeizaam overeind en hervond zijn evenwicht. De bedrijfsleider en een receptioniste stonden koortsachtig fluisterend met elkaar te overleggen. Toen wenkte de bedrijfsleider een portier die vastberaden op Lock af kwam lopen. Lock stak zijn hand op en begon bevend langs de bloemen in de richting van de draaideur te lopen die toegang gaf tot de straat, terwijl hij alle ogen op zich gericht voelde. De pianomuziek ging onverstoorbaar door.

Buiten op straat sloeg de kou hem opnieuw tegemoet en deed tranen opwellen in zijn ogen. Dit was de overvloedig verlichte straat die hij eerder had gezien. Hij tuurde naar links en naar rechts. Rechts van hem, op de hoek van het hotel, stond de lange man, met zijn armen over elkaar geslagen. Hij stond daar alleen maar en keek naar Lock. Lock keerde zich om naar de trap van het hotel en maakte aanstalten om weer naar binnen te gaan. Door het glas zag hij de kleine man midden in de lobby bij de bloemen staan. Even was zijn hoofd volkomen leeg. Er kwam geen enkele zinnige gedachte bij hem op. Het was te danken aan puur geluk en zijn laatste restje intuïtie dat hij nog zo ver was gekomen.

Ogenschijnlijk had hij daar nog een fractie van over. Hij snelde de trap weer op en door de deur links van de draaideur naar binnen, waardoor hij de portier op het verkeerde been zette die zich nu aan de andere kant bevond. Hij liep op de kleine man af, die enigszins verbouwereerd keek. Maar in plaats van hem aan te vallen of hem uit te dagen, klom Lock stuntelig op de tafel en trapte met de zool van zijn schoen de vaas omver en schreeuwde, of dacht dat hij schreeuwde, dat wist hij zelf niet precies, omdat de woorden er verhaspeld en traag uitkwamen: laat me *verdomme* toch *eindelijk* met rust.

De gasten die met hun glaasjes vlakbij zaten deinsden achteruit maar de zware glazen vaas bleef heel en landde met een doffe dreun op het tapijt waarbij het water en de bloemen over de vloer kletterden. Lock keek neer op het vreemde tafereel dat hij had gecreëerd. Hij had het gevoel dat hij zich daar ver boven bevond. De kleine man was op een veilige afstand van hem gaan staan en bevond zich nu bij de uitgang.

De portier, die gezelschap had gekregen van een collega, stond bij de tafel en probeerde een manier te bedenken om Lock met zo min mogelijk opschudding te pakken te krijgen. Het enige geluid kwam van Chopin die uit de luidsprekers in het plafond klonk.

'Engelsman,' zei Lock tegen de portier. 'Heel dronken.' Hij ging zitten om zich van de tafel te laten glijden. De portier pakte Lock stevig bij een arm en liep met hem door de lobby naar een deur achter de receptie. Zijn collega volgde.

Alles waar Lock naar keek vervaagde. En hoe meer hij zijn best deed, hoe meer het vervaagde. Hij probeerde zich op één enkel punt te concentreren maar er waren geen punten. Hij voelde dat hij naar een stoel werd geleid en erop werd geduwd. Er was een bureau en een computer en daarachter zat een man met een borstelsnor en daarboven een aardbeienneus.

Deze man stelde zich in gebroken Engels voor als Herr Gerber. Hij was het hoofd van de beveiliging van het hotel en hij ging de politie bellen. Hij zei nog een paar dingen in het Duits, maar die begreep Lock niet. Maar hij verstond 'Polizei', en hij legde in kromme zinnen en struikelend over zijn woorden uit dat hij een belangrijke Engelse zakenman was en dat iemand hem probeerde te vermoorden. Gerber keek hem een ogenblik aan en pakte toen zijn telefoon. Lock stak een onzekere hand omhoog en vroeg hem te wachten. Hij stak zijn hand in zijn achterzak, in de veronderstelling dat zijn portefeuille wel verdwenen zou zijn. Tot zijn verbazing had hij die nog en het geld zat er ook nog in. Hij haalde er twee bankbiljetten uit, bekeek ze zorgvuldig alsof hij zich ervan wilde verzekeren dat ze echt waren en legde ze toen demonstratief naast elkaar op Gerbers bureau

'Ik moet iemand bellen. Eén telefoontje maar.'

Gerber liet de bankbiljetten liggen waar ze lagen en draaide de telefoon in Locks richting.

'Ikertu,' zei Lock. 'Ik heb het nummer niet. In Londen.'

Gerber keek hem aan, schudde zijn hoofd en zuchtte. Hij scheurde een stukje papier van een blocnote dat voor hem lag en schoof dat, samen met een pen, naar Lock toe. Lock schreef er beverig iets op en gaf het terug. Gerber zette zijn computer aan en pakte na een minuut de telefoon en toetste een nummer in. Hij gaf de hoorn aan Lock.

Degene die opnam weigerde hem door te verbinden met Webster, en

Lock had de fut niet om erover in discussie te gaan. Hij gaf een nummer door dat hij van Gerber had gekregen en twee minuten lang zaten de mannen in het kantoortje zonder iets te zeggen. Gerber was druk bezig achter zijn bureau; de portier bewaakte de deur. Lock had het gevoel dat zijn hoofd vol metaal zat en hij had pijn in zijn buik. Hij voelde de misselijkheid langzamerhand terugkeren en hoopte dat hij zich kon inhouden totdat hij het hotel uit was. Hij wist niet of het geld dat hij had neergelegd wel voldoende was om dat te bewerkstelligen.

De telefoon ging, Gerber nam op en gaf de hoorn door aan Lock. Lock was even druk aan het woord en gaf de hoorn toen terug aan Gerber die, na een minuut of twee en een paar woorden te hebben gegromd, de hoorn op de haak legde en tegen Lock zei: 'Geef me nog vijfhonderd.'

Lock fronste zijn wenkbrauwen. 'Waarom?'

'Omdat ik u met de auto wegbreng.'

'Waarheen?'

'De stad uit. Naar een plek waar u uw vriend zult ontmoeten.'

16

Toen het telefoontje doorkwam lag Webster te slapen op Locks bed, zijn hoofd ongemakkelijk tegen het hoofdeinde, zijn kin tegen zijn sleutelbeen gedrukt. Toen de telefoon ging, een luid en ouderwets gerinkel, opende hij zijn ogen en voelde een bekende pijn aan de zijkant van zijn hoofd. Lock en Inessa waren voorgekomen in zijn dromen. Hoe was het mogelijk dat hij nog een oog had dichtgedaan?

Hij had verwacht dat het Hammer zou zijn en herkende de trage, slepende stem aan de andere kant van de lijn niet onmiddellijk. En toen drong het met een schitterende zuiverheid opeens tot hem door. Het was Lock. Hij was in leven. Hammer had Malin weten te bereiken. Het overleg was begonnen.

Lock klonk ziek. Webster kon niet goed verstaan wat hij zei. Toen Lock de hoorn doorgaf aan Gerber, had Webster aangenomen dat het deel van de onderhandelingen uitmaakte: nu zouden ze het hebben over de vrijlating van Lock en over de overdracht van het dossier. Maar toen hij, in verwarring gebracht, luisterde, begon hem langzaam te dagen dat er heel iets anders aan de hand was. Gerber was zonder twijfel een Duitser en op een bureaucratische manier ontstemd. Hij klonk niet nerveus. Hij klonk niet als iemand die iets verlangde. Hij wilde alleen maar dat Webster naar het hotel kwam om zijn vriend op te halen. Pas toen drong het tot hem door dat Lock vrij was. Hij keek omhoog en prevelde een dankgebedje.

Webster vertelde Gerber dat Lock in gevaar verkeerde en dat hij hem zou betalen om hem veilig het hotel uit te loodsen. Gerber stemde daar schoorvoetend in toe en zei dat hij hem naar de noordkant van de Gartenplatz zou rijden. Zijn auto stond in de parkeergarage onder het hotel en Lock zou op de achterbank gaan liggen zodat hij niet kon worden gezien. Ze zouden er over een kwartiertje zijn.

Onmiddellijk klaarwakker, terwijl opwinding en opluchting in hem om de voorrang streden, zijn hoofdpijn helemaal vergeten, spoelde Webster zijn glas om bij de wastafel in de badkamer, zette de boeken terug op het nachtkastje, schudde de kussens op, streek het beddengoed glad en schoof de gordijnen open.

Hij keek naar het briefje: wat een onschuldig ogend document. Hij pakte twee velletjes papier uit het rekje en drie pennen uit zijn zak. Een ervan was een blauwe ballpoint. Hij klikte hem open en begon op een van de vellen papier te schrijven en kopieerde zorgvuldig Locks handschrift van het briefje. *Sinds de dood. Sinds de dood.* Het moest ronder, regelmatiger. Hij begon het ritme te pakken te krijgen. *Sinds de dood van mijn vriend Dimitri Gerstmann ben ik ongelukkig.* De krullen klopten nog niet helemaal maar dat deed er niet toe. Hij pakte het schone vel papier en schreef het hele bericht nogmaals in het net over. Hij leunde achterover en keek ernaar. Niet slecht. Een deskundige zou het bedrog onmiddellijk doorzien, maar het zou een vluchtige blik moeten kunnen doorstaan en meer verlangde hij niet. Hij vouwde het op zoals het briefje ook was opgevouwen, stopte het in een envelop en liet het achter op het bureau waar ook het oorspronkelijke briefje had gelegen. Het origineel stopte hij voorzichtig terug in het envelopje en dat op zijn beurt in de zak van zijn jas. Hij ruimde op en stak ook de stukken papier in zijn zak.

Hij controleerde nog even of de kamer er weer precies zo uitzag als toen hij binnenkwam, deed het licht uit en vertrok. Hij pakte zijn tas en liep naar buiten, na Frau Werfel te hebben verteld dat hij meneer Green had gevonden en hem zo dadelijk mee terug zou brengen.

Hij had een telefooncel en een taxi nodig. Het sneeuwde weer, nu zachtjes. De hoteltrap was opnieuw spekglad en hij daalde hem voorzichtig, zich vasthoudend aan de leuning af. Beneden aangekomen keek hij op en zag een auto uit westelijke richting naderbij komen, die harder reed dan verstandig was, de toestand van de wegen in aanmerking genomen. Het was een grijze Mercedes met alleen een bestuurder erin. Hij stopte voor de ingang van een garage tien meter voor het Hotel Daniel en een kleine man met een overjas aan en een pet op stapte uit. Hij liep haastig, half glibberend in de richting van Webster en bleef heel even stilstaan om zijn auto met een signaal af te sluiten. Toen hij zich weer omdraaide kwamen de twee mannen recht tegenover elkaar te staan en herkenden elkaar op hetzelfde moment. Webster zag Locks kwelling in de man zijn gereserveerde kleurloze ogen.

Geen van beide mannen wilde tijd verliezen. Ze hadden allebei hun eigen taak: Locks kamer opruimen; Lock redden. Een seconde lang stonden ze, op een meter afstand van elkaar in een onwaarschijnlijke impasse. De man deed een stap opzij om hem door te laten. Toen Webster hem passeerde, kruisten hun blikken elkaar, stak de man opeens zijn voet uit, raakte zijn enkel en liet hem struikelen.

Webster verloor zijn evenwicht op het ijs en kwam met een droge smak neer op zijn zij, waarbij de aangestampte sneeuw hem raakte als een brok beton en hij met zijn wang tegen de bevroren smurrie op de stoep knalde. Instinctief, als een jongen, stak hij een arm uit, greep de onderkant van de man zijn broek en trok die hard naar zich toe. De voeten werden onder de man vandaan gerukt en terwijl hij hard op zijn stuitje terechtkwam, krabbelde Webster glibberend overeind. Maar hij werd van opzij aangevallen en de man zat boven op hem, terwijl zijn handen naar zijn keel graaiden en Websters armen net lang genoeg waren om hem af te weren. Even hadden ze elkaar in een wurgende greep, waarbij ze elkaar razend aanstaarden. Webster haalde een hand van de schouder van de man en terwijl hij viel en zijn evenwicht verloor, stak hij hem met twee vingers in de ogen. Hij probeerde op te staan maar zijn leren zolen kregen geen enkel houvast en hij kwam als een koorknaap op zijn knieën te zitten en stak zijn hand uit naar het portier van de auto om zich daaraan omhoog te trekken. De man rukte aan Websters jas en gebruikte die om zich aan op te trekken, totdat ook hij, vlak bij Webster, op zijn knieën zat, steun zocht voor zijn voeten en zijn hand in de binnenzak van zijn jas stak. Zijn ogen vonkten van woede. Webster greep de man bij zijn revers, boog zich achterover en bracht zijn hoofd met alle kracht die hij in zich had naar voren. Hij voelde bot versplinteren. De man zeeg ineen en Webster liet hem los.

Hij haalde gejaagd adem en zijn hart bonsde in zijn keel. Webster keek naar weerskanten de straat in, maar zag niemand. Hij maakte de overjas van de man open en ging na wat hij in zijn zakken had. Euro's, sigaretten, het sleuteltje van de auto. Een mes. Aan zijn broeksriem hing een holster met een matzwart pistool. Geen enkele vorm van legitimatie. Webster pakte het vuurwapen en het mes en trok zich hijgend, zijn broek stijf van de kou en het ijs, aan de auto omhoog. Hij pakte zijn tas op en liep zo snel als hij kon in de richting van het kanaal en bleef alleen nog even stilstaan om twee banden van de Mercedes door te snijden en het kenteken op te slaan op zijn mobieltje. De straat was verlaten.

Terwijl hij voortsnelde, bijna rende, en af en toe achteromkeek om zich ervan te vergewissen dat de man niet bij zijn positieven was gekomen, bekeek hij het pistool. Het was een Makarov, van Russische makelij. Dat verbaasde hem niet. Wat hij niet begreep was waarom de man hem had aangevallen: dat sloeg nergens op. Terwijl hij het kanaal overstak, smeet hij het pistool in het water waar dat nog geen ijslaag had gevormd. Ik ben de enige schakel die ze hebben met Lock. Waarom schaduwen ze mij niet gewoon? Omdat ik wist wie hij was en omdat ik hem de kans niet zou hebben gegeven.

Hij vond een openbare telefooncel. Hij was nog steeds buiten adem en zijn blijdschap had te lijden onder de kou. Hij zette zijn kraag op, leunde tegen de telefoonzuil en toetste Hammers nummer in. Er werd bijna onmiddellijk opgenomen.

'Lock is veilig. Ik weet niet hoe. Ik denk dat ze hem iets hebben toegediend. Ik ben nu op weg om hem op te halen. Luister, ik wil dat je een schuilplaats voor ons regelt. Ergens niet te ver van Berlijn waar niemand ons ooit zal zoeken.'

'Waarom kom je niet gewoon terug naar huis?'

'Omdat ik denk dat we hier tot een ontknoping kunnen komen. Ik leg het je later wel uit. Ik bel je over een halfuur.'

Het kostte hem vijf minuten voor hij een taxi had gevonden. Daarin stond de verwarming aan en de lucht was er warm en droog. Hij gaf het adres op en draaide het raampje een paar centimeter open. De chauffeur – een Turk van middelbare leeftijd – sloeg zijn sjaal om zijn nek en vroeg of hij gek was geworden om de kou binnen te laten op een avond als deze. Wilde hij hem dood hebben? Webster deed het raampje weer dicht en keek naar het Berlijn dat aan hem voorbijtrok. Even na negen uur op een vrijdagavond. Iedereen leek hier jong. Afgezien van Frau Werfel kon Webster zich niet herinneren ook maar één bejaarde in de stad te hebben gezien.

De taxi reed in noordelijke richting, voor bij het Adlon Hotel, voorbij het Hauptbahnhof. Uiteindelijk reed hij naar de kant van de weg en stopte. *'Wir sind da,'* zei de chauffeur. 'Gartenplatz.' Webster vroeg hem te wachten en stapte uit. Een reusachtige gotische kerk torende zwart boven het plein uit. In het duister kon hij Lock niet onderscheiden en hij voelde zijn ademhaling weer versnellen, maar toen zag hij hem aan de overkant van de straat, leunend tegen een lantaarnpaal.

'Richard,' zei Webster, terwijl hij naar hem toe liep. Lock stond daar met zijn ogen dicht. 'Richard.' Lock reageerde niet. Wat hadden ze met hem gedaan? Webster raakte zijn arm aan. 'Richard, gaat het?'

Loom opende Lock zijn ogen. Hij knipperde er twee keer mee en boog zijn hoofd een beetje achteruit alsof hij niet in staat was hem duidelijk te zien.

'Richard, ik ben het, Ben. Kom mee. Je moet verrekken van de kou. Ik ben met de taxi. Kom mee.' Hij sloeg zijn arm om Lock heen en begeleidde hem naar de auto, waarbij Lock de grootste moeite had zijn hoofd rechtop te houden. 'Jezus, wat hebben ze jou gegeven?' Lock gaf geen antwoord. Webster opende het portier en hielp hem met instappen, waarbij hij zijn hand op Locks hoofd legde om dat te beschermen.

'Is hij dronken?' vroeg de chauffeur.

'Hij voelt zich niet goed.'

'Gaat hij overgeven?'

'Het komt wel goed. Mag ik uw telefoon even lenen?'

De chauffeur draaide zich om om Webster aan te kijken.

'Hebt u zelf geen telefoon?'

'Nee. Ik zal die van u even moeten gebruiken. Het is maar een kort gesprekje. Ik zal u een flinke fooi geven.' De chauffeur haalde zijn schouders op en gaf hem zijn mobieltje.

Hammer had een pension in Wandlitz weten te vinden, dertig kilometer ten noorden van Berlijn. Lock sliep geleund tegen het portier van de auto. Met zijn hoofd op zijn borst leek hij op een marionet die onderuit op een plank was neergezet. Webster keek naar zijn geradbraakte lichaam. Dit was de man niet op wie hij jacht had gemaakt. Die man was een cijfer: een naam op documenten, een foto in tijdschriften, een ris veronderstellingen over zulk soort mensen. Deze man was van vlees en bloed. Aan zijn gezicht kon je zien dat hij had liefgehad en angst had gekend. Op deze koude avond voelde Webster zich eindelijk wakker.

Het pension was niet eenvoudig te vinden en de chauffeur reed er tot twee keer toe voorbij voordat ze het piepkleine bordje met de pijl tussen twee villa's in ontwaarden. Ze reden over een smalle oprijlaan die overwelfd werd door kale lindebomen en stopten voor een groot wit huis dat door twee schijnwerpers werd verlicht.

Webster stapte uit de auto. Het was opgehouden met sneeuwen, de wind was gaan liggen en de lucht was zuiver en bedwelmend, een beetje als berglucht. De maan was bijna vol en bij het licht ervan onderscheidde hij voorbij de schijnwerpers een zeilboot en een steiger, met daarop een laagje sprankelend grijs ijs. Even was hij van zijn stuk gebracht; dit kon de zee niet zijn. Nee, natuurlijk niet; dit was een van de meren. Wandlitzsee. Hij had ervan gehoord. Vanuit het donker klonk het geluid van gestaag bevriezend water aan de uiterste rand van het ijs. Rechts van hem reflecteerde het witte ijs dat in lagen langs de oever lag de gloed van de maan in lichtjes zo groot als een speldenknop.

Hammer had vooruit gebeld. God mocht weten wat hij had gezegd, maar de eigenaar van Villa Wandlitz kon niet behulpzamer zijn. Hij stelde zich voor als Herr Maurer, nam de tas aan en hielp Lock het huis in te lopen, terwijl Webster de chauffeur betaalde. Toen Webster uitlegde dat zijn vriend ziek was, dat hij last had van migraine, zei Herr Maurer dat hij op de hoogte was, dat het bijzonder spijtig was en dat hij hoopte dat hij zich de volgende ochtend beter zou voelen. Van creditcards of paspoorten of wat dan ook wilde hij niets weten. In plaats daarvan pakte hij twee sleutels vanachter de receptiebalie, begeleidde Webster en Lock naar de lift en bracht hen naar aangrenzende kamers op de eerste verdieping. Het ontbijt was van zeven tot negen, maar als ze wilden uitslapen zou hij met alle plezier speciaal voor hen iets klaarmaken. Zelfs Websters smerige kleren en het opgedroogde bloed op zijn slaap leek hij niet op te merken. Webster bedankte hem en zei goedenacht.

Hij trok Lock zijn jas uit en hing die over een stoelleuning. Hij rook een beetje naar braaksel, wat hem niet eerder was opgevallen. Hij hielp hem schuifelend naar één kant van het tweepersoonsbed, keerde hem om, liet hem er achterover op vallen, trok hem zijn schoenen uit en sloeg het dekbed over hem heen.

'Wil je wat water?'

Met gesloten ogen fronste Lock zijn voorhoofd een beetje en schudde zijn hoofd. Webster vulde in de badkamer een glas met water en zette dat op het nachtkastje. Hij liet het badkamerlicht aan en de deur tussen de twee kamers open.

Een poosje zat hij in het donker in zijn kamer en keek uit het raam naar de maan en het meer. Hij zou eigenlijk naar beneden moeten gaan en de computer van Herr Maurer gebruiken om Gerstmanns dossiers door te nemen. Hij zou Hammer moeten opbellen. Hij zou Elsa moeten bellen. En bovenal zou hij moeten uitdokteren hoe hij kon zorgen voor een goede afloop. Er moest een manier zijn, dat wist hij zeker, en langzaam begon in zijn hoofd een idee te rijpen.

Hij keek naar Lock. Wat zou er op dat moment door hem heen gaan? Met een beetje mazzel flauwekul. Of niets. Webster liep naar de badkamer en bestudeerde zijn wond. Een pluk aangekoekt bruin haar maakte duidelijk waar hij zat, maar verder was er niets van te zien. Het zou moeten wachten tot morgen, net als al het andere.

Elsa wekte hem. Langzaam drong het gegons van het mobieltje dat op het nachtkastje lag te trillen door tot zijn dromen. Nog half slapend nam hij op.

'Hallo.' Het deed pijn achter zijn ogen. Hij herinnerde zich zijn hoofdwond.

'Ah, je bent er. Waarom heb je gisteravond niet gebeld?'

Hij richtte zich enigszins op in de kussens. Op de lakens zag hij een vlekje van opgedroogd bloed.

'Het spijt me, lieverd. Ik ben hier pas heel laat aangekomen. Ik dacht dat jij al in slaap zou zijn.' Tussen de gordijnen door kon hij zien dat de zon scheen. Het moest al laat zijn.

'Had me dan een sms'je gestuurd.' Even stilte. 'Ik heb je opgebeld maar kreeg direct je voicemail.'

'Dat is vreemd.'

'Ik was bezorgd.'

'Ik weet het. Ik ben een stommeling. Het spijt me.'

Geen van beiden zei iets. Webster hoorde stemmen op de achtergrond, de radio. Ik had moeten bellen; dat was stom van me.

Elsa sprak als eerste. 'Wanneer kom je terug?'

'Ik wou dat ik het wist. Misschien al vandaag. Het kan ook pas dinsdag worden. Ik denk dat ik het vandaag te weten kom.'

'Gaat het goed met je?'

'Alles is in orde. Hoe maken de kinderen het?'

'Die spelen boven. Zoet zelfs op het ogenblik.' Elsa zweeg even. 'Je hebt een vreemde brief gekregen. Hij is geadresseerd aan Sint Benedictus Webster, per adres de familie Webster. Ik heb hem nu voor me liggen.'

'Hoe groot is de envelop?'

'A4, een gewone envelop.'

'Waar komt hij vandaan?'

'Uit Oslo. Gisteren verstuurd.'

'Vreemd. Ik zou niet weten wat het kan zijn. Ik bekijk het wel als ik terug ben.'

'Het bevalt me niks. Het is net een nog niet ontplofte bom.'

'Als hij niet groot en dik is dan is het geen bom. Je moet je niet gek laten maken.' Hij wachtte even. 'Stuur hem anders naar Ike.'

'Ik maak hem liever open.'

'Oké, best – doe dat dan maar.'

Hij hoorde dat ze de telefoon neerlegde. Hij dacht na over wat hem die dag te wachten stond; hij moest Gerstmanns documenten doornemen, met Hammer overleggen, met George praten. Hij kon maar beter opstaan. De lijn was nog steeds stil.

'Wat is het?'

'Jezus, Ben. O, jezus.' Toen ze dat zei sloeg haar stem over.

'Wat is het? Vertel op.'

'Ik wist dat we nog niet van die ellende af waren. Waarom sturen ze dit hiernaartoe? Wie doet zoiets, verdomme?'

'Wat? Je moet het me vertellen.'

'Het is...' Elsa zuchtte en vond haar zelfbeheersing terug. 'Het is een foto van een lijk. Van een vrouwenlichaam. Op een tafel. Haar keel is doorgesneden.'

Webster was op slag misselijk. Zijn mond werd droog. Hij wilde het uitschreeuwen van woede.

'De klootzakken. De vuile klootzakken.' Hij stapte uit bed, liep naar de badkamer en sloeg keihard met zijn vlakke hand tegen de muur. Hij keek naar de wastafel, met zijn voorhoofd tegen de spiegel.

'Ik zal Ike vragen hem op te halen. Dat had je niet mogen zien. Het spijt me, lieverd. Het spijt me ontzettend.'

'Het is Inessa.'

Aanvankelijk kon hij de naam niet uitspreken. 'Ja. Zij is het.' Het was alsof ze haar hadden opgegraven. Om haar nog meer te vernederen. Hij slaakte een diepe zucht, en toen nog een.

'Gaat het een beetje?'

'Ja, hoor.' Meer gezucht. Laat je niet door ze van je stuk brengen. Laat ze niet toe. 'Jij bent degene om wie ik me zorgen maak.'

'Ik heb hier schoon genoeg van. Ik wil die mensen niet in ons leven.'

Webster zei niets. Zijn hoofd zat vol geraas. Even deden ze er allebei het zwijgen toe.

'Er is nog iets,' zei Elsa.

'Wat bedoel je?'

'In de envelop.'

'Wat is het?'

'Een krantenknipsel. Uit de *Financial Times*. "Russisch Metaalkartel op de beurs in Londen".'

GMK. Generalni Metalligoertsjeski Kombinat. Nog steeds de eigenaar van de aluminiumfabriek in Kazachstan en nog een stuk of twaalf andere fabrieken in Rusland en omstreken. Wat had die ermee te maken? Welke obscure boodschap lag hierin besloten?

'Je moet naar huis komen.'

Niet nu. Vooral niet nu. Hij zuchtte en kneep zijn ogen stijf dicht. 'Dat kan niet.'

'Dat meen je toch niet echt?'

'Het kan niet. Weet je wat ze daarmee bedoelen? Met dit gif? Daarmee willen ze zeggen: we kennen je zo goed, van haver tot gort, dat we met je kunnen doen wat we willen. Het is bedoeld om me bang te maken. Om paniek te zaaien. Nou, dat zal ze niet lukken. Dat zal ze verdomme niet lukken.'

'Mij maakt het wel bang.'

'Ik weet het, schat. Ik weet het. Maar ze zullen echt niets doen, geloof me. Dit is voor hen een koud kunstje. Ze sturen gewoon een brief. Het zal niet meer gebeuren. Ze zullen ons heus niets doen.'

'Ze hebben hem naar ons huis gestuurd.'

'Met de bedoeling dat jij mij overhaalt om het op te geven. Dat is net als met die e-mail. Ik zal zorgen dat iemand ons huis in de gaten houdt.'

'Ik wil alleen maar dat het ophoudt.'

'Ik zal zorgen dat het ophoudt.'

'Kom naar huis.'

'Dat kan niet. Niet nu. Hier moet een einde aan komen.'

Het was twaalf uur in de middag en de zon zorgde al voor wat warmte toen Lock eindelijk wakker werd. Webster zat buiten op een bankje met gesloten ogen en zijn gezicht naar het licht, terwijl er allerlei gedachten door zijn hoofd spookten. Hij had die foto's nooit gezien. Hij nam aan dat ze waren gemaakt in het mortuarium in Öskemen; er was nooit sectie verricht. Het pakje had hem van zijn stuk gebracht, niet omdat het Elsa angst had aangejaagd, hoewel dat het ergste van alles was, maar omdat hij niet wist wat het te betekenen had. De e-mail was een eenvoudige waarschuwing; dit was niet alleen meer morbide maar ook minder duidelijk. Betekende het dat Malin wist wat er met Inessa was gebeurd? Dat Webster daar nooit achter zou komen? Misschien was het louter een vertoon van kennis en macht. Misschien wilde het alleen maar zeggen: ik begrijp je; ik ken de pijn die jij hebt gevoeld; ik kan meer leed veroorzaken wanneer ik maar wil.

Maar bang maakte het hem niet. En de man die het had verzonden evenmin en ook niet het gemak waarmee hij zich diens dode ogen en zijn duistere wil voor de geest kon halen, alsof zijn onnatuurlijke wereld was samengebald tot één enkel punt van boosaardigheid. Tien jaar lang had hij zichzelf uitgedaagd zich een voorstelling te maken van die geest en nu hij ermee werd geconfronteerd, nu hij meende hem weer te herkennen, was zijn afgrijzen van al zijn kracht beroofd. Nee. Wat Webster bang maakte was zijn eigen vermogen om te corrumperen, om mensen in gevaar te brengen. Als hij niet behept was geweest met die stille obsessie had Gerstmann nog geleefd en zou Lock zijn waar hij ooit was geweest, gecompromitteerd maar veilig. En wat hem nog meer angst aanjoeg was dat hij zelfs nu niet kon ophouden. Hij had nog steeds iets te doen in Duitsland: één laatste missie.

Hij hoorde voetstappen op het kiezelpad en keek op. Een afgetobde Lock kwam langzaam naar hem toe lopen.

'Goedemorgen,' zei Webster, met zijn hand zijn ogen afschermend tegen de zon.

'Dat is het inderdaad, hè?' zei Lock, terwijl hij met knijpoogjes om zich heen keek. Zijn ogen waren bloeddoorlopen. 'Waar zijn we?'

'Wandlitzsee. Ik heb je gisteravond hiernaartoe gebracht.'

'Na het hotel?'

'Na het hotel.'

Ze zwegen allebei.

'Hoe voel je je?'

'Belabberd. Mijn hoofd voelt aan alsof het in de gehaktmolen heeft gezeten.'

'Heb je honger?'

'Totaal niet. Ik wil lucht. En water.' Hij ging op het bankje zitten en sloeg moeizaam zijn benen over elkaar. Hij kreunde. 'Wat is er gebeurd?'

'Ik ben op mijn hoofd geslagen. Jij bent spoorloos verdwenen. Vier uur later krijg ik een telefoontje van jou dat je in het Adlon Hotel zit, in het kantoortje van het hoofd van de beveiliging.' Webster wachtte tot

Lock de rest van het verhaal zou aanvullen maar die zei niets. 'Het spijt me. Ik ben tekortgeschoten tegenover jou. Ik had me moeten realiseren hoe hoog ze dit opnamen.'

Lock gaf een knikje. Zijn huid was grauw en donker onder zijn ogen. Hij zei niets.

'Je zei dat iemand had geprobeerd je te vergiftigen.'

Lock staarde voorbij Webster naar het meer en schudde langzaam zijn hoofd. 'Jezus. Ik kan me nauwelijks iets herinneren. Die vent die zijn band aan het verwisselen was, verder niets. Ik herinner me een man met een snor en dat ik tegen hem zei dat ik heel dronken was. En dat ik in een hotel was. Jezus.' Hij wreef met de muis van zijn hand over zijn voorhoofd. 'Zat Malin erachter?'

'Ik denk het. Anderhalf uur nadat jij Nina had gebeld, checkten twee mannen bij Aeroflot in voor de nachtvlucht naar Berlijn. Allebei Russen. De een was eenendertig, de ander vijfendertig. Zouden dat ze kunnen zijn geweest?'

'Het waren Russen.'

'Hammer is bezig ze na te trekken.'

Lock knikte vaagjes. 'Heb jij me gered?'

'Ik wou dat het waar was. Dat heb je zelf gedaan.'

Lock lachte, een gekweld lachje. 'Echt? Dat is dan voor het eerst.'

Webster glimlachte en keek naar zijn handen. 'Ik heb wat dingen uit de stad voor je meegebracht. Je spullen uit het Daniel heb ik niet meegenomen.'

Lock krabde op zijn achterhoofd. 'Ik voel me een beetje een vagebond.' Hij haalde bewust diep adem. 'Aangenaam is het hier.'

'Ik denk dat we hier veilig zijn. De enige manier waarop ze ons zouden kunnen opsporen is via de taxichauffeur en er is een leger voor nodig om die te vinden.'

'En hoe zit het met het hotel?'

Webster glimlachte. 'Mijn baas heeft het hotel geregeld. We zijn speciale gasten. Herr Maurer is verteld dat jij een belangrijke Engelse zakenman bent die gebukt gaat onder een zeldzame zenuwaandoening en een akelig schandaal in het thuisland. Je logeerde in een of ander duur oord buiten Berlijn, maar de Engelse pers was je op het spoor gekomen en daarom houd je je nu hier schuil. Hij is dolblij want we betalen hem vier keer zoveel als ieder ander. Als iemand navraag naar ons doet dan laat hij ons dat weten.'

'Kunnen we niet beter gewoon gaan? Terug naar Londen? Is het nog niet voorbij?'

Webster wendde zich af en keek naar het meer. Het was nu tot ongeveer veertig meter vanaf de oever bevroren en waar het water begon waren eenden aan het spelen. Verder bewoog er niets.

'Nina heeft ons gegeven wat we wilden,' zei hij, terwijl hij zich weer naar Lock keerde, zijn ogen nog steeds afschermend met zijn hand.

'De dossiers?'

'Hij had ze opgeslagen in een hotmailaccount. Zo te zien sloeg hij daar elke maand een nieuwe partij documenten op.'

'Heb jij ze gezien?'

Webster knikte.

'En? Wat zijn het?' Locks ogen die een moment tevoren nog dof en vermoeid waren, begonnen te vlammen.

Webster kneep even zijn ogen dicht en keek Lock toen aan. 'Ze zijn niet wat we dachten.'

'Jezus.' Lock streek met zijn hand door zijn haar. 'Niet wat *jij* dacht. Godver. Ik weet dat ik het eigenlijk niet mag...' Hij sloot zijn ogen en zuchtte bedroefd en langdurig. 'Wat zijn het dan wel?'

'Ik heb er vanmorgen naar gekeken. Het zijn allemaal verkoopovereenkomsten tussen Langland en de maatschappijen die hun olie verkopen. Allemaal, de hele tijd dat hij hier was. Ze vormen een sluitend bewijs dat Langland bij elke deal winst opstrijkt en dat de Russische producenten eronder lijden.'

'Ik begrijp het niet. Dat klinkt goed.'

'Het is niet slecht. Journalisten zouden ervan smullen. Maar je krijgt Malin er nooit mee veroordeeld wegens fraude. Bedrijven mogen aan Langland verkopen voor elke prijs die ze willen. Je moet kunnen aantonen dat er sprake is van een samenzwering. Dat betekent dat we een Russische functionaris moeten zien te vinden die bereid is te verklaren wat er gaande is. En dat zal nooit gebeuren.'

Lock wendde zich af van Webster en sloeg zijn armen over elkaar. 'Ik verrek van de kou.'

'Laten we naar binnen gaan.'

'En hiermee doorgaan? Met welk doel? Zodat jij je honorarium kunt opstrijken?' Lock stond op en keek neer op Webster, waarbij hij precies in zijn zon stond. 'Je zou je eens moeten afvragen wat jouw rol in dit spel is, Ben. Help je mij? Naai je Malin een oor aan? Of amuseer je je gewoon? Wat is het?' Webster gaf geen antwoord. 'Ik denk dat we beter kunnen opstappen. Ik zou mijn koffer wel kunnen pakken, maar ik heb verdomme helemaal niets om in te pakken.' Lock keerde zich om en liep langzaam naar het hotel.

'Richard.' Webster stond op en liep achter hem aan. 'Richard, wacht.' Lock bleef doorlopen, het grind knerpte onder zijn schoenzolen. 'Dat was het slechte nieuws.'

Lock bleef stilstaan en keek met een somber gezicht om. 'Als er ook goed nieuws was dan had je me dat al lang verteld. Wat is het?'

'Malin heeft geprobeerd jou te vermoorden. In Duitsland.'

'En dat noem je goed nieuws?'

Webster keek om zich heen, aarzelde en keek toen weer naar Lock. 'Ik heb een idee. Dat zou hem de kop kunnen kosten.'

'Meen je dat serieus?'

'Het is een serieus idee. Maar je moet zelf beslissen of het een goed idee is. Ik dring je niets op.'

'Nee. Dat doe je zeker niet. Jezus. In wat voor soort wereld leef jij? Gaat dat alle dagen zo?' Hij keek Webster aan. 'Rondrennen, plannen beramen? Mag ik je wat vragen? Wanneer begin je echt te spelen? Of beweeg je alleen maar stukken over het bord?' Webster gaf geen antwoord. Hij dwong zichzelf Lock aan te blijven kijken. 'Zeg. Als ik dood was gegaan, wat zou je dan gedaan hebben? Was je dan op zoek gegaan naar weer zo iemand als ik? Zou je iemand anders naar het front sturen? Verdomme, Ben, als jij er niet was geweest, had ik nog rustig in Moskou gezeten en was dit allemaal niet gebeurd. Zou dat zo'n ramp zijn geweest? Oké, Malin is corrupt. Nou en? Nou en, verdomme? Iedereen is corrupt. Tourna is corrupt, jezus. Hij is nog erger. En al die gerenommeerde bedrijven, dacht je dat die niet ook iemand hadden als ik om het een en ander onder het tapijt te vegen, om ze te helpen de belastingen te ontduiken? Die hebben hele legers mannetjes van mijn soort. Ik ben er maar eentje van. En ik ben niet onmisbaar, verdomme, begrijp je wel?'

'Dit zou vroeg of laat toch zijn gebeurd.'

'Wat?'

'Dit zou sowieso zijn gebeurd. Je kunt dit soort dingen niet eeuwig verborgen houden. Ooit komt het uit.'

'En jij hebt de boel alleen een beetje bespoedigd? Is dat wat je probeert te zeggen?'

'Zo ongeveer.'

Lock lachte, hard en schamper. 'Dat is geweldig. Dat is heel edel van je. Ben, wij werken allebei voor schurken. Wij spelen onze rol, en daarmee uit. En als wij dat niet deden dan deed iemand anders het. Zo zit de wereld in elkaar.'

Webster stak zijn handen in zijn zakken en sloeg zijn ogen neer. Hij had er geen behoefte aan zichzelf te verdedigen; hij zou niet weten hoe. Lock had gelijk. Het was tijd om op te houden dit alles op te hemelen.

Hij zuchtte en keek Lock aan. 'Luister. Het spijt me. Ik heb Malin onderschat. Dat was mijn fout. Misschien kun jij... misschien kun jij Dimitri's dossiers terugbrengen naar Malin. Als bewijs van je loyaliteit. Dan word je vast wel weer in genade aangenomen.'

Lock schudde zijn hoofd. 'Nee. Nee. Dat wil ik niet. Jezus, Ben, je kunt me niet zo ver meenemen en me dan terugsturen. Ik ben niet meer dezelfde. Ik kan het niet meer.'

Webster zei niets.

'Is dat jouw plan?'

'Nee.'

'Hoe riskant is het?'

'Dat zei ik al. Dat is aan jou om te beslissen.'

'Nee. Jij bent hier ook bij betrokken. Laten we naar binnen gaan. God weet dat ik niet sta te popelen om weer in de auto te stappen. We zullen samen besluiten.'

Webster nam plaats in een fauteuil in de hoek van zijn kamer en deed een greep in zijn koffertje. Hij haalde zijn telefoon eruit, een doodgewone Nokia zo te zien, en drukte een aantal toetsen in. Lock ging op het bed zitten en keek toe. Webster legde de telefoon op de salontafel voor hem. Uit het luidsprekertje klonk een stem op.

'Bedankt dat u mij te woord wilt staan... Ik zou het niet... Dit is niet zomaar, begrijpt u. Ik denk dat we elkaar van dienst kunnen zijn.' Een pauze. Lock keek Webster aan. *'U bent de laatste paar weken druk bezig geweest... Ik begin het jammer te vinden dat we u niet als eerste in de arm hebben genomen.'* Weer een pauze. *'Maar waar ik me zorgen over maak is dat er na Parijs geen... geen duidelijkheid is.'*

Terwijl de woorden bleven komen, vroeg Lock: 'Wat is dat? Ben ik dat?'

Webster knikte.

'... ik denk dat het voor iedereen het beste zou zijn als we buiten de rechtszaal tot een regeling zouden kunnen komen. Zonder de advocaten, wellicht.'

'Hoe heb je dat geflikt?'

'... schaadt mij zakelijk en kost Aristoteles geld. Een fortuin, als zijn tarieven net zo beroerd zijn als de onze.'

Webster boog zich naar voren en nam de telefoon op. Hij drukte op een knopje en de stem zweeg.

'Als mensen erachter komen wat ik doe, dan willen ze weten of ik technologische snufjes bij me heb. Dan antwoord ik altijd ontkennend. Dit is het enige. Een man in België heeft het voor me gemaakt. Hij heeft het me eigenlijk cadeau gedaan. Hij was er zelf nogal verguld van.'

'Ik had je moeten fouilleren.'

'Je zou niets hebben gevonden. Dit lag op tafel.'

Lock schudde zijn hoofd. 'Mag ik het eens zien?'

Webster reikte hem de telefoon aan. 'Als je de batterij eruit haalt, begint hij op te nemen. Als je hem er weer in stopt houdt hij op. Het is een briljante vondst. Het schijnt dat de Mossad er als eerste over beschikte.'

Lock hield de telefoon in zijn hand en inspecteerde hem nauwkeurig. 'Wat ik hier niet allemaal mee had kunnen doen.'

'Precies. Dat is mijn idee.'

Lock keek op. 'Dit?'

'Gedeeltelijk.' Lock wachtte en speelde met de telefoon in zijn hand. Webster vervolgde: 'Wat is het ergste wat Malin heeft gedaan?'

'Dat weten we niet. Dat is het hem nu juist. Tenzij je bedoelt dat hij mijn leven heeft verwoest.'

'Juist. Hij heeft geprobeerd jou te vermoorden. En we zijn er tamelijk zeker van dat hij Gerstmann heeft laten doden. Maar het enige bewijs ben jij en het briefje dat ze hebben achtergelaten.'

'Welk briefje?'

'Een zelfmoordbriefje. Dat hadden ze in jouw hotelkamer gelegd.'

'Jezus. Wat stond erin?'

'Dat jij je gezin en je reputatie kwijt was en dat Dimitri's dood je over de kling heeft gejaagd.'

'Heb je het nog?'

'Ja, ik heb het uit de kamer meegenomen en er een vervalsing voor in de plaats gelegd. Misschien zijn ze erin getrapt.'

Lock knikte.

'Wil je het zien?' vroeg Webster vooroverleunend alsof hij aanstalten maakte om op te staan.

'Het is net zoiets als je eigen overlijdensbericht lezen,' zei Lock, deels tegen zichzelf. Hij schudde zijn hoofd.

Webster leunde achterover. 'Maar het is niet voldoende. We kunnen waarschijnlijk wel bewijzen dat het niet jouw handschrift is, maar er zitten geen vingerafdrukken op en zelfs als die er wel waren zouden we daar weinig mee opschieten.'

'En dus?'

Webster ordende zijn gedachten. 'Malin wil het dossier. En hij wil jou. Als je teruggaat naar Rusland, zien we je nooit meer terug. Dus laten we hem hier komen, we bereiden het heel zorgvuldig voor en dan praat jij met hem. Jij vraagt hem waarom hij heeft geprobeerd je te vermoorden.'

'Dat zal hij nooit toegeven.'

'Je zult verbaasd zijn als je wist wat mensen allemaal zeggen als ze weten dat ze niet kunnen worden afgeluisterd.'

Lock dacht een ogenblik na.

'Hij komt nooit.'

'Jawel. Voor jou komt hij wel.'

Lock sloeg zijn ogen neer en streek zijn haar aan de zijkanten van zijn hoofd glad – twee, drie keer. 'En wat wil ik?'

'Wat je hem moet vertellen?'

'Ja.'

'Dat doet er eigenlijk weinig toe. Het enige wat niet zal gebeuren is dat jij hem het dossier overhandigt en hij doet wat jij van hem verlangt.'

'Je weet maar nooit.'

Webster dacht erover na. Hij keek Lock aan; zijn gezicht was opgezwollen, de huid van zijn wangen ziekelijk bleek. 'Oké. Zo zouden we het kunnen spelen. Je kunt allebei proberen. Of een van beide. Zolang het maar overtuigend klinkt, lijkt me. Wat zou je hem vragen?'

'Een separatie. Ik zou de zaak van de hand doen. Of in ieder geval doen alsof. Hij zoekt een koper voor me en ik zou aan hem verkopen. Ik zou wat geld willen hebben en de garantie dat hij me verder met rust laat.'

'Een garantie?'

Lock haalde zijn schouders op. 'Ik weet het. Maar als ik weg ben en het verhaal klopt, waarom zou hij dan de aandacht trekken door mij te laten doden?'

Webster knikte langzaam. Hij keek Lock recht in zijn ogen. 'We hoeven dit niet te doen. We kunnen ook teruggaan naar Londen. Je ergens veilig onderdak verschaffen.'

'Ik kan er nog niet zo goed over nadenken.' Lock stond op, met een hand op de rand van het bed om zijn evenwicht te bewaren. 'Ik ga even liggen.'

'Maar als we het doen, dan moet het snel gebeuren. Dan zou je Malin vandaag nog moeten opbellen.'

17

Lock zei ja. Na een uur in zijn kamer wist hij hoe zijn antwoord zou luiden.

Hij had zitten staren naar het meer, dat nu van staal leek onder de bewolking die langzaam vanuit het westen aan was komen drijven. Het werd omzoomd door overhangende zwarte bomen die in houtskool geschetst leken te zijn; de oever aan de overkant kon hij niet onderscheiden.

Hij was nooit eerder zo dicht bij de dood geweest, en nu hij bijna dood geweest was, kon hij zich er niets van herinneren. Zelfs daarvan had Malin hem beroofd. Maar hij wist dat er dingen veranderd waren. Zijn leven – dat misselijkmakende bestaan dat hij had geleid – daar was een punt achter gezet. In Berlijn hadden ze hem murw gemaakt, maar in werkelijkheid was hij al jaren murw geweest: onbewogen, voldaan, een dwaas in een wereld van schurken. Blind en zonder erbij na te denken op zijn dood af strompelen – dat was een passende manier geweest om aan zijn einde te komen. Maar het was voorbij. De kwestie was niet alleen dat hij het niet langer kon opbrengen om Malin te verdedigen; hij was ook niet meer in staat om zijn oude zelf te verdedigen. De FBI, de Zwitsers, Tourna, de journalisten, de grappenmakers in Moskou: ze mochten hem hebben. Ze hadden het altijd al bij het rechte eind gehad en als ze dat wilden bewijzen, zich daarbij op de borst wilden kloppen, dan moesten ze dat vooral niet laten.

Maar Malin was andere koek; Malin was van hem. Lock wilde dat opgezwollen, intimiderende leven vernederd zien, de macht eraan onttrokken, de gewetenloosheid ervan aan de kaak gesteld. Hij wilde dat Malin zou begrijpen hoe het was om niets te zijn; om een bedelaar te zijn; om geruïneerd te zijn.

Hij trof Webster in het restaurant. Hij was de enige aanwezige in die keurige, hel verlichte eetzaal. Het rook er vaag naar toast en gebakken spek.

Webster roerde in zijn koffie en tikte vervolgens met het lepeltje tegen de zijkant van het kopje; alleen op zijn tafel lag een tafellaken.

'Ben jij de enige?'

'Ze serveren geen lunch, de vrouw van Herr Maurer heeft een omelet voor me gemaakt. Ik weet zeker dat ze er voor jou ook nog wel een wil maken.'

Lock schudde zijn hoofd. 'Alleen de geur hier is me al voldoende. Dank je.'

'Koffie?'

'Water.'

'Ga zitten.' Webster stond op en liep naar de keuken; hij leek zich hier al goed thuis te voelen. Lock keek uit het raam dat uitzicht bood op bakstenen bijgebouwen aan de zijkant van het hotel. Herr Maurer duwde een grote witte koelkast op een steekwagentje naar een witte bestelwagen waarvan de achterdeuren openstonden.

Webster kwam terug met een fles niet bruisend bronwater, een fles koolzuurhoudend water en een glas met ijsblokjes.

'Ik wist niet wat je wilde.'

'Wat denk je dat ze me hebben toegediend?'

'Ze hebben Dimitri iets gegeven dat GHB heet. Dat wordt gemaakt van tapijtreiniger.' Lock zei niets. 'Maar er stond een fles gin in je kamer die ik daar niet eerder had gezien. Was die van jou?'

'Nee. Nee, geen gin.'

'Dan hebben ze je daar waarschijnlijk ook een heleboel van gegeven. Mogelijk uit diezelfde fles.'

'Dat zou best eens kunnen. Ik heb de nasmaak nog in mijn mond.'

Webster hield de fles niet bruisend water omhoog en Lock knikte.

'We moesten het maar doen.'

Webster hield op met schenken en gaf Lock het glas aan.

'Weet je het zeker?'

'Absoluut. Ik ben het verplicht tegenover Nina. Om nog maar te zwijgen van Marina en Vika. Jezus, en alle anderen.' Hij nam een slok. Hij voelde het verkoelende mineraalwater door zijn keel glijden.

Webster keek naar hem, alsof hij meer verwachtte. Lock nam nog een slok.

'Je weet het echt zeker?'

'Absoluut zeker.'

'Dan hebben we nog heel wat te doen.'

Lock belde Malin die avond op. Webster had een scenario voor hem opgeschreven en hem op het hart gedrukt de toon zakelijk te houden. Dit was een zakelijke transactie, als alle andere.

Webster had die middag in de stad nieuwe mobieltjes gekocht. Nog zes; ze begonnen al aardig door de voorraad heen te raken. Hij had ook urenlang getelefoneerd met mensen in Londen om de operatie voor te bereiden. Mensen van de beveiliging zouden in het vliegtuig stappen en die avond in Berlijn arriveren. Nina zou bij haar zuster in Graz verblijven. Lock stond versteld van de precisie waarmee elke stap werd voorbereid. Hij begon zich op Webster te verlaten, realiseerde hij zich: de ene meester had de plaats ingenomen van de andere.

Toen hij opbelde was het in Moskou al erg laat. Maar Malin zou nog wel wakker zijn. Hij sliep maar weinig.

De telefoon ging vijf keer over voordat hij werd opgenomen.

'Richard.'

'Konstantin.'

'Waar ben je?'

'Ergens waar jij me voor de verandering eens niet kunt vinden.' Ze spraken Russisch.

'Ik wil dat je naar huis komt.'

'Moskou is mijn thuis niet meer, Konstantin. Laten we eerlijk zijn, dat is het nooit geweest ook.' Webster stond over Lock heen gebogen, en tikte met zijn vinger op de tekst van het scenario. Ter zake.

'Richard, ik ben misschien de enige man op aarde die je kan beschermen. Als anderen beweren dat ze dat kunnen, dan moet je ze niet geloven.'

Lock keek even naar Webster, die knikte. 'Konstantin, ik heb een voorstel. Ik heb iets wat jij wilt hebben en jij hebt iets wat ik wil hebben. Ik heb Dimitri's dossiers. Ik weet dat je daarnaar op zoek bent geweest.'

Daar telde het scenario een aantal witregels om Malin gelegenheid te geven te reageren, maar hij zei niets.

Lock vervolgde zijn verhaal. 'Ik kan je verzekeren dat je het niet zult vinden, tenzij ik je help. Ik ben bereid het je te geven in ruil voor mijn vrijheid en een bedrag aan geld ter compensatie voor de problemen die je me hebt bezorgd. Ik verzeker je ook een naadloze overdracht van mijn eigendomsbelangen aan een derde van jouw keuze. Ik zou daarvoor een of andere Russische organisatie aanraden.'

'Hoeveel?'

'Wacht. Ik ben nog niet klaar. Ik beloof ook uitsluitend met organen van het bevoegde gezag te spreken over zaken die binnen mijn competentie vallen. Over al het andere zal ik geen enkele uitspraak doen. Kesler kan je vertellen dat dat niet voldoende zal zijn om je enige schade te berokkenen. Niet in Rusland. Misschien kom ik er minder genadig af, maar ik ben bereid dat risico te nemen. Ten slotte moet jij beloven me verder met rust te laten zodat ik mijn eigen leven kan opbouwen. Hetzelfde geldt voor Nina Gerstmann.'

Malin was ongeveer tien seconden stil. Lock keek Webster aan en haalde zijn schouders op. Toen vroeg Malin: 'Is dat alles?'

'In feite wel, ja. Als we elkaar ontmoeten kunnen we de details bespreken.'

'Hoeveel?'

'Tien miljoen dollar.'

Malin kreunde. 'Waar wil je dat we elkaar ontmoeten?'

'Zorg dat je maandagochtend klaar staat om naar Europa te vliegen. Ik zal je morgenavond om twaalf uur opnieuw opbellen en je zeggen naar welk vliegveld. De vlucht vanuit Moskou zal niet meer dan vier uur in beslag nemen. Als je bent geland bel ik je opnieuw op en geef je de tijd en de plaats van de ontmoeting.'

'Zo heb ik onvoldoende tijd om een vluchtplan in te dienen.'

'Het is Rusland. Dat lukt jou wel.'

Het was stil aan de andere kant van de lijn. Uiteindelijk zei Malin: 'Ik bel je over een uur terug. Ik moet erover nadenken.'

'Nee, dat moet je niet. Als je nu niet instemt in een ontmoeting, dan bel ik meteen de FBI en geef hen de dossiers. Ze zullen ervan smullen.'

'Als jij de dossiers in je bezit hebt, dan kun je me ook wel vertellen wat erin staat.'

'Dat merk je wel als ik je maandag spreek. Dit is geen list.'

Opnieuw stilte. Lock stelde zich die barse kop van Malin voor, koortsachtig nadenkend.

'Bel me morgenavond,' zei Malin en hij verbrak de verbinding.

Lock voelde Websters hand op zijn schouder en keek op.

'Wat zei hij?' vroeg Webster.

'Dat we morgen moeten bellen.'

'Dat is goed. Heel goed. Zei hij dat hij zou komen?'

'Nee. Maar ik denk wel dat hij het doet.'

'Hoe was hij?'

'Zoals altijd. Hij geeft zich niet bloot.'

'Je hebt het heel goed gedaan. Je klonk zelfverzekerd.'

Lock glimlachte. Het begon een beetje op te klaren in zijn hoofd en voor het eerst die dag had hij het gevoel dat hij wel iets door zijn keel zou kunnen krijgen.

Later aten ze samen in het restaurant. Er waren drie andere gasten: een drietal Amerikanen, een man, zijn echtgenote en hun vriendin, allemaal gepensioneerd, zeiden ze, en voor een maand op reis door Duitsland en Nederland. Vóór het diner praatten Lock en Webster in de bar een minuut of tien met hen over koetjes en kalfjes, waarbij Webster het hoogste woord had en Lock zich op de vlakte hield omdat hij zich nog steeds een beetje slap voelde. De vriendin was tien jaar tevoren ook al in Wandlitz geweest, toen het hotel net was geopend; ze was in de zomer gekomen en had gezwommen in het meer. Webster bracht het gesprek op hun reis. Ja, ze waren in Berlijn geweest. Wat een buitengewone stad – op zichzelf één groot historisch monument; maar wat een geweld had die stad gekend. Webster was hier goed in, dacht Lock. Uiteindelijk zei hij, tot opluchting van Lock, dat ze moesten gaan eten en ze namen plaats aan hun tafel.

'Aardige lui,' zei Webster.

'Aardige lui. Heel aardig. Ze hebben een mooi leven gehad.'

'Geen zelfmedelijden, alsjeblieft. Je hebt gezegd dat je er weer in geloofde.'

'Nee, ik meen het. Ze hebben een goed leven gehad. Dat is positief bedoeld. Het is leuk om nu eens normale mensen te ontmoeten. Ik kan me niet meer herinneren wanneer me dat voor het laatst is overkomen.' Lock nam een slokje van zijn water. Hij pakte zijn servet van tafel en spreidde het uit op zijn schoot. 'Weet je wat ik van plan was te doen voordat ik jou in Londen belde?'

Webster schudde zijn hoofd. 'Nee.'

'Ik was van plan de benen te nemen. Ik verbeeldde me dat als ik in Zwitserland zou kunnen komen, ik al mijn geld van de bank zou kunnen halen en spoorloos verdwijnen. Ik ken iemand in Istanboel die, naar ik meende, wel een paspoort voor me zou kunnen regelen.'

'Waar zou je naartoe zijn gegaan?'

'Ik weet het niet. Vanuatu. Een Indonesisch eiland. Ergens met zon en een te verwaarlozen overheid.' Hij glimlachte. 'In Zwitserland heb ik bijna negen miljoen dollar op de bank staan. Als ik nog dertig jaar leef is dat driehonderdduizend per jaar. Dat is genoeg.'

Een serveerster kwam vragen of ze klaar waren om te bestellen.

'Wat kan je maag verdragen?' vroeg Webster.

'Heel weinig.'

'Gekookte rijst en worteltjes moet je nemen. En een glas rode wijn.'

'Waarom zou ik dat in hemelsnaam willen bestellen?'

'Dat is een goede remedie als je maag van streek is. Geloof me nou maar. Ik zou niets anders willen.'

'Oké. Maar zonder de wijn.'

Webster bestelde in het Duits. 'En wat is er gebeurd? Waarom ben je uiteindelijk toch niet gegaan?'

'Ik herinnerde me dat de Zwitsers naar me hadden geïnformeerd. Ze hebben een van mijn mensen laten opdraven om hem in Zürich aan de tand te voelen. Wist je dat?'

Webster schudde zijn hoofd.

'Dus jullie zaten daar niet achter?'

'Nee, dat waren wij niet.'

'Ik geloof niet dat het ertoe doet. Ik dacht dat ze me aan de grens in mijn kraag zouden grijpen en dat ik het dan verder wel kon schudden.' Lock pakte wat brood en brak er een stuk af. Hij nam voorzichtig een klein hapje en kauwde langzaam. Het brood voelde vreemd aan in zijn mond. 'Maar ik denk nu dat ze dat niet zouden hebben gedaan.'

'Je weet maar nooit. Maar waarschijnlijk nu nog niet.'

'Precies. Ik denk dat ik bang was. Of dat ik diep in mijn hart toch niet wilde gaan.'

'Bang dat het paradijs op den duur behoorlijk tegen zou vallen?'

'Ik denk niet dat ik nog elke dag in de zon zou kunnen liggen.'

'Wat wil je dan wel?'

'Ik heb geen idee. Geen enkel.' Dat heb ik wel, dacht Lock. Ik wil in Londen wonen en mijn vrouw en dochter regelmatig zien. Maar dat hardop zeggen was de goden verzoeken.

Lock en Webster zagen elkaar die zondag maar nauwelijks: Webster ging naar Berlijn om een man te ontmoeten die George heette en om een geschikte locatie voor de ontmoeting te vinden, en Lock bracht de dag door op zijn hotelkamer waar hij een plan opstelde voor de overdracht van Faringdon.

's Middags maakte hij een wandeling rond het meer over een pad van samengepakte sneeuw en keek naar de eenden, naar de metalen tuigage aan de masten van de boten die zachtjes tinkelden in de wind als koeienbellen, naar de zwarte takken boven zijn hoofd die doorbogen onder de last van bevroren sneeuw. Er hing een lichte nevel boven het water en alles was zilvergrijs. Twintig meter achter hem liep een van George's mensen.

Hij wilde met Marina spreken. Ze maakte zich vast en zeker zorgen. Webster had uitgelegd dat als hij dat deed, Malin het gesprek zou opvangen en zo achter het nummer van Locks telefoon kon komen en kon proberen hem op te sporen. Zelfs als de telefoon was ontmanteld en op de groeiende stapel buiten gebruik gestelde mobieltjes werd geworpen, zou Malin nog kunnen achterhalen met welk mobieltje het gesprek was gevoerd, en hoewel de tijd begon te dringen en hij op een zondag maar een kleine kans had, konden ze niet het risico nemen dat zijn verblijfplaats zou worden ontdekt. Maar Lock had erop aangedrongen en dus was Webster komen aandragen met een eenvoudige oplossing, die in ieder geval goed genoeg was om hen de halve dag speling te gunnen die ze nodig hadden: ze zouden de centrale van een bevriend bedrijf in Londen bellen, die op zijn beurt de centrale van een bevriend bedrijf in New York zou opbellen, die vervolgens contact op zou nemen met Marina's nummer, zodat Malin, aanvankelijk en zonder een dag of twee naspeuringen, niets anders zou zien dan een paar ogenschijnlijk willekeurige nummers die totaal niets met Lock te maken hadden. Dat, zei Webster, zou voldoende moeten zijn, aangenomen dat Lock naliet te zeggen waar hij zich precies bevond, wat hij van plan was of met wie hij dat plan beraamde. Volgens Lock, die eigenlijk alleen maar tegen zijn vrouw wilde zeggen dat hij van haar hield, was het allemaal een hoop overdreven rompslomp.

Hij belde op. Een minuut later hoorde hij Marina's stem aan de andere kant van de lijn, ergens onverwacht dichtbij.

'Hallo. Met mij.'

'Richard. Godzijdank. Waar heb je gezeten?'

'Het spijt me. Het was onmogelijk je te bellen.'

Marina zweeg. 'Je had iets van je moeten laten horen.'

'Het spijt me. Echt.' Een pauze. 'Hoe gaat het met je?'

'Ik ben bang. Waar ben je nu?'

'Het spijt me, schat. Ik maak het prima. Ik wilde je niet ongerust maken.' In weerwil van zichzelf voelde hij een rilling van voldoening dat ze aan hem had gedacht. 'Ik denk dat ik een uitweg heb gevonden.' Hij wachtte tot ze zou reageren. 'Ik kan er nu niet over praten, maar ik heb een afspraak met Konstantin. Ik denk dat ik het op een akkoordje kan gooien.'

'Ik heb met hem gesproken.'

'Heeft hij weer opgebeld?'

'Ik heb hem gebeld.'

Lock voelde een plotselinge opwelling van angst – niet voor Malin, maar dat zijn plannen zouden worden gedwarsboomd. Hij hield op met wandelen en keek uit over het meer; zijn bodyguard bleef op een paar meter afstand ook stilstaan.

'Heb jij hem opgebeld? Waarom?'

'Om te zien hoeveel er nog van hem over was.'

'Wat bedoel je daarmee?'

'Ik heb hem gezegd dat mijn vader in de gaten hield wat hij deed. Dat hij voorgoed verloren zou zijn als hij jou kwaad zou doen.'

'En wat zei hij daarop?'

'Dat hij een zuiver geweten had. Dat ik geen reden had om bang voor hem te zijn.'

'En jij gelooft hem?'

'Hij zei dat ik ooit zou begrijpen dat hij alles had gedaan wat in zijn vermogen lag om jou te helpen.'

Lock snoof. Alles wat in zijn vermogen ligt, dat kun je wel zeggen, ja.'

'Ik had het gevoel dat hij het meende.'

Er kwam wel een stuk of tien sarcastische reacties bij hem op. Wellicht terecht: zij had hem aangemoedigd eruit te stappen en nou leek ze hem voor te stellen alles weer terug te draaien. Hij zag ze duidelijk voor zich, maar hij voelde ze niet. Zij was simpelweg net zo bang als hij vroeger was geweest.

'Geloof hem maar niet,' zei hij en hij voelde een golf van energie door zich heen gaan toen hij besefte dat hij degene was die aan dit alles een einde zou maken. Hij zou Konstantin de wet voorschrijven; hij zou zich bevrijden; hij zou een einde maken aan de angst die zijn leven geleidelijk aan had uitgewist, en het hare.

'Ik dacht alleen...'

'Niet doen. Er is niets van hem over. Hij wil alleen maar dat jij mij overhaalt.'

'Zou je niet met hem willen praten?'

'Ik praat met hem. Morgen.'

'Toch niet in Moskou?'

'Dat kan ik niet zeggen.'

Het werd stil aan de andere kant van de lijn. In gedachten zag hij haar ogen voor zich, half dichtgeknepen in een frons, vol van droefenis.

'Misschien ben ik morgen al terug in Londen,' zei hij. 'Of anders overmorgen.'

Nog steeds stilte.

'Marina?' Hij wist dat ze huilde. 'Lieverd, het komt allemaal goed. Ik heb iets in mijn bezit dat hij wil hebben.'

'Oké.'

'De situatie is veranderd. Nu al.'

'Dat is fijn.'

Hij hoorde dat ze probeerde haar ademhaling weer onder controle te krijgen. Het meer was stil, op het zachte getinkel van de tuigage na. Hij keek waar de eenden waren, maar zag ze nergens. 'Waar is Vika?'

'Hiernaast. Ze zijn net klaar met de lunch. Ze kan elk ogenblik komen.'

'Wil je haar een kus van me geven?'

'Ja.'

Ze zwegen weer even en Lock wist dat Marina niet alleen huilde van angst maar ook van hoop: ze was weer trots op hem en dat haar dat aan het huilen maakte vervulde hem van een gevoel van lichtheid, bijna van vervoering. Het zou allemaal goed komen. Niet alles was verloren.

'Ik moet eigenlijk gaan.'

'Doe dat dan maar.'

'Het komt allemaal goed.' Hij aarzelde. 'Ik hou van je. Het spijt me dat ik dat ooit ben vergeten.'

'Ik weet het.'

'Ik bel je morgen. Als het voorbij is.'

Maandagochtend was Lock kalm, merkwaardig kalm: alle paniek, alle bezorgdheid was uit hem geweken en hij wist dat die niet zou terugkeren. Malin was onderweg. Lock had hem de avond tevoren opgebeld en hem met enige voldoening in enkele woorden verteld dat hij naar Berlijn moest vliegen. Malin was in aantocht – niet als zijn baas, maar als iemand die van hem afhankelijk was. En ongeacht hoe het zou aflopen, hij zou weer baas over zichzelf zijn.

Lock was vroeg wakker geworden, even na zessen. Aan het licht dat onder de deur door scheen kon hij zien dat Webster wakker was. Hij ging in het donker rechtop zitten en maakte zich een voorstelling van de dag. Malin zou ergens vanochtend landen. Binnen een paar uur zouden ze hem opbellen en hem zeggen om twaalf uur naar de Staatsbibliothek No. 2 aan de Potsdamer Strasse te komen. De Berlijnse staatsbibliotheek. Webster had uitgelegd dat het daar open maar niet onbeheersbaar was, druk maar niet hectisch. Het was een sober, stil gebouw, waar de ontmoeting kon worden gereguleerd.

Buiten was de hemel van zwart veranderd in heel donkerblauw.

Ze reden in de auto van George Black de stad in. Lock mocht Black graag. Hij was geen grote man, maar hij had iets zelfverzekerds over zich, iets in zijn houding, dat maakte dat Lock zich veilig voelde. Ze zaten met z'n vieren in de auto: Black, Webster, Lock en een beschaafde jongeman die James heette en achter het stuur zat. George en James waren enerzijds precies als hun Russische tegenhangers en anderzijds verschilden zij volkomen van hen. Om te beginnen waren ze een stuk beleefder.

Omgekeerd op zijn stoel zittend legde Black uit dat nog vier anderen al in Berlijn waren aangekomen. Ze waren in en rond de bibliotheek geposteerd en zouden waken over Locks veiligheid. 'Niet,' zei Black, 'dat het waarschijnlijk is dat hij in het openbaar iets zal proberen.' Als ze in Berlijn aankwamen zouden twee van Blacks mannen zich binnen en twee van hen buiten bevinden. Lock zou op enkele honderden meters afstand met James in de auto wachten. Als Malin gearriveerd was, en pas dan, zou James Lock tot voor de deur rijden en zou hij naar binnen worden geëscorteerd. Tijdens de ontmoeting zelf zouden drie mannen op korte afstand toekijken terwijl drie anderen in de omgeving patrouilleerden. Na afloop van het gesprek zou Lock snel naar zijn auto worden geëscorteerd en naar een rendez-vouspunt even ten noorden van Berlijn worden gereden. De tweede auto zou zich ervan verzekeren dat de eerste niet werd gevolgd. Al die tijd zouden Webster en het team zich op de achtergrond houden. Het was belangrijk dat Lock ogenschijnlijk alleen was gekomen, ook al zou Malin er rekening mee houden dat hij dat niet was.

Webster had ook instructies voor hem. Ze spraken over de telefoons. 'Jij hebt twee telefoons. Als je gaat zitten, dan neem je die uit je zak en haalt bij allebei de batterijen eruit. Vraag Malin hetzelfde te doen. Probeer een beetje gespannen over te komen. Geef hem de indruk dat jij degene bent die bang is te worden afgeluisterd.'

'Hij zal geen van beide herkennen.'

'Dat is in orde. Hij weet dat je nieuwe telefoons hebt. Het apparaatje begint op te nemen zodra de batterijen eruit zijn. Laat hem ondersteboven op tafel liggen. Er zit nog een batterijtje in dat je verzekert van een uur opnametijd, misschien iets meer. Het komt rechtstreeks op de harde schijf terecht. Er is geen geluid, geen signaal. Daar hoef je je totaal geen zorgen over te maken. Kijk er niet naar om. Vergeet dat het ding er ligt.'

Lock knikte. Hij legde zijn hand op het koffertje naast hem. Daarin zaten Gerstmanns dossiers, die hij had uitgeprint op de computer van Herr Maurer.

'De kans is groot dat hij mensen heeft meegenomen,' vervolgde Webster. 'Dat geeft niet. Jij hebt ook overal je mannetjes. We houden ons op de achtergrond tenzij er iets gebeurt. Maar hij zal niet willen dat er iets gebeurt zolang hij zelf in de buurt is. Het enige waarover je je dus moet bekommeren is je gesprek met hem.'

'Hoe moet ik beginnen?'

'Dat moet je zelf weten. Daar zou ik me maar niet al te druk over maken. Laat dat maar aan het toeval over. Hij verwacht dat je boos en verbolgen bent. Gedraag je dus zo. Daag hem uit.'

Ze reden inmiddels over de snelweg die was omgeven door drie meter hoge geluidsschermen; Lock had het gevoel dat hij daarlangs zijn lot tegemoet reed.

Toen ze de snelweg verlieten verdwenen ook de schermen. Ze bevonden zich aan de industriële rand van de stad. Lock zag torenhoge schoorstenen witte rook uitstoten, hier en daar braakliggende stukjes land, watertorens als omgekeerde raketten die zwart waren geteerd. Hier waren geen voetafdrukken in de sneeuw, hier liep nooit iemand. Toen een McDonald's en een meubelwarenhuis en daarachter de buitenwijken – ze reden langs blokken dicht op elkaar gepakte flatgebouwen van beton en grindsteen. De trottoirs waren vies van de oude sneeuw. Na een poosje werden de straten breder en kwam er meer ruimte tussen de huizen en in de winkels, parken en bij de bushaltes begonnen mensen te verschijnen. Lock had dit allemaal nooit eerder gezien. Het was nieuw voor hem om dingen te zien. Een rij populieren in de vorm van pauwenveren, een rode leren tas die afstak tegen de bruine sjaal van een vrouw.

'Gaat het goed met je?' onderbrak Webster zijn mijmeringen.

Lock wendde zich naar hem toe. 'Prima.'

'Niet zenuwachtig?'

'Helemaal niet.'

De auto reed Tiergarten in en Lock keek naar de langs flitsende zilverberken. Voorbij de poorten van het park kwamen ze terecht op een weidse open ruimte, een warboel van wegen, straatlantaarns, verkeerslichten en modderige rijstrepen die door de sneeuw waren getrokken. Die wegen liepen van het ene reusachtige modernistische gebouw naar het volgende, op de een of andere manier allemaal in een eigen wereld, als rivalen. Lock keek naar links en zag vinachtige oranje panelen op een wirwar van kubussen en gewelfde oppervlakken; rechts van hem stond een gestroomlijnd in grijs beton uitgevoerd bouwwerk; voor hem een lage massieve doos van zwart staal en glas. Daarbovenuit torende een kerk met een groen koperen dak, de lelijke vierkante toren van gele en rode bakstenen. Boven dat alles was de hemel immens en grijs.

'Dit is de Potsdamer Platz,' zei Black.

'Het lijkt wel een architectuurwedstrijd,' zei Lock.

'Dat is de bibliotheek,' zei Black, terwijl hij voorbij James naar een gebouw op de hoek van het plein wees. Het was een gedrongen, grillig, uit grijs en geel beton opgetrokken bouwsel met hellende glazen ramen in zwarte lijsten. Schermen als wasborden maskeerden de ramen langs één muur. Het stond op enige afstand van de straatweg; vergeleken met de andere gebouwen was het discreet, erudiet en wetenschappelijk.

'Was dit Oost- of West-Duitsland?' vroeg Lock.

'Allebei,' zei Webster.

Ze reden voorbij de bibliotheek en via een brug over het kanaal. Vijftig meter verderop parkeerde James langs de stoeprand en Black en Webster stapten uit.

'Ik bel je zodra hij er is,' zei Webster en hij keek Lock met een rustige, bemoedigende glimlach aan toen hij het portier dichtsloeg.

James reed verder en linksaf de eerstvolgende rustige zijstraat in. Halverwege de straat keerde hij de auto en parkeerde.

'Dit is het,' zei hij.

'Dit is het,' zei Lock.

Het was James' telefoon die ging. Hij nam op zonder een woord te zeggen, gaf gas en reed weg. Lock voelde aan zijn handpalmen; die waren droog.

James parkeerde uit het zicht van de bibliotheek. Een man die Lock niet herkende kwam naar de auto toe en opende zijn portier.

'Goedemiddag, meneer. U moet naar de cafetaria. Zodra u binnen bent rechtsaf, dan ziet u het vanzelf. De persoon die u moet hebben zit aan een tafeltje met zijn gezicht naar de deur. Zijn bodyguard staat op een afstandje achter hem.'

'Dank je.'

'Veel succes, meneer.'

Lock klopte op zijn zakken om te controleren of zijn telefoons erin zaten. Dat zaten ze. Hij liep naar de ingang.

Hij had een licht gevoel in zijn borst, maar zijn koffertje voelde zwaar in zijn hand. Met zijn vrije hand streek hij onder het lopen zijn haar glad. Alsjeblieft, laat het goed gaan. Laat hem het zeggen. Laat hem die woorden uitspreken. Ik wil de wereld laten weten dat ik hem ten val heb gebracht. Ik wil dat iedereen het weet. Ik wil dat de media het weten. Ik wil dat Kesler het weet. En Tsjekanov. Ik wil dat die lul van een Andrew Beresford het weet en al die bekakte Engelse vriendjes van hem.

Ik wil dat mijn vader het weet. En Marina. O god, wat wil ik graag dat Marina het weet. En Vika. Ooit moet ook Vika het weten.

En Malin, die daar nu zit met zijn onbewogen blik en zijn onpeilbare wil. Ik wil dat hij weet dat ik het was.

In de bibliotheek was het druk en stil. Een oude dame met sneeuwkettingen om haar laarzen liep met luid gekletter over de stenen vloer. Lock liep in de richting van de cafetaria. Daar had je hem. Zittend bij een van de ramen langs de zijkant van het gebouw, in zijn eentje aan een gele tafel, met zijn absurd dikke lijf op een fragiel metalen stoeltje. Voor hem op tafel zag Lock een kop thee en een envelop. Met zijn rug geleund tegen een pilaar, op een paar meter afstand stond Ivan, de bodyguard.

Ik wist dat hij een bijzondere man was, dacht Lock. Ivan keek naar hem toen hij de tafel naderde.

Lock voelde zijn hart bonzen in zijn keel. Op vier tafeltjes afstand zag hij Webster aandachtig een Duitse krant zitten lezen. Het was stil in de cafetaria maar enkele tafeltjes bij de ramen waren bezet: een bebaarde man met een laptop, en twee meisjes die een broodje aten, een jongeman met een pet op en een bril met dikke glazen die gebogen zat over papieren die hij op zijn tafeltje had uitgespreid.

'Je bent dus gekomen,' zei Lock in het Russisch.

Malin draaide zijn hoofd een paar centimeter opzij naar Ivan en knikte. Ivan liep op Lock af en vroeg hem zijn armen en benen te spreiden. Lock deed weifelend wat er van hem werd gevraagd en keek in zwijgend ongeloof om zich heen dat dit zo schaamteloos op zo'n plek kon plaatsvinden. Ivan liet zijn handen snel langs Locks zij en de onderkant van zijn rug glijden en betastte vervolgens zijn buik en zijn borst. Hij stak zijn hand onder Locks jas en haalde de twee telefoons tevoorschijn, inspecteerde ze even en gaf ze terug, waarna hij het koffertje opende en erin keek. Hij knikte naar Malin en deed een stap achteruit. Lock trok zijn jas uit, ging zitten en zette het koffertje naast zijn stoel op de grond.

'Telefoons, alsjeblieft,' zei Malin.

Lock keek hem heel even doordringend aan.

'Oké. En die van jou.'

Hij stak zijn handen in zijn zakken en haalde de twee telefoons tevoorschijn. Hij schoof van allebei het achterklepje los, haalde de batterijen eruit en legde de onderdelen op tafel. Malin deed hetzelfde met zijn mobieltje.

De twee mannen keken elkaar aan. Malins ogen boorden zich in die van Lock. Lock probeerde ze te doorgronden, er iets in te zien dat hij er nooit eerder in gezien had. Maar ze waren hetzelfde: mat, doods, peilloos. In zijn zwarte jas en zijn grijze pak met het witte overhemd en de rode das, zag hij er precies zo uit als altijd.

'Je ziet er slecht uit,' zei Malin.

Lock bleef hem strak aankijken. 'Bedankt voor je belangstelling. Ik voel me prima.'

'In Moskou zag je er beter uit.'

'Hier voel ik me beter.'

Malin haalde licht zijn schouders op alsof hij wilde zeggen dat hij er geen ruzie om wilde maken.

'Heb je het bedrag overgemaakt?' vroeg Lock.

Met de palm van zijn hand schoof Malin de envelop een paar centimeter in zijn richting. Lock stak zijn hand ernaar uit en maakte hem open.

'Het is een borgstelling,' zei Malin. 'Iemand die wij allebei kennen. Hij zal het geld overmaken zodra hij iets van je heeft gehoord.'

Lock keek naar het velletje papier. Het was een bevestiging van een telefonische overmaking naar een rekening in Singapore. Hij legde het terug op tafel, deed een greep naast zijn stoel en opende zijn koffertje. Hij haalde er een stapeltje A4'tjes uit en legde die neer voor Malin, die ze oppakte en zich erdoorheen begon te werken, en elke pagina na die vluchtig te hebben bestudeerd terzijde legde. Lock keek hoe hij stelselmatig de stapel doornam en ondertussen zo nu en dan zijn duim aflikte.

Toen hij het laatste vel van de stapel had gezien, ademde hij in en vervolgens luidruchtig uit door zijn neus.

'Is dit het?'

Lock gaf geen antwoord.

'Is dit alles?'

'Ja.'

'Gelul.'

'Dat is alles. Gedownload van Dimitri's verborgen e-mailaccount. Ik kan je de details geven.'

Malin schudde zijn hoofd. 'Dacht je dat dit tien miljoen waard was?'

'Ja.'

'Tien miljoen, voor een stelletje facturen?'

'Dit is wat je wilde.'

Malin lachte, heel even, zijn kolossale lijf schudde op en neer. 'Nee, nee, nee. Dit is niet wat ik wilde. Dit is niet wat ik nodig heb.'

'Wat doet dat ertoe?' vroeg Lock. 'Jij hebt waar je naar zocht. Het is voorbij. Oké, het zegt niet zo heel veel. Dat is toch juist goed, of niet soms?'

Malin trok zijn wenkbrauwen op, maar zei niets.

'Het betekent dat je Dimitri voor niets hebt gedood. Dat is niet zo best. Maar waarom zou jij daarmee zitten?'

Malin wreef over zijn kin en klemde de vetplooien samen tussen zijn vingers. Hij schudde zijn hoofd.

'Hiermee kan ik niet terugkeren naar Moskou.'

Lock fronste zijn voorhoofd. 'Wat bedoel je?'

'Zij zullen denken dat ik gek ben geworden.'

'Wie zullen dat? Wie zijn zij?' Lock voelde een pijn in zijn keel opkomen.

Malin leunde achterover op zijn stoel en verplaatste zijn gewicht. Hij nam rustig de tijd. 'Richard, wie denk je dat ik ben?'

Lock schudde zijn hoofd. 'Ik begrijp niet wat je bedoelt.'

'Ik heb geprobeerd je te beschermen, Richard. De hele tijd. Want ik begrijp je positie. Beter dan jij denkt. Maar jullie hebben me in een lastig parket gebracht. Jij en Dimitri. Het zou beter zijn geweest als hij was gebleven.'

Lock boog zich naar Malin toe en sprak op zachte maar nadrukkelijke toon. 'Mij beschermen? Wat, door me door je knokploegje te laten volgieten met god mag weten wat en me van een dak te laten smijten? Heb je Dimitri ook op die manier beschermd?'

Malin boog zich ook naar voren, zijn handen omklemden het tafelblad. Hij sprak op fluistertoon. 'Daar heb ik part noch deel aan gehad.'

Lock probeerde te slikken, maar zijn mond was droog. Hij had behoefte aan een glas water. Hij kon de kleine moedervlekken op Malins wang zien.

'Jij of jouw mensen,' zei hij. 'Dat kan me niet schelen.'

Malin schudde langzaam zijn hoofd. 'Richard, ik zei het je al toen we elkaar de laatste keer spraken. Ik kon je niet eeuwig de hand boven het hoofd houden. Als je terug was gekomen naar Moskou zou je geen gevaar meer hebben gevormd.'

'Ik vorm geen gevaar voor jou. Ik wil helemaal geen gevaar voor jou zijn. Ik wil helemaal niets met je te maken hebben. Daar gaat dit juist om.' Lock sprak nu met stemverheffing. 'We kunnen elkaar loslaten. Voorgoed. Hier scheiden onze wegen. Ik verdwijn. Ik zal geen moeilijkheden veroorzaken. Dat weet je.'

'Richard, dat is niet aan mij om over te beslissen.'

Er klonk een donderend geraas in Locks hoofd. Hij kon niet nadenken.

'Wat?'

'Jij en ik zijn hetzelfde, Richard. Een rentmeester in dienst van een ander.' Hij wachtte even. 'Het waren niet mijn mensen die geprobeerd hebben je te doden. Dat waren mannen die voor de overheid werken.'

Lock wendde zijn blik af van Malin en keek uit het raam. Hij zag fietsen keurig naast elkaar in een rek staan. Naaldbomen als kerstbomen overladen met sneeuw.

'Ik ben hier gekomen om twee redenen, Richard. 'Hiervoor,' hij legde zijn hand op de stapel papier, 'en voor jou. Als dit waardevol was geweest, had ik terug kunnen gaan en kunnen verklaren dat je nog steeds loyaal was. Misschien had je zelfs hier mogen blijven. Wie weet. Maar nu zul je met me mee moeten gaan. Ik kan hier niet in mijn eentje mee thuiskomen.'

'Ik ga niet terug.'

'Richard, je moet me goed begrijpen.' Malin boog zich naar voren. Hij sprak bijna fluisterend. 'Jij hebt een paar heel belangrijke mensen tegen de haren in gestreken. Mensen in het Kremlin. Zij zien dat de belangen van Rusland op het spel staan. Zij zien hun eigen belangen in gevaar gebracht. Zij hebben me te verstaan gegeven dat ik deze rotzooi moet opruimen. Als jij samen met mij teruggaat naar Rusland, dan zul je veilig zijn. Buiten Rusland zullen ze je niet in leven laten.'

'Ik kan niet terug.'

Malin deed er even het zwijgen toe en staarde Lock aan. 'Richard, je weet wat er gebeurt met mensen zoals wij als we niet bruikbaar meer zijn. Mijn bruikbaarheid bevindt zich ook in de gevarenzone. Je enige hoop is met mij mee terug te gaan en te wachten tot iedereen deze episode is vergeten. Over twee jaar zijn we weer waar we vroeger waren.'

Lock schudde zijn hoofd. Op zijn gezicht was een uitdrukking van vastberadenheid verschenen, zijn hoofd zat vol met lawaai en woede.

'En Dimitri? Waar zal hij zijn?'

'Voor Dimitri was het te laat.'

'Dan is het voor mij ook te laat.'

Malin ging achteroverzitten. 'Het spijt me, Richard. Die keuze kan ik je niet laten.' Opnieuw boog hij zijn hoofd, een klein stukje maar, in de richting van Ivan en knikte.

Lock zag Ivan naar hem toe lopen en zijn hand in zijn zak steken. Lock schoof zijn stoel achteruit en begon op te staan. Hij riep – 'Help! Stop!' – en terwijl hij opstond bracht hij zijn handen omhoog om Ivan weg te duwen. Webster schreeuwde en meer Engelse stemmen klonken op. Hij zag Ivans hand omhooggaan met daarin een injectiespuit; hij voelde zijn krachtige hand om zijn bovenarm. Toen verslapte de greep en Lock strompelde, uit zijn evenwicht gebracht, achteruit en viel tegen het raam aan. Toen hij opkeek, zag hij dat Ivan werd vastgegrepen door twee van Blacks mannen. De injectiespuit lag op de grond. Malin zat nog steeds aan tafel, zijn gezichtsuitdrukking onveranderd; Webster stond bij hem.

Malin keek op. Hij keek Webster aan. 'Wij gaan weg,' zei hij in het Engels. Hij schoof de papieren die op tafel lagen op een stapel, pakte die op en liep langs Ivan en Blacks mannen weg. Ivan bevrijdde zich uit hun greep en volgde hem.

Een van Blacks mannen bukte zich en raapte de injectienaald op. Er zat een heldere vloeistof in; hij was nog vol. Hij gaf hem aan Webster, die de mobieltjes en de envelop van tafel pakte.

'Kom,' zei Webster tegen Lock. 'We gaan.'

Lock ging rechtop staan. Van de andere tafeltjes om hem heen staarden gezichten hem aan. Twee beveiligingsbeambten van de bibliotheek waren inmiddels genaderd en een van Blacks mannen kalmeerde hen. '*Wir gehen schon.*' Webster manoeuvreerde Lock tussen de tafeltjes door, naar de centrale hal en vervolgens naar de deur.

'Gaat het?'

'Ja, hoor.'

'Wat heb je bereikt?'

'Ik denk dat het met ons allebei is afgelopen.'

Toen ze bij de deur aankwamen voegde Black zich bij hen.

'Ik ga voor.'

Lock volgde Black door de draaideur. Webster kwam vlak achter hem aan.

Hij knipperde met zijn ogen toen hij buiten kwam; de lucht was nog loodgrijs, maar de sneeuw was stralend wit. Hij zag Malin en Ivan over het pad naar de Potsdamer Strasse lopen, Malin met een trage, zware, deinende tred. Hij zag Black vijf meter voor zich, gespannen om zich heen speurend. Lock wachtte een ogenblik, keek om en zag Webster door de draaideur naar buiten komen. Van grote afstand hoorde hij een doffe knal, als een steen die op droog hout valt. Zijn schouder klapte naar achteren en hij sloeg met zijn armen om zich heen. Hij viel achterover en sloeg met zijn hoofd tegen de bevroren grond. Websters stem bereikte hem.

'Richard. Godverdomme. Richard! George!'

Hij keek op. Een effen grijze hemel. Websters haar. Hij voelde hitte in zijn borst, en kou.

'Richard. Het is goed. Richard. Kun je me verstaan?'

Hij voelde zijn lippen bewegen toen hij probeerde te praten. Ze waren droog; zijn mond was droog. 'Ik wil dat Vika het weet.' Elk woord apart, los van de andere.

Websters stem: 'Wat, Richard? Dat ze wat weet?'

'Dat ik het was.' Hij sloot zijn ogen.

Epiloog

Het duurde nog acht dagen voordat Webster terug was in Londen. Hij wilde Locks stoffelijk overschot meenemen, maar de politie wilde het nog niet vrijgeven, dus kwam hij alleen.

Hij landde op een zonnig Heathrow in een halfvol vliegtuig, allemaal toeristen en gezinnen. Toen het toestel naar de gate taxiede wenste de stewardess iedereen een aangenaam verblijf in Londen en zei dat ze hoopte dat ze zouden genieten van het doen van hun inkopen voor de kerst.

In de taxi zat hij achterovergeleund en keek naar zichzelf. Hij had twee weken lang hetzelfde pak gedragen; zijn broek had kreukels rond zijn kruis en zijn schoenen zaten onder de vlekken van de Berlijnse sneeuw. Zijn vingernagels waren afgebeten en rafelig, zijn lippen gespleten van de kou, de rug van zijn hand zo droog dat die begon te schilferen. Zijn voeten waren opgezwollen van de vlucht en hij had een stijve nek. Hij wilde naar huis en zijn kinderen zien.

Hier was het tenminste wat warmer; er lag geen sneeuwbrij in de straten en de trottoirs waren droog. De etalages waren versierd met glinsterfolie en gekleurde lampjes hingen zigzag boven de straten. In Shepherd's Bush zag hij een man in avondkleding die ineengezakt in een bushokje in slaap was gevallen, waarbij zijn hoofd op zijn borst zakte en zo nu en dan, als hij even wakker werd, omhoogschoot. Het was elf uur en over een uurtje zouden vreemd samengestelde groepjes mannen en vrouwen op weg gaan naar hun kerstlunches. Doorgaans vond hij dit een leuke tijd van het jaar, wanneer Londen zich ontspande en vertraagde tot een enigszins aangeschoten rustperiode.

Bij Holland Park bleef hij een lange tijd omhoog staren naar Marina's flat. Hij had bloemen gekocht op de hoek; de bloemist had lelies voorgesteld. Achter het huis liep de hoge bakstenen muur waar Lock ruim een week tevoren overheen was geklommen om via het park te ontsnappen. Webster zag in gedachten de drukte in die anders zo stille straat die avond: Locks bodyguards, Blacks mannen, de derde auto, allemaal in de rij om één arme jurist in de gaten te houden. De derde auto had het hem duidelijk moeten maken. Hij schudde, walgend van zichzelf, zijn hoofd.

Als Lock had geweten van hoeveel hij wegvluchtte die avond, dan zou hij misschien niet hebben omgekeken. Als Webster hem die schandelijke rij mensen had laten zien die elke beweging die hij maakte observeerde, misschien zou hij dan de gok hebben gewaagd, naar Zwitserland zijn gegaan, zijn naam hebben veranderd en zijn heil hebben gezocht op een onvindbaar plekje in de Stille Oceaan. Misschien had hij dan kunnen ontsnappen.

Maar ook daar zouden ze hem hebben gevonden. Uiteindelijk. Lock was te zwak om zijn leven lang alleen en in ballingschap te leven. Net als ik, dacht Webster. Net als iedereen. Net als iedere normale man. Ze zouden hem hebben opgespoord via Marina en de afloop zou uiteindelijk dezelfde zijn geweest.

Hij zuchtte en probeerde het haar op zijn hoofd glad te strijken. Als ik normaal zou zijn. Als ik een fatsoenlijk man zou zijn. Hij voelde of zijn das goed zat en liep het pad naar Marina's deur op.

Ze drukte zonder een woord te zeggen op het knopje om de buitendeur te openen. Toen hij de trap op liep was hij zich ervan bewust hoe plakkerig hij zich voelde, hoe smerig van de vliegvelden en de vliegtuigen en de taxi's.

Marina stond hem op de overloop van de tweede verdieping op te wachten. Ze droeg een eenvoudige, donkergrijze jurk en een zwarte sjaal. Tegen het zwart leek haar huid nog blanker dan die al was. Ze had zich niet opgemaakt en haar haar had ze opgestoken zodat niets de aandacht van haar ogen afleidde; droog, vermoeid, met een vreemd licht dat door het groen heen scheen. Ze stak haar hand uit en hij zette zijn koffertje neer om die te schudden.

'Meneer Webster.'

'Mevrouw Lock.'

'Komt u binnen.'

Hij volgde haar naar de zitkamer die aan de straatkant lag. Lichtgrijze sofa's, een beige tapijt, rechts een televisiemeubel met foto's in eenvoudige zilveren lijsten; één van Lock, gebruind en glimlachend, jonger, zijn lichtblauwe overhemd open, achter hem grasgroene bomen, onscherp; één zwart-witfoto van hem met een baby'tje in zijn armen.

'Gaat u alstublieft zitten.'

Webster nam plaats in een leunstoel met zijn rug naar het raam, Marina op een sofa rechts van hem, handen gevouwen op haar schoot, haar ogen kalm gericht op de zijne. Hij legde de bloemen op een salontafel voor hem.

'Dank u dat u me wilde ontvangen,' zei Webster. 'Ik... ik wilde u laten weten hoezeer ik het allemaal betreur.' Hij sloeg zijn ogen neer en wreef zijn handen over elkaar. 'Echt. Ik wilde...' Hij kon geen woorden meer vinden.

'Dank u wel, meneer Webster. Begrijpt u me alstublieft goed, ik weet maar heel weinig van u. Ik weet dat u mijn man hebt geholpen. Hij heeft het over u gehad toen hij me opbelde. Hij zei dat hij wat hulp kreeg, en ik neem aan dat hij u bedoelde. Daar ben ik u dankbaar voor. Maar voorheen hebt u jacht op hem gemaakt. Ik ken u niet en dat is ook niet nodig. Ik heb geen behoefte aan een oordeel over u. Ik heb hem gezegd dat hij u moest bellen, dus misschien heb ik er ook een rol in gespeeld.'

Haar stem klonk bedaard en verzorgd, met een gelijkmatig ritme. Webster voelde zich enigszins beschaamd door haar evenwichtigheid.

'Ik wilde u spreken, meneer Webster, omdat... omdat ik u wilde vragen hoe hij is gestorven. Ik wil weten wat er is gebeurd sinds de laatste keer dat ik hem heb gezien. Hij heeft me opgebeld, maar hij heeft niets verteld. Dat zou ik graag willen weten.'

'Dat kan. Dat kan ik u vertellen.'

Webster vertelde haar wat hij wist. Hij verzweeg niets: niet zijn fouten, niet zijn laakbaarheid. En hij vertelde haar wat hij dacht: dat Lock was vermoord om een geheim te beschermen; dat het geheim inderdaad veilig was; dat ze er nooit achter zouden komen wie verantwoordelijk was.

'En hoe zit het met Konstantin?' vroeg Marina.

'Hij is terug in Moskou. De Duitsers hebben geen aanklacht tegen hem ingediend. Ze hebben zijn bodyguard gearresteerd wegens poging tot ontvoering.' Hij wachtte even. 'Ik vermoed dat hij in alle stilte met pensioen zal worden gestuurd. Hij vormt geen groot gevaar.'

'Wanneer... Toen Richard was neergeschoten, wat deed hij toen? Konstantin, bedoel ik.'

'Hij liep weg. Toen ik opkeek was hij verdwenen. Ik heb hem teruggezien nadat ze hem op het vliegveld in zijn kraag hadden gegrepen. Ze brachten hem net binnen toen ik op het politiebureau zat. Hij vertelde dat hij Richards lot betreurde. In het Russisch, alsof hij wist dat ik het zou begrijpen.'

Marina knikte en haar ogen werden troebel.

'Ik weet niet of het ertoe doet,' zei Webster, 'maar ik had de indruk dat hij het meende.'

'Maar hij is weggelopen.' Haar stem klonk zacht en daarna zwegen ze allebei even. 'En hoe was hij die ochtend? Richard. Wat voor indruk maakte hij?'

'Alsof hij wist wat hem te doen stond. De man die ik in Londen ontmoette was bang. Die dag was hij niet bang.'

Opnieuw was het even stil. Marina wreef in haar ogen en keek omlaag.

'Vlak voordat hij stierf heeft hij iets tegen me gezegd,' zei hij.

Marina reageerde niet. Ze zat met haar hand voor haar ogen.

'Hij zei: "Ik wil dat Vika het weet. Dat ik het was."'

Marina nam haar hand weg van haar gezicht en keek hem aan. Haar ogen waren nat van de tranen en ze veegde ze weg.

'Wat bedoelde hij daarmee?'

'Dat Malins rol was uitgespeeld. Dat Richard gedaan had wat hij van plan was te doen.'

Marina zei niets.

'Ik weet niet wat het anders zou kunnen betekenen.'

Ze knikte. 'Meneer Webster, ik...'

Webster ging verzitten in zijn stoel.

'Ik denk dat ik maar beter kan opstappen.' Hij keek haar aan. 'Ik heb vreselijke spijt van mijn rol hierin.'

'U dacht dat u hem kon redden. Er zijn ergere dingen. Ik ben nooit opgehouden dat te denken.' Ze sloeg haar ogen neer. 'Misschien hebt u wel meer voor hem gedaan dan ik.'

Webster keek een ogenblik naar haar en stond toen op. 'Als u ooit nog eens wilt praten...' Hij stak zijn hand in zijn zak om een visitekaartje te pakken.

Marina schudde haar hoofd. 'Het is goed zo, meneer Webster.' Ze stond op. 'Ik zal u even uitlaten.'

Weer terug in de kou buiten, bleef Webster in het portiek staan en deed zijn das af. Die had hij die ochtend op het vliegveld gekocht: donkerblauw, met een onopvallend patroon. Hij rolde hem losjes op en gooide hem in een van de vuilcontainers voor het gebouw.

Aan het einde van het korte pad keek hij om naar het huis achter zich en heel even kon hij Lock zien, aan de andere kant van de muur, met modder op zijn dure schoenen en zachte regen in zijn haar en de uitgestrekte duisternis van het park. Het beeld bleef hem bij toen hij naar de hoofdweg liep. Zijn hand zweette om het handvat van zijn koffertje. Hij voelde de aandrang het ding weg te gooien en daarmee ook de overhemden en de bot geworden scheermesjes en de opladers voor zijn telefoons.

Binnen enkele ogenblikken vond hij een taxi. 'Naar Hampstead, alstublieft. Well Walk.'

Hammer deed nauwelijks een seconde na Websters dubbele klop op de deur open, alsof hij daar toevallig net langsliep of op hem had staan wachten.

'Ben. Fijn dat je terug bent.'

'Dank je.'

'Kom binnen. Laat mij dat maar dragen.'

Webster gaf Hammer het koffertje en liep langs hem de donkere gang in.

'Is Mary er niet?'

'Ik heb geen idee wat zij overdag uitvoert. Ik ben hier gewoonlijk niet.'

'Neem me niet kwalijk. Ik kon het niet opbrengen om naar kantoor te komen.'

Hammer ging hem voor naar de studeerkamer. 'Laten we hier maar gaan zitten.' Hij nam in zijn stoel plaats en glimlachte. 'Dan zou je rissen bezorgde gezichten hebben gezien. Ze maken zich allemaal zorgen om je.'

Het was koud in de kamer en het vuur was, net als de vorige keer, aangelegd, maar niet aangestoken. Een lamp op het bureau bescheen een warboek aan dossiers en paperassen. Buiten bescheen de zon onbekommerd de bruingrijze bakstenen van huizen aan de overkant van de straat.

'Dat is lief van ze.'

'Ja en nee. Ze weten dat het hun ook had kunnen overkomen. Als ze wat minder geluk hadden gehad.'

'Dat betwijfel ik.'

Hammer zei niets maar trok zijn wenkbrauwen juist hoog genoeg op om duidelijk te maken dat daarmee nog niet alles gezegd was. Even zaten de twee mannen daar, Hammer geluidloos met zijn vingers op de leuning van zijn fauteuil trommelend, Webster om zich heen kijkend – naar de haard, naar de boeken langs de muren, naar de stapels kranten op de grond – en zo nu en dan even vluchtig naar de man die tegenover hem zat en hem doordringend aankeek.

Hammer verbrak de stilte. 'Ik had een telefoontje van de Duitsers verwacht.'

'Ik heb ze ervan kunnen overtuigen dat ze jou met rust moesten laten.'

Hij knikte. 'Willen ze dat je terugkomt?'

'Als er een proces van komt.'

'Wat er niet zal komen.'

Webster zei niets. Geen proces; nauwelijks een onderzoek.

'En Malin?' vroeg Hammer.

'Die is gisteren naar huis gegaan. Het zou me verbazen als we die ooit nog terugzien.'

'Misschien ziet niemand hem ooit meer terug.'

'Ik bedoel maar.'

Meer getrommel. 'En hoe gaat het met jou?'

'Met mij gaat het wel.'

'Echt?'

Webster zuchtte. 'Ja en nee.' Hij haalde een mobieltje uit zijn zak. 'Dit zijn zijn laatste woorden. Nou ja, bijna zijn laatste. Ik moet er steeds weer naar luisteren. Ik krijg ze niet uit mijn kop. Als ik dit had gehoord dan zou ik het hebben begrepen. Dan had ik hem kunnen redden.'

'Heeft het gewerkt?'

'Het heeft gewerkt. Ik wilde het je door de telefoon niet zeggen.'

'En de politie weet er niets van?'

Webster schudde zijn hoofd. 'Ik heb ze het afscheidsbriefje gegeven en daar hebben ze totaal geen aandacht aan geschonken. En de injectienaald. Het was volkomen hopeloos.'

'Wat is er dan gezegd?'

'Wil je het horen?'

'Ja.'

'Het is in het Russisch.'

'Dan vertaal jij het maar voor me.'

Webster drukte op een paar toetsen en legde de telefoon op een bekleed krukje tussen hen in.

'Dit is de stem van Lock. Dat is Malin.'

Wat zeggen ze?'

Webster beschreef de scène – de bodyguard, Malin aan de tafel, Locks kalmte, Blacks mannen die in de buurt stonden opgesteld – en nam het gesprek door, zoals hij dat in gedachten al honderden keren had gedaan. Het hele gesprek duurde nog geen drie minuten. De uitwisseling van de documenten; Malins teleurstelling; de hardnekkigheid waarmee hij volhield dat hij Lock in bescherming had genomen. Terwijl ze luisterden en hij sprak, deed Webster zijn horloge af, veegde de wijzerplaat schoon met zijn overhemd en staarde verstrooid naar de langzame voortgang van de secondewijzer.

'Geloof jij hem?'

'Ik denk dat Lock hem geloofde.'

'En jij?'

'Ik ook. Nooit van zijn leven zou hij Lock hebben laten doden als hij vlak naast hem stond. Moet je zien hoezeer hij zich in de nesten heeft gewerkt. Lees de kranten er maar op na.'

Hammer knikte. Hij was even opgehouden met trommelen maar begon nu weer.

'Wie heeft het dan wel gedaan?' vroeg hij.

Webster zuchtte. 'Degene die boven hem stond. Iemand in het Kremlin. Een pressiegroep binnen het Kremlin. Het is Rusland. We zullen het nooit weten.'

Hammer kreunde. 'Ze waren er al lang.'

'De Russen?'

Hij knikte. 'Die twee knapen in het vliegtuig. Die hadden er niets mee te maken.'

'Hoe weet je dat?'

'Ze hebben de nacht doorgebracht in het Holiday Inn op het vliegveld. Daarna kon ik ze niet meer vinden. Ze waren verdwenen. Uiteindelijk heb ik ze teruggevonden in een hotel in Hannover. Daar zijn ze twee nachten gebleven, vervolgens naar Dortmund waar ze ook twee nachten zijn geweest. Het waren vertegenwoordigers. Ze verkopen kunstmest.'

'Hoe ver ligt Hannover van Berlijn vandaan?'

'Zij kunnen het niet hebben gedaan. Je zei het zelf al. Dit was niet Malins werk.'

Webster knikte. 'De Duitsers kon het sowieso weinig schelen.' Hij keek naar zijn handen. 'Ik had naar Alan Knight moeten luisteren. Hij heeft me duidelijk proberen te maken dat dit andere koek was. Ik dacht dat hij paranoïde was. Ik denk dat hij daar een goede reden toe had.'

'Onderschat nooit de kracht van je tegenstander,' zei Hammer, alsof hij een bekend refrein herhaalde. Webster knikte, nog steeds naar de grond kijkend. 'Als je weet wie je tegenstander is.'

'Nog steeds geen nieuws over Alan?'

Hammer schudde zijn hoofd. Ze waren een poosje stil.

'Sorry voor de pers,' zei Webster.

Hammer snoof. 'God, maak je je daar maar niet sappel om. Ik ben bang dat die ons geen kwaad zal doen. Vooral als Tourna zijn waffel opentrekt.'

'Jezus, hoe is het met de cliënt?' Hij was Tourna zowaar bijna helemaal vergeten.

'Zo blij als een kind. Hij vindt je geweldig.'

'Dat meen je toch niet?'

'Nou en of. Hij wil je in dienst nemen.'

'Hij maakte geen bezwaar tegen de kosten?'

'Hij zei dat hij bereid zou zijn geweest het dubbele te betalen.'

'Hij is stapelgek.'

'O ja. Ik heb hem maandagavond opgebeld om hem te vertellen wat er was gebeurd en hem te waarschuwen dat de pers er waarschijnlijk wel op af zou komen. Dinsdag belde hij me terug om me geluk te wensen. Hij weet dat er niet de minste kans bestaat dat Malin dit overleeft.'

'Ik wou dat ik me er wat beter onder voelde.'

Hammer zei niets.

'Heeft hij het nog over Lock gehad?' vroeg Webster.

'Met geen woord.'

Webster schudde zijn hoofd en slaakte een stille zucht.

Hammer keek hem even aan. 'Je kunt maar beter naar huis gaan.'

'Is er bij mij thuis niets gebeurd?'

'Niets.'

'Bedankt.' Webster maakte aanstalten om op te staan en bedacht zich toen, alsof hij nog iets te zeggen had. Ze keken elkaar een ogenblik aan. 'Ik weet niet precies wanneer ik terugkom.'

Hammer keek hem begrijpend aan. Zijn hand omvatte zijn kin, zijn vingers drukten tegen zijn mond.

'Ik ben zojuist bij Marina Lock geweest. Ik moest haar zeggen wat zijn laatste woorden waren.'

Hammer zei nog steeds niets.

'Ik had ze eigenlijk aan zijn dochter moeten overbrengen, want ze waren voor haar bestemd. Maar ze was er niet. De hele week heb ik me voorgesteld hoe het moest zijn om dat kleine meisje te ontmoeten – jezus, ik weet niet eens hoe oud ze is.' Hij schudde zijn hoofd. De woorden kwamen rap, de toon was wrang. 'De hele week heb ik me voorgesteld hoe het was om het haar te vertellen en was ik bang dat ze zou vragen wie ik was. Doodsbang. Wie ben ik? Ik ben de man die jouw vader de dood in gejaagd heeft. De man die heeft gezorgd dat hij betaald heeft voor zijn eerlijk gezegd nogal banale fouten. Maar dat geeft niet, want die andere man die je misschien wel eens hebt ontmoet maar die je je niet meer zult herinneren, die is ook kapotgemaakt.' Hij stopte even om zich te herpakken. 'Ik was opgelucht. Ik heb niet eens gevraagd waar ze was. Het was beter voor haar dat ik dat niet heb gedaan.'

Hammer keek Webster strak aan, knikte vriendelijk en haalde zijn hand weg van zijn mond.

'Hoe voel je je nu ten opzichte van Gerstmann?'

'Hoe bedoel je?'

'Voel jij je nog steeds verantwoordelijk?'

'Ja. Ik denk dat ik het startschot heb gegeven. Het mechanisme in werking heb gesteld.'

'Maar toch ben je doorgegaan met de zaak.'

Webster fronste zijn wenkbrauwen een beetje en keek Hammer diep in zijn ogen op zoek naar een diepere betekenis.

'Dat is zo.'

'Ik bedoel het niet als kritiek. Maar wij gaan door. Zo zitten we in elkaar. Wij zijn niet gemaakt om dingen met rust te laten.'

'Dat is het 'm nu juist. Ik wil de dingen wel met rust laten. Ik wil ze precies zo laten als ze zijn. Het kan me niet schelen of ik nu zo in elkaar zit of niet.'

Hammer knikte. 'Ik zeg niet dat je je over een poosje beter zult voelen. Want dat is niet zo. Ik heb een keer een informant gehad die zich heeft opgehangen. Jaren geleden, vóór Ikertu. Tot op de dag van vandaag weet ik niet waarom hij dat heeft gedaan en tot op de dag van vandaag word ik misselijk als ik eraan terugdenk. Je zult je niet beter voelen. Maar je zult het wel scherper zien.'

'Wat zien?'

'Wat wij doen. Waarom we het doen. Dat we alles bij elkaar genomen toch wel wat goed doen.'

'Niet voor Gerstmann. Niet voor die arme Lock.' En voor Inessa, dat zou hij nooit weten.

Hij wendde zijn blik af. Aan het licht op de kale takken buiten kon hij zien dat het over ongeveer een uur donker zou beginnen te worden.

'Neem een tijdje vrijaf,' zei Hammer. 'Kom over een maand maar weer terug. Over twee maanden. Als je maar terugkomt.'

Webster sloeg zijn ogen neer en gaf één, nauwelijks waarneembaar knikje.

'Bedankt, Ike. We zullen zien.'

Webster liep oostwaarts over de Heath. De zon scheen laag door een laan van kale bomen en bescheen in bizarre patronen de dode bladeren op de grond. Het was halfdrie, en over een uurtje zouden Nancy en Daniel uit school komen. Het was stil in het park: een paar joggers, een paar moeders achter kinderwagens. Boven op de heuvel kwam hij in het volle licht en daar onder hem strekte Londen zich uit, gehuld in een lichte, koude nevel. Hij liep langs een wand van donkergroene hulst en dan door een overkapte voetgangerstunnel naar de vijver. Twee oude mannen stonden zich op de houten vlonder met witte handdoeken af te drogen. In de kleedkamer trok hij zijn jas, zijn schoenen, zijn pak en zijn sokken uit en liep in zijn onderbroek naar buiten. De lucht kneep in zijn huid. Aan het einde van de duikplank bleef hij stilstaan, keek omhoog naar de lucht boven hem, een schitterend ultramarijn en vervolgens omlaag naar het groenzwarte water onder hem en hij dook, waarbij zijn handen, zijn hoofd en zijn hele lichaam met een schok werden gewekt.